# MARK TWAIN
# (1835-1910)

SAMUEL LANGHORNE CLEMENS, MARK TWAIN, nasceu no Missouri, em novembro de 1835. Sua família estabeleceu-se em Hannibal, uma pequena cidade à beira do Mississippi, onde ele viveu até os dezoito anos. Após a morte do pai, em 1847, Clemens abandonou a escola para tornar-se um aprendiz de tipógrafo, trabalhando no *Missouri Courier*. A partir de 1853, viajou muito trabalhando como tipógrafo no Leste e Meio-Oeste dos Estados Unidos, mas, em 1857, depois de uma viagem descendo o Mississippi, decidiu tornar-se timoneiro de barco a vapor. Depois de dezoito meses de treinamento tornou-se timoneiro licenciado, profissão que amou "mais do que qualquer outra que já havia seguido". O tempo que passou no rio provou ser uma rica fonte de inspiração para seus escritos posteriores, pois enquanto estava lá conheceu "todos os diferentes tipos da natureza humana encontrados em ficção, biografia ou história". A deflagração da Guerra Civil, em 1861, trouxe um fim a todo tráfico fluvial e Clemens passou um tempo como soldado voluntário, depois como garimpeiro em Nevada, lenhador e jornalista antes de, finalmente, começar sua carreira literária. Em 1863, primeiro adotou o pseudônimo "Mark Twain" (termo originário da área da navegação, que significa "duas braças"), como assinatura para uma hilariante carta de viagem. Seu primeiro livro, *The Innocents Abroad*, baseado em suas viagens pela Europa e pela Terra Santa, surgiu em 1869. Em 1870, casou com Olivia Langdon e, no ano seguinte, se estabeleceu em Connecticut, onde viveu por dezessete anos como um escritor de sucesso. Foi durante esse tempo que escreveu muitos dos seus melhores livros: *Roughing It*, *As aventuras de Tom Sawyer*, *Life on the Mississippi*, uma memória soberbamente evocativa, e sua obra-prim^ ^

Finn. Ele entremeou seu
algumas de suas obras de

seus relatos de viagem. Por muitos anos foi sócio de uma editora e gráfica, porém um investimento pesado em uma máquina de composição tipográfica ruim levou-o à falência em 1894. Tentando equilibrar suas finanças, partiu em um roteiro de palestras pelo mundo todo, mas enquanto estava fora sua amada filha Suzy morreu. Seus últimos escritos refletem esses desastres com crescente ironia e amargura. Permanecendo como uma figura célebre até sua morte em 1910, ele era notado tanto por seu costumeiro terno branco e longo cabelo branco como por sua resistência à injustiça e ao imperialismo.

*As aventuras de Huckleberry Finn* (1885) foi originalmente escrito como um parceiro a *Tom Sawyer*. Planejado em um período de sete anos, tem sido altamente elogiado desde que foi lançado – um de seus críticos, Ernest Hemingway, acreditava que "toda a literatura americana moderna se origina de um livro escrito por Mark Twain, chamado *Huckleberry Finn (...)* Não havia nada antes. Não houve nada tão bom desde então."

---

Livros do autor na Coleção **L**&**PM** POCKET:

*As aventuras de Huckleberry Finn*
*As aventuras de Tom Sawyer*
*O príncipe e o mendigo*

# Mark Twain

# As aventuras de Huckleberry Finn

*Tradução de* Rosaura Eichenberg

www.lpm.com.br

**L&PM** POCKET

Coleção **L&PM** POCKET, vol. 935

Texto de acordo com a nova ortografia.
Título original: *The Adventures of Huckleberry Finn*

Primeira edição na Coleção **L&PM** POCKET: maio de 2011
Esta reimpressão: abril de 2014

*Tradução*: Rosaura Eichenberg
*Capa*: Marco Cena
*Preparação*: Elisângela Rosa dos Santos
*Revisão*: Jó Saldanha e Fernanda Lisbôa

CIP-Brasil. Catalogação na Fonte
Sindicato Nacional dos Editores de Livros, RJ

---

T913a

Twain, Mark, 1835-1910
 As aventuras de Huckleberry Finn / Mark Twain; tradução de Rosaura Eichenberg. – Porto Alegre: L&PM, 2014.
 320p.  (Coleção L&PM POCKET; v. 935)

 Tradução de: *The Adventures of Huckleberry Finn*
 ISBN 978-85-254-2163-0

 1. Ficção americana. I. Eichenberg, Rosaura. II. Título.

11-1546.
 CDD: 813
 CDU: 821.111(73)-3

---

© da tradução, L&PM Editores, 2011

Todos os direitos desta edição reservados a L&PM Editores
Rua Comendador Coruja, 314, loja 9 – Floresta – 90.220-180
Porto Alegre – RS – Brasil / Fone: 51.3225.5777 – Fax: 51.3221.5380

Pedidos & Depto. Comercial: vendas@lpm.com.br
Fale conosco: info@lpm.com.br
www.lpm.com.br

Impresso no Brasil
Outono de 2014

# NOTA DA TRADUTORA

O desafio de traduzir *As aventuras de Huckleberry Finn*, de Mark Twain, não é pequeno. A narrativa se passa na região do rio Mississippi em meados do século XIX, e o autor emprega com desenvoltura os termos específicos da vida ao longo do rio, além de reproduzir, baseado na sua familiaridade com os habitantes das margens, os dialetos então existentes, conforme alerta em nota no início do livro. A leitura revela que os vários personagens que Huck encontra na sua viagem são caracterizados principalmente pela maneira de falar. Assim, à dificuldade da tradução de termos próprios da vida naquela região numa determinada época, soma-se o impasse de como reproduzir em português os vários dialetos do original.

Para ilustrar a dificuldade com os termos pertinentes ao rio Mississippi: Huck e Jim sempre amarram a balsa em *towheads* quando precisam parar ao longo de seu percurso. Como o autor explica no texto, *towhead* é um banco de areia coberto de densa vegetação, em geral choupos. Mas para que as andanças de Huck e Jim se tornem claras ao leitor, é preciso enfatizar o caráter insular desses bancos de areia, quase sempre bem afastados das margens.

Outro termo controverso, devido às mudanças de significado ocorridas em várias épocas, é o modo como todos no livro se referem aos negros. A palavra *nigger* incorporou com o passar dos anos uma carga de ódio que não tinha no tempo de Mark Twain, muito menos no tempo da narrativa. Àquela época, tratava-se apenas de uma forma comum de se referir aos negros. O próprio Mark Twain não empregava o termo, considerado de mau gosto pelas pessoas cultas, mas as personagens das aventuras de Huck são em geral pessoas pobres, sem estudo. No início do trabalho, traduzi *nigger* por negro ou preto, porque assim me parecia exigir o contexto. A obra-prima de Twain não é um livro racista – a narrativa descreve uma sociedade escravocrata com todos os seus defeitos, mas o tom predominante é de respeito e simpatia pelos negros. Quando, com a tradução já em andamento, encontrei a informação de que a palavra não era ofensiva na época, vi confirmada a minha opção de tradução, bem como a insensatez de quem quer "limpar" o texto mudando o termo (como a editora norte-americana New South que, no início de 2011, anunciou o projeto de publicar uma nova edição de *Huck Finn* com todas as ocorrências da palavra *nigger* substituídas por *slave* – escravo –, seguindo conselho de Alan Gribben, estudioso da obra do autor). Isso implicará um duplo erro: alguém se achar no direito de alterar um clássico introduzindo nas palavras de Huck-Mark Twain um ódio que elas jamais tiveram.

A reprodução dos dialetos em português foi inevitavelmente apenas uma aproximação. O modo de falar dos negros sobressai na narrativa por ser expresso num inglês muito deturpado, a ponto de dificultar a leitura. À exceção de dois figurantes que deixam escapar apenas uma ou duas frases curtas, o único negro a ter longos diálogos com Huck é seu companheiro Jim. Mas como Jim é o segundo personagem em importância, só perdendo para o próprio Huck, suas falas é que deram mais trabalho para que soassem em português com igual estranheza de sons e significados. O inglês contém resquícios do falar dos escravos similares aos que são encontráveis em nossa língua; por exemplo, o *mars* deles corresponde ao nosso "sinhô" ou "nhô", porém, as características mais marcantes do dialeto dos negros são as que desfiguram a pronúncia culta da língua.

E, sem dúvida, a maneira de falar de Huck foi a que recebeu mais atenção, porque Huck é o narrador que descortina diante do leitor o mundo ao longo do Mississippi. Sem apresentar as deturpações gritantes da fala dos negros, seu linguajar é o de um menino de pouca instrução, cheio de erros gramaticais e expressões populares. Uma linguagem bastante concreta, colorida, viva, de alguém que gosta de inventar e contar histórias. Só que, diferentemente de Tom Sawyer, que fantasia ao arquitetar e viver suas aventuras, Huck prima pelos detalhes objetivos, procurando contar o que realmente tem diante dos olhos. Aliás, o contraste entre as maneiras de narrar dos dois meninos é uma das facetas interessantes do livro. O estilo mais realista de Huck é responsável pelos quadros extremamente vivos da sociedade que ele encontra às margens do rio – um panorama tão crítico quanto cômico porque expõe sem rodeios todas as muitas contradições dessa sociedade.

Quando Mark Twain era vivo, o livro foi criticado e censurado por ser considerado imoral, em parte por causa das várias mentiras que Huck se esmera em contar para se safar de apuros. Em sua *Autobiography of Mark Twain* (o primeiro de três volumes foi publicado pela University of California Press em novembro de 2010 no centenário da morte do autor), essas críticas são respondidas com a verve característica do escritor: num diálogo com o funcionário de uma biblioteca da qual *As aventuras de Huckleberry Finn* havia sido retirado das estantes, ele desconcerta o sujeito ao afirmar que a Bíblia também deveria ser proibida por ser muito imoral e fala de passagens bíblicas que os meninos leem às escondidas, o que o próprio funcionário decerto fizera quando criança. Diante da negativa veemente de seu interlocutor, Mark Twain replica que ele está mentindo e que, portanto, deve estar lendo *Huckleberry Finn* e seguindo seu péssimo exemplo.

Huck inventa e encena suas mentiras com engenho e arte, e fica até muito sem graça quando um personagem o acusa de não saber mentir. No fundo, as mentiras são sua forma de lidar com o mundo dos adultos mantendo-se fiel ao seu coração, que deseja escapar de quem procura "civilizá-lo". O que ele busca é ver-se livre das roupas que apertam e lhe tolhem os movimentos. Como Jim, é liberdade o que ele quer. Nesse sentido, as críticas à falta de moral no livro surpreendem, porque a liberdade que Huck vai conquistando pelo rio é para valer. A cada novo episódio, sozinho e com a valentia de seus poucos anos, ele enfrenta dilemas morais espinhosos. É o preço a pagar pela vida que deseja levar: ter de decidir como agir, certo ou errado, para o bem ou para o mal, sem recorrer cegamente a normas estabelecidas. E arcar com as consequências de seus atos.

Seu linguajar é essencialmente o modo de falar de quem se quer livre. Uma linguagem capaz de descrever a beleza de um amanhecer no rio, as figuras estranhas pelo caminho, situações de extrema crueldade e momentos de grande ternura, com o desassombro de quem vê o mundo de cara lavada, sem cisco nos olhos. Repito: o desafio de reproduzir essa linguagem em português não é pequeno, e acho que consegui apenas me aproximar de sua eficácia. E, quando resolvem alterar deliberadamente o linguajar de Huck, "civilizá-lo", o que me ocorre é que isso seria como outro ataque da sanha assassina das famílias em luta, ou então um novo Rei ou um novo Duque invadindo a balsa para trapacear, roubar e acabar com a liberdade de Huck e Jim.

*Rosaura Eichenberg*

# Aviso

As pessoas que tentarem encontrar uma razão para esta narrativa serão processadas; as pessoas que tentarem encontrar uma moral serão banidas; as pessoas que tentarem encontrar um enredo serão fuziladas.

Por ordem do autor
Por G.G., Chefe da Artilharia

# Explicação

Neste livro são usados vários dialetos, a saber: o dialeto dos negros de Missouri, a forma mais extrema do dialeto sulista do interior, o dialeto comum de "Pike County" e quatro variedades modificadas desse último. As nuances não foram introduzidas ao acaso, nem por tentativas a esmo, mas laboriosamente, com a orientação e o apoio fidedignos da familiaridade com essas várias modalidades de fala.

Dou essa explicação porque, sem isso, muitos leitores suporiam que todos esses personagens estavam tentando falar da mesma maneira, mas sem conseguir.

O AUTOR

## Capítulo 1

*Civilizando Huck – Moisés e os "Caras dos Papiros" –
Srta. Watson – Tom Sawyer à espera*

Cenário: Vale do Mississippi
Tempo: De quarenta a cinquenta anos atrás

Você não sabe nada de mim se não leu um livro com o nome *As aventuras de Tom Sawyer*, mas pouco importa. Esse livro foi feito pelo senhor Mark Twain, e ele falou a verdade, no mais das vezes. Teve coisas que ele exagerou, mas no mais das vezes ele falou a verdade. Isso não é nada. Nunca vi ninguém que não mentisse uma vez ou outra, a não ser a tia Polly, ou a viúva, ou talvez Mary. A tia Polly – a tia Polly de Tom – e Mary e a Viúva Douglas todas aparecem nesse livro, que é em geral um livro verdadeiro, com alguns exageros, como eu disse antes.

Agora o jeito como o livro acaba é o seguinte: Tom e eu encontramos o dinheiro que os ladrões esconderam na caverna, e isso nos deixou ricos. Ganhamos seis mil dólares cada um – tudo ouro. Uma visão tremenda de dinheiro quando foi empilhado. Bem, o juiz Thatcher ele pegou o dinheiro e guardou rendendo juros, e isso nos dava um dólar por dia pra cada um durante todo o ano – mais do que alguém ia saber o que fazer com ele. A Viúva Douglas ela me pegou pra filho e declarou que ia me civilizar, mas era duro viver na casa o tempo todo, considerando a tristeza de como a viúva era cheia de regras e decente em todos os seus modos. E assim, quando não consegui aguentar mais, dei o fora. Me meti de novo nos meus velhos trapos e no meu barril de açúcar, e fiquei livre e satisfeito. Mas Tom Sawyer me caçou e disse que ia fundar um bando de assaltantes e que eu só podia entrar no grupo voltando pra viúva e sendo respeitável. Assim voltei.

A viúva chorou por mim, me chamou de pobre cordeiro perdido e também me chamou de uma porção de outros nomes, mas nunca teve a intenção de me ofender com isso.

Ela me meteu de novo naquelas roupas novas, e eu não podia fazer nada, só suar e suar, e me sentir todo apertado. Bem, então, a velha história começou de novo. A viúva tocava um sino para o jantar, e ocê tinha que chegar na hora. Quando ocê ia pra mesa, não podia começar logo a comer, mas tinha que esperar a viúva baixar a cabeça e resmungar um pouco sobre a comida, apesar de não ter realmente nada de errado com ela – isto é, nada só que tudo era cozido separado. Num barril de restos é diferente, as coisas se misturam e o suco meio que gira com força ali dentro, e a coisa fica mais gostosa.

Depois do jantar ela pegava seu livro e me ensinava sobre Moisés e os caras dos Papiros, e eu tava doido pra saber tudo sobre ele, mas aos poucos ela deixou escapar que já fazia um bom tempo que Moisés tava morto, assim não dei mais bola, porque não me interesso por mortos.

Pouco depois eu quis fumar e pedi licença pra viúva. Mas ela não quis saber. Disse que era um hábito ruim e não era limpo e que eu devia tentar não fazer mais aquilo. É assim com algumas pessoas. Elas pegam birra com alguma coisa mesmo sem saber nada sobre a coisa. Ela ficava se preocupando com Moisés, que não era parente dela, não tinha valor pra ninguém, já morto, entende, mas descobrindo uma falha enorme em mim porque eu fazia uma coisa que tinha alguma serventia. E ela cheirava rapé também, claro que isso nada tinha de errado, porque era ela que fazia.

Sua irmã, a senhorita Watson, uma solteirona muito magra, de óculos, veio morar com ela e me chamou pra sentar ao seu lado com uma cartilha. Ela me fez dar mais ou menos duro por uma hora, e então a viúva mandou ela maneirar. Eu não aguentava mais. Então, durante uma hora foi um tédio mortal e eu tava nervoso. A senhorita Watson dizia: "Não põe os pés aí em cima, Huckleberry" e "Não fica encolhido desse jeito, Huckleberry – senta direito"; e logo depois ela dizia: "Não fica de boca aberta e atirado assim, Huckleberry – por que você não tenta se comportar?". Então ela me contou tudo sobre o lugar ruim, e eu disse que queria ir pra lá. Ela ficou brava, mas eu não fiz por mal. Tudo o que eu queria era ir pra algum lugar; tudo o que eu queria era uma mudança, qualquer uma. Ela disse que era malvadeza dizer o que eu disse; falou que não dizia isso por nada neste mundo; ela ia viver de um certo jeito pra ir pro lugar bom. Bem, eu não via nenhuma vantagem em ir pra onde ela tava indo, então decidi que não ia me esforçar pra isso. Mas não falei nada, porque isso ia provocar encrenca e não ia me fazer bem nenhum.

Agora que tinha começado, ela continuou e me contou tudo sobre o lugar bom. Disse que tudo que alguém tinha que fazer lá era andar à toa o dia inteiro com uma harpa e cantar pra todo o sempre. Não achei muito interessante. Mas não disse nada. Perguntei se ela achava que Tom Sawyer ia pra lá, e ela disse que não, de jeito nenhum. Fiquei contente com isso, porque eu queria nós dois juntos.

A senhorita Watson, ela continuou a me amolar, e tudo ficou aborrecido e solitário. Dali a pouco elas mandaram buscar os negros pra dentro da casa, e fizemos orações, depois todo mundo saiu pra ir dormir. Subi pro meu quarto com um pedaço de vela e coloquei a vela sobre a mesa. Então me sentei numa cadeira perto da janela e tentei pensar em alguma coisa alegre, mas não adiantava. Eu tava me sentindo tão só que o que eu mais queria era tá morto. As estrelas brilhavam e as folhas faziam um ruído muito triste na mata; e escutei uma coruja, bem longe, piando por alguém que tava morto, e um noitibó e um cachorro berrando por alguém que ia morrer; e o vento tava tentando me sussurrar alguma coisa, eu não conseguia descobrir o que era, e assim senti calafrios por todo o corpo. Depois lá longe na mata ouvi aquela espécie de som que um fantasma faz quando quer dizer algo que tem na cabeça e não consegue se fazer entender, e por isso não pode ficar quieto no seu túmulo, tem que andar por aí a noite toda, lamentando. Fiquei tão abatido e assustado que desejei muito uma companhia. Aí uma aranha começou a subir pelo meu ombro, e eu dei um piparote, e ela caiu sobre a vela e, antes de eu poder me mexer, já tava toda engrouvinhada. Eu não precisava de ninguém pra me dizer que isso era um terrível mau sinal e que ia me trazer bastante azar, então fiquei com medo e quase arranquei a roupa. Me levantei e andei pelo quarto voltando sobre os meus passos umas três vezes e fiz o sinal da cruz no meu peito a cada vez e depois atei um pequeno anel do meu cabelo com um fio pra manter as bruxas bem longe. Mas não me sentia confiante. É o que a gente faz quando perde uma ferradura que achou em algum lugar, em vez de pregar ela sobre a porta, mas nunca tinha ouvido ninguém dizer que era um jeito de afastar o azar quando alguém mata uma aranha.

Sentei de novo, tremendo todo, e tirei o meu cachimbo pra fumar, pois a casa tava num silêncio mortal agora, e assim a viúva não ia ficar sabendo. Bem, depois de muito tempo escutei o relógio bem longe na cidade fazer bum-bum-bum – doze badaladas; e tudo em silêncio de novo – mais quieto do que nunca. Então escutei um galhinho estalar no escuro entre as árvores – alguma coisa tava se mexendo. Fiquei sentado quieto e prestei atenção. Mal consegui ouvir um "eu-aqui! eu-aqui!" ali fora. Um bom sinal! Disse "eu-aqui! eu-aqui!" tão baixinho quanto pude, e depois apaguei a luz e me arrastei pra fora da janela sobre o telheiro. Então escorreguei pro chão e, pelas barbas do profeta, ali tava Tom Sawyer esperando por mim.

## Capítulo 2

*Os meninos escapam de Jim – Jim! – O bando de Tom Sawyer – Planos muito bem traçados*

Andamos na ponta dos pés por um caminho entre as árvores que ia na direção do final do jardim da viúva, nos abaixando pros galhos não arranharem as nossas cabeças. Quando a gente tava passando pela cozinha, tropecei numa raiz e fiz um barulho. Nos agachamos e ficamos quietos. O negro grande da srta. Watson, chamado Jim, tava sentado na porta da cozinha; dava pra ver bem claro, porque tinha uma luz atrás dele. Ele se levantou e espichou o pescoço um minuto, escutando. Depois diz:

– Quem taí?

Escutou mais um pouco; depois desceu na ponta dos pés e ficou bem entre nós dois; a gente quase podia tocar nele. Bem, é muito provável que se passaram minutos e minutos sem nenhum ruído, e a gente tava todo mundo bem junto. O meu tornozelo começou a comichar, mas não cocei; então a minha orelha começou a comichar; e depois as minhas costas, bem entre os ombros. A impressão é que eu ia morrer, se não coçava. Bem, vi muito isso desde então. Se ocê tá com gente fina, ou num funeral, ou tentando dormir quando não tem sono – se ocê tá em qualquer lugar onde não dá pra coçar, ora, aí ocê vai sentir coceira por toda a parte em mais de mil lugares. Pouco depois Jim diz:

– Fala, quem é ocê? Droga, se num ouvi uma coisa. Bem, sei o que eu vô fazê: vô me sentá aqui e escutá até ouvi essa coisa de novo.

Assim ele sentou no chão entre eu e Tom. Encostou numa árvore e espichou as pernas até que uma delas quase tocou numa das minhas. Meu nariz começou a comichar. Comichou até que as lágrimas encheram os meus olhos. Mas não cocei. Depois começou a comichar por dentro. Aí passou a comichar embaixo. Eu não sabia o que fazer pra ficar sem me mexer. Essa desgraça continuou seis ou sete minutos, mas pareceu bem mais do que isso. Eu sentia coceiras em onze lugares diferentes agora. Calculei que não podia aguentar mais que um minuto, mas apertei os dentes e me preparei pra tentar. Bem nessa hora Jim começou a respirar forte, então começou a roncar – e logo eu tava confortável de novo.

Tom, ele me fez um sinal – um barulhinho com a boca – e a gente saiu se arrastando de quatro. Quando a gente tinha andado uns três metros, Tom sussurrou pra mim, ele queria amarrar Jim na árvore de brincadeira. Mas eu disse não, ele podia acordar e fazer um tumulto, então iam descobrir que eu não tava em casa. Tom disse que não tinha vela suficiente e que ele ia se enfiar na cozinha e pegar mais algumas. Eu não queria saber dele tentar pegar as velas. Disse que Jim podia acordar e vir atrás da gente. Mas Tom quis arriscar; então a gente se enfiou ali e pegou três velas, e Tom deixou cinco centavos na mesa como pagamento. Depois a gente saiu, e eu tava doido pra ir embora, mas nada fez Tom abandonar o plano de se arrastar de quatro até onde Jim tava pra jogar alguma coisa nele. Eu esperei, e pareceu um bom tempo, tudo tava tão quieto e solitário.

Assim que Tom voltou, a gente seguiu pelo atalho, ao redor da cerca do jardim, e em pouco tempo chegou ao topo íngreme do morro no outro lado da casa. Tom disse que tirou o chapéu da cabeça de Jim e dependurou num ramo bem no alto, e Jim se mexeu um pouco, mas não acordou. Mais tarde Jim disse que foi enfeitiçado pelas bruxas, que elas puseram ele num transe e carregaram ele por todo o estado, e que depois colocaram ele embaixo das árvores de novo e dependuraram o chapéu dele num ramo pra mostrar quem tinha feito o truque. E na vez seguinte que Jim contou a história, ele disse que foi levado até Nova Orleans; e, depois disso, toda vez que contava a história ele aumentava mais e mais, até que daí a pouco ele disse que elas levaram ele pelo mundo inteiro e deixaram ele morto de cansaço, com o traseiro todo coberto de furúnculos da sela. Jim tinha um orgulho enorme da história, e ele ficou de um jeito que nem olhava mais pros outros negros. Os negros andavam quilômetros pra ouvir Jim contar a história, e ele era mais admirado que qualquer outro negro naquela região. Os negros estranhos ficavam de boca aberta e olhavam Jim por todos os lados, igualzinho como se ele fosse um milagre. Os negros tavam sempre falando de bruxas no escuro perto do fogo da cozinha, mas sempre quando alguém falava e fingia saber tudo sobre essas coisas, acontecia que Jim entrava e dizia: "Hum! O que ocê sabe das bruxa?" e o tal do negro calava a boca e tinha que sentar bem lá no fundo. Jim sempre usava uma grande moeda de cinco centavos pendurada no pescoço por um cordão e dizia que era um amuleto que o diabo tinha dado pra ele com as próprias mãos e declarado que ele podia curar qualquer pessoa com aquilo, invocar as bruxas sempre que queria, só falando alguma coisa pra moeda, mas ele nunca disse o que era que ele falava. Os negros vinham de toda parte e davam a Jim qualquer coisa que tinham só pra dar uma olhada naquela moeda de cinco centavos, mas eles não tocavam, porque o diabo tinha colocado as mãos nela. Jim tava muito estragado como criado e acabou ficando insolente porque viu o diabo e foi carregado pelas bruxas.

Bem, quando Tom e eu chegamos bem no topo do morro, a gente olhou pra vila embaixo e conseguiu ver três ou quatro luzes piscando, onde morava gente doente, talvez; e as estrelas em cima de nós tavam cintilando muito bonitas; e lá embaixo ao lado da vila tava o rio, um quilômetro inteiro de largura, terrível de tão quieto e enorme. A gente desceu o morro e encontrou Jo Harper e Ben Rogers, e mais dois ou três dos meninos, escondidos no velho curtume. Aí a gente desatou um bote e remou pelo rio uns quatro quilômetros até o grande penhasco na encosta e foi pra margem.

A gente caminhou até uma moita de arbustos e Tom fez todo mundo jurar que ia guardar segredo, e ele então mostrou um buraco no morro, bem na parte mais densa dos arbustos. A gente acendeu as velas e se arrastou de quatro pelo chão. Andamos uns duzentos metros e aí a caverna se abriu. Tom cutucou as passagens e logo se abaixou ao pé de uma parede onde ninguém ia notar que tinha um buraco. A gente enveredou por um lugar estreito e entrou numa espécie de sala, toda úmida, viscosa e fria, e ali paramos. Tom diz:

– Agora vamos fundar um bando de assaltantes e dar o nome de Bando de Tom Sawyer. Todos os que querem participar têm que fazer um juramento e escrever o nome com sangue.

Todo mundo queria participar. Então Tom tirou do bolso uma folha de papel em que tinha escrito o juramento e leu em voz alta. Obrigava todo menino a jurar que não ia abandonar o bando e que nunca ia contar pra ninguém nenhum dos segredos; se alguém fizesse alguma coisa com qualquer garoto do bando, o menino que recebia a ordem de matar aquela pessoa e a sua família devia cumprir a ordem, e ele não devia comer nem dormir até matar todos e marcar uma cruz no peito de cada um com uma faca, que era o sinal do bando. E ninguém fora do bando podia usar aquela marca e, se usava, devia ser processado; e se fazia de novo, devia ser morto. E se alguém que pertencia ao bando contava os segredos, devia ter a garganta cortada, depois a sua carcaça devia ser queimada e as cinzas espalhadas por toda parte, e o seu nome era apagado da lista com sangue e nunca mais mencionado pelo bando, amaldiçoado com uma praga e esquecido pra sempre.

Todo mundo disse que era um juramento muito bonito, e os meninos perguntaram a Tom se ele tinha tirado as palavras da própria cabeça. Ele disse que parte das palavras, mas o resto era tirado de livros de piratas e livros de assaltantes, e todo bando de valor tinha um juramento.

Alguns acharam que era bom matar as *famílias* dos meninos que contavam os segredos. Tom disse que era uma boa ideia, então ele pegou o lápis e escreveu no papel. Então Ben Rogers diz:

– E Huck Finn, ele não tem família, o que vamos fazer com ele?

– Bem, ele não tem pai? – diz Tom Sawyer.

– Sim, ele tem pai, mas agora ninguém sabe do pai dele. Ele deitava bêbado com os porcos no curtume, mas já faz um ano ou mais que não aparece por ali.

Eles ficaram falando e iam me tirar do bando, porque diziam que todo menino devia ter uma família ou alguém pra matar, senão não ia ser justo com os outros. Bem, ninguém conseguia pensar em nada pra fazer – todo mundo tava aturdido e quieto. Eu tava a ponto de chorar, mas de repente tive uma ideia e ofereci a srta. Watson – eles podiam matar a senhorita. Todo mundo disse:

– Oh, ela serve. Tudo bem. O Huck pode entrar.

Então todos enfiaram um alfinete no dedo pra tirar sangue pra assinar o juramento, e eu deixei a minha marca no papel.

– Então – diz Ben Rogers –, qual é a linha de negócios deste bando?

– Só assalto e assassinato – disse Tom.

— Mas quem nós vamos assaltar? Casas, ou gado, ou...

— Bobagem! Roubar gado e essas coisas não é assalto, é arrombamento – diz Tom Sawyer. – Não somos arrombadores. Isso não tem graça. Somos assaltantes de estrada. A gente para as diligências e as carroças na estrada, com máscara no rosto, e a gente mata as pessoas e pega os seus relógios e dinheiro.

— Temos sempre que matar as pessoas?

— Oh, claro. É melhor. Algumas autoridades acham diferente, mas em geral é considerado melhor matar as pessoas. A não ser algumas que trazemos pra caverna aqui e mantemos presas até serem resgatadas.

— Resgatadas? O que é isso?

— Não sei. Mas é o que eles fazem. Li em livros, então é claro que é isso o que temos que fazer.

— Mas como vamos fazer se não sabemos o que é?

— Ora, dane-se, *temos* que fazer. Eu não falei que tá nos livros? Ocê quer fazer diferente do que tá nos livros e embaralhar tudo?

— Oh, é muito fácil *falar*, Tom Sawyer, mas como diabos é que esses sujeitos vão ser resgatados se não sabemos o que fazer? É isso o que quero dizer. Agora, o que ocê acha que é?

— Bem, não sei. Mas talvez, se deixamos eles presos até serem resgatados, isso significa que deixamos eles presos até serem mortos.

— Ora, já é *alguma coisa*. Dá pra entender. Por que não falou isso antes? Vamos deixar os caras presos até que são resgatados pra morte. E vai ser um grupo muito chato também, comendo tudo e sempre tentando fugir.

— Como ocê fala, Ben Rogers! Como é que eles podem fugir, se vai ter um guarda vigiando os caras, pronto pra fuzilar quem tentar qualquer coisa?

— Um guarda! Ora, essa *é* boa. Assim alguém vai ter que ficar acordado a noite inteira sem dormir, só pra vigiar os caras. Acho que é bobagem. Por que alguém não pega um pedaço de pau e resgata os caras assim que chegam aqui?

– Porque não é assim que tá nos livros. É por isso. Agora, Ben Rogers, ocê quer fazer as coisas como manda a regra ou não? Essa é a ideia. Não acha que as pessoas que fizeram os livros sabem qual é a coisa certa pra fazer? Acha que ocê pode ensinar alguma coisa pra elas? De maneira nenhuma. Não, senhor, vamos continuar e resgatar os caras como manda a regra.

– Tudo bem, não me importo. Mas digo que é bobagem, de qualquer modo. Diz uma coisa, vamos matar as mulheres também?

– Olha, Ben Rogers, se eu sou tão ignorante como ocê, não ia deixar ninguém perceber. Matar as mulheres? Não, ninguém nunca viu nada disso nos livros. Ocê traz as mulheres pra caverna e trata todas sempre com um jeito polido e doce, e aí elas se apaixonam por ocê, e nunca mais vão querer ir pra casa.

– Bem, se é assim, tô de acordo, mas não faço fé nisso. Logo, logo vamos ter a caverna tão cheia de mulheres e de sujeitos esperando ser resgatados que não vai ter lugar pros assaltantes. Mas vai em frente, não tenho nada a dizer.

O pequeno Tommy Barnes agora tava adormecido e, quando foi acordado, ficou assustado e chorou, e disse que queria ir pra casa pra ver a mamãe, que não queria mais ser assaltante.

Aí todos zombaram dele e chamaram ele de bebê chorão, e isso enfureceu o pequeno, e ele disse que ia direto pra casa contar todos os segredos. Mas Tom deu cinco centavos pra ele ficar quieto e disse que todos nós tínhamos que ir pra casa e nos encontrar na próxima semana, pra assaltar alguém e matar algumas pessoas.

Ben Rogers disse que não podia sair muito, só nos domingos, então ele queria começar no próximo domingo, mas todos os meninos disseram que era maldade fazer essas coisas no domingo, e isso decidiu a questão. Concordaram em se reunir e marcar um dia assim que possível, e depois elegemos Tom Sawyer primeiro-capitão e Jo Harper segundo-capitão do bando, e fomos pra casa.

Eu subi no telheiro e entrei sorrateiro pela janela antes do dia amanhecer. As minhas roupas novas tavam todas sujas de graxa e poeira, e eu tava morto de cansado.

## Capítulo 3

*Uma boa revistada – Graça triunfante – Brincando de assaltantes – Os gênios – "Uma das mentiras de Tom Sawyer"*

Levei uma boa revistada de manhã, da velha srta. Watson, por causa das minhas roupas, mas a viúva, ela não xingou, só limpou a graxa e o barro seco, e parecia tão chateada que pensei em me comportar por um tempo, se desse. Então a srta. Watson ela me levou pro gabinete e rezou, mas nada aconteceu. Ela me disse pra rezar todos os dias, que aquilo que eu pedia daquele jeito eu ia conseguir. Mas não era verdade. Tentei. Uma vez consegui uma linha de pescar, mas nada de anzóis. Tentei conseguir os anzóis três ou quatro vezes, mas não sei por que não conseguia fazer a reza funcionar. Mais tarde pedi pra srta. Watson tentar pra mim, mas ela disse que eu era tolo. Nunca me disse por quê, e não teve jeito de eu descobrir.

Uma vez sentei na mata e pensei muito sobre isso. Perguntei pra mim mesmo: se alguém pode conseguir o que reza pedindo, por que o Decano Winn não recebeu de volta o dinheiro que perdeu com o porco? Por que a viúva não pode receber de volta a caixa de rapé de prata que foi roubada? Por que a srta. Watson não consegue engordar? Não, disse pra mim mesmo, não tem nada disso. Fui e falei com a viúva sobre isso, e ela disse que as coisas que a gente conseguia rezando eram "dádivas espirituais". Isso foi demais pra mim, mas ela me explicou o que queria dizer – tenho que ajudar as outras pessoas, e fazer tudo o que eu puder pras outras pessoas, e cuidar delas o tempo todo e nunca pensar em mim mesmo. Isso incluía a srta. Watson, foi o que pensei. Saí pro mato e revirei a coisa na minha cabeça por um bom tempo, mas não consegui ver nenhuma vantagem – a não ser pras outras pessoas – então decidi por fim que não ia me preocupar mais com isso, apenas ia deixar acontecer. Às vezes a viúva me puxava prum lado e falava sobre a Providência de um jeito que dava água na boca; mas no dia seguinte, talvez, a srta. Watson assumia o comando e derrubava tudo de novo. Achei que dava pra ver que tinha duas Providências, e um pobre sujeito tinha uma grande chance de felicidade com a Providência da viúva, mas, se a Providência da srta. Watson pegava o cara, não tinha mais saída pro coitado. Pensei de todos os jeitos e decidi que eu ia ser da Providência da viúva, se ela me aceitasse, apesar de não conseguir descobrir como é que essa Providência ia me deixar melhor do que eu era antes, eu sendo tão ignorante, e tão inferior e desprezível.

Papai ele não tinha sido visto por mais de um ano, e isso era confortável pra mim. Eu não queria ver papai nunca mais. Ele sempre me batia quando tava sóbrio e conseguia me pegar; apesar de eu me enfiar no mato quase o tempo todo quando ele andava por perto. Bem, nessa época ele foi encontrado afogado no rio, uns dezenove quilômetros além da cidade, era o que dizia o povo. Pelo menos eles achavam que era papai; disseram que o afogado era exatamente do tamanho dele e que tava esfarrapado, e que tinha o cabelo comprido pouco comum, como o papai, mas eles não conseguiram saber nada do rosto, porque ele tinha ficado na água por tanto tempo que não era mais como um rosto. Diziam que ele tava flutuando de costas na água. Pegaram e enterraram ele na margem. Mas por muito tempo não me senti confortável, porque aconteceu de eu pensar uma coisa. Eu sabia muito bem que um homem afogado não flutua de costas, mas emborcado. Por isso eu sabia que não era o papai, mas uma mulher vestida com roupas de homem. Assim fiquei desconfortável de novo. Pensei que o velho ia aparecer de novo qualquer dia, mesmo eu não querendo.

Brincamos de assaltantes uma ou outra vez durante um mês, e depois eu caí fora. Todos os garotos caíram fora. A gente não tinha assaltado ninguém, não tinha matado ninguém, só fingido. A gente saía de repente da mata e descia correndo pra atacar tropeiros de porcos e mulheres em carroças que levavam ferramentas de jardim pro mercado, mas a gente nunca pegava nenhum deles. Tom Sawyer chamava os porcos de "lingotes" e chamava os nabos e as ferramentas de "joias", e a gente ia pra caverna e discutia sobre a nossa ação, sobre quantas pessoas a gente tinha matado e marcado. Mas eu não conseguia ver nenhuma vantagem nisso tudo. Uma vez Tom mandou um menino correr pela cidade com uma vara pegando fogo, que ele chamava de grito de guerra (que era o sinal pro bando se reunir), e depois disse que tinha recebido notícias secretas de seus espiões, que um bando inteiro de mercadores espanhóis e árabes ricos tava chegando pra acampar em Cave Hollow com duzentos elefantes, seiscentos camelos e mais de mil mulas azêmolas, todos carregados com diamantes, e eles não tinham só uma guarda de quatrocentos soldados, e a gente ia ficar de emboscada, como ele dizia, e matar todo o bando e pegar as coisas. Disse que a gente devia polir as nossas espadas e pistolas, e ficar de prontidão. Ele nunca conseguiu perseguir nem mesmo uma carroça de nabos, mas queria que as espadas e as pistolas estivessem todas limpas pro ataque, apesar de serem apenas sarrafos e cabos de vassoura, e a gente podia limpar esses troços até cair morto, nem por isso valiam um punhado de cinzas mais do que antes. Eu não acreditava que a gente podia vencer uma tal multidão de espanhóis e árabes, mas eu queria ver os camelos e os elefantes, então eu tava presente no dia seguinte, domingo, na emboscada; e quando escutamos a palavra de ordem, a gente saiu correndo da mata e desceu o morro. Mas nada de espanhóis nem árabes, e nada de camelos nem de elefantes. Nada a não ser um piquenique da escola dominical, e ainda por cima só uma classe das primeiras lições. A gente acabou com o piquenique e perseguiu as crianças morro acima, mas só conseguiu algumas roscas doces e geleia, e Jo Harper pegou um livro de hinos e um tratado; depois o professor nos atacou e deu ordem pra gente largar tudo e se mandar. Não vi nenhum diamante e disse isso a Tom Sawyer. Ele falou que tinha montes de diamantes por ali; e disse também que tinha árabes, elefantes e outras coisas. Eu perguntei, então, por que não podemos ver tudo isso? Ele disse que, se eu não fosse tão ignorante e tivesse lido um livro chamado *Dom Quixote*, eu ia saber sem precisar perguntar. Disse que era tudo feito por encantamento. Disse que tinha centenas de soldados ali, e mais elefantes, tesouro e assim por diante, mas a gente tinha inimigos que ele chamava de mágicos, e eles tinham transformado tudo numa escola infantil dominical, só por despeito. Eu disse tudo bem, então o que devíamos fazer era atacar os mágicos. Tom Sawyer disse que eu era um bobalhão.

– Ora – diz ele –, um mágico podia chamar muitos gênios, e eles iam fazer picadinho de ocê antes de ocê dizer Jack Robinson. Eles são altos como uma árvore e largos como uma igreja.

– E se a gente conseguisse uns gênios pra *nos* ajudar... não podemos vencer o outro grupo nesse caso?

– Como é que ocê vai conseguir os gênios?

– Não sei. Como é que *eles* conseguem?

– Ora, eles esfregam uma velha lâmpada de latão ou um anel de ferro, então os gênios aparecem velozes, com o trovão e o raio rompendo por tudo e a fumaça se enrolando, e tudo que são mandados fazer, eles levantam e fazem. Não acham nada de mais arrancar uma torre de chumbo pelas raízes e bater com ela na cabeça de um superintendente de escola dominical... ou na cabeça de qualquer outro homem.

– Quem é que faz eles sair por aí destruindo tudo?

– Ora, a pessoa que esfrega a lâmpada ou o anel. Eles pertencem a quem esfrega a lâmpada ou o anel, e eles têm que fazer tudo o que esse cara falar. Se ele manda construir um palácio de sessenta e quatro quilômetros de comprimento, todo de diamantes, e encher o palácio de chicletes, ou do que você quiser, e buscar a filha de um imperador da China pra casar com ocê, eles têm que fazer... e mais, têm que fazer antes do sol aparecer na manhã seguinte. E ainda mais... eles têm que fazer o palácio valsar pelo país por onde ocê quiser, entende.

– Ora – digo eu –, acho que são um bando de bobos por não ficarem com o palácio pra eles em vez de acabar estragando as coisas desse jeito. E tem mais... se eu fosse um deles, eu mandava o homem pro lugar onde Judas perdeu as botas, antes de deixar o que tava fazendo só pra responder ao chamado dele, só porque ele esfregou uma velha lâmpada de latão.

– Veja lá como fala, Huck Finn! Ocê *tinha* que responder o chamado quando ele esfregasse a lâmpada, querendo ou não.

– O quê? E eu tão alto como uma árvore e tão grande como uma igreja? Tudo bem então: eu *ia* aparecer se fosse chamado, mas aposto que ia fazer o cara subir na árvore mais alta do país.

– Ora, bolas, não adianta falar com ocê, Huck Finn. Você parece não saber nada... um perfeito pateta.

Fiquei pensando nisso tudo por dois ou três dias, então decidi que ia ver se tinha algum sentido. Peguei uma velha lâmpada de latão e um anel de ferro, e saí pra mata e esfreguei e esfreguei até ficar suado como um índio, fazendo planos pra construir um palácio e vender o edifício, mas não adiantou, nenhum dos gênios apareceu. Concluí que toda essa história era apenas mais uma das mentiras de Tom Sawyer. Imaginei que ele acreditava nos árabes e nos elefantes; já eu, eu penso diferente. Aquilo tinha toda a cara de uma escola dominical de catecismo.

## Capítulo 4

*"Lento mas seguro" – Huck e o juiz – Superstição*

Três ou quatro meses passaram, e agora era bem inverno. Eu tinha ido pra escola grande parte do tempo, sabia soletrar, ler, escrever só um pouco, e sabia recitar a tabuada até seis vezes sete igual a trinta e cinco, e não acho que ia poder seguir adiante algum dia, mesmo que fosse viver pra sempre. Não tenho mesmo interesse pela matemática.

No início eu odiava a escola, mas em pouco tempo cheguei num ponto em que podia suportar essa vida. Sempre que eu ficava mais cansado do que nunca, eu matava a aula, e a coça que levava no dia seguinte me fazia bem e me animava. Assim, quanto mais eu ia pra escola, mais fácil ficava a coisa. Eu também já tava me acostumando com as maneiras da viúva, e ela nem era tão dura comigo. Morar numa casa e dormir numa cama me deixava bem nervoso, em geral, mas antes do tempo frio eu costumava me esgueirar pra fora de casa e dormia na mata, às vezes, e era um descanso pra mim. Gostava mais das velhas maneiras, mas tava ficando de um jeito que também gostava das novas, um pouquinho. A viúva dizia que eu tava avançando, lento mas seguro, e me comportando de modo muito satisfatório. Dizia que não tinha vergonha de mim.

Uma manhã aconteceu de eu virar o saleiro no café da manhã. Estendi a mão pra pegar um pouco de sal bem rápido, pra jogar sobre meu ombro esquerdo e manter o azar bem longe, mas a srta. Watson foi mais rápida que eu e acabou com a minha tentativa. Ela diz: "Tira a mão, Huckleberry – que mixórdia você está sempre fazendo!". A viúva me defendeu, mas isso não ia afastar o azar, disso eu sabia muito bem. Comecei, depois do café, a me sentir preocupado e trêmulo, querendo saber onde é que o azar ia cair em cima de mim e o que ia ser. Tem uns jeitos de manter afastado uns tipos de azar, mas este não era um desses tipos, assim nem tentei fazer nada, apenas segui adiante abatido e de sobreaviso.

Desci pelo jardim da frente e subi os degraus, ali onde a gente passa pela cerca alta de tábuas. Tinha uns centímetros de neve no chão, e vi as pegadas de alguém. Elas vinham da pedreira e pararam perto dos degraus por um tempo e depois continuaram ao redor da cerca do jardim. Era engraçado que não tinham entrado, depois de ficar paradas assim. Não conseguia entender. Era muito curioso, de certa maneira. Eu ia seguir por ali, mas me abaixei pra olhar as pegadas primeiro. De início não percebi nada, mas depois sim. Tinha uma cruz no salto da bota esquerda feita com um prego grande, pra manter o diabo afastado.

Num segundo, eu estava de pé e descendo o morro a toda. Olhava sobre meu ombro de vez em quando, mas não via ninguém. Cheguei na casa do juiz Thatcher o mais rápido que pude. Ele disse:

– Ora, meu menino, você está sem fôlego. Veio buscar seu dinheiro?

– Não, sinhô – digo eu. – Tem um dinheiro pra mim?

– Oh, sim, os rendimentos de um semestre chegaram ontem à noite. Mais de cento e cinquenta dólares. Uma fortuna para você. Melhor deixar que eu invista a soma junto com os seus seis mil, porque se você pegar, vai gastar tudo.

– Não, sinhô – digo eu –, não quero gastar nada. Não quero esse dinheiro... nem mesmo os seis mil. Quero que o sinhô fique com o dinheiro, quero dar pro sinhô, os seis mil e tudo mais.

Ele parecia surpreso. Parecia não poder entender. Perguntou:

– Ora, o que você quer dizer, meu menino?

Eu disse:

– Nada de perguntas sobre isso, por favor. Vai ficar com o dinheiro... não vai?

Ele disse:

– Bem, estou perplexo. Há algum problema?

– Por favor, pegue o dinheiro – eu disse – e não pergunte nada... porque aí não vou ter que contar mentiras.

Ele pensou um pouco e depois disse:

– Ah. Acho que compreendo. Você quer *vender* toda a sua propriedade para mim... e não dar. Essa é a ideia correta.

Então ele escreveu algo num papel, leu com atenção e disse:

– Pronto... veja que diz "por um preço". Isso significa que comprei o dinheiro de você e paguei por ele. Aqui está um dólar para você. Agora, assine.

Assinei e fui embora.

O negro da srta. Watson, Jim, tinha uma bola de pelos do tamanho do seu punho, que tinha sido arrancada do quarto estômago de um boi, e ele usava pra fazer magia. Dizia que tinha um espírito dentro da bola e que o espírito sabia tudo. Então fui conversar com ele nessa noite e disse que papai tava aqui de novo, porque encontrei o seu rastro na neve. O que eu queria saber era o que ele ia fazer, e ele ia ficar aqui? Jim pegou a sua bola de pelos e disse alguma coisa em cima dela, depois levantou a bola e deixou ela cair no chão. Caiu bem firme, só rolou uns centímetros. Jim tentou de novo, colocou a orelha contra a bola e escutou. Mas não adiantou nada, disse que a bola não ia falar. Disse que às vezes ela não falava sem dinheiro. Eu disse que tinha uma velha moeda falsa e brilhante de vinte e cinco centavos que não valia nada, porque o latão aparecia um pouco embaixo da prata, e não ia passar por verdadeira de jeito nenhum, mesmo que o latão não aparecesse, porque era tão brilhante que parecia oleosa, e isso ia sempre denunciar que era falsa. (Calculei que era melhor não dizer nada sobre o dólar que tinha recebido do juiz.) Disse que era um dinheiro muito ruim, mas quem sabe a bola de pelos podia aceitar a moeda, porque não sabia talvez a diferença. Jim cheirou, mordeu, esfregou a moeda e disse que ia dar um jeito pra bola de pelos achar que era dinheiro bom. Disse que ia abrir uma batata crua e enfiar a moeda entre as duas partes e deixar assim toda a noite, e na manhã seguinte ninguém ia poder ver o latão, e ela não ia mais parecer oleosa, e assim qualquer um na cidade ia aceitar logo a moeda – uma bola de pelos então nem se fala! Bem, eu sabia que uma batata tinha esse efeito, mas tinha esquecido.

Jim colocou a moeda embaixo da bola de pelos, abaixou e escutou de novo. Dessa vez, disse que a bola de pelos tava legal. Disse que ela ia falar toda a minha sorte, se eu quisesse. Eu disse, continue. Assim a bola de pelos falou pra Jim, e Jim contou tudo pra mim. Ele disse:

– Seu veio pai num sabe ainda o que vai fazê. Ora fala que vai imbora, dispois fala de novo que vai ficá. O mió é ficá calmo e deixá o veio decidi o que fazê. Tem dois anjo voano ao redó dele. Um deles é branco e brilhante, e o otro é preto. O branco põe ele a fazê as coisa direito, por um tempo, dispois o preto ataca e estraga tudo. Ninguém inda pode dizê qual é que vai ficá com ele no fim. Mas ocê tá bem. Vai tê muita encrenca na vida, e muita alegria. Ora vai se feri, ora vai ficá doente, mas toda veiz vai ficá bem de novo. Tem duas garota voano ao redó de ocê na vida. Uma delas é luz e a otra é escura. Uma é rica e a otra é pobre. Ocê vai casá com a pobre primeiro e com a rica daí a poco. Ocê vai querê ficá longe da água tanto quanto possível, e num corrê risco, porque tá escrito que ocê vai sê enforcado.

Quando acendi a minha vela e subi pro meu quarto naquela noite, lá tava papai, ele mesmo!

## Capítulo 5

*O pai de Huck – O progenitor amoroso – Reforma*

Eu tinha fechado a porta. Me virei, e ali tava ele. Eu sempre tive medo dele o tempo todo, ele me batia muito. Achei que também tava com medo agora, mas num minuto vi que tava enganado. Quer dizer, depois do primeiro solavanco, quando minha respiração meio que trancou – ele sendo tão inesperado; mas logo depois vi que não tava com medo, nada de preocupar.

Ele contava bem cinquenta anos e parecia ter essa idade. O cabelo era longo, emaranhado e gordurento, e caía no rosto, dava pra ver os olhos brilhando pelo meio dos fios, como se atrás de cipós. Era todo preto, nem um pouco grisalho, e as longas suíças emaranhadas também. Não tinha cor no rosto, nos lugares em que o rosto aparecia; era branco; não como o branco de um homem qualquer, mas um branco de corpo doente, um branco de fazer a carne do corpo formigar – um branco de perereca, um branco de barriga de peixe. E as roupas – só trapos. Ele tava com uma canela sobre o outro joelho; a bota nesse pé tava furada, e dois dos dedos saíam pra fora, e ele mexia os dedos de vez em quando. O chapéu tava no chão, um velho chapéu preto desabado com o topo afundado, como uma tampa.

Parei olhando pra ele; tava sentado ali olhando pra mim, com a cadeira um pouco inclinada pra trás. Botei a vela num lugar qualquer. Vi que a janela tava levantada, então ele tinha entrado subindo pelo telheiro. Ele continuava olhando pra mim por todos os lados. Daí a pouco disse:

– Roupas engomada... muito. Ocê acha que é grande coisa, *né*?

– Talvez sim, talvez não – eu disse.

– Num fala comigo desse jeito atrevido – disse ele. – Ocê tá com um ar muito besta desde que eu fui embora. Vô baixar a sua crista antes de acabar com ocê. Tá educado também, dizem, sabe ler e escrever. Acha que é melhor que o seu pai agora, né, porque ele não sabe? Vô acabar com isso. Quem disse que ocê podia se meter com essas bobagem, hein?... Quem disse que ocê podia?

– A viúva. Ela falou.

– A viúva, hein? ...E quem disse pra viúva que ela podia meter o nariz numa coisa que num é da conta dela?

– Ninguém nunca disse nada pra ela.

– Então vô ensinar a viúva a não se meter onde num é chamada. E olha aqui... ocê deixa essa escola, tá ouvindo? Vô ensinar as pessoa a fazer um menino olhar o próprio pai de cima, fingir que é melhor do que *ele*. Espera só eu pegar ocê vadiando perto dessa escola de novo, tá ouvindo? Tua mãe num sabia ler, e ela também num sabia escrever, antes de morrer. Ninguém da família sabia antes de morrer. *Eu* num sei, e agora vem ocê todo empinado desse jeito. Não sô homem de aguentar essas coisa... tá ouvindo? Diz uma coisa... quero ouvir ocê lendo.

Peguei um livro e comecei uma história sobre o general Washington e as guerras. Quando já tinha lido um meio minuto, ele pegou o livro num safanão e atirou o troço pela casa. Disse:

– Então é assim. Ocê sabe ler. Tinha minhas dúvida quando ocê me disse. Agora olha aqui, ocê para de me olhar de cima. Não vô aguentar. Vô ficar à espreita, meu esperto, e se eu pegar ocê perto dessa escola, vou dar uma boa surra n'ocê. E ocê sabe que vai aprender religião também, nunca vi um filho assim.

Ele pegou um pequeno desenho azul e amarelo de umas vacas e um menino, e perguntou:

– Que é isto?

– É uma coisa que eles dão pra eu aprender bem as lições.

Ele rasgou o papel e disse:

– Vô dar procê uma coisa melhor... vô dar uma relhada em ocê.

Ficou ali murmurando e resmungando um minuto, depois disse:

– Mas não é que ocê virou *mesmo* um almofadinha todo perfumado? Uma cama, e roupa de cama, e um espelho, e um tapete no chão... e seu pai tendo de dormir com os porcos no curtume. Nunca vi um filho assim. Por certo, vô dar um sumiço nesse seu nariz empinado antes de acabar com ocê. Ora, não tem limite pra esse seu ar... dizem que ocê tá rico. Hein?... como é isso?

– Mentira... é assim que é.

– Olha aqui.. Vê como fala comigo, tô aguentando quase tudo que posso aguentar agora... nada de ser desbocado comigo. Tô na cidade faz dois dias e só tenho ouvido que ocê tá rico. Ouvi essa coisa também lá pra baixo do rio. É por isso que vim. Ocê me dá esse dinheiro amanhã... eu quero a grana.

– Não tenho dinheiro.

– Mentira. O juiz Thatcher tem o dinheiro. Ocê pega com ele. Eu quero a grana.

– Não tenho dinheiro, tô falando. Pergunta pro juiz Thatcher, ele vai dizer o mesmo.

– Tá bem. Vô perguntar e vô fazer ele dar o dinheiro também, ou então vô saber a razão. Diz... quanto ocê tem no bolso? Eu quero a grana.

– Tenho só um dólar e quero ele pra...

– Não faz diferença pra que ocê quer a grana... trata de passar pra mim.

Ele pegou a moeda e mordeu pra ver se era boa, depois disse que ia pra cidade comprar um pouco de uísque, disse que não tinha tomado nada o dia todo. Quando já tinha saído pelo telheiro, colocou a cabeça pra dentro de novo e me xingou por causa do meu nariz empinado e por tentar ser melhor que ele; e quando achei que ele já tava longe, voltou e colocou a cabeça pra dentro de novo, e disse pra eu tomar cuidado com a escola, porque ele ia ficar de olho e me bater, se eu não deixasse disso.

No dia seguinte ele tava bêbado e foi até a casa do juiz Thatcher e destratou o juiz, tentou forçar o juiz a entregar o dinheiro, mas não conseguiu, e então jurou que ia fazer a lei obrigar o juiz a dar o dinheiro pra ele.

O juiz e a viúva entraram com um pedido na justiça pro tribunal me afastar do meu pai e deixar um deles ser o meu tutor; mas era um juiz novo que recém tinha chegado, e ele não conhecia o velho; por isso, disse que os tribunais não deviam interferir e separar as famílias, se podiam evitar essas coisas; disse que preferia não afastar uma criança do seu pai. Então, o juiz Thatcher e a viúva tiveram que desistir do negócio.

Isso agradou o velho, até que ele não conseguiu mais ficar quieto. Disse que ia me dar uma surra de me deixar preto e azul se eu não arrumasse dinheiro pra ele. Tomei emprestados três dólares do juiz Thatcher, e papai pegou o dinheiro, ficou bêbado e saiu berrando por toda parte, xingando, gritando e fazendo escândalo; e continuou a fazer das suas por toda a cidade, com uma panela de lata, até quase a meia-noite; aí eles prenderam o papai e no dia seguinte levaram ele na justiça, e prenderam de novo por uma semana. Mas ele disse que *ele* tava satisfeito; disse que era o dono do seu filho e que ia mostrar pro filho com quantos paus se faz uma canoa.

Quando ele saiu da prisão, o novo juiz disse que ia fazer dele um homem. Levou o meu pai pra sua própria casa, vestiu o velho bem limpo e bonito, e mandou ele tomar o café da manhã, almoçar e jantar com a família, e tudo correu assim fácil pra ele, por assim dizer. Depois do jantar o juiz falou pra ele sobre temperança e todas essas coisas, até que o velho chorou e disse que tinha sido um tolo, tinha jogado fora a sua vida com tolices, mas agora ele ia virar uma nova página e ser um homem de quem ninguém ia ter vergonha, e esperava que o juiz ajudasse e não fizesse pouco caso dele. O juiz disse que podia dar um abraço nele por essas palavras; aí *ele* chorou, e a esposa do juiz ela também chorou; papai disse que sempre tinha sido um homem incompreendido, e o juiz disse que acreditava. O velho disse que tudo o que um homem na pior queria era compaixão; e o juiz falou que assim era; aí eles choraram de novo. E, quando chegou a hora de ir pra cama, o velho levantou e estendeu a mão dizendo:

– Olha pra ela, cavalheiros e damas, todos; pega e aperta a minha mão. Foi a mão de um porco, mas num é mais assim; é a mão de um homem que começou uma nova vida, e eu morro antes do porco voltar. Presta atenção nas minhas palavras... num vão esquecer que eu disse essas coisa. A mão agora é limpa, pode apertar... sem medo.

Assim eles apertaram a mão, um depois do outro, todos ao redor, e choraram. A esposa do juiz ela beijou a mão. Então o velho ele assinou uma promessa... fez a sua marca. O juiz disse que era a hora mais santa já registrada, ou alguma coisa assim. Aí eles enfiaram o velho num belo quarto, que era o quarto de hóspedes, e em algum momento da noite ele sentiu muita sede, subiu no telhado da varanda, escorregou por um pilar e saiu, trocou o novo casaco por uma jarra de muitos litros, tornou a subir de novo e se divertiu bastante; perto do amanhecer se arrastou pra fora de novo, bêbado como um vagabundo, e caiu do telhado da varanda e quebrou o braço esquerdo em dois lugares, e tava quase morto congelado quando alguém encontrou ele depois que o sol apareceu. Quando eles foram olhar o quarto de hóspedes, tava tão bagunçado que tiveram de ir tateando para poder abrir caminho por ele.

O juiz ficou meio chateado. Disse que achava que alguém podia reformar o velho com uma pistola, talvez, mas que ele não conhecia nenhuma outra maneira.

## Capítulo 6

*Ele foi procurar o juiz Thatcher – Huck decide partir – Pensando sobre tudo – Economia política – Agitando por todos os lados*

Bem, logo, logo o velho tava de pé e andando por tudo de novo, e então ele foi procurar o juiz Thatcher no tribunal pra obrigar o juiz a entregar o dinheiro, e ele também procurou por mim porque não parei de ir pra escola. Ele me pegou algumas vezes e me surrou, mas continuei indo pra escola do mesmo jeito, e eu fugia ou corria mais do que ele, no mais das vezes. Antes eu não queria muito ir pra escola, mas acho que agora eu ia pra fazer pirraça com o papai. Aquele julgamento no tribunal era um negócio lento; parecia que eles nunca iam começar; assim, de vez em quando, eu arrumava emprestados dois ou três dólares do juiz pro papai, pra não levar uma surra. Toda vez que pegava algum dinheiro, ele ficava bêbado; e toda vez que ficava bêbado, ele armava uma confusão na cidade; e toda vez que armava confusão, ele acabava preso. Ele simplesmente tinha nascido pra essas coisas – esse tipo de confusão era bem a cara dele.

Ele passou a rondar demais a casa da viúva, por isso ela acabou falando que, se ele não parasse de andar por ali, ela ia arrumar encrenca pra ele. Bem, ele não era *louco*? Disse que ia mostrar quem era o dono de Huck Finn. Então, ele ficou à minha espreita um dia na primavera, e me pegou e levou num bote rio acima, uns cinco quilômetros, e cruzou o rio até a margem de Illinois, onde tinha muita árvore e nenhuma casa a não ser uma velha cabana de toras, num lugar onde a mata era tão fechada que ninguém podia ver a cabana, se não sabia onde ela ficava.

Ele me mantinha perto dele o tempo todo, e eu não tinha chance de sair correndo. A gente vivia naquela velha cabana, e de noite ele sempre trancava a porta e colocava a chave embaixo da cabeça. Ele tava com uma espingarda que tinha roubado, acho eu, e a gente pescava e caçava, e era disso que a gente vivia. De tempos em tempos, ele me trancava na cabana e ia até o armazém, cinco quilômetros até as barcas, e trocava peixe e caça por uísque, levava a bebida pra casa, se embebedava e se divertia, e me dava uma surra. A viúva ela logo descobriu onde eu tava e mandou um homem pra tentar me pegar, mas papai enxotou ele com a espingarda, e não levou muito tempo pra eu me acostumar a viver ali onde tava, e eu gostava daquela vida, de tudo menos a parte das surras.

Era meio preguiçoso e bastante divertido ficar deitado bem à vontade o dia todo, fumando e pescando, sem livros nem estudo. Dois meses ou mais se passaram, e as minhas roupas ficaram todas rasgadas e sujas, e eu não entendia como é que eu tinha chegado a gostar tanto da casa da viúva, onde eu tinha que me lavar, e comer no prato, e pentear o cabelo, e ir pra cama e levantar na hora certa, sempre me chateando com um livro, e a velha srta. Watson sempre me espiando o tempo todo. Eu não queria voltar nunca mais. Tinha parado de rogar praga porque a viúva não gostava, mas agora eu tinha voltado a praguejar, porque papai não tinha nada contra. Pensando bem, foram uns tempos bem bons ali na mata.

Mas em pouco tempo papai ficou jeitoso demais com a vara de nogueira, e eu não tava aguentando. Tava cheio de vergões por todo o corpo. Ele passou a sair muito também, a me deixar trancado na cabina. Uma vez ele me trancou e sumiu por três dias. A solidão foi terrível. Achei que ele tinha se afogado e que eu nunca mais ia conseguir sair dali. Tava apavorado. Decidi que ia dar um jeito de fugir. Eu tinha tentado sair daquela cabana muitas vezes, mas não conseguia achar jeito de escapar. Não tinha nenhuma janela bem grande por onde um cachorro conseguisse passar. Eu não podia subir pela chaminé, era estreita demais. A porta tinha umas tábuas de carvalho sólidas e grossas. Papai tomava muito cuidado pra não deixar uma faca ou qualquer coisa na cabana quando ele tava fora. Acho que eu já tinha revirado o lugar umas cem vezes. Bem, eu ficava um tempão vasculhando a cabana, porque era quase que a única maneira de matar o tempo. Mas desta vez finalmente encontrei uma coisa: achei uma velha serra enferrujada sem o cabo; tava enfiada entre um caibro e as madeiras do telhado. Engraxei a serra e pus mãos à obra. Tinha uma velha manta de cavalo pregada contra as toras bem no fundo da cabana atrás da mesa, pra não deixar o vento soprar pelas frestas e apagar a vela. Fui pra baixo da mesa, levantei a manta e comecei a serrar uma parte da grande tora de baixo, um buraco grande pra eu poder passar. Bem, era um trabalho demorado, mas eu tava chegando perto do fim quando ouvi a espingarda de papai na mata. Dei um sumiço nos sinais do meu trabalho, deixei cair a manta e escondi a serra; pouco depois, papai entrou.

Papai não tava de bom humor – ou seja, tava em seu estado natural. Disse que foi na cidade e que tudo tinha dado errado. O seu advogado disse que achava que ia ganhar a ação e conseguir o dinheiro, se começassem o julgamento, mas tinha muitos jeitos de adiar a ação por bastante tempo, e o juiz Thatcher sabia como fazer isso. E disse que as pessoas falavam que ia ter outro julgamento pra me separar dele e me mandar pra viúva, minha guardiã, e elas achavam que ia dar certo dessa vez. Isso foi um choque e tanto, porque eu não queria mais voltar pra casa da viúva e viver tão esturricado e civilizado, como diziam. Então o velho passou a praguejar e rogou praga pra tudo e pra todos que passavam pela sua cabeça, e aí praguejou contra todos de novo pra ter certeza que não tinha pulado ninguém, e depois disso arrematou com uma espécie de praga geral pra todo mundo, inclusive um monte de gente de quem não sabia o nome, e assim chamava fulano não-sei-das-quantas quando chegava na vez delas, e seguia rogando suas pragas.

Ele disse que queria ver a viúva me ganhar. Disse que ia ficar à espreita e, se tentassem pregar uma peça dessas nele, ele sabia de um lugar a uns nove ou onze quilômetros pra me esconder, onde podiam me procurar até morrer que não iam conseguir me achar. Isso me deixou bem preocupado de novo, mas só por um minuto, porque eu achava que não ia mais estar por perto quando isso fosse acontecer.

O velho me mandou ir até o bote buscar as coisas que ele tinha conseguido. Tinha um saco de vinte e dois quilos de milho, um pedaço de toicinho, munição, um jarro de quatro galões de uísque, um livro velho e dois jornais para servir de bucha, além de um pouco de estopa. Carreguei uma parte lá pra cima, voltei e me sentei na proa do bote pra descansar. Fiquei pensando em tudo e imaginei dar no pé com a espingarda e algumas linhas, e entrar na mata na hora de fugir. Pensei em não parar num só lugar, mas sair andando pelo campo, em geral de noite, e caçar e pescar pra me manter vivo, e assim ir pra tão longe que nem o velho nem a viúva iam conseguir me encontrar. Pensei em fazer o buraco com a serra e partir naquela noite, se papai ficasse bastante bêbado, e eu achava que ele ia ficar. Tava tão cheio desses pensamentos que não percebi quanto tempo passei ali, até que o velho gritou e perguntou se eu tava dormindo ou afogado.

Carreguei todas as coisas pra cabana, e então já tava quase escuro. Enquanto eu cozinhava o jantar, o velho tomou um ou dois tragos e meio que se animou, e começou a esbravejar de novo. Ele tinha andado bêbado pela cidade e passado a noite caído na sarjeta, tava uma figura e tanto de se olhar. Alguém podia pensar que ele era Adão, porque tava que era barro puro. Toda vez que a bebida começava a fazer efeito, ele quase sempre atacava o governo. Desta vez, disse:

– E chamam isso de governo! Ora, é só olhar e ver como é. Aqui tá uma lei pronta pra arrancar o filho de um homem – o próprio filho de um homem, que ele teve todo o trabalho e toda a ansiedade e todos os gasto pra criar. Sim, quando esse homem conseguiu criar finalmente esse filho, e ele agora tá pronto pra trabalhar e começar a fazer alguma coisa pelo *pai* e dar um descanso pra ele, aí a lei sem mais nem menos ataca o pai. E eles chamam *isso* de governo! E não é tudo, inda não. A lei defende esse velho juiz Thatcher e ajuda ele a me manter longe da minha propriedade. Isso é o que a lei faz. A lei pega um homem que vale seis mil dólares e até mais, e tranca ele numa velha cabana estropiada como essa, e deixa ele andar com roupas que não servem prum porco. Chamam isso de governo! Um homem não pode ter seus direitos num governo desses. Às vezes fico pensando muito em sair do país pra sempre. Sim, e *isso* eu disse pra eles, disse tudo isso na cara do velho Thatcher. Muitos escutaram e podem contar por aí o que eu disse. Disse eu, por dez centavos vô deixar este maldito país e nunca mais vô chegar nem perto dele. Foram estas as palavras. Disse, olha o meu chapéu – se é que dá pra chamar isso de chapéu –, a aba levanta e o resto baixa até cobrir o meu queixo, e então já não é mais um chapéu na verdade, mais parece como se a minha cabeça tivesse sido enfiada no joelho do cano do fogão. Olhem aqui, disse eu – um chapéu desses pra eu usar – um dos homens mais ricos dessa cidade, se eu tivesse os meus direitos.

"Oh, sim, este é um governo maravilhoso, maravilhoso. Ora, olha aqui. Tinha um preto liberto ali, de Ohio, um mulato, quase tão branco como um branco. Ele também tinha a camisa mais branca que ocê já viu e o chapéu mais brilhante; e num existia homem naquela cidade com roupa tão fina como a dele; e ele tinha um relógio e uma corrente de ouro, e uma bengala com um cabo de prata – o velho nababo grisalho mais terrível do estado. E que ocê acha? Eles diziam que ele era professor numa universidade, que sabia falar todo tipo de língua e conhecia tudo. E isso inda num é o pior. Diziam que ele podia *votar* quando tava em casa. Ora, isso soltô a minha língua. Pensei, o que vai acontecer com esse país? Era dia de eleição, e eu tava pronto pra sair e votar se a bebedeira deixasse eu chegar até lá; mas quando me contaram que num estado desse país eles deixam esse preto votar, eu caí fora. Disse que não vô votar nunca mais. Foram bem essas palavras que eu disse, todos me ouviram, e por mim o país pode apodrecer – nunca mais vô votar na minha vida. E ver o jeitão calmo daquele preto – ora, ele não ia me deixar passar se eu não empurrasse ele pra fora do caminho. Perguntei pras pessoas, por que esse preto não é leiloado e vendido? – isso é que eu quero saber. E que ocê acha que elas disseram? Ora, disseram que ele só podia ser vendido depois de passar seis meses no estado, e ele inda não andava por ali todo esse tempo. Aí, ora – isso é esquisito. Chamam isso de governo, não podem vender um preto liberto se ele não ficar seis meses no estado. Aí tá um governo que se chama de governo, e finge ser governo, e pensa que é governo e mesmo assim tem que ficar parado seis mês inteiro antes de pôr as mãos num preto liberto de camisa branca, infernal, ladrão, rondando pra atacar, e..."

Papai continuava falando tanto que não via pra onde tava sendo carregado pelas velhas pernas, assim é que caiu de pernas pro ar na tina de carne de porco salgada e esfolou as duas canelas, e o resto das suas palavras foi todo com a linguagem mais apimentada – a maior parte atirada contra o preto e o governo, apesar de também investir contra as tinas, durante o longo discurso, aqui e ali. Ele pulou bastante pela cabana, primeiro numa perna e depois na outra, segurando primeiro uma canela e depois a outra, e no final atirou de repente o pé esquerdo pra frente e acertou um chute na tina com tanta força que ela chegou a balançar. Mas não foi de bom alvitre, porque essa era a bota que tinha alguns dos dedos do pé aparecendo na ponta; por isso, ele deu um uivo que fez todo mundo se arrepiar, caiu na poeira e rolou ali, segurando os dedos dos pés; e as pragas que rogou então tavam acima de tudo o que já tinha dito antes. Ele mesmo disse isso, mais tarde. Ele tinha escutado o velho Sowberry Hagan nos seus melhores dias e disse que as suas pragas tavam muito acima das do velho, também, mas acho que era um exagero, talvez.

Depois do jantar, papai pegou o jarro, disse que tinha ali bastante uísque pra duas bebedeiras e um delirium tremens. Era sempre o que dizia. Achei que ele ia ficar bêbado de cair em uma hora mais ou menos, e então eu roubava a chave, ou dava um jeito de sair, de uma ou outra maneira. Ele bebeu e bebeu, e caiu sobre os cobertores em pouco tempo, mas a sorte não tava do meu lado. Ele não dormiu profundamente, mas continuou inquieto. Ele gemeu, choramingou e se debateu de um lado pro outro durante muito tempo. No final me deu tanto sono que eu não conseguia ficar de olho aberto, por mais que tentasse, e antes de me dar conta já tava num sono profundo, e a vela ardendo.

Não sei quanto tempo dormi, mas de repente escutei um grito terrível e me levantei. Era o papai, com um ar de louco, pulando pra todos os lados e gritando alguma coisa sobre cobras. Ele disse que elas tavam subindo pelas suas pernas, e então ele dava um pulo e gritava, dizendo que uma tinha picado a sua cara – mas eu não via nenhuma cobra. Ele começou a correr pela cabana gritando: "Tira esse bicho! Tira esse bicho! Tá me picando o pescoço!". Nunca vi um homem de olhos tão malucos. Pouco depois ele tava sem forças e caiu ofegante; rolou no chão mais de uma vez, muito rápido, chutando as coisas de um lado e de outro, e batendo e agarrando o ar com as mãos, e gritando e dizendo que tava nas garras dos diabos. Cansou em pouco tempo e ficou quieto por alguns minutos, choramingando. Depois ficou ainda mais quieto e não fez mais nenhum ruído. Eu escutava as corujas e os lobos, bem longe na mata, e tudo parecia terrível de tão quieto. Ele tava deitado num canto. Dali a pouco levantou parte do corpo e prestou atenção, com a cabeça prum lado. Disse muito baixo:

– Tum, tum, tum, são os mortos, tum, tum, tum, tão vindo me pegar, mas não vô... Oh! Tão aqui! Não me toca... tira as mãos... tão frias, solta... Oh, deixa em paz um pobre-diabo!

Aí ele caiu de quatro e engatinhou suplicando que deixassem ele em paz, se enrolou no cobertor e foi rolando pra baixo da velha mesa de pinho, inda suplicando, e depois começou a chorar. Eu podia escutar o choro dele através do cobertor.

Dali a pouco voltou a rolar e se levantou com um pulo, com ar de louco, e ele me vê e vem pra cima de mim. Ele me perseguiu dando várias voltas pelo lugar com um canivete grande, me chamando de Anjo da Morte e dizendo que ia me matar, assim eu não ia mais poder vir pra buscar ele. Supliquei e disse que era eu, o Huck, mas ele riu um riso *muito* estridente, e berrou e praguejou, e continuou me caçando. Uma hora, quando me virei um pouco e escapei debaixo do seu braço, ele avançou a mão e me pegou pelo casaco entre os ombros, e eu achei que tava ferrado, mas consegui tirar o casaco rápido como um raio e me salvei. Pouco depois ele tava exausto e se deixou cair com as costas contra a porta, e disse que ia descansar um minuto e aí me matava. Colocou o canivete embaixo dele, e disse que ia dormir e ficar forte, e aí ele ia mostrar quem era o bam-bam-bam.

Ele cochilou logo em seguida. E, depois de um tempo, peguei a velha cadeira de palhinha e subi do jeito mais fácil pra não fazer barulho e trouxe a espingarda pra baixo. Enfiei a vareta pelo cano pra ter certeza que tava carregada e então coloquei a arma sobre o barril de nabos, apontada na direção de papai, e me sentei atrás pra esperar ele se mexer. E o tempo então se arrastou lento e quieto.

## Capítulo 7

*À espreita – Trancado na cabana – Preparativos para a partida – Afundando o corpo – Bolando um plano – Descansando*

– Levanta! Tá fazendo o quê?

Abri os olhos e olhei ao redor, tentando descobrir onde é que eu tava. Era depois do amanhecer, e eu tinha dormido como uma pedra. Papai tava de pé bem acima de mim, parecendo azedo – e doente também. Perguntou:

– O que tá fazendo com essa espingarda?

Achei que ele não sabia nada do que tinha feito, então falei:

– Alguém tentou entrar, por isso eu tava de olho.

– Por que não me acordô?

– Bem, eu tentei, mas não consegui. Não conseguia mover ocê.

– Hum, tudo bem. Nada de ficar aí tagarelando o dia inteiro, trata de sair e ver se tem algum peixe nas linha pro café da manhã. Vô já já com ocê.

Ele destrancou a porta, então eu escapuli e subi pela margem do rio. Vi uns pedaços de galhos e outras coisas flutuando rio abaixo, e algumas cascas de árvores, por isso eu sabia que o rio tinha começado a subir. Imaginei tudo o que eu ia me divertir agora, se tivesse na cidade. A cheia de junho sempre trazia sorte pra mim, porque assim que começa essa cheia aparece flutuando madeira cortada pra lenha e toras atadas como balsas – às vezes umas doze toras todas juntas. Assim, só o que precisa fazer é apanhar as madeiras e vender nos depósitos de corte de madeiras e na serraria.

    Andei pela margem com um olho à procura do papai e o outro à espreita do que a cheia podia trazer. De repente, aparece uma canoa, uma beleza, com uns quatro metros de comprimento, deslizando rápido como um pato. Me atirei de cabeça ali da margem, como um sapo, com roupa e tudo, e saí atrás da canoa. Esperava que tivesse alguém deitado dentro dela, porque as pessoas muitas vezes faziam isso pra enganar a gente e, quando um cara puxava o bote bem pra perto de si, elas levantavam e riam dele. Mas não foi assim dessa vez. Era uma canoa à deriva, com certeza, e eu pulei pra dentro dela e remei até a margem. Pensei, o velho vai gostar quando avistar o bote – vale uns dez dólares. Mas, quando cheguei na margem, papai inda não tava à vista, e como eu tava fazendo a canoa correr por uma pequena enseada que parecia um rego profundo, todo coberto de trepadeiras e salgueiros, tive outra ideia: pensei em esconder bem a canoa e depois, em vez de sair pra mata na hora da fuga, descer o rio uns oitenta quilômetros e acampar num só lugar pra sempre, sem o sacrifício de andar a pé.

    Eu tava bem perto da cabana e o tempo todo imaginava que tava escutando o velho vindo, mas consegui esconder a canoa e depois saí e olhei por trás de um grupo de salgueiros, e lá tava o velho, mais abaixo no caminho, fazendo pontaria num passarinho com a espingarda. Ele não tinha visto nada.

    Quando chegou perto, eu tava concentrado em puxar uma linha de espinel. Ele ralhou um pouco por eu ser tão lento, mas eu respondi que caí no rio e que foi isso que me atrasou. Eu sabia que ele ia ver que eu tava molhado, então ia começar a fazer perguntas. Pegamos cinco bagres das linhas e fomos pra casa.

Depois de comer, deitados pra cochilar, nós dois exaustos, comecei a pensar que, se eu desse um jeito de não deixar o papai e a viúva me seguirem, isso ia ser mais seguro que confiar na sorte de poder ir pra bem longe antes de eles sentirem a minha falta. Sabe, todos os tipos de coisas podiam acontecer. Bem, eu não via jeito nenhum por ora, mas dali a pouco papai levantou um minuto pra beber mais um monte d'água e ele disse:

– Outra vez que um homem rondar por aqui ocê me acorda, entende? Esse homem num tava aqui por nada. Eu ia atirar nele. Na próxima vez ocê me acorda, viu?

Então ele caiu duro e voltou a dormir – mas o que tinha dito me deu a ideia que eu queria. Digo pra mim mesmo: agora posso dar um jeito pra ninguém pensar em me seguir.

Pelo meio-dia a gente saiu e caminhou pela margem. O rio tava subindo bem rápido, muitas madeiras boiando passavam com a cheia. Dali a pouco, aparece parte de uma balsa de toras – nove toras amarradas uma na outra. Pegamos o bote e rebocamos as toras pra margem. Aí almoçamos. Qualquer outro ia esperar todo o dia, pra pegar mais coisas no rio, mas esse não era o jeito do papai. Nove toras já tavam mais que bom, ele tinha que empurrar a madeira até a cidade e vender. Então ele me trancou na cabana pegou o bote e partiu rebocando a balsa lá pelas três e meia. Achei que não ia voltar naquela noite. Esperei até achar que ele tinha se afastado bastante, tirei a serra do esconderijo e comecei a trabalhar naquela tora de novo. Antes dele chegar no outro lado do rio, eu já tava pra fora do buraco; ele e a balsa eram só uma mancha na água bem longe.

Peguei o saco de grãos e levei pra onde a canoa tava escondida, afastei as trepadeiras e os ramos e coloquei o saco na canoa. Depois fiz o mesmo com o pedaço de toicinho e mais o jarro de uísque. Peguei todo o café e açúcar que tinha por ali, e toda a munição, peguei a bucha de espingarda, peguei o balde e a cuia, peguei uma caneca e uma xícara de latão, mais a minha velha serra e dois cobertores, e a caçarola e a cafeteira. Peguei linha de pescar, fósforo e outras coisas

– tudo o que valia um tostão. Limpei o lugar. Eu queria um machado, mas não tinha nenhum, só aquele lá fora na pilha de lenha, e eu sabia por que ia deixar esse ali mesmo. Peguei a espingarda e então eu tava pronto.

Gastei muito o chão, rastejando pra fora do buraco e arrastando tantas coisas. Arrumei tudo o melhor que pude ali fora espalhando poeira no lugar, poeira que cobriu o solo alisado e a serragem. Aí coloquei o pedaço de tora de volta no lugar, e duas pedras embaixo e uma contra a tora pra manter ela no lugar, porque tava vergada naquele ponto e não chegava bem até o chão. Se alguém parasse mais ou menos a um metro e meio e não soubesse que a tora tava serrada, nunca ia notar; e, além disso, eram os fundos da cabana, pouco provável que alguém fosse perder tempo por ali.

Como era só grama até a canoa, eu não deixei rastro nenhum. Segui por ali pra ver. Parei na margem e olhei pro outro lado do rio. Tudo sem perigo. Então peguei a espingarda e entrei um pouco na mata; tava caçando uns pássaros quando vejo um porco selvagem. Os porcos logo viravam selvagens naquelas matas densas depois que escapavam das fazendas da pradaria. Matei o sujeito com um tiro e carreguei ele pro acampamento.

Peguei o machado e estraçalhei a porta. Bati e golpeei bastante aprontando isso. Puxei o porco pra dentro, arrastei ele quase até a mesa e dei uns golpes de machado na sua garganta, e deixei ele ali na terra pra sangrar; digo terra porque *era* terra – dura, batida, e não madeira no chão. Bem, então peguei um saco velho e meti muitas pedras grandes nele – todas que pude arrastar – e comecei a puxar desde onde tava o porco, e arrastei até a porta e pela mata até o rio e joguei lá dentro, e o saco foi bem pro fundo, desapareceu da vista. Era fácil ver que alguma coisa tinha sido arrastada pelo terreno. Queria que Tom Sawyer tivesse ali; sabia que ele se interessava por coisas desse tipo e que ia dar aqui e ali uns toques fantásticos. Ninguém era mais minucioso que Tom Sawyer num caso como esse.

Bem, por fim arranquei um pouco do meu cabelo, molhei o machado com bastante sangue, enfiei o cabelo na parte detrás e atirei o machado num canto. Depois levantei o porco e apertei ele contra meu peito com a ajuda do casaco (pra não pingar) até chegar bem longe da casa, e então joguei ele no rio. Aí pensei noutra coisa. Fui pegar na canoa o saco de farinha e a minha velha serra, e levei as duas coisas pra casa. Levei o saco pra onde costumava ficar e rasguei um buraco no fundo com a serra, pois não tinha facas e garfos no lugar – papai fazia tudo com sua faca de mola na hora de cozinhar. Aí carreguei o saco uns cem metros pela grama e pelos salgueiros a leste da casa, até um lago raso que tinha oito quilômetros de largura e tava cheio de junco – e de patos também, dava pra dizer, naquela estação. Tinha um lamaçal ou um riacho saindo dele no outro lado e seguindo quilômetros pra bem longe, não sei até onde, mas não entrava no rio. A farinha caía fina do saco e criou uma pequena trilha no caminho todo até o lago. Também deixei cair ali a pedra de amolar de papai, pra dar a impressão que tudo era obra do acaso. Aí amarrei o rasgão no saco de farinha com uma corda, pra não deixar cair mais farinha, e levei o saco e a minha serra pra canoa de novo.

Já tava quase escuro, então soltei a canoa no rio embaixo de uns salgueiros que caíam sobre a margem e esperei a lua nascer. Amarrei a canoa num salgueiro, peguei um naco de comida e aos pouquinhos me deitei na canoa pra fumar o cachimbo e traçar um plano. Digo pra mim mesmo, eles vão seguir a trilha daquele saco cheio de pedras até a margem e depois dragar o rio procurando por mim. E vão seguir aquela trilha de farinha e dar uma olhada no riacho que sai do lago pra encontrar os assaltantes que me mataram e que pegaram as coisas. Não vão vasculhar o rio atrás de outra coisa, só pela minha carcaça morta. Vão ficar logo cansados e parar de se preocupar comigo. Tudo bem, posso parar onde eu quiser. Jackson's Island é um bom lugar pra mim; conheço essa ilha bastante bem, e ninguém jamais anda por lá. E além do mais posso remar até a cidade de noite, andar sorrateiro por lá e pegar as coisas que quero. Jackson's Island é o lugar.

Tava bem cansado e, quando dei por mim, já tava dormindo. Quando acordei, por um minuto não sabia onde é que tava. Levantei o corpo e olhei ao redor, um pouco assustado. Aí me lembrei. O rio parecia ter quilômetros e quilômetros de largura. A lua tava tão brilhante que eu podia contar as toras à deriva que passavam deslizando, negras e silenciosas a centenas de metros da margem. Tudo tava parado, parecia tarde, e *cheirava* a tarde. Você sabe o que quero dizer – não sei que palavra usar.

Dei um bom bocejo e me espreguicei; tava começando a desamarrar a canoa pra partir quando escutei um som longe sobre a água. Prestei atenção. Logo descobri o que era. Era aquele som monótono e regular que vem de remos batendo nos toletes quando a noite tá quieta. Espiei pelos ramos dos salgueiros e lá tava ele – um bote distante na água. Não podia ver quanta gente tava dentro. Continuava vindo e, quando chegou na minha frente, vejo que tinha só um homem dentro. Pensei, pode ser o papai, só que eu não tava esperando ele. Desceu mais pra baixo de mim com a corrente, e dali a pouco veio balançando pra perto da margem na água sossegada, e passou tão junto que eu podia estender a espingarda e tocar nele. Bem, *era* o papai, sem dúvida – e sóbrio também, pelo jeito como deitava os remos.

Não perdi tempo. No minuto seguinte tava deslizando corrente abaixo, macio mas rápido na sombra da ribanceira. Segui uns quatro quilômetros e depois comecei a me deslocar uns quatrocentos metros ou mais na direção do meio do rio, porque logo ia passar pelo desembarcadouro das barcas, e as pessoas podiam me ver e gritar pra mim. Saí entre a madeira flutuante e então me deitei no fundo da canoa e deixei ela flutuar. Fiquei por ali, e descansei bem e fumei o meu cachimbo, olhando pra longe no céu, nenhuma nuvem à vista. O céu parece sempre muito profundo quando a gente tá deitado de costas embaixo do luar, eu não sabia disso antes. E como a gente consegue ouvir longe sobre a água nessas noites! Escutei pessoas conversando no desembarcadouro. Escutei também o que diziam – todas as suas palavras. Um homem dizia que agora tavam chegando os dias longos e as noites curtas. O outro dizia que *esta* não era uma das curtas, pelos seus cálculos – e então eles riram, e ele repetiu o que tinha dito, e eles riram de novo. Depois acordaram outro sujeito e falaram a mesma coisa pra ele e riram, mas ele não riu; esbravejou algo ríspido e disse que era para deixar ele em paz. O primeiro cara disse que pensava em contar pra sua velha mulher – ela ia achar a frase muito boa, mas ele disse que não era nada perto de algumas coisas que tinha dito no seu tempo. Escutei um homem dizer que eram quase três horas e que ele esperava que a luz do sol não fosse demorar mais muito tempo. Depois disso a conversa ficou cada vez mais longe, e eu não conseguia distinguir as palavras, mas continuava a escutar o murmúrio, e de vez em quando também um riso, mas parecia muito distante.

Eu já tinha deixado a barca bem pra trás. Levantei, e lá tava Jackson's Island, a uns quatro quilômetros correnteza abaixo, cheia de madeiras e aparecendo no meio do rio, grande, escura e sólida, como um barco a vapor sem luzes. Não tinha sinais da barra na ponta – tava toda embaixo da água.

Não levei muito tempo pra chegar lá. Passei pela ponta num ritmo violento, a corrente tava muito rápida, e depois entrei na água parada e encostei na margem virada para o lado de Illinois. Fiz a canoa entrar numa cavidade funda que eu conhecia na margem; tive que afastar os ramos dos salgueiros pra entrar e, quando amarrei tudo bem firme, ninguém podia ver a canoa lá de fora.

Subi e me sentei numa tora na ponta da ilha, e ali fiquei olhando pro grande rio, pras madeiras flutuando negras, e pra cidade bem longe, a cinco quilômetros de distância, onde tinha três ou quatro luzes piscando. Uma balsa de madeiras monstruosa de tão grande tava um quilômetro e meio rio acima, descendo com uma lanterna no meio dela. Fiquei vendo ela deslizar calada e, quando tava quase na frente de onde me achava, escutei um homem dizer: "Levantar remos, aí! Virem a proa pra estibordo!". Escutei tão claro como se o homem tivesse do meu lado.

Já tinha um pouco de cinza no céu, então entrei na mata e me deitei pra tirar um cochilo antes do café da manhã.

## Capítulo 8

*Dormindo na mata – Levantando os mortos – Explorando a ilha – Encontrando Jim – A fuga de Jim – Balum*

O sol tava tão alto quando acordei que achei que era depois das oito. Fiquei deitado na grama e na sombra fresca pensando sobre as coisas, me sentindo descansado e bastante confortável e satisfeito. Podia ver o sol saindo de um ou dois buracos, mas no geral tinha árvores grandes por toda parte e sombra entre elas. Tinha lugares pontilhados no chão onde a luz filtrava pelas folhas, e os lugares salpicados se mexiam um pouco, mostrando que tinha uma brisa lá no alto. Dois esquilos se empinaram nas patas de trás e conversaram comigo muito amigos.

Eu tava com uma baita preguiça e muito bem acomodado – não queria me levantar e fazer o café da manhã. Bem, tava cochilando de novo, quando tenho a impressão de ouvir um som surdo de "bum!" bem longe rio acima. Desperto, me apoio no cotovelo e escuto; logo depois ouço de novo. Levantei pulando e fui olhar por um buraco nas folhas, vejo muita fumaça sobre a água muito longe rio acima – quase em frente da barca. E a barca cheia de gente descia flutuando. Já sabia qual era o problema. "Bum!" vejo a fumaça branca jorrar do lado da barca. Sabe, eles tavam disparando o canhão na água, tentando trazer minha carcaça pra tona.

Tava com muita fome, mas não ia dar pra acender um fogo, porque eles podiam ver a fumaça. Então me sentei ali e fiquei observando a fumaça do canhão e escutando a explosão. O rio tinha um quilômetro e meio de largura naquele ponto e sempre parece bonito numa manhã de verão – assim eu tava me divertindo bastante vendo eles à caça dos meus restos, só que queria ter pelo menos alguma coisa pra comer. Acontece que pensei que eles sempre colocam mercúrio em pedaços de pão e jogam os pães na água, porque eles vão direto até a carcaça do afogado e ali param. Então eu disse, vou ficar à espreita e, se um desses pedaços passar flutuando à minha procura, vou dar uma chance dele me encontrar.

Fui pro lado de Illinois pra ver se tinha sorte e não fiquei desapontado. Apareceu um grande pão duplo, e eu quase peguei ele, com uma vara bem longa, mas meu pé escorregou e ele se soltou e saiu flutuando. É claro que eu tava onde a corrente chegava mais perto da margem – eu sabia muito bem onde ficar. Mas daí a pouco aparece outro pão, e desta vez consegui pegar. Arranquei o tampão e sacudi pra tirar o pouquinho de mercúrio, depois enfiei os dentes no pão. Era "pão de padaria" – o que a gente fina come – bem diferente daquela broa de milho sórdida.

Arrumei um bom lugar entre as folhas e sentei ali numa tora, mastigando o pão e observando a barca, muito satisfeito. E então pensei numa coisa. Imagino que a viúva ou o pároco ou alguém rezou pra esse pão me encontrar, e ele veio e me encontrou. Assim não tem dúvida que existe alguma coisa nessa história. Quero dizer, existe alguma coisa quando alguém como a viúva ou o pároco reza, mas não vai funcionar pra mim, e imagino que só funciona pro tipo certo de gente.

Acendi o cachimbo e pitei com gosto e devagar, e continuei a observar. A barca tava flutuando com a corrente, e achei que tinha uma chance de ver quem tava a bordo quando ela se aproximasse, porque ela ia passar bem perto, por ali onde o pão passou. Quando já tava bem avançada na minha direção, apaguei o cachimbo e fui até onde pesquei o pão e me deitei atrás de um tronco sobre a margem num pequeno espaço aberto. Ali onde o tronco se dividia, eu podia espiar.

Daí a pouco ela aparece, e a corrente vinha empurrando a barca pra tão perto que eles podiam colocar pra fora uma prancha e descer na praia. Quase todo mundo tava no barco. Papai, o juiz Thatcher, Bessie Thatcher, Jo Harper, Tom Sawyer, sua velha tia Polly, Sid e Mary e muitos mais. Todo mundo falava do assassinato, mas o capitão interrompeu e disse:

– Prestem bem atenção agora. A corrente chega no ponto mais próximo da terra aqui, e talvez ele tenha sido arrastado pra praia e ficado emaranhado na moita da beira da água. Assim espero, pelo menos.

Eu é que não esperava. Eles todos se juntaram e inclinaram o corpo sobre a amurada, quase na minha cara, e ficaram em silêncio, observando com todas as suas forças. Eu podia ver eles muito bem, mas eles não podiam me ver. Então o capitão gritou:

– Afastem-se! – e o canhão disparou um explosivo bem na minha frente, tão forte que me deixou surdo com o barulho e quase cego com a fumaça, e achei que tava perdido. Se tivessem atirado umas balas junto, acho que iam conseguir o cadáver que tavam procurando. Bem, vejo que não me machuquei, graças a Deus. O barco continuou a flutuar e saiu da vista ao redor da curva da ilha. Eu escutava as explosões, de vez em quando, cada vez mais longe, e daí a pouco, depois de uma hora, não escutava mais nada. A ilha tinha quase cinco quilômetros de comprimento. Achei que eles tinham chegado na outra ponta e que tavam desistindo. Mas eles inda não desistiram por algum tempo. Viraram ao redor da outra ponta da ilha e começaram a subir o canal no lado do Missouri, movidos a vapor, e disparando os canhões de vez em quando pelo caminho. Cruzei a ilha e passei pro outro lado pra observar eles subindo. Quando chegaram bem na frente da ponta da ilha, pararam de atirar, desembarcaram na costa do Missouri e foram pra casa na cidade.

Eu sabia que tava tudo certo agora. Mais ninguém vinha me caçar. Tirei meus tarecos da canoa e arrumei um belo acampamento bem no meio da mata. Armei uma espécie de tenda com os cobertores pra colocar as minhas coisas, pois assim a chuva não podia molhar nada. Pesquei um bagre e retalhei o peixe com a minha serra, e perto do anoitecer acendi uma fogueira e jantei. Depois estendi uma linha pra pegar uns peixes pro café da manhã.

Quando já tava escuro, fiquei sentado ao lado da fogueira fumando e me sentindo bem satisfeito, mas daí a pouco me senti meio solitário, então fui sentar na margem do rio e escutei as correntes passando e carregando tudo, e contei as estrelas e os troncos à deriva e as toras unidas em balsas que desciam, e depois fui dormir. Não tem melhor maneira de passar o tempo quando a gente se sente só, porque não dá pra continuar se sentindo assim, logo a gente acaba com a tristeza.

E assim foi por três dias e noites. Nada diferente – sempre a mesma coisa. Mas no dia seguinte fui explorar a mata na ilha. Eu era o dono da ilha; tudo pertencia a mim, vamos dizer, e eu queria conhecer tudo sobre a ilha, mas acima de tudo eu queria matar tempo. Encontrei muitos morangos, maduros e excelentes; e uvas verdes e framboesas verdes; e as amoras verdes mal tavam começando a aparecer. Todas iam estar maduras pra ser colhidas daí a pouco, pensei.

Bem, andei sem rumo por dentro da mata até que achei que não tava longe da outra ponta da ilha. Eu tinha a minha espingarda, mas não tinha matado nada, era pra proteção. Pensei em pegar uma caça mais perto de casa. A essa altura quase... quase pisei numa cobra de bom tamanho, e ela saiu escorregando pela grama e pelas flores, e eu atrás tentando dar um tiro nela. Continuei rápido e de repente dei um pulo pra trás bem diante das cinzas de uma fogueira que ainda tava fumegando.

O meu coração pulou entre os pulmões. Não esperei pra ver muito mais, travei a espingarda e voltei furtivo na ponta dos pés o mais rápido que pude. De vez em quando parava um segundo, entre as folhas espessas, e escutava, mas a minha respiração tava tão forte que não eu conseguia ouvir mais nada. Escapuli sorrateiro por mais um pedaço, depois prestei atenção de novo; e assim por diante, e assim por diante; se vejo um cepo, penso que é um homem; se piso num galho e ele quebrou, é como se alguém tivesse cortado o meu sopro em dois e eu só ficasse com metade, e ainda por cima com a metade pequena.

Quando cheguei no acampamento, eu não tava me sentindo destemido, me restava pouca coragem, mas disse pra mim mesmo, não é hora de brincadeira. Então peguei toda a minha tralha e levei pra canoa de novo pra não ficar à vista, e apaguei o fogo e espalhei as cinzas ao redor pra parecer um velho acampamento do ano passado, e aí subi numa árvore.

Acho que fiquei lá em cima da árvore umas duas horas, mas não vi nada, não ouvi nada – só *achei* que ouvi e vi umas mil coisas. Bem, eu não podia ficar lá em cima pra sempre, então acabei descendo, mas continuei na mata cerrada e alerta o tempo todo. Pra comer só consegui frutinhas e o que tinha sobrado do café da manhã.

Quando deu a noite, eu tava com bastante fome. Então quando ficou bem escuro, deslizei pra fora da margem antes da lua aparecer e remei até a margem de Illinois – uns quatrocentos metros. Entrei na mata e preparei meu jantar, e já tava quase decidido a ficar ali a noite toda quando ouço um plankiti-plank, plankiti-plank, e eu disse pra mim mesmo, cavalos chegando, e em seguida ouvi vozes de gente. Carreguei tudo pra canoa o mais rápido que pude e depois segui me arrastando pela mata pra ver o que podia descobrir. Não tinha andado muito quando ouço um homem dizer:

– Melhor acampar por aqui, se encontrarmos um bom lugar, os cavalos tão quase estropiados. Vamos dar uma olhada ao redor.

Não esperei mais, empurrei a canoa pra água e remei sem dificuldade pra bem longe. Amarrei o bote no lugar de antes e pensei em dormir na canoa.

Não dormi muito. Não tinha jeito de conseguir, por causa dos pensamentos. E, toda vez que acordava, achava que alguém tinha me agarrado pelo cangote. Então o sono não me fez bem. Daí a pouco digo pra mim mesmo, não posso viver deste jeito; vou tratar de descobrir quem tá aqui na ilha comigo; é descobrir ou me rebentar. Bem, no mesmo minuto me senti melhor.

Então peguei meu remo e deslizei pra longe da margem só um pouco e então deixei a canoa deslizar entre as sombras. A lua tava brilhando, e fora das sombras tinha quase tanta luz que nem de dia. Fiquei uma boa hora espiando, tudo parado como pedras e em sono profundo. Bem, a essa altura eu tava quase na outra ponta da ilha. Uma brisa fria e assoviante começou a soprar, e isso era um bom sinal, a noite tava quase no fim. Viro a canoa com o remo e embico pra margem; depois peguei minha espingarda, escorreguei pra fora e entrei na beira da mata. Sentei num tronco e olhei pelo meio das folhas. Vejo a lua abandonar seu posto, e a escuridão começar a cobrir o rio. Mas em pouco tempo enxergo uma risca fraca sobre o topo das árvores e sabia que o dia tava chegando. Então peguei a espingarda e saí de mansinho pra aquele lugar da fogueira de acampamento que tinha achado, parando a cada minuto ou dois pra escutar. Mas só que não tive sorte, não conseguia encontrar o lugar. Mas logo, logo, com toda certeza, vi um vislumbre de fogo, bem longe entre as árvores. Fui pra lá, cuidando e bem devagar. Em pouco tempo já tava bem perto pra dar uma olhada e vi que tinha um homem deitado no chão. Quase me deu uns tremeliques. Ele tava com um cobertor enrolado na cabeça, e a cabeça tava quase na fogueira. Sentei ali atrás de uma moita, quase a dois metros de distância, e não despregava os olhos dele. Agora já tava cinzento com a luz do dia. Logo depois ele bocejou, espreguiçou, levantou o cobertor, e era o Jim da srta. Watson! Fiquei realmente contente de ver Jim. Eu disse:

– Alô, Jim! – e pulei aparecendo.

Ele levantou com um salto e me fitou como um louco. Depois cai de joelhos, junta as mãos e diz:

– Num me faz mal – não! Nunca fiz mal prum fantasma. Sempre gostei dos morto e fiz tudo que podia pra eles. Ocê vai entrá no rio de novo, que é o seu lugá, e num faiz nada pro veio Jim, que sempre foi seu amigo.

Bem, não levei muito tempo fazendo ele entender que eu não tava morto. Eu tava muito contente de ver Jim. Não tava mais sozinho. Disse a ele que não tava com medo dele contar pras pessoas onde é que eu andava. Continuei a falar, mas ele só ficou sentado ali me olhando, não dizia nada. Então eu falei:

– Já é dia. Vamos buscar um café da manhã. Acende bem a fogueira do teu acampamento.

– Que adianta acendê um fogo pra cozinhá morango e esses troço? Mas ocê tem uma espingarda, num tem? Então a gente pode consegui uma coisa mió que morango.

— Morango e esses troços — digo eu. — É disso que ocê tá vivendo?

— Num consegui otra coisa — diz ele.

— Ora, desde quando ocê tá na ilha, Jim?

— Cheguei aqui uma noite dispois que mataram ocê.

— O quê, todo esse tempo?

— Sim... tudo isso.

— E ocê não tinha nada pra comer, só esse lixo?

— Num, sinhô... nada mais.

— Bem, ocê tá quase morto de fome, não?

— Acho que eu podia cumê um cavalo. Podia. Quanto tempo ocê tá na ilha?

— Desde a noite que me mataram.

— Não! Ora, do que que ocê viveu? Mas ocê tinha uma espingarda? Oh, sim, ocê tinha uma espingarda. Isso é bom. Agora ocê mata uma coisa e eu vô fazê o fogo.

Então a gente foi pra onde tava a canoa, e enquanto ele fazia um fogo num lugar aberto cheio de grama entre as árvores, busquei farinha, toicinho e café, e cafeteira e frigideira, e açúcar e xícaras de lata, e o preto ficou bastante confuso, porque ele achava que tudo aparecia por feitiçaria. Peguei também um bagre bem grande, e Jim limpou o peixe com a sua faca e fritou.

Quando o café da manhã tava pronto, a gente se recostou na grama e comeu tudo quente e fumegante. Jim atacou o peixe com toda força, porque tava quase morto de fome. Depois, quando a gente já tava de barriga bem cheia, a gente ficou quietinho e cheio de preguiça.

Daí a pouco Jim diz:

— Mas me diz uma coisa, Huck, quem é que foi morto naquela choça, se num foi ocê?

Então contei pra ele toda a história, e ele disse que era legal. Disse que Tom Sawyer não ia conseguir traçar um plano melhor que o meu. Então eu perguntei:

— Como é que ocê tá aqui, Jim? E como é que ocê chegou até aqui?

Ele ficou muito arisco e não disse nada por um minuto. Aí disse:

— Talveiz é mió num dizê.

— Por quê, Jim?

— Bem, tenho meus motivo. Mas ocê num vai falar de mim, se eu te contá, vai, Huck?

— O diabo me carregue se eu falar, Jim.

— Credito n'ocê, Huck. Eu... eu *fugi*.

— Jim!

— Cuidado, ocê disse que num contava! Ocê sabe que ocê disse que num ia contá, Huck.

— Tá bem. Eu disse que não ia contar e vou manter a palavra. Palavra de *índio* honesto. As pessoas vão me chamar de abolicionista sórdido e vão me desprezar por ficar calado — mas não faz mal. Não vou contar e de todo jeito não vou voltar pra lá. Então me conta o que aconteceu.

— Ocê vê, era sempre assim. A veia dama — a srta. Watson — ela me xinga o tempo todo, e me trata mal, mas ela sempre dizia que num me vendia pra Orleans. Mas eu vi que tinha um traficante de negro rondano bastante o lugá nos últimos tempo e comecei a ficá com medo. Uma noite eu me arrasto inté a porta, bem tarde, e a porta num tava bem fechada, e escuto a veia dama contá pra viúva que ela vai me vendê pra Orleans, ela num queria, mas ela podia consegui oitocentos dólar por mim, e era uma pilha tão grande de dinheiro que ela num podia resisti. A viúva ela tenta convencê a outra a num fazê nada disso, mas num fiquei pra ouvi o resto. Dei o fora bem rápido, vô te contá.

"Saí e desci correno o morro, e eu esperava roubá um bote na praia num lugá fora da cidade, mas tinha gente já de pé e por isso me escondi na veia oficina do tanoeiro, toda em ruína, ali na ribanceira, pra esperá todo mundo ir s'embora. Bem, eu fiquei lá a noite toda. Tinha alguém por ali o tempo todo. Pelas cinco da manhã, começam a passá os bote, e pelas oito ou nove todo bote que passava tava falano que o seu pai veio pra cidade e disse que ocê tava morto. Os últimos bote tava cheio de dama e cavaiero indo vê o lugá. Às veiz eles parava na praia e descansava antes de começá a travessia, e pelas conversa fiquei sabeno tudo do assassinato. Eu tava muito triste que mataram ocê, Huck, mas agora num tô mais.

"Fiquei escondido o dia inteiro. Tava com fome, mas num tava com medo, porque sabia que a veia dama e a viúva iam saí pra reunião de reza no campo logo depois do café da manhã e iam ficá fora o dia todo, e elas sabe que eu saio com o gado com a luz da manhã, por isso elas num esperava me vê por ali, e por isso elas num iam senti a minha farta inté dispois do escuro da noite. Os outro criado num iam senti farta de mim, porque eles logo saía e fazia feriado assim que as veia disaparecia.

"Bom, quando ficou escuro, eu saí pela estrada do rio e andei uns três quilômetro ou mais, inté onde num tinha mais casa. Tinha resolvido o que é que eu ia fazê. Entende, se eu tentasse fugi a pé, os cachorro me seguia; se eu roubasse um bote pra travessá o rio, eles dava por farta do bote, entende, e eles sabia onde é que eu tinha desembarcado no outro lado e onde achá o meu rastro. Assim digo, uma balsa é o que eu procuro, num deixa rastro.

"Vejo uma luz vino de perto da ponta, daí a pouco. Então entro na água e avanço com muito esforço e empurro uma tora na minha frente, e nado quase inté metade do rio, e me meto no meio dos tronco carregado pela corrente, sempre com a cabeça baixada, e meio que nado contra a corrente inté aparecê uma balsa. Então nadei pra popa dela e peguei a balsa. As núvis fecharo e ficô bem escuro por um tempo. Subi na balsa e me deitei nas prancha. Os hômi tava muito longe no meio do rio, onde tava a lanterna. O rio tava subino e tinha uma boa corrente, então maginei que pelas quatro da manhã eu já ia tê descido quarenta quilômetro pelo rio, e qu'então eu escorregava pra dentro d'água, poco antes da luz do dia, e nadava inté a terra e entrava na mata no lado de Illinois.

"Mas num tive sorte. Quando tava quase na ponta da ilha, um hômi começa a chegá por trás com a lanterna. Vejo que num diantava esperá, então escorreguei pra água, e começei a nadá pra ilha. Bem, tinha ideia que podia entrá em qualquer parte, mas num podia – barranco muito escarpado. Eu já tava quase na outra ponta da ilha quando encontrei um bom lugá. Entrei na mata e pensei que num ia mais brincá cum balsa, si elas ficava moveno a lanterna. Eu tinha meu cachimbo e uma barra de fumo ou fumo de corda, e uns fósforo no meu chapéu, e eles num tava molhado, então eu tava bem."

– Então ocê não teve nem carne nem pão pra comer todo esse tempo? Por que não pegou uns cágados?

– Como é que eu ia pegá eles? Ocê num pode chegá perto e pegá eles, e como é que eu ia batê neles com uma pedra? Como é que eu ia fazê isso de noite? E eu num ia me mostrá na margem durante o dia.

– É verdade. Ocê tinha que ficar na mata todo o tempo, é claro. Ocê escutou eles disparando o canhão?

– Oh, sim. Sabia que eles tava atrás de ocê. Vi eles passá por aqui, vi pelos arbusto.

Apareceram uns filhotes de pássaros, voando um ou dois metros em fila e pousando. Jim disse que era sinal que ia chover. Disse que era sinal de chuva quando os pintos voavam desse jeito, e por isso ele achava que era a mesma coisa quando filhotes de pássaros voavam e pousavam assim. Eu ia pegar uns deles, mas Jim não me deixou. Disse que era morte. Disse que o pai dele tava deitado muito doente certa vez, e eles pegaram um pássaro, e a sua velha vó disse que o pai ia morrer, e ele morreu.

E Jim disse que a gente não deve contar as coisas que a gente vai cozinhar pro jantar, porque isso dá azar. Igual se a gente sacudia a toalha depois do anoitecer. E disse que, se um homem tinha uma colmeia e esse homem morria, a gente tinha que contar pras abelhas antes do sol levantar na manhã seguinte, senão as abelhas ficavam fracas, abandonavam o trabalho e morriam. Jim disse que as abelhas não picavam os idiotas, mas não acreditei nisso, porque tinha tentado muitas vezes em mim mesmo, e elas não me picavam.

Eu tinha escutado algumas dessas coisas antes, mas não todas. Jim sabia todas essas coisas. Dizia que sabia quase tudo. Eu disse que me parecia que todos os sinais eram de azar e então perguntei se não tinha sinais de sorte. Ele disse:

– Muito pouco – e *eles* num tem serventia pra ninguém. Pra quê ocê qué sabê quando vem a boa sorte? Pra afastá a sorte? – E disse: – Si ocê tem braço e peito peludo, é sinal que ocê vai sê rico. Ora, tem uma vantage num sinal assim, porque tudo tá longe no futuro. Ocê vê, talveiz ocê vai tê que sê pobre por muito tempo, e então ocê podia ficá disanimado e se matá, se num sabe pelo sinal que vai sê rico mais tarde.

– Ocê tem braços e peito peludo, Jim?
– Pra que fazê essa preganta? Num tá veno que tenho?
– Bem, ocê é rico?
– Não, já fui rico uma veiz e vô sê rico de novo. Uma veiz eu tinha catorze dólar, mas comecei a ispeculá e perdi tudo.
– Ocê especulou com o quê, Jim?
– Primeiro investi em gado.
– Que tipo de gado?
– Ora, criação de gado. Boi e vaca, ocê sabe. Deiz dólar numa vaca. Mas num vô mais arriscá dinheiro em gado. A vaca de repente morreu na minha mão.
– E ocê perdeu os dez dólares.
– Não, num perdi tudo. Só perdi uns nove. Vendi o couro e o sebo por um dólar e deiz centavo.
– Você ficou com cinco dólares e dez centavos. Especulou mais?
– Sim. Sabe aquele negro de uma perna só que pertence ao veio sinhô Bradish? Ele montô um banco e diz que todo mundo que deposita um dólar ganha mais quatro dólar no fim do ano. Bem, todos os negro intraram nessa, mas eles num ganharam muito. Eu fui o único que ganhô muito. Assim continuei a querê mais que quatro dólar e disse que, se eu num ganhava, eu montava um banco meu. Bem, craro que

o negro me queria fora dos negócio, porque ele diz que num tem bastante negócio pra dois banco, por isso ele diz que eu podia depositá meus cinco dólar e ele me pagava trinta e cinco no fim do ano.

"Foi o que eu fiz. Então maginei que ia investi os trinta e cinco dólar já agora e mantê as coisa em movimento. Tinha um negro de nome Bob, que tinha arrumado uma carreta de transportá madeira, e o dono dele num sabia; e eu comprei a carreta dele e disse pra ele pegá os trinta e cinco dólar no fim do ano, mas alguém robô a carreta naquela noite e no dia seguinte o negro de uma perna só diz que o banco quebrô. Então nenhum de nóis ficô cum dinheiro ninhum."

– O que ocê fez com os dez centavos, Jim?

– Bem, eu ia gastá os centavo, mas tive um sonho, e o sonho me levô a dá os centavo prum negro de nome Balum – Burro Balum chamavam ele pra encurtá o nome, ele é um desses palhaço, ocê sabe. Mas ele tem sorte, dizem, e eu vejo que eu num tenho sorte. O sonho diz pra deixá Balum investir os deiz centavo que ele aumentava o dinheiro pra mim. Balum ele pegô o dinheiro e, quano tava na igreja, ele escuta o pastô dizê que aquele que dá pros pobre empresta ao Sinhô, e vai ganhá o dinheiro dele de volta cem veiz mais. Então Balum ele pega e dá os deiz centavo pros pobre, e dispois se escondeu pra vê o que que ia acontecê.

– Bem, e o que aconteceu, Jim?

– Nada, num aconteceu nada. Num consegui juntá o dinheiro de jeito nenhum, e Balum ele num conseguiu. Num vô emprestá mais dinheiro sem segurança. Vai ganhá o seu dinheiro de volta cem veiz mais, diz o pastô! Se eu ganhava os dez centavo de volta, eu dizia tá tudo certo e ficava contente que eu tava cum sorte.

– Tá tudo bem, de qualquer jeito, Jim. Ocê diz que vai ficar rico de novo mais cedo ou mais tarde.

– Sim... e tô rico agora, se penso nisso. Sô dono de mim, e o meu valô é oitocentos dólar. Queria era tê todo esse dinheiro, num queria nada mais.

## Capítulo 9

*A caverna – A casa flutuante – Um belo saque*

Eu queria dar uma olhada num lugar bem no meio da ilha, que eu tinha encontrado quando tava explorando. Então a gente partiu e logo chegou lá, porque a ilha tinha só cinco quilômetros de comprimento e quatrocentos metros de largura.

Esse lugar era um morro ou serrania escarpado bem comprido, com mais ou menos doze metros de altura. A gente teve muito trabalho pra chegar no topo, porque os lados eram muito íngremes e os arbustos muito densos. A gente andou com dificuldade e subiu todo o morro, e daí a pouco encontrou uma caverna bem grande na rocha, quase no topo, no lado virado pra Illinois. A caverna era grande do tamanho de duas ou três salas ajuntadas, e Jim conseguia ficar de pé dentro dela. Era frio lá dentro. Jim queria trazer as nossas tralhas logo em seguida, mas eu disse que a gente não ia gostar de subir e descer o morro a toda hora.

Jim disse que, se a canoa ficasse escondida num lugar bom, e todos os nossos trapos dentro da caverna, a gente podia correr pra lá se alguém aparecesse na ilha, e sem os cachorros eles nunca iam nos encontrar. E além do mais, ele disse que os passarinhos tinham dito que ia chover, e eu queria as coisas todas molhadas?

Então a gente voltou, pegou a canoa e remou até a frente da caverna e arrastou todas as nossas coisas pra lá. Depois saiu procurando um lugar perto pra esconder a canoa, entre os salgueiros densos. A gente pegou uns peixes das linhas e montou elas de novo e começou a se preparar pro jantar.

A porta da caverna era bem grande, dava pra rolar um barril por ela, e num lado da porta o chão tava um pouco saliente e chato, um bom lugar pra fazer o fogo. Então a gente fez o fogo e cozinhou o jantar.

Estendemos os cobertores lá dentro como tapete, e ali a gente comeu o jantar. Colocamos todas as outras coisas bem à mão no fundo da caverna. Logo escureceu e começou a trovejar e relampejar, os passarinhos tavam certos. Imediatamente começou a chover, e choveu com toda a fúria, nunca vi o vento soprar daquele jeito. Uma dessas tempestades normais de verão. Ficou tão escuro que tudo parecia azul-negro lá fora, e bonito; e a chuva batia tão forte que as árvores ali perto pareciam borradas e finas como teias de aranha; e aqui vinha um pé de vento que dobrava as árvores e virava pra cima a parte debaixo mais clara das folhas; e depois vinha uma rajada rasgando tudo e fazendo os ramos agitarem os braços como se tivessem endoidado; aí, quando tava quase o mais azul e o mais negro – *fst*! clareava tudo como a glória, e a gente via uma nesga de topos de árvores mergulhando ao redor, bem longe na tempestade, centenas de metros além do que a gente podia ver antes; num segundo, tudo escuro de novo como o pecado, então a gente escutava o trovão disparar com uma batida terrível e depois sair ribombando, roncando, tombando do céu para a parte de baixo do mundo, como barris vazios rolando pela escada, quando a escada é comprida e eles quicam bastante, sabe.

– Jim, é bonito – digo. – Não queria tá em nenhum outro lugar. Me passa outro naco de peixe e um pouco de pão de milho quente.

– Bem, ocê num ia tá aqui, se num fosse pelo Jim. Ocê ia tá lá embaixo na mata sem jantá, e ficano todo encharcado, com toda certeza, meu fio. Os pinto sabe quando vai chuvê, e os passarinho também, menino.

O rio continuou subindo e subindo por dez ou doze dias, até que passou por cima das margens. A água subiu na ilha até um metro ou um metro e vinte nos lugares baixos e nas margens de Illinois. Naquele lado, o rio ficou com muitos quilômetros de largura, mas no lado do Missouri era a mesma velha distância na travessia – oitocentos metros – porque a margem do Missouri era só uma parede de barrancos altos.

De dia a gente remava por toda a ilha na canoa. Era muito frio e cheio de sombras na mata profunda, mesmo que o sol tivesse ardendo lá fora. A gente entrava e saía ziguezagueando entre as árvores, e às vezes as trepadeiras caíam tão grossas que a gente tinha que voltar e procurar outro caminho. Em toda árvore derrubada a gente via coelhos, cobras e coisas assim; e quando a ilha ficou inundada um dia ou dois, eles tavam tão mansos, porque tavam com fome, que a gente podia remar até bem junto deles e pôr a mão neles se quisesse, mas não nas cobras e nas tartarugas – elas entravam deslizando na água. A serrania onde ficava a nossa caverna tava cheia desses bichos. A gente podia ter muitos animais de estimação se quisesse.

Uma noite a gente pegou uma pequena parte de uma balsa de tábuas – belas pranchas de pinho. Tinha três metros e meio de largura e de quatro e meio a cinco metros de comprimento, e o topo ficava uns quinze centímetros acima da água, um chão plano bem sólido. A gente via toras passando na luz do dia, às vezes, mas deixava elas passar, porque a gente não se mostrava na luz do dia.

Outra noite, quando a gente tava na ponta da ilha, pouco antes da luz do dia, aparece descendo uma casa com vigas de madeira, no lado oeste. Tinha dois andares e tava bem inclinada. A gente remou até ela e subiu a bordo – subiu até uma janela no andar de cima. Mas ainda tava muito escuro pra ver, por isso a gente amarrou a canoa e sentou dentro dela pra esperar a luz do dia.

A luz começou a aparecer antes da gente chegar na outra ponta da ilha. Aí a gente olhou pela janela. Dava pra ver uma cama, uma mesa, duas cadeiras velhas e muitas coisas no chão; e tinha roupas dependuradas na parede. Alguma coisa tava deitada no chão no canto mais distante e parecia um homem. Jim disse:

– Ei, ocê!

Mas nada se moveu. Então gritei de novo, e aí Jim disse:

– O hômi num tá dormindo... tá morto. Ocê fica quieto aqui... vô lá vê.

Ele foi, se inclinou e olhou, depois disse:

– É um morto. Sim, de verdade, e tá pelado. Levô um tiro nas costa. Acho que tá morto faiz uns dois ou treis dia. Vem, Huck, mas num olha na cara dele... tá midonho.

Não olhei pro homem. Jim atirou uns trapos velhos sobre o corpo, mas nem precisava fazer isso, eu não queria ver o homem. Tinha montes de cartas velhas engorduradas espalhadas pelo chão, velhas garrafas de uísque e duas máscaras feitas com pano preto; e por todas as paredes dava pra ver palavras e imagens das mais ignorantes, feitas com carvão. Tinha dois vestidos de chita velhos e bem sujos, uma touca de sol e umas roupas de baixo de mulher, penduradas na parede, e umas roupas de homem também. Colocamos tudo na canoa, podia servir pra alguma coisa. No chão tinha um velho chapéu caipira de palha, de menino, peguei esse também. E uma garrafa que antes tinha guardado leite, com uma rolha de trapo pra bebê chupar. A gente ia levar a garrafa, mas tava quebrada. Tinha uma arca velha e surrada, e um baú velho de pelo de animal com as dobradiças quebradas. Tavam abertos, mas não tinha sobrado nada de importante dentro deles. Pelo jeito como as coisas tavam espalhadas, imaginamos que as pessoas saíram com pressa, não tavam preparadas pra carregar a maior parte dos seus badulaques.

Pegamos uma velha lanterna de lata, uma faca grande sem cabo e um canivete de duas lâminas bem novo que valia dois centavos em qualquer armazém, e muitas velas de sebo, e um castiçal de lata, e uma cuia, e uma xícara de lata, e uma velha colcha esfarrapada perto da cama, e um estojinho com agulhas, alfinetes e cera de abelha, botões e linha e todos esses troços, e uma machadinha e uns pregos, e uma linha de pesca tão grossa como o meu dedo mindinho, com uns anzóis monstruosos já presos nela, e um rolo de pele de gamo, e uma coleira de couro pra cachorros, e uma ferradura e uns frascos de remédios sem etiqueta; e bem quando a gente tava indo embora, encontrei uma escova bem boa, e Jim ele encontrou um velho arco de rabeca estropiado, e uma perna de madeira. As tiras tavam arrebentadas, mas fora isso, era uma perna bastante aproveitável, só que era comprida demais pra mim e curta demais pro Jim, e não conseguimos achar a outra, apesar da gente procurar muito por ali.

E assim, levando em conta tudo, fizemos um belo saque. Quando a gente tava pronto pra ir embora, já tínha descido uns quatrocentos metros ao longo da ilha, e era dia claro. Então fiz Jim deitar na canoa e cobrir-se com a colcha, porque se ficasse sentado as pessoas podiam ver que ele era negro de muito longe. Remei pra margem de Illinois e desci quase uns oitocentos metros desse jeito. Entrei na água parada embaixo da margem, sem acidentes e sem ver ninguém. Chegamos em casa a salvo.

## Capítulo 10

*O achado – o velho Hank Bunker – Disfarçado*

Depois do café da manhã eu queria conversar sobre o homem morto e arriscar um palpite como é que tinha sido assassinado, mas Jim não tava a fim. Disse que chamava o azar e, além disso, disse ele, o homem podia vir nos assombrar; disse que um homem que não tava enterrado tinha mais vontade de sair assombrando o mundo do que aquele que tava plantado e confortável. Isso parecia bastante razoável, então eu não disse mais nada, mas não pude deixar de pensar no caso e ter vontade de saber quem matou o homem e por que fizeram isso.

Revistamos bem as roupas que pegamos e encontramos oito dólares em moedas de prata costuradas no forro de um velho casacão de cobertor. Jim disse que achava que o pessoal naquela casa tinha roubado o casaco, porque se soubessem que tinha dinheiro nos bolsos tinham levado a grana. Eu disse que achava que eles também mataram o cara, mas Jim não queria falar sobre isso. Eu disse:

— Ora, ocê acha que dá azar, mas o que ocê disse quando peguei aquela pele de cobra que achei no topo da serrania anteontem? Ocê disse que era o pior azar do mundo tocar uma pele de cobra com as minhas mãos. Bem, taí o seu azar! Juntamos toda esta tralha e mais oito dólares. Queria ter um pouco desse azar todo dia, Jim.

– Num lembra, meu fio, num lembra. Num fica atrevido demais. Vai chegá. Lembra o que eu disse procê, tá chegano.

E chegou. Foi numa terça-feira que tivemos essa conversa. Depois do jantar na sexta, a gente tava deitado pela grama na ponta mais alta da serrania, e acabou o tabaco. Fui até a caverna buscar um pouco e encontrei uma cascavel lá dentro. Matei o bicho e enrolei a cobra na ponta do cobertor de Jim, bem natural, pensando que ia ser divertido ver Jim encontrar o animal ali. Bem, de noite esqueci tudo sobre a cobra, e quando Jim se atirou sobre o cobertor enquanto eu acendia uma luz, o companheiro da cobra tava ali e picou Jim.

Ele pulou gritando, e a primeira coisa que a luz mostrou foi a besta toda enrolada e pronta pra um novo bote. Matei o bicho de paulada num segundo, e Jim agarrou o jarro de uísque do papai e começou a beber.

Ele tava descalço, e a cobra picou bem no calcanhar. Tudo porque fui muito burro de não me lembrar que sempre que a gente deixa uma cobra morta, o companheiro aparece e se enrola em volta. Jim me mandou cortar a cabeça da cobra e jogar fora, depois tirar a pele e assar um pedaço. Fiz o que mandou, e ele comeu e disse que isso ia ajudar na cura. E também me mandou tirar os chocalhos e amarrar ao redor do seu punho. Disse que ia ajudar. Depois eu saí sorrateiro bem quieto e atirei as cobras bem longe entre os arbustos, porque eu não ia deixar Jim descobrir que era tudo culpa minha, se pudesse evitar.

Jim mamou e mamou no jarro, e de vez em quando perdia a cabeça e se atirava no chão e gritava, mas toda vez que voltava a ser Jim, ia mamar de novo naquele jarro. O pé dele inchou muito, e também a perna, mas daí a pouco a bebida começou a fazer efeito, e então achei que ele tava bem, mas eu achava melhor ser picado por uma cobra do que tomar o uísque do papai.

Jim ficou deitado, bem doente, quatro dias e noites. Depois disso o inchaço sumiu e ele já andava por toda parte de novo. Decidi que nunca mais ia tocar na pele de uma cobra, agora que sabia o que acontecia. Jim disse que achava que eu ia acreditar nele na próxima vez. E disse que mexer na pele de uma cobra era um azar tão terrível que talvez ainda não tinha chegado ao fim. Disse que preferia mil vezes ver a lua nova sobre o próprio ombro esquerdo do que pegar uma pele de cobra com a mão. Bem, eu também tava me sentindo desse jeito, apesar de que eu sempre achei que olhar para a lua nova sobre o ombro esquerdo é uma das coisas mais descuidadas e tolas que alguém pode fazer. O velho Hank Bunker fez isto uma vez e saiu a se gabar do que tinha feito; menos de dois anos depois tomou uma bebedeira e caiu da torre em que faziam balas de chumbo e se esborrachou tanto no chão que ele virou uma espécie de camada, sabe; e eles enfiaram o velho entre duas portas de celeiro que fizeram as vezes de caixão e enterraram assim, é o que dizem, mas eu não vi. Foi o papai que me contou. Mas seja como for, tudo aconteceu porque ele olhou pra lua daquela maneira, como um tolo.

Bem, os dias passaram, e o rio desceu de novo entre as margens. E quase a primeira coisa que a gente fez foi colocar um coelho esfolado como isca num anzol bem grande, armar a linha e pegar um bagre do tamanho de um homem, com quase um metro e noventa de comprimento e pesando mais de noventa quilos. A gente não podia com ele, é claro, ele ia nos jogar longe lá pra Illinois. Então a gente só ficou parado ali e observou ele se debater com violência ao redor até se afogar. A gente encontrou um botão de latão no estômago dele, uma bola redonda e muito lixo. Abrimos a bola com a machadinha, e tinha um carretel lá dentro. Jim disse que devia tá ali muito tempo pra ficar todo coberto e formar uma bola. Era o maior peixe já fisgado no Mississippi, imagino. Jim disse que nunca tinha visto um maior. Valia um bocado na vila. Eles vendiam um peixe desses em pedaços de meio quilo no mercado, todo mundo comprava um pedaço. A carne era branca como a neve e dava uma boa fritada.

Na manhã seguinte, eu disse que tava ficando devagar e monótono, e eu queria um pouco de agito de qualquer jeito.

Disse que tava pensando em sair meio escondido pelo rio e descobrir o que tava acontecendo. Jim gostou da ideia, mas disse que eu devia ir no escuro e ficar alerta. Depois pensou bem no caso e disse, eu não podia usar algumas daquelas roupas velhas e me vestir como uma garota? Essa era também uma boa ideia. Assim encurtamos um dos vestidos de chita e eu enrolei as pernas das minhas calças até os joelhos e me enfiei no vestido. Jim prendeu o pano atrás com os anzóis, e ficou uma bela roupa. Coloquei a touca de sol e amarrei com um cordão debaixo do queixo; então pra alguém olhar e ver o meu rosto era como olhar por um joelho de chaminé de fogão. Jim disse que ninguém ia me reconhecer, nem mesmo no dia claro. Pratiquei durante todo o dia pra me acostumar com as roupas e em pouco tempo já me sentia muito bem dentro delas, só que Jim disse que eu não caminhava como uma garota, e disse que eu devia parar de levantar a saia pra meter a mão no bolso das calças. Prestei atenção e me saí melhor.

Subi pela margem de Illinois na canoa pouco depois do anoitecer.

Comecei a atravessar pra cidade desde um ponto um pouco abaixo do desembarcadouro das barcas, e o impulso da corrente me levou pro final da cidade. Amarrei a canoa e saí caminhando pela margem. Tinha uma luz numa pequena choça onde ninguém vivia há muito tempo, e eu quis saber quem tinha se alojado ali. Cheguei perto com cuidado e espiei pela janela. Tinha uma mulher de uns quarenta anos lá dentro, fazendo tricô perto de uma vela que tava em cima de uma mesa de pinho. Eu não conhecia o rosto dela; era uma estranha, pois ninguém naquela cidade podia me mostrar uma cara que não fosse familiar pra mim. Ora, isso era uma sorte, porque eu já ia perdendo a coragem; tava com medo de ter vindo pra cidade; as pessoas podiam conhecer a minha voz e me descobrir. Mas se essa mulher tinha passado dois dias numa cidade tão pequena, ela podia me contar tudo o que eu queria saber. Então bati na porta e resolvi que não ia esquecer que eu era uma garota.

## Capítulo 11

*Huck e a mulher – A busca – Prevaricação – Indo para
Goshen – "Eles tão atrás de nós!"*

– Entra – disse a mulher, e eu entrei.
Ela disse:
– Pega uma cadeira.
Peguei. Ela me olhou de cima a baixo, com uns olhinhos brilhantes, e disse:
– Qual seria o seu nome?
– Sarah Williams.
– E onde você mora? Neste bairro?
– Não, madame. Em Hockerville, onze quilômetros mais pra baixo. Fiz todo o caminho a pé e tô exausta.
– Com fome também, imagino. Vou arrumar alguma coisa pra você.
– Não, madame, não tô com fome. Eu tava com tanta fome que tive que parar uns três quilômetros mais abaixo numa fazenda, então não tô mais com fome. Foi o que me atrasou tanto. A minha mãe tá doente de cama, e sem dinheiro e tudo mais, e eu vim contar pro meu tio, Abner Moore. Ele mora na parte alta da cidade, ela diz. Nunca vi mais gordo. A senhora conhece ele?
– Não, mas ainda não conheço ninguém. Não faz nem duas semanas que eu tô aqui. É uma caminhada e tanto até a parte alta da cidade. Melhor você ficar aqui a noite toda. Tira a touca.
– Não – digo eu –, vou descansar um pouco, acho eu, e continuar. Não tenho medo do escuro.
Ela disse que não ia me deixar seguir sozinha, que o marido dela ia chegar dali a pouco, talvez numa hora e meia, e ela ia mandar ele junto comigo. Então começou a falar sobre o marido, e sobre os conhecidos dela rio acima, e os conhecidos dela rio abaixo, e sobre como eles antes tavam muito melhor de vida e que não sabiam que iam cometer um erro vindo pra cidade, em vez de deixar tudo como tava – e assim por diante, até que fiquei com medo que *eu*

é que tinha cometido um erro aparecendo na casa dela pra descobrir o que tava acontecendo na cidade. Mas logo ela passou a falar do papai e do assassinato, e então eu fiquei de novo com muita vontade de deixar ela tagarelar sem parar. Ela contou a história de como eu e Tom Sawyer encontramos os seis mil dólares (só que eram dez mil na conta dela), e tudo sobre o papai e o cara difícil que ele era, e o menino difícil que eu era, e por fim começou a falar de quando fui assassinado. Eu disse:

– Quem matou ele? Escutamos muita coisa sobre esse caso lá em Honkerville, mas não sabemos quem foi que matou Huck Finn.

– Bem, acho que um monte de gente *por aqui* gostaria de saber quem matou ele. Uns acham que foi o próprio velho Finn.

– Não... Mesmo?

– A maioria pensou assim no início. Ele nunca vai saber como esteve perto de ser linchado. Mas logo mudaram de ideia e acharam que foi um negro fugido chamado Jim o assassino.

– Ora *ele*...

Parei. Achei melhor ficar quieto. Ela continuou e nem notou que eu tinha começado a dizer alguma coisa.

– O preto fugiu na mesma noite que Huck Finn foi morto. Tem uma recompensa pra quem encontrar ele: trezentos dólares. E tem também uma recompensa pelo velho Finn: duzentos dólares. Você vê, ele veio pra cidade na manhã depois do assassinato e contou tudo o que aconteceu, e tava presente na caçada na barca, mas logo depois foi embora e desapareceu. De imediato eles queriam linchar ele, mas ele desapareceu, sabe. Bem, no dia seguinte, descobriram que o preto tinha sumido; descobriram que ele não tinha sido visto desde as dez horas da noite que o garoto foi morto. Assim botaram a culpa nele, sabe, e quando tavam todos ocupados com isso, no dia seguinte volta o velho Finn e começa a choramingar pro juiz Thatcher pra conseguir um dinheiro pra caçar o negro por todo o Illinois. O juiz deu pra ele um pouco de dinheiro, e naquela noite ele se embebedou e andou por aí até depois da meia-noite com dois estranhos de cara amarrada e acabou partindo com eles. Não voltou desde então, e eles não tão esperando que volte até essa história amansar um pouco, porque as pessoas agora acham que foi ele que matou o filho e arrumou as coisas pra fazer todo mundo pensar que foi obra de assaltantes, porque assim ele ia pegar o dinheiro de Huck sem ter que se incomodar por muito tempo com uma ação na justiça. O povo diz que ele não armou muito bem a história. Oh, ele é matreiro, acho eu. Se não voltar durante um ano, vai se safar. Você não pode provar nada contra ele, sabe. Tudo será esquecido então, e ele vai pôr as mãos no dinheiro de Huck fácil, fácil.

– Sim, imagino, madame. Não vejo nada no caminho dele. Todo mundo parou de achar que foi o preto que matou?

– Oh, não, nem todo mundo. Muita gente acha que foi ele o assassino. Mas eles vão pegar o preto logo, logo, e aí vão talvez assustar o sujeito até ele confessar tudo.

– Oh, ainda tão atrás dele?

– Ora, você é ingênua, hein? Acha que trezentos dólares dão sopa todo dia pra qualquer um pegar? Alguns acham que o preto não tá longe daqui. Eu sou uma – mas não fico falando por aí. Uns dias atrás tava conversando com um velho casal que mora aí ao lado na cabana de toras, e eles disseram no meio da conversa que quase ninguém vai pra aquela ilha ali ao longe que eles chamam de Jackson's Island. Ninguém mora ali?, pergunto eu. Não, ninguém, dizem eles. Eu não falei mais nada, mas pensei um bocado. Tinha quase certeza de ter visto fumaça lá no alto, perto da ponta da ilha, um dia ou dois antes, por isso digo pra mim mesma, é bem possível que o preto tá se escondendo ali. De qualquer modo, digo eu, vale a pena dar uma olhada na ilha. Não vi mais fumaça desde então, por isso imagino que vai ver ele se mandou, se é que era ele. Mas o meu marido vai até lá pra ver, ele e outro homem. Ele subiu o rio, mas voltou hoje, e eu falei com ele assim que chegou aqui duas horas atrás.

Eu tava tão nervoso que não conseguia ficar sentado quieto. Tinha que fazer alguma coisa com as minhas mãos, por isso peguei uma agulha de cima da mesa e comecei a enfiar a linha. As minhas mãos tremiam, e eu não tava conseguindo enfiar a agulha. Quando a mulher parou de falar, levantei os olhos e ela tava me olhando bem curiosa e sorrindo um pouco. Coloquei a agulha e a linha na mesa e fingi que tava interessado – e eu tava interessado de verdade – e disse:

– Trezentos dólares é muito dinheiro. Queria que a minha mãe ganhasse tudo isso. O seu marido tá indo pra ilha hoje de noite?

– Oh, sim. Ele foi até a cidade com o homem de que eu tava falando para você, pra arrumar um bote e ver se conseguiam emprestada uma outra espingarda. Eles vão pra ilha depois da meia-noite.

– Não iam poder ver melhor, se esperassem até o amanhecer?

– Sim. E o preto também não ia poder ver melhor? Depois da meia-noite decerto ele vai estar dormindo, e então eles podem entrar sorrateiros pela mata e procurar a fogueira do acampamento dele melhor no escuro, se é que ele faz fogueira.

– Eu não tinha pensado nisso.

A mulher continuou a olhar pra mim muito curiosa, e eu não me senti nem um pouco à vontade. Logo ela disse:

– Como você disse que era o seu nome mesmo, querida?

– M... Mary Williams.

Não me parecia que eu tinha dito Mary antes, por isso não levantei os olhos; me parecia que eu tinha dito que era Sarah; então me senti meio encurralado e com medo de passar talvez essa impressão. Queria que a mulher continuasse falando. Mais ela ficava quieta, mais inquieto eu ficava. Mas então ela disse:

– Querida, você não disse que era Sarah, quando chegou?

– Oh, sim, madame. Falei, sim. Sarah Mary Williams. Sarah é o meu primeiro nome. Uns me chamam de Sarah, outros me chamam de Mary.

– Oh, então é assim?

– Sim, madame.

Eu tava me sentindo melhor então, mas louco pra sair dali de qualquer jeito. Ainda não conseguia levantar os olhos.

Bem, a mulher começou a falar de como os tempos tavam difíceis, e como era pobre a vida deles, e como os ratos andavam por toda parte como se fossem os donos do lugar, e assim por diante, e mais e mais, e então fiquei de novo à vontade. Ela tinha razão sobre os ratos. Dava pra ver um botando o focinho pra fora de um buraco num canto de vez em quando. Ela disse que tinha que ter muitas coisas à mão pra jogar neles, quando ficava sozinha, senão eles não deixavam ela em paz. Ela me mostrou uma barra de chumbo, enroscada formando um nó, e disse que tinha uma boa pontaria com ela no mais das vezes, mas tinha torcido o braço um ou dois dias atrás e não sabia se podia atirar de verdade agora. Apesar disso ela esperou uma oportunidade e logo jogou o chumbo num rato, mas a barra bateu longe, bem longe do alvo, e ela disse "Ui!" porque o braço doía muito. Então ela me disse pra tentar o próximo. Eu queria ir embora antes da volta do velho, mas é claro que não demonstrei essa vontade. Peguei a barra e no primeiro rato que apontou o focinho mandei bala, e se ele tivesse ficado onde tava, ia virar um rato muito doente. Ela disse que o golpe tinha sido de primeira categoria e achava que eu ia acertar o próximo. Foi pegar o pedaço de chumbo e trouxe de volta essa coisa mais um novelo de linha, que ela queria a minha ajuda pra endireitar. Levantei as duas mãos e ela colocou o novelo sobre elas e continuou a falar dela e dos negócios do marido. Mas parou pra dizer:

– Fica de olho nos ratos. Melhor ter o chumbo no seu colo, bem à mão.

Ela deixou cair o chumbo no meu colo, bem nesse momento, e eu apertei as pernas sobre a barra, e ela continuou falando. Mas só por um minuto. Aí ela tirou o novelo das minhas mãos e me olhou bem na cara, mas de um modo muito gentil, e disse:

– Vamos... qual é o seu nome de verdade?

– O... o quê, madame?

– Qual é o seu nome verdadeiro? Bill, Tom ou Bob? Qual?

Acho que eu tremia como vara verde e não sabia o que fazer. Mas disse:

– Por favor, não zombe de uma pobre menina como eu, madame. Se tô incomodando aqui, vô...

– Não, não vai. Senta e fica onde você tá. Não vou lhe fazer mal nenhum, nem vou denunciar você. Apenas me conte o seu segredo e confie em mim. Vou guardar pra mim o que me contar, e mais ainda, vou ajudar você. E o meu velho também vai ajudar, se você quiser. Sabe, você é um aprendiz fugido... só isso. Coisa à toa. Não tem mal nisso. Você foi maltratado e decidiu fugir. Que Deus te abençoe, criança, eu nunca ia denunciar você. Conta tudo pra mim agora... isso, meu bom garoto.

Então eu disse que não adiantava mais tentar fingir, que eu ia só desabafar e contar tudo, mas que ela não devia quebrar a sua promessa. Então contei a ela que meu pai e minha mãe tavam mortos, que a lei me colocou como aprendiz de um velho fazendeiro malvado num campo a quarenta e oito quilômetros do rio e que ele me maltratava tanto que eu não aguentava mais. Ele saiu pra ficar fora por uns dias, e eu agarrei essa oportunidade e roubei umas roupas velhas da sua filha, dei no pé, e tinha passado três noites caminhando os quarenta e oito quilômetros. Viajava de noite, de dia eu me escondia e dormia, e o saco de pão e carne que eu trazia de casa durou todo o caminho e eu tinha bastante que comer. Eu disse que acreditava que o meu tio, Abner Moore, ia tomar conta de mim e que era por essa razão que eu tinha partido pra aquela cidade de Goshen.

– Goshen, garoto? Isto aqui não é Goshen. É St. Petersburg. Goshen fica mais dezesseis quilômetros rio acima. Quem lhe disse que aqui era Goshen?

– Ora, um homem que encontrei de manhã quando clareou, bem quando eu ia voltar pra mata pra pegar no sono, como de costume. Ele me disse que, quando as estradas se bifurcavam, eu devia tomar a da direita, e os oito quilômetros iam me levar até Goshen.

– Ele tava bêbado, imagino. Disse pra você exatamente o contrário.

– Bem, ele realmente andava como bêbado, mas não importa agora. Tenho que seguir adiante. Vou chegar a Goshen antes do amanhecer.

– Espera um minuto. Vou lhe arrumar alguma coisa pra comer. Você pode precisar.

Então ela preparou um lanche pra mim e disse:

– Me diz... quando uma vaca tá deitada, que parte dela levanta primeiro? Responde logo, já... não para pra pensar. Que parte levanta primeiro?

– A traseira, madame.

– E de um cavalo?

– A dianteira, madame.

– Em que parte da árvore o musgo cresce mais?

– No lado norte.

– Se quinze vacas tão pastando numa encosta, quantas delas comem com as cabeças apontadas na mesma direção?

– Todas as quinze, madame.

– Bem, acho que você viveu *mesmo* no campo. Achei que você tava tentando me enganar de novo. Qual é o seu nome de verdade agora?

– George Peters, madame.

– Bem, trata de lembrar, George. Não esquece e vem me dizer que é Elexander antes de ir embora, pra depois querer remendar dizendo que é George-Elexander quando eu pegar você mentindo. E não anda no meio de mulheres com esse velho vestido de chita. Você faz muito mal o papel de mulher, mas até que poderia enganar os homens, talvez. Deus te abençoe, garoto, mas quando resolver enfiar linha numa agulha, não segura a linha firme e aproxima a agulha; segura a agulha firme e enfia a linha nela... é assim que uma mulher quase sempre faz, mas um homem sempre faz do jeito contrário. E quando você atirar qualquer coisa num rato ou outro alvo, trata de ficar na ponta do pé, e coloca a mão acima da cabeça do modo mais desajeitado que puder, e erra o alvo do rato por uns dois metros. Atira com o braço esticado e duro desde o ombro, como se tivesse um eixo ali pra ele girar ao redor... como uma menina; e não desde o punho e o cotovelo, com o braço afastado para o lado, como um menino. E presta atenção: quando uma menina tenta apanhar qualquer coisa no seu colo, ela afasta os joelhos; ela não aperta eles, como você fez quando pegou a barra de chumbo. Ora, vi que você era um menino quando começou a enfiar a agulha e armei as outras coisas só pra ter certeza. Agora trata de caminhar até o seu tio, Sarah Mary Williams George Elexander Peters, e se você se meter numa encrenca, manda avisar a sra. Judith Loftus, que sou eu, que vou fazer o que puder pra tirar você do aperto. Segue pela estrada do rio, sempre, e, da próxima vez que sair por aí caminhando, leva sapatos e meias junto. A estrada do rio é cheia de pedras, e seus pés vão ficar em petição de miséria até chegar a Goshen, imagino.

Andei pela margem do rio uns cinquenta metros, depois voltei sobre meus passos e me esgueirei até onde tava a minha canoa, um bom pedaço além da casa. Saltei dentro do bote e parti a toda. Fui contra a corrente bem longe, até conseguir ver a ponta da ilha, e então comecei a travessia. Tirei a touca, pois não queria mais saber de viseiras. Quando tava no meio do rio, ouvi o relógio começar a soar. Parei pra escutar, o som chegava fraco sobre a água, mas é claro... onze horas. Quando cheguei na ponta da ilha, não esperei pra respirar, mesmo tando sem fôlego, mas me enfiei bem dentro da mata onde era antes o meu velho acampamento e comecei uma boa fogueira ali num ponto alto e seco.

Aí pulei na canoa e me mandei pro meu lugar a uns dois quilômetros e meio dali o mais rápido que pude. Desembarquei e chapinhei pela mata, subi o morro e entrei na caverna. Lá tava Jim, em sono profundo no chão. Acordei ele e disse:

— Levanta e trata de te mexer, Jim! A gente não tem nem um minuto a perder. Tão atrás de nós!

Jim não perguntou nada, não disse uma palavra, mas o jeito como trabalhou na meia hora seguinte mostrou o quanto tava assustado. Depois dessa meia hora, tudo o que a gente tinha no mundo tava na nossa balsa e ela tava pronta pra ser empurrada pra fora do recanto de salgueiros, onde tava escondida. A gente apagou primeiro a fogueira na caverna e não mostrou nem uma vela acesa lá fora depois disso.

Levei a canoa um pouco pra fora da margem e dei uma olhada, mas se tinha um barco por perto não dava pra ver, porque as estrelas e as sombras não deixam ver muita coisa. Aí a gente levou a balsa pra fora e deslizou às pressas na sombra, passando além da outra ponta da ilha, sem se mexer, sem dizer uma palavra.

## Capítulo 12

*Navegação lenta – Pegando coisas emprestadas – Subindo a bordo do vapor naufragado – Os conspiradores – "Num é boa moral" – Em busca do bote*

Devia ser perto de uma hora quando finalmente a gente passou além da ilha, e a balsa parecia ir muito devagar. Se um barco aparecesse, a gente ia ter que pegar a canoa e partir pra margem de Illinois; e ainda sorte que um barco não apareceu, porque a gente nem tinha pensado em colocar a espingarda na canoa, uma linha de pescar ou alguma coisa pra comer. A pressa e o sufoco tinham sido grandes demais pra pensar em tanta coisa. Não foi uma boa ideia colocar *tudo* na balsa.

Se os homens fossem pra ilha, eu esperava que eles achassem a fogueira que eu tinha feito e vigiassem ali a noite toda esperando a chegada de Jim. De qualquer modo, eles ficavam longe de nós, e se a minha fogueira não enganasse eles, não era culpa minha. Tentei enganar eles da forma mais matreira que pude.

Quando a primeira risca de luz começou a se mostrar, a gente amarrou a balsa numa ilha de areia e vegetação numa grande curva no lado de Illinois, e cortou ramos de choupos com a machadinha e cobriu a balsa com eles pra dar a impressão que tinha ocorrido um desmoronamento ali na ribanceira. Uma ilha de areia e vegetação é um banco de areia que tem por cima choupos tão cerrados como dentes de rastelo.

A gente tinha montanhas na costa do Missouri e mata cerrada no lado de Illinois, e o canal descia pela costa do Missouri naquele lugar, então a gente não tava com medo de alguém topar conosco. A gente ficou ali todo o dia e viu balsas e barcos a vapor descendo pela costa do Missouri e barcos a vapor rumo ao norte lutando com o grande rio lá no meio. Contei a Jim tudo sobre a conversa que tive com aquela mulher, e Jim disse que ela era esperta e que, se ela própria fosse sair atrás de nós, não ia ficar sentada vigiando uma fogueira – não, sinhô, ela ia arrumar um cachorro. Então, disse eu, por que ela não mandou o marido arrumar um cachorro? Jim disse que tinha certeza que ela pensou nisso quando os homens tavam prontos pra partir e acreditava que eles tinham ido até a cidade pra arrumar o cachorro, e então perderam todo esse tempo, pois do contrário a gente não tava aqui numa ilha de areia vinte e cinco ou vinte e seis quilômetros além da vila – não, com certeza, a gente estaria naquela velha cidade de novo. Então eu disse que não queria saber por que eles não tinham nos pegado, desde que não nos pegassem.

Quando tava começando a escurecer, a gente colocou a cabeça pra fora do matagal de choupos e olhou pra cima, pra baixo e pro outro lado do rio, nada à vista. Então Jim pegou algumas das tábuas da parte de cima da balsa e construiu uma tenda bem confortável, onde a gente podia se enfiar em tempo de solaço e de chuva e manter as coisas secas. Jim fez um chão para a barraca, trinta centímetros ou mais acima do nível da balsa, por isso agora os cobertores e todos os tarecos tavam fora do alcance das ondas dos barcos a vapor. Bem no meio da barraca a gente fez uma camada de barro de uns treze ou quinze centímetros de fundura com uma moldura ao redor pra manter o barro no lugar – era pra construir um fogo em tempo molhado ou frio – e a barraca não deixava o fogo à vista. A gente fez também um remo do leme extra, porque um dos outros podia quebrar num tronco embaixo d'água ou nalguma coisa assim. E a gente montou um pau forcado curto pra dependurar a velha lanterna, porque a gente tinha que acender a lanterna sempre que via um barco a vapor vir correnteza abaixo pra não ser atropelados; mas a gente não precisava acender a lanterna pros barcos rio acima, a não ser quando a gente via que tava no que eles chamam "encruzilhada das correntes", porque o rio ainda tava bem alto, as margens muito baixas ainda um pouco cobertas pela água, então os barcos rumo do norte nem sempre passavam pelo canal, mas procuravam as águas tranquilas.

Nessa segunda noite, a gente navegou umas sete ou oito horas, com uma corrente que tava numa velocidade de mais de seis quilômetros por hora. A gente pegou peixes, falou e nadou de vez em quando pra afastar o sono. Era uma coisa meio solene, descer à deriva o grande rio tranquilo, deitados de costas olhando pras estrelas, sem ter nunca vontade de falar alto, e não era muito comum rir, só dar uns risinhos. No geral o tempo tava muito bom, e nada aconteceu com a gente naquela noite, nem na outra, nem na outra.

Toda noite a gente passava por cidades, algumas bem lá no alto das encostas negras, só um canteiro brilhante de luzes, não dava pra ver nenhuma casa. Na quinta noite passamos por St. Louis, e foi como se o mundo inteiro tivesse se iluminado. Em St. Petersburg eles diziam que tinha vinte ou trinta mil pessoas em St. Louis, mas nunca acreditei nisso até que eu vi aquela imensidão maravilhosa de luzes às duas horas daquela noite quieta. Não tinha nenhum barulho, todo mundo dormindo.

Toda noite agora eu dava um jeito de chegar até a costa, perto das dez horas, nalguma pequena vila, e comprava dez ou quinze centavos de farinha, toicinho ou outra coisa pra comer; e às vezes eu pegava um frango que não tava confortável no poleiro e carregava ele junto comigo. Papai sempre dizia, pega um frango quando tiver chance, porque se ocê não quer o frango pra si, é fácil encontrar alguém que quer, e a gente nunca esquece uma boa ação. Nunca vi papai não querendo o frango pra si, mas é o que ele dizia mesmo assim.

De manhã, antes da luz aparecer, eu entrava meio escondido no campo de trigo e pegava emprestado uma melancia, um melão, uma abóbora ou um pouco de trigo fresco ou coisas desse tipo. Papai sempre dizia que não fazia mal pegar as coisas emprestadas, se a gente pretendia pagar mais tarde, um dia, mas a viúva dizia que isso não passava de um nome bonito pra roubar, e nenhuma pessoa decente ia fazer uma coisa dessas. Jim disse que ele achava que a viúva tava certa em parte e papai tava certo em parte; então, o melhor a fazer era escolher duas ou três coisas da lista e dizer que a gente não ia mais pegar elas emprestado – mas ele achava que não fazia mal tomar emprestado as outras. A gente falou disso uma noite inteira, descendo à deriva pelo rio, tentando decidir se ia jogar fora as melancias, os cantalupos, os melões ou sei lá o que mais. Mas perto do amanhecer a gente chegou numa solução satisfatória e decidiu abrir mão das maçãs ácidas e dos cáquis. A gente não tava se sentindo muito bem antes disso, mas agora tava tudo legal. Fiquei contente também com a solução, porque as maçãs ácidas nem sempre são boas, e os cáquis ainda iam levar dois ou três meses pra madurar.

De vez em quando a gente atirava numa ave aquática, que se levantava cedo demais de manhã ou não ia dormir bem cedo de noite. Pensando bem, a gente tava tendo um vidão.

Na quinta noite, mais pra lá de St. Louis, teve uma grande tempestade depois da meia-noite, com trovões e raios fortes, e a chuva caía num lençol d'água sólido. A gente ficou na barraca e deixou a balsa cuidar de si mesma. Quando o raio clareava tudo, a gente podia ver um grande rio reto na frente e penhascos altos nos dois lados. Dali a pouco, digo eu, "Ei, Jim, olha ali!". Era um barco a vapor que tinha se destruído numa rocha. A gente tava seguindo reto na direção dele. O raio mostrava o barco bem nítido. Tava adernado, com parte do convés superior acima da água, e quando vinham os clarões dos relâmpagos dava pra ver todos os cabos da chaminé bem delineados, e uma cadeira ao lado do grande sino, com um chapéu velho de aba larga e caída pendurado atrás dela.

Bem, já era noite avançada, e tempestuosa, e tudo tão misterioso, por isso senti exatamente o que qualquer outro menino ia sentir vendo aqueles destroços espalhados ali tão fúnebres e solitários no meio do rio. Queria subir a bordo e andar por ali um pouco, ver o que tinha no barco. Então eu disse:

– Vamos abordar o barco, Jim.

Mas Jim tava mortalmente contra essa ideia no início. Ele disse:

– Num quero mexê em destroço de navio. A gente tá ino muito bem, e é mió deixá o diabo em paiz, como diz o bom menino. Aposto que tem um vigia nesse barco distruído.

– Vigia tua vó! – falei –, não tem nada pra vigiar a não ser o tombadilho e a casa do leme. E ocê acha que alguém ia arriscar a vida por um tombadilho e uma casa do leme numa noite dessas, quando eles tão a ponto de se quebrar e ser carregados pelo rio a qualquer minuto? – Jim não podia dizer nada contra isso, então ele nem tentou. – E além disso – falei –, a gente podia tomar emprestado alguma coisa de valor do camarote do capitão. Charutos, tenho certeza, e eles custam cinco centavos cada um, dinheiro vivo. Os capitães dos barcos a vapor são sempre ricos, ganham sessenta dólares por mês, e *eles* não dão a menor bola pra quanto custa uma coisa, sabe, quando querem ela. Enfia uma vela no teu bolso, não vou descansar, Jim, até a gente fazer uma revista minuciosa no barco. Ocê acha que Tom Sawyer ia deixar uma coisa dessas passar? Por nada deste mundo, não deixava. Ele ia chamar essa revista do barco uma aventura, é o nome que ele ia dar pra coisa, e ele ia abordar esse barco destruído nem que fosse a última coisa a fazer na vida. E não ia fazer tudo com classe? Não ia se superar, e tudo mais? Ora, ocê ia pensar que ele era Cristóvão Colombo descobrindo o Outro-Mundo. Queria que Tom Sawyer tivesse aqui.

Jim ele resmungou um pouco, mas concordou. Disse que a gente não devia falar mais do que o necessário e devia falar muito baixinho. O raio nos mostrou os destroços de novo, bem a tempo, e a gente alcançou a grua de estibordo e se amarrou ali.

O convés tava bem pra fora naquele lugar. A gente desceu sorrateiros o declive até o lado esquerdo do barco, no escuro, na direção do tombadilho, abrindo lentamente o caminho com os pés e espraiando bem as mãos pra afastar os cabos, pois tava tão escuro que não dava para ver nem sinal deles. Logo a gente deu com a ponta dianteira da claraboia e subiu pra cima dela; e o próximo passo nos deixou na frente da porta do capitão, que tava aberta, e Santo Deus, lá longe no corredor do tombadilho a gente vê uma luz e, tudo no mesmo segundo, teve a impressão de escutar vozes vindo de lá!

Jim sussurrou e disse que tava se sentindo muito mal, e me mandou voltar junto com ele. Eu disse, tudo bem, e tava começando a ir pra balsa, mas bem nesse momento escutei uma voz choramingando dizer:

– Oh, por favor, rapazes, juro que não vou contar!

Outra voz disse bem alto:

– Tá mentindo, Jim Turner. Ocê já fez isto antes. Sempre querendo mais que sua parte no butim, e sempre conseguindo, porque ocê jurava que sem essa parte ia contar tudo. Mas desta vez ocê falou demais. Ocê é o patife mais perverso e mais traiçoeiro desse país.

A esta altura Jim já tinha sumido na direção da balsa. Eu tava fervendo de curiosidade e falei pra mim mesmo, Tom Sawyer não ia recuar agora, e eu também não, vou ver o que tá acontecendo aqui. Então caí sobre as mãos e os joelhos, na pequena passagem, e me arrastei pra trás no escuro, até que não tinha mais que um camarote entre eu e o corredor transversal do tombadilho. Ali dentro vejo um homem estirado no chão, de mãos e pés atados, e dois homens de pé acima dele, e um deles tinha uma lanterna fraca na mão, e o outro tinha uma pistola. Este apontava a pistola pra cabeça do homem no chão e dizia:

— Ah, como eu *queria*! E devia, também, um reles canalha!

O homem no chão tentava levantar se contorcendo e dizia:

— Oh, por favor não, Bill, não vou contar.

E toda vez que ele falava isso, o homem com a lanterna ria e dizia:

— Claro que *não vai*! Ocê nunca falou coisa mais certa. — E uma vez ele disse: — Escuta ele implorar! Mas se a gente não tivesse dominado e amarrado o patife, ele tinha nos matado, nós dois. E *pra quê*? Pra nada. Só porque a gente defendeu os *nossos* direitos... só por isso. Mas aposto que ocê num vai ameaçar mais ninguém, Jim Turner. *Guarda* esta pistola, Bill.

Bill diz:

— Não quero, Jake Packard. Tô a fim de matar ele... e ele não matou o velho Hatfield do mesmo jeito... e não merece?

— Mas não quero ele *morto* e tenho as minhas razões pra isso.

— Deus te abençoe por essas palavras, Jake Packard! Num vou esquecer nunca em toda a minha vida! — diz o homem no chão, meio choramingando.

Packard não prestou atenção, mas pendurou a lanterna num prego e partiu pra onde eu tava, ali no escuro, e fez sinal pra Bill vir junto. Recuei o mais rápido que pude, uns dois metros, mas o barco se inclinou tanto que não consegui ser muito ligeiro; então, pra evitar ser atropelado e pego, entrei rastejando num camarote no lado de cima. O homem veio tateando no escuro e, quando Packard chegou no meu camarote, ele disse:

— Aqui... entra aqui.

Ele entrou, e Bill atrás dele. Mas antes de entrarem, eu já tava no beliche de cima, encurralado, lamentando que eu tinha decidido ir. Então eles ficaram ali, com as mãos na saliência do beliche, conversando. Eu não podia ver eles, mas sabia onde tavam, pelo uísque que tinham tomado. Tava contente que eu não tomava uísque, mas não ia fazer muita diferença de qualquer maneira, porque eles não podiam me pegar – eu nem tava respirando. Tava assustado demais. Além disso, *ninguém* podia respirar ouvindo aquela conversa. Eles falavam baixo e sério. Bill queria matar Turner. Ele disse:

– Ele falou que vai contar, e vai mesmo. Mesmo se a gente entregar pra ele as nossas duas partes *agora*, isso não ia fazer a menor diferença depois da briga e da surra que a gente deu nele. Tão certo quanto você ter nascido, ele vai dar com a língua nos dentes. Agora escuta. Sou a favor de pôr um fim nos problemas dele.

– Eu também – disse Packard muito quieto.

– Raios, eu tinha começado a pensar que ocê não tava a fim. Vamos lá acabar com isso.

– Espera um minuto, ainda não disse tudo o que tenho pra dizer. Escuta. Matar com um tiro é bom, mas tem maneiras mais silenciosas, se a coisa *tem que* ser feita. O que eu *acho* é o seguinte: não adianta ficar flertando com a forca se a gente pode conseguir o que quer de um jeito tão bom quanto e, ao mesmo tempo, sem grande risco. Não acha?

– Mas como é que ocê vai fazer dessa vez?

– A minha ideia é a seguinte: vamos nos mexer e pegar tudo que a gente deixou de roubar nos camarotes, e tocar pra praia e esconder o butim. Aí a gente espera. Ora, eu digo que não vai levar mais que duas horas pra esse vapor naufragado se quebrar todo e ser carregado pelo rio. Entende? Ele vai se afogar, e não vai ter ninguém pra culpar, só ele mesmo. Acho que é muito melhor que matar ele. Sou contra matar um homem quando posso dar outro jeito. Não faz sentido, não é boa moral. Não tenho razão?

– Sim... acho que sim. Mas e se o navio *não* quebrar e *não* for carregado pelo rio?

– Bem, podemos esperar duas horas pelo menos e ver o que acontece, não?

– Tudo bem então, vamos.

Assim eles partiram, e eu escapei, suando frio, e segui em frente engatinhando. Tava escuro como breu ali, mas eu disse, sussurrando meio rouco:

– Jim!

E ele respondeu, bem perto de mim, com um meio gemido, e eu disse:

– Rápido, Jim, a gente não tem tempo pra perder e gemer. Tem um bando de assassinos aqui, e se a gente não procurar o bote deles pra soltar à deriva pelo rio, porque assim esses sujeitos não vão poder abandonar os destroços do vapor, tem um deles que vai ficar numa sinuca de bico. Mas se a gente encontrar o bote, a gente pode colocar *todos eles* numa sinuca de bico... porque o xerife vai pegar eles. Ligeiro... te apressa! Vou procurar no lado esquerdo, ocê procura a estibordo. Ocê parte com a balsa, e...

– Oh! Meu sinhozinho, sinhozinho! *Balsa*? Num tem mais balsa, ela quebrô, se soltô e sumiu! E aqui tamo nóis!

## Capítulo 13

*Escapando dos destroços do barco a vapor – O vigia – Afundando – Um sono profundo*

Parei um pouco e quase desmaiei. Encurralado nos destroços de um barco a vapor com um bando desses! Mas não era hora de ficar se sentimentalizando. Agora a gente *tinha que* encontrar esse bote – precisava dele pra gente. Então a gente seguiu tremendo e vacilando pelo lado de estibordo, e foi também um deslocamento lento – tive a impressão que a gente levou uma semana pra chegar na popa. Nem sinal do bote. Jim disse que achava que não podia ir adiante – tava tão assustado que não tinha mais força sobrando, disse ele. Mas eu disse vamos, se a gente fica pra trás nesse barco destruído, aí sim a gente tá numa sinuca. Então a gente foi em frente, a esmo. Começou a procurar a popa do tombadilho e encontrou, e aí seguiu tateando pra frente em cima da claraboia, nos agarrando de estore em estore, porque a beirada da claraboia tava dentro d'água. Quando a gente chegou bem perto da porta do corredor transversal, lá tava o bote, sem tirar nem pôr! Eu mal podia ver ele. Nunca me senti tão agradecido. Mais um segundo e eu já me via a bordo, mas bem nesse momento a porta se abriu. Um dos homens enfiou a cabeça pra fora, só mais ou menos a meio metro de mim, e pensei que eu tava perdido. Mas ele puxou de novo a cabeça pra dentro e disse:

– Tira esta lanterna desgraçada da vista, Bill!

Atirou um saco de alguma coisa dentro do bote, depois entrou na embarcação e se sentou. Era Packard. Aí Bill *ele* apareceu e entrou no bote. Packard disse em voz baixa:

– Tudo pronto... toca o barco!

Eu quase não conseguia me agarrar nos estores, tava fraco demais. Mas Bill diz:

– Espera... ocê revistou ele?

– Não. E ocê?

– Não. Ele ainda tem a parte dele do dinheiro.

– Bem, então, vamos lá... num adianta levar as coisas e deixar o dinheiro.

– Ei... será que ele não suspeita o que tamo fazendo?

– Talvez não. Mas temos que pegar o dinheiro de qualquer jeito. Vamos.

Então saíram do bote e entraram no navio.

A porta bateu, porque tava no lado adernado, e em meio segundo eu tava no bote, e Jim veio aos trambolhões atrás de mim. Tirei a minha faca e cortei a corda, e aí a gente foi embora!

A gente não tocou em nenhum remo, e a gente não falou nem sussurrou, quase nem respirou. Deslizou rápido, num silêncio mortal, passando pela ponta do tambor da roda e passando pela popa; depois, em mais alguns segundos, a gente tava cem metros além do vapor naufragado, e a escuridão tomou conta de tudo, apagou até o último sinal dos destroços. A gente tinha se safado e sabia disso.

Quando a gente já tava trezentos ou quatrocentos metros corrente abaixo, a gente viu a lanterna aparecer como um pequeno lampejo na porta do tombadilho por um segundo e ficou sabendo que os patifes tinham dado por falta do bote deles e tavam começando a entender que agora tavam numa sinuca de bico tão grande quanto a de Jim Turner.

Aí Jim tomou conta dos remos, e a gente saiu a procurar a nossa balsa. Então foi a primeira vez que eu comecei a me preocupar com os homens – acho que antes não tinha tido tempo. Comecei a pensar como ia ser terrível, mesmo pra assassinos, ficar naquela sinuca. Eu disse pra mim mesmo, não tem como saber, um dia eu ainda posso me tornar um assassino, e então qual vai ser minha reação numa encrenca dessas? Então falei pro Jim:

– A primeira luz que a gente avistar, vamos pra praia uns cem metros abaixo ou acima da luz, num lugar com um bom esconderijo pra ocê e o bote, e aí eu vou e invento uma lorota e faço alguém procurar aquele bando e tirar os patifes da enrascada pra eles serem enforcados quando chegar a hora.

Mas essa ideia foi um fracasso, pois logo começou a tempestade de novo, e dessa vez pior do que nunca. A chuva caía aos borbotões, e não tinha luz nenhuma à vista; todo mundo na cama, acho eu. A gente seguia rapidamente pelo rio, procurando luzes e procurando a nossa balsa. Depois de muito tempo a chuva amainou, mas as nuvens ficaram, e os raios continuaram aparecendo de vez em quando, e daí a pouco um lampejo nos mostrou uma coisa preta na nossa frente, flutuando, e a gente foi atrás.

Era a balsa, e a gente ficou muito alegre de subir de novo a bordo. Vimos uma luz então, bem abaixo à direita, na margem. Aí eu disse que ia pra lá. O bote tava meio cheio das coisas saqueadas que o bando tinha roubado, ali no vapor naufragado. Empilhamos tudo na balsa, e eu disse a Jim pra seguir flutuando e acender uma luz quando achasse que já tinha andado uns três quilômetros e deixar ela acesa até eu voltar. Aí peguei nos remos e toquei o bote pra cima da luz. Enquanto eu me deslocava naquela direção, apareceram mais três ou quatro – lá em cima numa encosta. Era uma vila. Cheguei mais perto da luz da margem, levantei os remos e flutuei. Enquanto passava, vi que tinha uma lanterna pendurada no pequeno pau de bandeira de uma barca de casco duplo. Contornei ela deslizando, à procura do vigia, me perguntando onde é que ele dormia; dali a pouco encontrei ele empoleirado nos postes de amarrar as cordas, inclinado pra frente, a cabeça abaixada entre os joelhos. Dei uns dois ou três empurrões no seu ombro e comecei a chorar.

Ele se endireitou, com um olhar espantado, mas quando viu que era só eu, deu um bom bocejo e se espreguiçou, então disse:

– Olá, que é que tá acontecendo? Não chora, garoto. Qual é o problema?

Eu disse:

– O papai, a mamãe e a minha irmã, e...

Aí desatei a chorar. Ele disse:

– Oh, dane-se, não leva tudo *tão* a sério, todos temos nossos problemas, e tudo vai dar certo. O que houve com eles?

– Eles tão... eles tão... ocê é o vigia do barco?

– Sim – disse ele com um ar bastante satisfeito. – Sou o capitão e o dono, e o imediato, e o piloto, e o vigia e o chefe dos taifeiros: e às vezes sou a carga e os passageiros. Num sou tão rico quanto o velho Jim Hornback e num posso ser danado de generoso e bom pra Tom, Dick e Harry como ele é, nem fazer tanto barulho com o dinheiro como ele faz. Mas eu disse a ele muitas vezes que eu num ia querer trocar de lugar com ele, porque, digo eu, a vida de marinheiro é a vida pra mim, e macacos me mordam se eu ia querer viver uns três quilômetros fora da cidade, onde nunca tá acontecendo nada, nem por toda a grana dele, nem por muito mais ainda. Digo eu...

Interrompi e falei:

– Eles tão num aperto terrível e...

– *Quem* são eles?

– Ora, o papai, a mamãe e a mana, e a srta. Hooker, e se ocê pegava a sua barca e subia até lá...

– Até onde? Onde é que eles tão?

– No vapor naufragado.

– Que vapor naufragado?

– Ora, só tem um.

87

– O quê, ocê não quer dizer o *Walter Scott*?
– Sim.
– Deus do céu! O que eles tão fazendo lá, pelo amor de Deus?
– Ora, eles não foram lá de propósito.
– Claro! Ora, santo Deus, eles não têm chance nenhuma se não saírem de lá rapidíssimo! Ora, como diabos eles entraram numa enrascada dessas?
– Fácil. A srta. Hooker tava de visita, lá em cima na cidade...
– Sim, Booth's Landing... continua.
– Ela tava de visita, lá em Booth's Landing, e bem no fim da tarde ela partiu com a criada negra dela na barca movida a cavalo, pra passar a noite na casa da sua amiga, a srta. Fulana de Tal, não lembro do nome, e eles perderam o remo do leme, rodopiaram e saíram flutuando, a popa virada pra frente, por uns três quilômetros, e bateram no vapor naufragado e a barca se dobrou ao meio como um alforje perto dos destroços, e o homem da barca, a criada negra e os cavalos tudo se perdeu, mas a srta. Hooker ela se agarrou e conseguiu subir a bordo do vapor naufragado. Bem, mais ou menos uma hora depois do anoitecer, a gente passou por ali na nossa chata, e tava tão escuro que a gente só percebeu o vapor naufragado quando já tava em cima dele, e então *a gente* também bateu nos destroços e a chata se dobrou no meio como um alforje perto do vapor. Mas nos safamos todos menos Bill Whipple... e oh, ele *era* a melhor das criaturas! Queria muito que tivesse sido eu, muito.
– Por São Jorge! É a coisa mais aterradora que já me passou pela cabeça. E *então* o que ocês todos fizeram?
– Bem, a gente gritou desesperados, mas era uma imensidão ali, a gente não conseguiu fazer ninguém ouvir. Então papai disse que alguém tinha que ir pra terra e conseguir alguma ajuda. Eu era o único que sabia nadar, então corri pra me jogar n'água, e a srta. Hooker ela disse que se eu não encontrasse ajuda antes, que era pra vir até aqui e procurar o tio dela, que ele dava um jeito. Cheguei na margem um

quilômetro e meio mais adiante e andei a esmo desde então, tentando convencer as pessoas a fazer alguma coisa, mas elas diziam, "O quê? Numa noites dessas e com uma correnteza dessas? Não faz sentido, vá procurar a barca a vapor". Ora, se ocê tá disposto a ir, e...

– Por Jackson, eu *gostaria*, e macacos me mordam se já não decidi que vou de qualquer jeito, mas quem co'os diabos vai *pagar* por isso? Ocê acha que o seu papai...

– Ora, *isso* tá resolvido. A srta. Hooker ela me disse, *em particular*, que o seu tio Hornback...

– Minha Santa Ingrácia! *Ele* é tio dela? Olha aqui, ocê vai na direção daquela luz sobre aquele caminho lá adiante e vira pra oeste quando chegar lá, e andando mais ou menos meio quilômetro vai chegar na taberna. Diga aos caras pra levar ocê ventando pra casa de Jim Hornback, e ele vai pagar a conta. E não fica andando à toa por aí, porque ele vai querer saber das notícias. Diga-lhe que vou trazer a sobrinha dele sã e salva antes dele chegar na cidade. Anda, vai! Vou ali na esquina acordar meu engenheiro.

Saí na direção da luz, mas assim que ele virou a esquina eu voltei e entrei no meu bote. Baldeei a água que tinha lá dentro e depois remei costa acima na água calma uns seiscentos metros, e então me enfiei entre uns barcos de madeireiros, pois não podia ficar tranquilo até ver a barca partir. Mas, levando tudo em conta, eu tava me sentindo bastante bem por me dar todo esse trabalho por causa daquele bando, pois bem poucos iam fazer o mesmo. Queria que a viúva soubesse disso. Achava que ela ia ficar orgulhosa de mim por ajudar esses patifes, porque patifes e indesejáveis eram o tipo de caras que a viúva e as pessoas boas mais gostavam.

Bem, em pouco tempo, ali vem o barco naufragado, obscuro e meio apagado, descendo o rio! Uma espécie de calafrio passou por mim, e saí na direção da embarcação. O barco tava muito afundado, e vejo num minuto que não tinha muita chance de ter ninguém com vida lá dentro. Remei em volta e gritei um pouco, mas não tive resposta, tudo mortalmente parado. Senti um pouco de tristeza pelo bando, mas não muita, pois pensei que, se eles podiam aguentar o tranco, eu também podia.

Então ali vem a barca, por isso fui pro meio do rio num longo movimento diagonal a favor da corrente; e quando achei que tava fora do alcance dos olhos, levantei os remos, olhei pra trás e vi a barca ir investigar o barco naufragado à procura dos restos da srta. Hooker, porque o capitão sabia que o tio Hornback dela queria os restos pra si; pouco depois a barca desistiu e foi pra margem, e eu ataquei os remos e desci rápido pelo rio.

Tive a impressão de um tempo muito longo antes da luz de Jim aparecer, e quando surgiu parecia estar a mil quilômetros de distância. No momento que cheguei lá, o céu tava começando a ficar cinza no leste. A gente seguiu pruma ilha, escondeu a balsa, afundou o bote, foi pra cama e dormiu profundamente.

## Capítulo 14

*Aproveitando a vida – O harém – Franceses*

Dali a pouco, quando nos levantamos, a gente revirou as tralhas que o bando tinha roubado do vapor naufragado e encontrou botas, cobertores, roupas e todo tipo de outras coisas, um monte de livros, um óculo de alcance e três caixas de charutos. Nunca antes a gente tinha sido tão ricos, em nenhuma de nossas vidas. Os charutos eram de primeira. A gente passou toda a tarde na mata conversando, eu lendo os livros e nós aproveitando a vida. Contei a Jim tudo o que tinha acontecido dentro do vapor naufragado e na barca e disse que isso era uma aventura, mas ele disse que não queria mais aventuras. Falou que, quando entrei no tombadilho e ele se arrastou pra subir na balsa e descobriu que ela tinha desaparecido, ele quase morreu porque achou que era o ponto final pra *ele*. Não era nada que tivesse conserto, pois se ele não fosse salvo, ia acabar afogado; e, se fosse salvo, aquele que o salvasse ia mandar ele de volta pra casa pra receber a recompensa, e então a srta. Watson ia vender ele pro Sul, com toda certeza. Bem, ele tinha razão, ele quase sempre tinha razão, tinha uma cabeça incomum, pra um negro.

Li muito pra Jim sobre reis, duques, condes e gente desse tipo, e como eles se vestiam com roupas brilhantes, e como afetavam grande estilo, e chamavam uns aos outros de vossa majestade, vossa graça, vossa senhoria e coisa e tal, em vez de falar senhor, e os olhos de Jim saltaram pra fora, ele tava interessado. Disse:

– Num sabia que tinha tantos assim. Nunca ouvi falá de ninhum deles, quase ninhum, só do veio Rei Salumão, a num sê que ocê também conta os rei que tem no baraio de carta. Quanto ganha um rei?

– Ganha? – digo eu. – Ora, querendo eles ganham mil dólares por mês. Eles podem ganhar o que quiserem, tudo pertence a eles.

– *Num é* pândega? E o que é que eles têm que fazê, Huck?

– *Eles* não fazem nada! Ora, que jeito de falar. Eles só andam por aí.

– Não... mesmo?

– É claro. Só andam por aí. Menos talvez quando tem uma guerra, então eles vão pra guerra. Mas no resto do tempo eles só ficam à toa, ou vão caçar falcões e pass... ssshhh!... ouviu um barulho?

A gente saltou pra fora e olhou, mas não tinha nada a não ser o agito da roda de um vapor, que bem de longe vinha descendo ao redor do cabo. Então a gente voltou.

– Sim – digo eu – e no resto do tempo, quando as coisas tão paradas, eles fazem um estardalhaço com o parlamento, e se todo mundo não faz exatamente o que eles querem, mandam cortar a cabeça de todo mundo. Mas a maior parte do tempo eles passam no harém.

– Onde?

– No harém.

– O que é o harém?

– O lugar onde eles guardam as suas mulheres. Ocê não sabe sobre o harém? Salomão tinha um, ele tinha quase um milhão de mulheres.

— Ora, sim, é assim... Eu... eu tinha esquecido. Um harém é uma pensão, acho. Quase certo que eles faz algazarra no quarto das criança. E acho que as muié brigam muito e que isso aumenta o barulho. Mas eles diz que Salumão era o hômi mais sábio que já viveu. Num credito não. Por causa do seguinte: um hômi sábio ia querê vivê num vozerio desses o tempo todo? Não... num ia querê mesmo. Um hômi sábio ia armá barulho e tumulto, e então ele ia podê *acabá* com a algazarra quano queria descansá.

— Bem, mas ele foi o mais sábio, porque foi a própria viúva quem me disse.

— Num me importa o que a viúva disse, ele *num foi* um hômi sábio, não. Ele tinha as maneira mais estranha que eu já vi. Ocê sabe daquele menino que ele ia cortá em dois?

— Sim, a viúva me contou tudo sobre isso.

— *Bem*, então! Essa num foi a ideia mais esquisita do mundo? Pensa um minuto. Aí tá um cepo, aí... é uma das muié; aqui tá ocê... fica seno a outra; eu é o Salumão; e essa nota de um dólar aqui é o menino. As duas qué o menino. O que que eu faço? Saio a procurá entre os vizinho e descubro qual de ocês *é* a dona da nota, e entrego a nota pra dona certa, tudo são e salvo, tudo o que ia fazê quarqué um com valentia? Não... eu pego e rasgo a nota em *dois* pedaço, e dô uma metade procê, e a outra metade pra outra muié. É isso o que o Salumão ia fazê com o menino. Agora pergunto procê: que adianta metade de uma nota? Num dá pra comprá nada com ela. E que adianta metade de um menino? Eu num ia dá a menó bola nem prum milhão deles.

— Mas ora, Jim, ocê não entendeu a ideia... dane-se, ocê errou o alvo por uns mil quilômetros.

— Quem? Eu? Ora, vá. Num fala pra *mim* das tua ideia. Acho que eu enteno o sentido quano eu vejo sentido, e num tem sentido em fazê uma coisa dessa. A briga num era sobre metade de um menino, a briga era sobre um menino inteiro. E o hômi que pensa que pode resolvê uma briga sobre um menino intero cum a metade de um menino num sabe o bastante nem pra num se molhá na chuva. Num me fale desse Salumão, Huck. Conheço ele de trás pra diante.

– Mas tô dizendo que ocê não entendeu a ideia.

– Que se dane a ideia! Acho que sei o que sei. E olha aqui, a ideia *de verdade* vai mais longe... mais profundo. Tá no modo como Salumão foi criado. Ocê pega um hômi que só tem um ou dois fio, esse hômi vai esbanjá os fio? Não, num vai, num tem como. Ele sabe como dá valô a eles. Mas ocê pega um hômi que tem uns cinco milhão de fio correno pela casa, aí é diferente. *Ele* vai cortá um menino em dois assim como corta um gato. Tem muitos fio mais. Um fio ou dois, mais o menos, num importa pro Salumão, que se dane!

Nunca vi um negro assim. Se ele metia uma ideia na cabeça, não tinha como arrancar fora. Era o negro mais crítico de Salomão que já vi. Então continuei a falar sobre outros reis, e deixei Salomão pra lá. Contei sobre Luís XVI, que teve a cabeça cortada na França muito tempo atrás, e sobre o menino dele, o delfim, que ia ser rei, mas eles pegaram e prenderam ele na cadeia, e uns dizem que ele morreu na prisão.

– Pobre menino.

– Mas uns dizem que ele saiu, fugiu e veio pra América.

– Inda bem! Mas ele vai se senti muito sozinho... num tem rei ninhum por aqui, né, Huck?

– Não.

– Então ele num vai tê uma profissão. O que é que ele vai fazê?

– Ah, não sei. Uns deles vão pra polícia, e uns ensinam as pessoas a falar francês.

– Ora, Huck, os francês num falam assim como a gente?

– *Não*, Jim, ocê não ia compreender nem uma palavra do que eles dizem... nem uma única palavra.

– Ora, c'o diabo! Como é que isso acontece?

– Não sei, mas é assim. Peguei um pouco da parolagem deles num livro. E se um homem viesse falar com ocê e dissesse *Pallê-vu-francé* – o que ocê ia achar?

— Num ia achá nada, eu pegava e rebentava a cabeça dele. Qué dizê, se ele num fosse branco. Eu num ia deixá ninhum preto me chamá assim.

— Balela, não tá te chamando de nada. Tá só perguntando se ocê sabe falar francês.

— Então por que num fala isso?

— Ora, ele tá falando isso. É o *jeito* do francês falar isso.

— É um jeito danado de ridículo, e num quero ouvi mais sobre isso. Num faz sentido.

— Olha aqui, Jim: um gato fala como a gente fala?

— Não, um gato não.

— E uma vaca?

— Não, uma vaca também não.

— Um gato fala como uma vaca, ou uma vaca como um gato?

— Não, num fala.

— É natural e correto eles falarem diferente um do outro, não?

— É craro.

— E não é natural e correto um gato e uma vaca falarem diferente de *nós*?

— Ora, craro que é.

— Bem, então, por que não é natural e correto um *francês* falar diferente de nós? Agora me responde isso.

— Um gato é um hômi, Huck?

— Não.

— Então, num faz sentido um gato falá como um hômi. Uma vaca é um hômi? E uma vaca é um gato?

— Não, nenhum dos dois.

— Então, ela num tinha por que falá como um ou como o outro. O francês é um hômi?

— Sim.

— Então! Macacos me morde, por que ele num *fala* como um hômi? Me responde *isso*.

Vi que não adiantava gastar palavras... não dá pra ensinar um negro a argumentar. Então desisti.

## Capítulo 15

*Huck perde a balsa – No nevoeiro – Adormecido na balsa
– Huck encontra a balsa – Lixo*

A gente achava que mais três noites iam nos levar pra Cairo, no sul de Illinois, onde entra o rio Ohio, e era isso que a gente tava buscando. A gente ia vender a balsa e embarcar num barco a vapor, subir o Ohio entre os estados livres e então ficar livres de encrenca.

Bem, na segunda noite um nevoeiro começou a aparecer, e a gente seguiu pruma ilha de areia e vegetação pra amarrar a balsa ali, pois não ia dar pra tentar navegar no nevoeiro; mas quando fui na frente com a canoa levando a corda pra prender a balsa, não tinha nada onde amarrar, só umas arvorezinhas. Passei a corda ao redor de uma delas bem na beira da ribanceira escavada, mas tinha uma corrente forte, e a balsa veio estrondando com tanta força que arrancou a arvorezinha pequena pelas raízes e seguiu adiante. Vi o nevoeiro fechar e fiquei tão aflito e assustado que por meio minuto não consegui me mexer, assim me pareceu – e aí então não tinha mais balsa à vista, não dava pra ver nada a vinte metros. Pulei dentro da canoa, corri pra popa, agarrei o remo e dei uma remada pro bote recuar. Mas a canoa não se mexeu. Eu tava com tanta pressa que não tinha desamarrado ela. Levantei e tentei desamarrar, mas tava tão aflito e as minhas mãos tremiam tanto que eu quase não conseguia fazer nada com elas.

Assim que consegui partir, saí atrás da balsa, com muito ímpeto, seguindo pela ilha de areia e vegetação. Tudo bem até aí, mas a ilha não tinha sessenta metros de comprimento e, assim que passei voando pela ponta dela, entrei disparado no denso nevoeiro branco, e aí tinha tanta ideia do caminho que tava seguindo quanto um homem morto.

Pensei, não adianta remar; primeiro, sei que eu vou bater na ribanceira, ou numa ilha de areia e vegetação ou algo assim; tenho que ficar quieto e flutuar, só que dá muito nervoso ter que manter as mãos paradas numa hora dessas.

Gritei e escutei. Bem lá longe, em algum lugar, escuto um pequeno grito, e meu ânimo levanta. Saí correndo atrás, escutando com atenção pra ouvir de novo. Na próxima vez que aparece, vejo que não tava indo na direção dele, mas me afastando pra direita. Na próxima vez, tava me afastando pra esquerda – sem chegar perto, em nenhum dos casos, pois tava andando em volta, por aqui e por ali e por lá, mas o grito tava indo pra frente em linha reta o tempo todo.

Eu queria que o idiota pensasse em bater numa panela de lata e ficasse batendo o tempo todo, mas ele não fez nada disso, e os intervalos quietos entre os gritos é que tavam criando problema pra mim. Bem, segui lutando, e pouco depois escuto o grito *atrás* de mim. Tava todo enrolado, agora. Era o grito de outro, ou então eu tava virado.

Baixei o remo. Ouvi o grito de novo; ainda tava atrás de mim, mas num lugar diferente; continuava vindo, e continuava mudando de lugar, e eu continuava a responder, até que dali a pouco tava de novo na minha frente e eu vi que a corrente tinha virado a proa da canoa rio abaixo e eu tava livre de perigo, se é que era Jim gritando e não algum outro balseiro. Não dá pra distinguir vozes num nevoeiro, porque nada parece natural nem soa natural num nevoeiro.

Os gritos continuaram, e quase num minuto chego de repente perto duma ribanceira escavada, coberta de fantasmas enfumaçados de grandes árvores, e a corrente me lança pra esquerda e passa em disparada, entre muitos troncos submersos que rugiram bastante, porque a corrente rompia entre eles com grande rapidez.

Mais um ou dois segundos, e tudo tava de novo parado num branco denso. Aí fiquei sem me mexer, escutando as batidas do meu coração, e acho que não respirei enquanto ele batia cem vezes.

Aí simplesmente desisti. Eu sabia qual era o problema. Aquela ribanceira escavada era uma ilha, e Jim tinha passado pelo outro lado dela. Não era ilha de areia e vegetação, que a gente podia rodear em dez minutos. Tinha a grande mata de uma ilha regular, talvez oito ou nove quilômetros de comprimento e mais de oitocentos metros de largura.

Fiquei quieto, as orelhas em alerta, uns quinze minutos, acho eu. Tava flutuando, é claro, seis ou oito quilômetros por hora, mas a gente nunca acha isso. Não, a gente *sente* que tá parado, totalmente parado, sobre a água. E se a gente vê uma nesga de um tronco passando por perto, não pensa em como *a gente* tá andando rápido, mas a gente para e pensa, meu Deus! como esse tronco submerso tá correndo a toda. Se ocê acha que não é sinistro e solitário ficar assim num nevoeiro, sozinho, de noite, experimenta uma vez – ocê vai ver.

Depois, por meia hora, gritei de vez em quando: por fim escuto a resposta bem longe e tento ir atrás da voz, mas não consegui, e dali a pouco achei que tinha me metido num ninho de ilhas de areia e vegetação, pois tinha umas visões confusas delas nos meus dois lados, e às vezes só um canal estreito no meio; e algumas que não conseguia ver, eu sabia que tavam ali, porque escutava o barulho da corrente contra os velhos galhos mortos e o lixo que ficavam pendurados nas margens. Bem, não demorei a perder os gritos, ali entre as ilhas de areia; e de qualquer modo só tentei perseguir os sons por pouco tempo, porque era pior que perseguir um fogo-fátuo. Nunca imaginei que o som podia fugir assim, trocar de lugar tão rápido e tantas vezes.

Tive que me afastar da margem fazendo muita força com as mãos, quatro ou cinco vezes, pra não bater em ilhas fora do rio; e assim achei que a balsa devia estar dando marradas na margem uma vez ou outra, porque de outro modo ia estar muito mais à frente e fora de escuta – tava flutuando um pouco mais rápido que eu.

Bem, parecia que eu tava no rio aberto de novo, aos poucos, mas não ouvia nenhum sinal de grito em lugar nenhum. Achei que Jim tinha ficado preso talvez num tronco submerso e que tava ferrado. Eu tava muito cansado, então deitei na canoa e disse que não ia me preocupar mais. Eu não queria dormir, é claro, mas tava com tanto sono que não dava pra evitar, então achei que podia tirar só um cochilo.

Mas acho que foi mais que um cochilo, porque quando acordei as estrelas tavam brilhantes, o nevoeiro tinha passado, e eu tava descendo rápido uma grande curva do rio com a popa pra frente. Primeiro não sabia onde tava; achei que tava sonhando; e quando as coisas começaram a voltar pra minha cabeça, elas pareciam sair da última semana.

Era um rio monstruoso de grande naquele ponto, com mata alta e densa nas duas margens: apenas uma parede sólida, pelo que eu conseguia ver à luz das estrelas. Olhei ao longe rio abaixo e vi uma mancha negra sobre a água. Saí atrás dela, mas quando cheguei lá, eram apenas duas grandes toras amarradas. Depois vi outra mancha e fui atrás... mais outra, e desta vez acertei. Era a balsa.

Quando cheguei perto, Jim tava sentado nela com a cabeça baixa entre os joelhos, dormindo, e o braço direito pendurado sobre o remo do leme. O outro remo tava despedaçado, e a balsa tava cheia de folhas, galhos e sujeira. Ele tinha tido portanto umas horas bem duras.

Amarrei a canoa e me deitei embaixo do nariz de Jim sobre a balsa, e comecei a bocejar e a espreguiçar os punhos contra Jim, e falei:

— Alô, Jim, eu tava dormindo? Por que não me acordou?

— Santo Deus, é ocê, Huck? E ocê num tá morto... num tá fogado... tá de volta de novo? Bão demais pra sê verdade, meu fio. Deixa vê ocê, deixa senti ocê. Não, ocê num tá morto! Tá de volta de novo, vivo e são, o mesmo veio Huck... o mesmo veio Huck, graça a Deus!

— Qual é o problema com ocê, Jim? Andou bebendo?

— Bebeno? Eu bebeno? Tive lá uma chance de andá bebeno?

— Então, por que é que tá falando tanto desatino?

— Que disatino?

— *Como*? Ora, ocê não tá falando que eu voltei, e todas essas asneiras, como se eu tivesse ido embora?

— Huck... Huck Finn, ocê olha bem no meu olho, olha bem no meu olho. Ocê *num foi* embora?

– Embora? Ora, com os diabos, o que ocê quer dizer? Não fui pra lugar nenhum. Pra onde é que eu ia ir?

– Olha aqui, chefe, tem algo errado, tem. Eu sô *eu*, ou quem é eu? É eu aqui, ou onde *tá* eu? Agora é isso que eu tô quereno sabê.

– Acho que ocê tá aqui, é claro, mas acho que ocê é um velho tonto e estúpido, Jim.

– Eu é, hein? Bem, ocê me responde uma coisa. Ocê num jogou a corda da canoa pra amarrá na ilha de areia?

– Não, não joguei. Que ilha de areia? Não vi nenhuma ilha de areia.

– Num viu ninhuma ilha de areia? Olha aqui... a corda num soltô e a balsa saiu zunindo pelo rio, e deixô ocê e a canoa pra trás no nevoeiro?

– Que nevoeiro?

– Ora, *o* nevoeiro. O nevoeiro que tava por aí a noite inteira. E ocê num gritô, e eu num gritei, até que a gente se enredô nas ilha e um de nóis se perdeu e o otro também tava perdido, porque num sabia onde é que tava? E eu num bati contra muitas dessas ilha e tive uma luta terrível e quase me afoguei? Agora num é assim, chefe... num é assim? Ocê me responde isso.

– Tudo isso é demais pra mim, Jim. Não vi nenhum nevoeiro, nem ilha nenhuma, nem dificuldade nenhuma, nem nada. Tava sentado aqui falando com ocê a noite inteira até que ocê dormiu uns dez minutos atrás e acho que fiz o mesmo. Ocê não podia ter se embebedado nesse tempo, então é claro que andou sonhando.

– Que se dane, como é que eu ia sonhá tudo isso em deiz minuto?

– Droga, ocê sonhou, porque não aconteceu nada disso.

– Mas, Huck, tá tão craro pra mim como...

– Não faz diferença se tá muito ou pouco claro pra ocê, não tem sentido. Eu sei disso porque estive aqui o tempo todo.

Jim não disse nada por uns cinco minutos, mas ficou ali pensando na história. Depois disse:

– Então, acho que sonhei, Huck. Mas o vento me leve se num foi o sonho mais poderoso que já tive. E num tive ninhum sonho antes que me deixasse tão cansado como este.

– Oh, bem, tudo bem, porque um sonho cansa de verdade o corpo como tudo mais, às vezes. Mas este foi um sonho de arromba... conta tudo, Jim.

Assim Jim começou a falar e me contou tudo tintim por tintim, assim como aconteceu, só que ele pintou com cores muito mais vivas. Depois disse que devia pensar e "interpretar" o sonho, porque foi enviado como um aviso. Disse que a primeira ilha de areia e vegetação representava um homem que queria nos fazer o bem, mas a corrente era outro homem que queria nos afastar dele. Os gritos eram avisos que nos chegavam de vez em quando, e se a gente não tentasse com todas as forças escutar pra entender o que tavam gritando, eles iam nos trazer má sorte, em vez de nos manter longe do azar. As muitas ilhas de areia eram encrencas que a gente ia enfrentar com tipos briguentos e toda espécie de sujeitos maus, mas se a gente cuidasse da nossa vida, não respondesse, nem insultasse os caras, a gente ia seguir adiante, sair do nevoeiro e entrar no grande rio aberto, que eram os estados livres, e não ia ter mais nenhum problema.

Tinha nublado e escurecido logo depois de eu subir na balsa, mas agora tava clareando de novo.

– Oh, bem, tá tudo muito bem interpretado, do jeito que ocê falou, Jim – eu disse –, mas o que é que *essas coisas aqui* representam?

Eram as folhas e a sujeira na balsa, e o remo espatifado. Dava pra ver tudo isso bem claro, então.

Jim olhou pro lixo, e depois olhou pra mim, e de novo pra sujeira. Ele tinha fixado o sonho tão forte na cabeça que parecia que não conseguia se livrar dele e colocar os fatos de volta na realidade assim de imediato. Quando conseguiu ver as coisas direito ao redor, olhou pra mim firme, sem sorrir, e disse:

– O quê elas representa? Eu vô te contá. Quando caí de cansado de tanto trabaiá e gritá procê e fui dormi, o meu coração tava quase partido porque ocê tava perdido, e eu num me importava mais com o que ia acontecê comigo e com a balsa. E quando acordo e encontro ocê de novo, são e salvo, as lágrima encheram os meus oio e eu podia cair de joeio e beijá os teus pé, de tão agradecido. E tudo que ocê tava pensano era como fazê o veio Jim de bobo com mentira. Esses troço aí é *lixo,* e lixo é o que é todo aquele que coloca sujeira na cabeça dos amigo e humia eles.

Então ele levantou devagar, caminhou até a barraca e entrou, sem dizer mais nada. Mas foi o bastante. Me fez sentir tão mal que eu quase beijei o pé *dele* pra ele retirar o que tinha dito.

Levei quinze minutos pra decidir me humilhar prum preto – mas foi o que fiz e nunca me arrependi disso mais tarde. Nunca mais preguei peças maldosas no Jim e não teria pregado aquela se soubesse que ia magoar ele desse jeito.

## Capítulo 16

*Expectativa – "A boa e velha Cairo" – Uma mentira piedosa – Moeda flutuante – Passando por Cairo – Nadando para a praia*

A gente dormiu quase todo o dia e partiu de noite um pouco atrás de uma balsa muito longa, tão demorada pra ultrapassar quanto uma procissão. Ela tinha quatro remos grandes e longos em cada ponta, então a gente achou que transportava até trinta homens, podia ser. Tinha cinco grandes barracas a bordo, bem afastadas umas das outras, uma fogueira aberta no meio e um mastro alto em cada ponta. Tinha muita classe. Tinha lá a sua *importância* ser balseiro numa embarcação dessas.

Fomos carregados para uma grande curva, e a noite nublou e ficou quente. O rio era muito grande e tinha paredes de mata densa nos dois lados, não dava pra ver quase nenhuma brecha ou luz. Falamos sobre Cairo e nos perguntamos se a gente ia conhecer a cidade quando lá chegasse. Eu disse que o mais provável é que a gente não ia saber, porque eu tinha ouvido que só tinha uma dúzia de casas na cidade, e se elas por acaso não tivessem iluminadas, como é que a gente ia saber que tava passando por uma cidade? Jim disse que, se os dois grandes rios se juntavam ali, isso ia nos mostrar. Mas eu disse que a gente ia pensar talvez que a gente tava passando pela ponta de uma ilha e entrando no mesmo velho rio de novo. Isso perturbou Jim – e a mim também. Assim a questão era, o que fazer? Eu disse, vou remar pra margem na primeira luz que brilhar e dizer pras pessoas que papai tá vindo atrás, navegando numa chata, e que ele era novato nesse comércio e queria saber se Cairo ainda tava muito longe. Jim achou que era uma boa ideia, então a gente fumou pra brindar o plano e esperou.

Não tinha nada pra fazer agora, só olhar com muita atenção procurando a cidade e não passar por ela sem ver. Jim disse que ia ver as luzes com certeza, porque ia ser um homem livre no momento em que avistasse a cidade, mas se ele deixasse de ver, ia voltar pra região da escravidão e perder sua oportunidade de liberdade. De vez em quando ele pulava e dizia:

– Lá tá ela!

Mas não era. Eram fogos-fátuos ou vaga-lumes, então ele sentava de novo e seguia observando, como antes. Jim disse que sentia o corpo tremer de febre só de pensar que tava tão perto da liberdade. Bem, posso dizer que eu também tremia e sentia febre ao escutar as palavras dele, porque comecei a entender bem claro que ele *tava* quase livre – e de quem era a culpa? Ora, *minha*. Não podia apagar isso da minha consciência, não tinha como. Isso começou a me incomodar tanto que eu não conseguia ficar quieto, não podia ficar parado num lugar. Nunca tinha me dado conta antes, o que era essa coisa que eu tava fazendo. Mas agora eu entendia, e isso ficou me remoendo cada vez mais. Tentei explicar pra mim mesmo que a culpa não era *minha*, porque não fui *eu* que ajudou Jim a fugir do seu dono legítimo, mas não adiantava, a consciência vinha me dizer toda vez, "Mas ocê sabia que ele tava fugindo pra conseguir sua liberdade, e ocê podia ter remado até a margem e contado pra alguém". Era assim – e eu não conseguia fugir dos fatos, não tinha como. Era isso que me atormentava. A consciência me dizendo, "O que é que a pobre srta. Watson fez pra ocê que o negro dela fugiu bem debaixo do seu nariz, e ocê não disse palavra? O que é que a pobre velha fez pra ocê tratar ela com tanta maldade? Ora, ela tentou ensinar o livro dela pra ocê, ela tentou ensinar as maneiras dela pra ocê, ela tentou fazer o bem pra ocê de todas as maneiras que conhecia. *Isso* é o que ela fez".

Comecei a me sentir tão ruim e miserável que quase desejei morrer. Andava de um lado pro outro da balsa me xingando, e Jim andava de um lado pro outro passando por mim. Nenhum de nós dois conseguia ficar quieto. Toda vez que ele se virava dançando e dizia, "Lá tá Cairo!", isso entrava dentro de mim como um tiro, e eu pensava, se *era* Cairo mesmo, eu ia morrer de tão miserável que me sentia.

Jim falava alto o tempo todo, enquanto eu tava falando comigo mesmo. Ele tava dizendo que a primeira coisa que ia fazer, quando chegasse num estado livre, era poupar dinheiro sem gastar um centavo e, quando tivesse o bastante, ia comprar a mulher dele, que era propriedade de uma fazenda perto de onde a srta. Watson vivia. Aí os dois iam trabalhar pra comprar os dois filhos, e se o dono não quisesse vender eles iam falar com um abolicionista pra ir roubar as crianças.

Quase gelei quando ouvi essa declaração. Na sua vida de antes, ele nunca ia ter a ousadia de falar desse jeito. É pra ver a diferença que aconteceu nele no minuto que achou que tava quase livre. Tava de acordo com o velho ditado: "Dá a mão prum negro e ele vai pegar o braço". Pensei, é isso o que dá eu não pensar. Aqui tava aquele negro que eu tinha de certa maneira ajudado a fugir, achegando-se com toda desenvoltura e dizendo que ia roubar os filhos dele – filhos que pertenciam a um homem que eu nem sequer conhecia, um homem que não tinha me feito mal nenhum.

Fiquei triste ouvindo Jim falar assim, era um rebaixamento dele. A minha consciência continuou a me agitar mais do que nunca, até que por fim falei pra ela, "Trata de ser menos dura comigo – ainda não é tarde demais – vou remar pra margem na primeira luz que aparecer e contar". Aí fiquei tranquilo, feliz, leve como uma pena, de imediato. Todos os meus problemas desapareceram. Passei a procurar uma luz com toda atenção, meio cantando pra mim mesmo. Dali a pouco apareceu um brilho. Jim avisou:

– Tamo salvo, Huck, tamo salvo! Pula e dança de alegria, tá aí a boa e veia Cairo té que enfim!

Eu disse:

– Vou pegar a canoa e dar uma olhada, Jim. Pode não ser, sabe.

Ele pulou e puxou a canoa, e colocou o seu casaco velho no fundo pra eu me sentar em cima e me deu o remo. E quando eu tava indo, ele disse:

– Logo vô tá gritano de alegria, e vô dizê, tudo por causa do Huck. Sou um hômi livre e nunca ia podê sê um hômi livre, se num fosse o Huck, foi o Huck que me feiz livre. Jim num vai esquecê ocê nunca, Huck, ocê é o mió amigo que Jim já teve, e ocê é o único amigo que o veio Jim tem agora.

Eu tava remando e me afastando, ansioso pra denunciar Jim, mas quando ele falou, senti que as palavras dele me tiraram toda a energia. Segui lento, e já não tinha certeza se tava ou não feliz de partir. Quando tava a cinquenta metros de distância, Jim disse:

– Aí vai ocê, o veio Huck de palavra, o único cavaiero que sempre feiz o que prometeu pro veio Jim.

Bem, eu me senti mal. Mas falei, *tenho* que fazer isto – não *posso* fugir disso. Bem nesse momento aparece um bote com dois homens, de espingarda na mão, e eles pararam e eu parei. Um deles disse:

– O que é aquilo ali adiante?

– Uma balsa – falei.

– Você tá com a balsa?

– Sim, senhor.

– Mais homens na balsa?

– Apenas um, senhor.

– Cinco negros fugiram esta noite, ali acima da ponta da curva do rio. O seu homem é branco ou preto?

Não respondi de imediato. Tentei, mas as palavras não vinham. Por uns dois segundos, tentei achar ânimo e contar tudo, mas não tive coragem – não tinha nem a força de um coelho. Vi que tava enfraquecendo, então só desisti de tentar e falei:

– Ele é branco.

– Acho que vamos ver por nós mesmos.

– Queria muito que fossem – digo –, porque é papai que tá ali, e podiam talvez me ajudar a rebocar a balsa pra margem onde tá aquela luz. Ele tá doente... e mamãe também e Mary Ann.

– Oh, que diabo, tamos com pressa, menino. Mas acho que temos que ir ajudar... rema com vontade e vamos te acompanhando.

Remei com vontade e eles cuidaram dos seus remos. Quando a gente tinha dado uma ou duas remadas, eu disse:

– Papai vai ficar muito agradecido, podem crer. Todo mundo vai embora, quando quero ajuda pra rebocar a balsa pra margem, e não consigo fazer isso sozinho.

– Bem, é uma maldade infernal. Estranho também. Diz uma coisa, menino, o que o seu pai tem?

– É a... ahn... a... bem, num é nada demais.

Eles pararam de remar. Não faltava muito pra chegar na balsa agora. Um disse:

– Garoto, você tá mentindo. *O que* que o seu pai tem? Responde certo, agora, vai ser melhor pra você.

– Sim, senhor, sim, certo... mas não abandonem a gente, por favor. É a... a... cavalheiros, se forem mais pra diante, eu passo pra vocês a corda da frente, assim vocês não vão precisar chegar perto da balsa... por favor, adiante.

– Vira pra trás, John, vira pra trás! – diz um deles. Eles mudaram a direção do bote. – Fica longe, menino, fica a bombordo. Com a breca, acho que o vento já soprou pra cima de nós. O seu pai tá com a varíola, e você sabe disso muito bem. Por que não chegou e falou de vez? Você quer espalhar a doença por toda parte?

– Bem – digo eu choramingando –, contei das outras vezes, e aí eles foram embora e nos abandonaram.

– Pobre-diabo, tem um pouco de razão. Temos muita pena de você, mas nós... bem, droga, não queremos pegar varíola, entende. Olha aqui, vou lhe dizer o que fazer. Não tenta ir pra margem sozinho, ou vai estragar tudo. Segue flutuando por uns trinta quilômetros e vai chegar numa cidade na margem esquerda do rio. Já vai ser bem depois do nascer do sol então, e quando pedir ajuda, você conta que o seu pessoal está de cama com calafrios e febre. Nada de ser parvo de novo, deixando que as pessoas adivinhem qual é o problema. Ora, estamos tentando lhe fazer uma gentileza. Assim trata de pôr uma distância de trinta quilômetros entre nós, como um bom menino. Não ia adiantar nada desembarcar ali onde tá a luz... é apenas um depósito pra cortar e guardar madeiras. Diz uma coisa... imagino que o seu pai é pobre e tenho que dizer que ele tá numa fase de muito azar. Toma... vou colocar uma moeda de ouro de vinte dólares sobre esta tábua, e você pega o dinheiro quando passar flutuando. Eu me sinto muito mal abandonando você desse jeito, mas, meu filho, com varíola não dá pra brincar, entende?

– Espera, Parker – diz o outro homem –, aqui tá mais uma moeda de vinte dólares pra colocar na tábua, minha parte. Adeus, menino, faça como o sr. Parker lhe disse, e tudo vai dar certo.

– É isso aí, meu menino... adeus, adeus. Se avistar negros fugidos, arranja ajuda e prende eles, pode ganhar um bom dinheiro com isso.

– Adeus, senhor – eu disse. – Se puder, num vou deixar nenhum preto fugido passar por mim.

Ele se foram e eu subi na balsa, me sentindo mau e vil, porque sabia muito bem que tinha feito uma coisa errada, e vi que não adiantava tentar aprender a fazer as coisas certas. Aquele que *não começa* certo, quando é pequeno, não tem chance – quando a coisa aperta, não tem nada pra apoiar o sujeito e manter ele firme no seu caminho, e então ele acaba derrotado. Então pensei um minuto e falei pra mim mesmo, espera – imagina se eu tivesse feito a coisa certa e entregado Jim, eu ia me sentir melhor do que tô me sentindo agora? Não, digo, eu ia me sentir mal – ia me sentir igual como tô me sentindo agora. Então, digo eu, de que adianta aprender fazer a coisa certa, quando é complicado fazer a coisa certa e não custa nada fazer a coisa errada, e o resultado é o mesmo? Fiquei emperrado. Não consegui responder. Então pensei que não ia mais me incomodar com isso, mas daí por diante fazer sempre o que me parecia mais conveniente na hora.

Entrei na barraca, Jim não tava lá. Olhei por tudo, ele não tava ali. Chamei:

– Jim!

– Tô aqui, Huck. Já foram imbora? Num fala alto.

Ele tava no rio, embaixo do remo da popa, só com o nariz de fora. Eu disse que os homens tavam longe, então ele subiu a bordo. Ele disse:

– Eu tava escutano toda a conversa e entrei no rio e tava indo pra praia se eles fosse subi na balsa. Dispois eu ia nadá pra balsa de novo quano eles fosse embora. Mas por Deus, como ocê enganô eles, Huck! Foi a manha *mais* esperta! Vô te dizê uma coisa, meu fio, acho que ocê salvô o veio Jim... o veio Jim num vai esquecê ocê por isso, meu fio.

Então a gente falou sobre o dinheiro. Era um aumento muito bom, vinte dólares pra cada um. Jim disse que a gente podia comprar uma passagem de convés num barco a vapor e que o dinheiro ia dar pra gente ir até onde queria nos estados livres. Ele disse que mais trinta quilômetros não era assim tão longe pra balsa percorrer, mas ele queria que a gente já tivesse lá.

Perto do amanhecer a gente parou e Jim cuidou de esconder bem a balsa. Depois trabalhou o dia inteiro arrumando as coisas em trouxas e deixando tudo pronto pra abandonar a balsa.

Naquela noite, lá pelas dez, a gente avistou as luzes de uma cidade bem abaixo, numa curva à esquerda.

Saí na canoa pra perguntar sobre as luzes. Logo encontrei um homem no rio com um bote, montando um espinhel. Cheguei perto e falei:

– Senhor, aquela cidade é Cairo?

– Cairo? Não. Você deve ser bem tolo.

– Que cidade é essa, senhor?

– Se quer saber, vai e descobre. Se ficar me incomodando por aqui mais um segundo, vai ouvir o que não quer.

Remei pra balsa. Jim ficou muito desapontado, mas eu disse, não importa, Cairo vai ser o próximo lugar, pelos meus cálculos.

Passamos por outra cidade antes do amanhecer, e eu tava indo dar uma olhada de novo, mas era terra alta, por isso não fui. Não tinha terra alta em Cairo, Jim disse. Eu tinha esquecido. Paramos pra passar o dia numa ilha de areia e vegetação bem perto da margem esquerda. Comecei a suspeitar de uma coisa. E Jim também. Falei:

– Pode ser que a gente passou por Cairo no nevoeiro daquela noite.

Ele diz:

– Num vamo falá disso, Huck. Os preto pobre num têm sorte. Sempre tive a suspeita que aquela pele de cascavé ainda num tinha feito todo feitiço.

– Queria nunca ter visto aquela pele de cobra, Jim... queria nunca ter posto os olhos nela.

– Num foi culpa sua, Huck, ocê num sabia. Num fica se culpando por isso.

Quando amanheceu, ali tava a água clara do Ohio entre as margens, com toda certeza, e lá fora tava o velho Barrento de costume! Então, era uma vez, Cairo.

A gente falou sobre o que fazer. Não adiantava ir pra margem, a gente não tinha como levar a balsa contra a corrente, é claro. Não tinha nada a fazer, só esperar o escuro da noite, sair de volta na canoa e arriscar. Então a gente dormiu o dia todo entre o matagal de choupos, para ter bastante energia pro trabalho e, quando a gente voltou pra balsa perto do escurecer, a canoa tinha desaparecido!

Não dissemos nenhuma palavra por um bom tempo. Não tinha nada a dizer. Os dois a gente sabia muito bem que era mais um feitiço da pele da cascavel, então pra que falar mais? Ia só parecer que a gente tava criticando, e isso ia nos trazer mais azar – e continuar a atrair o azar até a gente aprender a ficar quieto.

Dali a pouco a gente falou sobre o que era melhor fazer e achou que não tinha nada pra fazer, só seguir com a balsa até aparecer uma chance de comprar uma canoa pra voltar. A gente não ia tomar emprestada uma canoa quando não tinha ninguém por perto, assim como papai fazia, porque isso podia fazer as pessoas saírem no nosso encalço.

Então a gente saiu, depois do escuro, na balsa.

Quem ainda não acredita que é tolice pegar na pele de uma cobra, depois de tudo o que essa pele de cobra tinha feito pra gente, vai acreditar agora, se continuar lendo e descobrir o que mais ela fez pra gente.

O lugar de comprar canoas ficava perto das balsas paradas ao longo da margem. Mas não vimos nenhuma balsa parada, então a gente continuou seguindo durante mais de três horas. Bem, a noite ficou cinzenta e um tanto espessa, o que é a segunda pior coisa depois do nevoeiro. Não dava pra saber a forma do rio, nem ver a distância. Começou a ficar muito tarde e quieto, então aparece um barco a vapor subindo o rio. A gente acendeu a lanterna, achando que o barco ia ver a luz. Os barcos que sobem o rio contra a corrente em geral não chegam perto da gente. Eles vão pra fora, seguem as barras e procuram as águas tranquilas embaixo dos recifes, mas, em noites como essa, eles se arriscam a subir o canal contra o rio inteiro.

Dava pra escutar as batidas do barco avançando, mas a gente só enxergou ele quando já tava perto. Veio reto pra cima da gente. Muitas vezes eles fazem isso e tentam ver até onde podem avançar sem bater no alvo. Às vezes a roda esmaga um remo, e então o piloto bota a cabeça pra fora e ri, acha que tá sendo muito esperto. Bem, ali vem o barco, e a gente disse que ele tava vindo pra tentar tirar um fino de nós, mas ele não parecia estar se desviando nem um pouco. Era um barco grande e tava avançando com pressa, parecendo uma nuvem negra com fileiras de pirilampos ao redor. Mas de repente o barco apareceu em cima da gente, grande e amedrontador, com uma longa fila de portas de fornalhas brilhando como dentes rubros, a monstruosa proa e o madeirame saliente dele pendendo bem sobre as nossas cabeças. A gente escutou um grito pra gente, um tinir de sinos pra deter as máquinas, uma confusão de pragas e um assobio de vapor – e, enquanto Jim mergulhava de um lado e eu do outro, o barco avançou esmagando a balsa bem no meio.

Mergulhei – e procurei chegar até o fundo, porque uma roda de nove metros tinha de passar acima de mim e eu queria ter bastante espaço. Sempre consegui ficar embaixo d'água um minuto; desta vez, acho que fiquei um minuto e meio. Depois saltei pro topo com pressa, pois tava quase explodindo. Pipoquei pra fora do rio até a altura do meu sovaco e soprei a água pra fora do nariz, bufando um pouco. É claro que tinha uma corrente muito rápida ali, e é claro que o barco deu partida nas máquinas dez segundos depois de parar os motores, porque eles nunca se importavam muito com os balseiros. Então o barco logo tava de novo batendo na água e avançando rio acima, encoberto no tempo enevoado, apesar de que dava pra ouvir o ruído dele.

Gritei por Jim umas doze vezes, mas não tive resposta, então agarrei uma tábua que bateu em mim, enquanto eu tava "caminhando na água", e parti na direção da margem, empurrando a madeira na minha frente. Mas descobri que a corrente tava indo pra margem esquerda, o que significava que eu tava numa encruzilhada de correntes, então mudei de direção e segui junto com a corrente.

Era uma dessas encruzilhadas longas e oblíquas de três quilômetros, por isso levei um bom tempo pra chegar na margem. Pisei na terra são e salvo e subi a ribanceira. Só conseguia enxergar um pouco na minha frente, mas segui tateando pelo terreno acidentado por uns quatrocentos metros ou mais, e então dei com uma grande casa de toras, geminada e antiquada, antes de perceber o vulto dela. Ia passar correndo por ela e me afastar, mas vários cachorros pularam e começaram a uivar e latir pra mim, e eu sabia que o melhor a fazer era não mexer nem um dedo.

## Capítulo 17

*Uma visita noturna – A fazenda em Arkansaw – Decorações interiores – Stephen Dowling Bots – Efusões poéticas – Um piano dissonante*

Em meio minuto alguém falou de uma janela, sem botar a cabeça pra fora, e disse:

– Chega, rapazes! Quem tá aí?

Digo:

– Sou eu.

– Quem é eu?

– George Jackson, senhor.

– O que você quer?

– Não quero nada, senhor. Só quero continuar o meu caminho, mas os cachorros não me deixam.

– Pra que você tá rondando por aqui a esta hora da noite, hein?

– Não estou rondando, senhor, caí do barco a vapor.

– Oh, caiu do barco, hein? Acende uma luz aí, alguém. Como você disse que era o seu nome?

– George Jackson, senhor. Sou só um menino.

– Olha aqui, se você tá falando a verdade, não precisa ter medo... ninguém vai lhe fazer mal. Mas não tenta se mexer, fica bem aí onde está. Acordem Bob e Tom, um de vocês, e busquem as espingardas. George Jackson, tem alguém junto com você?

– Não, senhor, ninguém.

Escutei as pessoas se mexendo dentro da casa e vi uma luz. O homem gritou:

– Apaga esta luz, Betsy, sua velha tola... não tem nada na cabeça? Coloca a luz no chão atrás da porta da frente. Bob, se você e Tom estão prontos, tomem os seus lugares.

– Tudo pronto.

– Agora, George Jackson, você conhece os Shepherdsons?

– Não, senhor, nunca ouvi falar deles.

– Bem, pode ser assim e pode não ser. Agora, tudo pronto. Dá um passo pra frente, George Jackson. E atenção, sem pressa... venha bem devagar. Se tem alguém com você, que ele fique atrás... se ele se mostrar, vai levar um tiro. Venha agora. Devagar, empurra a porta pra abrir, você mesmo... uma fresta apenas pra entrar se espremendo, entende?

Não me apressei, não ia dar, mesmo querendo. Dei um passo lento de cada vez, e não tinha nenhum barulho, achei que escutava só o meu coração. Os cachorros tavam tão quietos como os humanos, mas seguiam um pouco atrás de mim. Quando cheguei nos três degraus de tora, escutei as pessoas destrancando, tirando a barra de ferro e o ferrolho. Coloquei a mão na porta e empurrei um pouco e um pouco mais, até que alguém disse: "Aí, já tá bom – bota a cabeça pra dentro". Enfiei a cara na fresta, mas achava que eles iam cortar minha cabeça fora.

A vela tava no chão, e ali tavam todos eles, olhando pra mim, e eu pra eles, durante um quarto de minuto. Três homens grandes com espingardas apontadas pra mim, o que me fez tremer, vou lhe contar. O mais velho, grisalho e com uns sessenta anos, os outros dois com trinta ou mais – todos refinados e bonitos – e uma senhora grisalha muito doce, e atrás dela duas jovens que eu não conseguia ver direito. O velho cavalheiro disse:

– Aí... acho que tá tudo bem. Entra.

Assim que entrei, o velho cavalheiro ele trancou a porta com a barra de ferro e o ferrolho e mandou os jovens entrarem com suas espingardas, e todos passaram pra uma grande sala que tinha um tapete novo de retalhos no chão, e eles se reuniram num canto que ficava fora da linha das janelas da frente – não tinha nenhuma abertura no lado. Levantaram a vela e deram uma boa olhada em mim, e todos disseram: "Ora, *ele* não é um Shepherdson – não, não tem nada de Shepherdson". Então o velho disse que esperava que eu não me importasse de ser revistado pra ver se não tinha armas, porque ele não queria me fazer mal com isso... era apenas pra ter certeza. Então ele não enfiou a mão nos meus bolsos, só apalpou por fora e disse que tava tudo bem. Ele me disse pra ficar à vontade e em casa, e contar tudo sobre a minha pessoa, mas a senhora disse:

– Santo Deus, Saul, o pobre tá molhado como um pinto, e não acha que ele pode estar com fome?

– É mesmo, Rachel... esqueci.

Então a velha dama disse:

– Betsy – (era a negra) –, corre e arruma alguma coisa pra ele comer, o mais rápido possível, pobrezinho. E uma de vocês, garotas, vai acordar Buck e contar pra ele... Oh, aqui está Buck em pessoa. Buck, leva este pequeno estranho e tira as roupas molhadas dele e veste nele umas roupas suas que estão secas.

Buck parecia da minha idade – treze, quatorze anos, por aí, apesar de ser um pouco maior do que eu. Tava vestido só com uma camisa e muito despenteado. Entrou bocejando e esfregando o punho fechado nos olhos, e com a outra mão arrastava uma espingarda. Perguntou:

– Não tem nenhum Shepherdson por perto?

Eles disseram: não, era um alarme falso.

– Bem – diz ele –, se tivesse, acho que eu ia pegar um deles.

Todos riram, e Bob falou:

– Ora, Buck, eles podiam ter nos escalpelado, você demorou tanto pra aparecer.

– Ninguém foi me chamar, e não tá certo. Sou sempre passado pra trás, não tenho oportunidade.

– Não liga, Buck, meu filho – diz o velho. – Você vai ter muitas oportunidades, tudo no seu tempo, não te irrita com isso. Agora vai e faz o que a tua mãe mandou.

Quando subimos pro quarto dele, Buck me arrumou uma camisa rústica, uma jaqueta curta e uma calça dele, e eu vesti as peças. Enquanto me vestia, ele perguntou qual era o meu nome, mas antes de eu poder abrir a boca, ele começou a me contar sobre um gaio azul e um filhote de coelho que ele tinha apanhado na mata anteontem e me perguntou onde tava Moisés quando a vela apagou. Eu disse que não sabia, nunca tinha ouvido falar disso antes, de jeito nenhum.

– Então, adivinha – disse ele.

– Como é que vou adivinhar – digo eu – se nunca ouvi falar disso antes?

– Mas você pode adivinhar, não pode? É tão fácil.

– *Que* vela? – perguntei.

– Ora, qualquer vela – disse ele.

– Não sei onde ele tava – falei. – Onde é que ele tava?

– Ora, ele tava no *escuro!* Ali é que ele tava!

– Se você sabia onde ele tava, por que perguntou?

– Ora, droga, é uma charada, entende? Me diz uma coisa, quanto tempo você vai ficar aqui? Você tinha que ficar pra sempre. Podemos nos divertir muito juntos, não tem escola agora. Você tem um cachorro? Eu tenho um cachorro, e ele entra no rio e busca os pauzinhos que a gente joga na água. Você gosta de se pentear nos domingos, e toda essa tolice? Eu não gosto, pode crer, mas mamãe me obriga. Que chatice estes calções velhos, acho que é melhor vestir eles, mas eu não queria, são muito quentes. Você tá pronto? Tudo bem... vamos lá, meu velho.

Pão de milho frio, carne em conserva fria, manteiga e leite desnatado, isso é o que tinham preparado pra mim lá embaixo, e eu nunca tinha comido nada melhor. Buck, a mãe dele e todos os outros fumaram cachimbos de sabugo, menos a negra, que tinha desaparecido, e as duas jovens. Todos fumavam e falavam, enquanto eu comia e falava. As jovens tinham colchas ao redor do corpo, e os cabelos caíam pelas costas. Todos me faziam perguntas, e eu contei pra eles que papai e eu e toda a família, a gente vivia numa pequena fazenda bem no sul de Arkansaw, e que minha irmã Mary Ann fugiu pra se casar e nunca mais a gente teve notícia dela, e Bill foi atrás deles e nunca mais a gente ouviu falar dele, e Tom e Mort morreram, e então não tinha mais ninguém, só eu e papai, e ele tava quase sem forças, um nada, por causa de seus problemas; então, quando ele morreu, eu peguei o que tinha sobrado, porque a fazenda não era nossa, e parti rio acima, com uma passagem de convés, e caí do navio; e era por isso que eu tava ali agora. Eles então disseram que eu podia ficar ali como em casa o tempo todo que eu quisesse. Aí já era quase dia, e todos foram pra cama, e eu fui pra cama com Buck, e quando acordei de manhã, droga, tinha esquecido qual era o meu nome. Assim fiquei deitado quase uma hora tentando pensar e, quando Buck acordou, falei:

– Ocê sabe soletrar, Buck?

– Sim – ele disse.

– Aposto que não sabe soletrar o meu nome – falei.

– Aposto o que você quiser que eu sei – diz ele.

– Tudo bem – falei –, vai em frente.

– G-o-r-g-e J-a-x-o-n... pronto – ele disse.

– Bem – falei –, ocê conseguiu, mas eu achava que ocê não ia saber. Não é um nome fácil de soletrar... assim sem estudar.

Anotei, só pra mim, porque alguém podia querer que *eu* soletrasse o nome, e assim eu queria pegar o jeito e sair soletrando como se eu tivesse acostumado com o meu nome.

Era uma família muito bonita, e uma casa também muito bonita. Nunca tinha visto uma casa no campo assim tão bonita e com tanto estilo. Não tinha uma tranca de ferro na porta da frente, nem uma de madeira com um cordão de pele de bode, mas uma maçaneta de latão pra girar, como nas casas da cidade. Não tinha cama na sala de visitas, nem sinal de cama, mas uma porção de salas de visitas nas cidades tem camas. Tinha uma grande lareira com tijolos na base, e eles mantinham os tijolos limpos e vermelhos, derramando água sobre eles e esfregando com outro tijolo; às vezes lavavam os tijolos com tinta aguada vermelha que eles dizem ser marrom avermelhado, assim como fazem na cidade. Tinham uns cães de ferro que podiam sustentar uma tora. Tinha um relógio no meio do consolo da lareira, com a imagem de uma cidade pintada na metade de baixo do vidro da frente, e um lugar redondo no meio para o sol, e dava pra ver o pêndulo balançar ali atrás. Era bonito escutar aquele tique-taque do relógio; e às vezes, quando um daqueles mascates passava por ali e se oferecia pra limpar e deixar o aparelho em bom estado, o relógio começava a funcionar e batia cento e cinquenta vezes antes de ficar cansado. Eles não vendiam o relógio por dinheiro nenhum.

Bem, tinha um grande papagaio esquisito em cada lado do relógio, feitos de alguma coisa que parecia greda e pintados com cores berrantes. Ao lado de um dos papagaios tava um gato de louça de barro, e tinha um cachorro de louça de barro ao lado do outro; e quando a gente apertava, eles guinchavam, mas não abriam a boca, nem pareciam diferentes ou interessados. Eles guinchavam lá por baixo. Dois grandes leques de penas de peru selvagem tavam abertos atrás dessas coisas. Numa mesa no meio da sala tinha uma delicada cesta de louça de barro com maçãs, laranjas, pêssegos e uvas amontoados em cima dela, e as frutas eram muito mais vermelhas, amarelas e bonitas do que as reais, mas elas não eram reais porque dava pra ver onde tinham sido lascadas porque mostravam a greda branca, ou seja lá o que era aquilo, por baixo.

A mesa tinha uma toalha feita de um belo encerado, com uma águia vermelha e azul pintada sobre ele, as asas e as patas bem estendidas, e uma barra pintada por toda a volta. Tinha vindo da Filadélfia, disseram. Tinha também alguns livros, em pilhas perfeitas e exatas, em cada um dos cantos da mesa. Um era a grande Bíblia da família, cheia de imagens. Outro era *O peregrino*, sobre um homem que abandonou a família, não dizia por que razão. Li muitas partes desse livro de vez em quando. As frases eram interessantes, mas difíceis. Ainda outro era *A oferenda da amizade*, cheio de belo material e poesia, mas não li a poesia. Um tinha os discursos de Henry Clay, e outro era a *Medicina Familiar do Dr. Gunn*, que ensinava o que fazer se alguém ficasse doente ou morresse. Tinha um livro de hinos, e muitos outros. E tinha cadeiras bonitas de assento de tiras tramadas e em perfeito estado – sem depressão no meio ou tiras estilhaçadas como numa cesta velha.

Tinha quadros dependurados nas paredes – principalmente retratos de Washington e Lafayette, batalhas de Highland Mary, e um chamado "Assinando a Declaração". Tinha uns que eles chamavam desenhos creiom, que uma das filhas que já tava morta tinha feito quando tinha só quinze anos. Eram diferentes de todos os quadros que eu já tinha visto, muito mais pretos do que o comum. Um era uma mulher num vestido preto de talhe esbelto, apertado embaixo do sovaco e com tufos que pareciam repolho no meio das mangas, e um grande chapéu de aba larga revirada com um véu preto, e tornozelos finos e brancos cruzados com uma fita preta, e sapatinhos pretos bem delineados, e ela tava inclinada pensativa sobre um túmulo, apoiada no cotovelo direito, embaixo de um salgueiro, a outra mão caída no lado segurando um lenço branco e uma bolsinha, e embaixo do quadro dizia "Ai de mim, nunca mais te verei?". Outro era uma jovem senhorita com o cabelo todo puxado pro topo da cabeça, e ali entrelaçado na frente de um pente no qual se escorava como num encosto de cadeira, e ela tava chorando num lenço, e tinha um passarinho morto deitado de costas na sua outra mão, e embaixo do quadro dizia "Nunca mais escutarei teu doce trinado, ai de mim!". Tinha mais um onde uma jovem senhorita tava perto duma janela olhando a lua, e as lágrimas corriam pelo rosto dela; e ela tinha uma carta aberta numa das mãos com o lacre preto aparecendo na beirada e ela tava apertando contra a boca um medalhão preso numa corrente, e embaixo do quadro dizia "E foste embora, sim, foste embora, ai de mim!". Eram todos quadros bonitos, imagino, mas, não sei bem a razão, não gostei deles, porque, se eu ficava deprimido por algum tempo, sempre ficava nervoso. Todo mundo lastimava que ela tinha morrido, porque ela tinha planejado fazer muitos outros desses quadros, e dava pra ver, pelo que ela tinha feito, o que eles tinham perdido. Mas achei que com aquele ânimo ela tava se sentindo melhor no cemitério. Ela tava trabalhando no que diziam que era o seu maior quadro quando ficou doente, e todo dia e toda noite ela rezava pra que deixassem ela viver até acabar a pintura, mas não teve essa chance. Era o quadro de uma jovem num longo vestido branco, de pé sobre a amurada de uma ponte, pronta pra pular, com o cabelo solto pelas costas, olhando pra lua, com as lágrimas correndo pelo rosto, e ela tinha dois braços dobrados contra o peito, e dois braços estendidos pra frente, e mais dois levantados pra lua – e a ideia era ver que par de braços ia ficar melhor e depois apagar os outros, mas, como tava dizendo, ela morreu antes de decidir, e agora eles conservavam esse quadro sobre a cabeceira da cama no quarto dela e em todos os aniversários dela penduravam flores sobre ele. Nos outros dias ficava escondido por uma pequena cortina. A jovem no quadro tinha um rosto bonito e meigo, mas tinha tantos braços que, pra mim, parecia uma espécie de aranha.

Essa moça tinha um caderno quando tava viva e costumava colar ali obituários, acidentes e casos de sofrimento pacientemente tirados do *Presbyterian Observer*, e depois ela escrevia sobre essas histórias poesia tirada da própria cabeça. Era uma poesia muito boa. Aqui está o que ela escreveu sobre um menino chamado Stephen Dowling Bots, que caiu num poço e se afogou:

ODE A STEPHEN DOWLING BOTS, FALECIDO

E o pequeno Stephen adoeceu?
    E os corações se anuviaram?
E o pequeno Stephen morreu?
    E os enlutados choraram?

Não, tal não foi por certo o fado
    Do pequeno Stephen Dowling Bots;
Afligiram-se ao seu redor os corações agoniados
    Mas não foram da doença os golpes.

A coqueluche não deixou seu corpo macerado,
    Nem o terrível sarampo o marcou com pintas fortes.
Nada disso manchou o nome sagrado
    De Stephen Dowling Bots.

O desprezo de amores não atacou com dor
   Aquela cabeça de belos caracóis,
Nem o abateu nas entranhas um torpor
   O pequeno Stephen Dowling Bots.

Oh, não. Escutem com olhos sombrios
   Enquanto narro seu destino duro.
A sua alma fugiu deste mundo frio
   Caindo num poço escuro.

Eles o resgataram e esvaziaram sem falta
   Mas, ai de nós, era tarde demais.
O seu espírito fora divertir-se lá no alto
   No reino dos bons e dos que sabem mais.[1]

Se Emmeline Grangeford podia fazer poesia desse tipo antes dos quatorze anos, nem dava pra imaginar o que não ia fazer no futuro. Buck disse que ela podia fazer poesia como se nada. Nem parava pra pensar. Ele disse que ela escrevia depressa um verso e, se não conseguia encontrar nada pra rimar com ele, ela só riscava a linha e escrevia outro, e ia adiante. Ela não tinha um tema especial, podia escrever sobre qualquer coisa que lhe davam pra escrever, só que tinha que ser triste. Cada vez que um homem morria, uma mulher morria ou uma criança morria, ela tava por perto com a "homenagem" dela antes do morto ficar frio. Ela chamava os versos de tributos. Os vizinhos diziam que vinha primeiro o médico, depois Emmeline, e só então o

---

1. *"And did young Stephen sicken,/ And did young Stephen die?/ And did the sad hearts thicken,/ And did the mourners cry?// No; such was not the fate of/ Young Stephen Dowling Bots;/ Though sad hearts round him thickened,/ 'Twas not from sickness' shots.// No whooping-cough did rack his frame,/ Nor measles drear, with spots;/ Not these impaired the sacred name/ Of Stephen Dowling Bots.// Despised love struck not with woe/ That head of curly knots,/ Nor stomach troubles laid him low,/ Young Stephen Dowling Bots.// Oh no. Then list with tearful eye./ Whilst I his fate do tell./ His soul did from this cold world fly,/ By falling down a well.// They got him out and emptied him;/ Alas, it was too late;/ His spirit was gone for to sport aloft/ In the realms of the good and great."*

agente funerário – esse só chegou antes de Emmeline uma única vez, e foi porque ela custou a encontrar uma rima pro nome do morto, que era Whistler. Nunca mais foi a mesma depois disso; ela não se queixava, mas meio que definhou e não viveu muito tempo. Pobrezinha, muitas vezes eu me obrigava a ir pro quartinho que antes era dela, pegava o pobre e velho caderno dela e lia as anotações quando os seus quadros andavam me atormentando e eu ficava um pouco irritado com ela. Eu gostava de toda a família, os mortos e todos os outros, e não ia aturar nenhuma barreira entre a gente. A pobre Emmeline fazia poesia sobre todos os mortos quando tava viva, e não parecia certo não ter ninguém pra fazer poesia sobre ela, agora que ela não tava mais ali; então tentei escrever com muito esforço um ou dois versos, mas a coisa parecia não andar. Eles conservavam o quarto de Emmeline bonito e arrumado, todas as coisas do jeito que ela gostava quando tava viva, e ninguém nunca dormia ali. A velha dama é que cuidava do quarto, apesar de ter muitas negras, e ela costurava bastante ali, e lia a Bíblia no mais das vezes.

Bem, como eu tava dizendo sobre a sala, as janelas tinham belas cortinas: brancas, com desenhos pintados nelas, de castelos com trepadeiras descendo pelas paredes, e o gado chegando pra beber. Tinha um velho piano pequeno, com latas dentro dele, imagino, e nada era mais encantador que escutar as jovens cantando "The Last Link is Broken" e tocando "The Battle of Prague". As paredes de todos os quartos tinham reboco, e a maioria tinha tapetes no chão, e toda a casa era caiada por fora.

Eram duas casas iguais, feitas de toras de madeira e ligadas pelo telhado e pelo assoalho, mas com um grande espaço aberto entre elas, e às vezes a mesa era colocada ali no meio do dia, um lugar fresco e confortável. Nada podia ser melhor. E a comida não era maravilhosa? E, ainda por cima, toneladas de comida!

## Capítulo 18

*Coronel Grangerford – Aristocracia – Rixas entre famílias
– O testamento – "Cobras d'água" – Recuperando a
balsa – A pilha de madeiras – Carne de porco e repolho –
"É ocê, meu fio?"*

O coronel Grangerford era um cavalheiro, sabe. Um cavalheiro por inteiro. Bem-nascido, como diz o ditado, e isso vale tanto prum homem quanto prum cavalo, assim dizia a viúva Douglas, e ninguém nunca negou que ela era da alta aristocracia da nossa cidade, e papai ele sempre dizia a mesma coisa, apesar de ele próprio não ter mais nobreza do que um bagre. O coronel Grangerford era muito alto e muito magro, e tinha uma pele escura pálida, sem sinal de vermelho em lugar nenhum. Sempre barbeado de manhã, em todos os pontos do rosto fino, ele tinha lábios muito finos e narinas muito finas, um nariz alto e sobrancelhas espessas, os olhos muito negros, tão afundados em seu rosto que pareciam estar olhando pra gente do interior de cavernas, por assim dizer. A testa dele era grande, e o cabelo preto e liso, caindo pelos ombros. As mãos eram longas e finas, e todos os dias ele vestia uma camisa limpa e um terno completo da cabeça aos pés, feito de um linho tão branco que doía nos olhos; e nos domingos ele usava um fraque com botões de latão. Carregava uma bengala de mogno com uma ponta de prata. Não tinha nada de frívolo nele, nem um pouco, e ele não era nunca espalhafatoso. Era bom como ninguém – a gente sentia isso, sabe, e assim tinha confiança. Às vezes ele sorria, e era bom de ver, mas quando se retesava como um mastro de bandeira, e o raio começava a coruscar por baixo de suas sobrancelhas, a gente queria primeiro subir numa árvore pra depois descobrir qual era o problema. Ele nunca tinha que mandar alguém se comportar – todo mundo sempre se comportava por onde ele andava. Todo mundo gostava de ter ele por perto; ele era o sol, no mais das vezes – quero dizer, ele sempre fazia parecer tempo bom. Quando ele virava um monte de nuvens, tudo ficava um escuro terrível por meio minuto, e bastava, nada ia dar errado de novo por uma semana.

Quando ele e a velha dama desciam de manhã, toda a família levantava da cadeira e desejava bom dia pra eles, e ninguém se sentava de novo até que eles se sentavam. Então Tom e Bob iam no aparador onde tavam as garrafas e preparavam um copo de bebida e entregavam pro velho, e ele segurava o copo numa das mãos e esperava os de Tom e Bob serem preparados, e depois os irmãos se inclinavam e diziam, "Nossos respeitos ao senhor e à senhora", e *eles* se inclinavam um tico de nada nesse mundo e diziam obrigado, e então bebiam todos os três, e Bob e Tom derramavam uma colher de água sobre o açúcar e a dose diminuta de uísque ou aguardente de maçã no fundo de seus copos e passavam pra mim e Buck, e a gente também bebia à saúde dos velhos.

Bob era o mais velho, e Tom o segundo. Homens altos e bonitos, com ombros muito largos e rostos morenos, cabelos pretos longos e olhos negros. Vestiam linho branco da cabeça aos pés, como o velho cavalheiro, e tinham chapéus Panamá bem largos.

Depois tinha a srta. Charlotte; ela tinha vinte e cinco anos e era alta, orgulhosa e importante, mas a bondade em pessoa quando ninguém provocava ela; quando isso acontecia, tinha um olhar que fazia a gente murchar imediatamente, como o do pai dela. Ela era bela.

E também bela era a irmã dela, a srta. Sophia, mas de um tipo diferente. Ela era delicada e meiga, como uma pomba, e tinha só vinte anos.

Cada pessoa tinha seu próprio negro pra lhe servir – Buck também. O meu negro tinha um trabalho muito fácil porque eu não tava acostumado a ter alguém pra fazer qualquer coisa pra mim, mas o de Buck vivia sobressaltado.

Essa era a família agora, mas antes tinha mais gente – três filhos que foram assassinados, e Emmeline, que morreu.

O velho cavalheiro possuía muitas fazendas e mais de cem negros. Às vezes vinha um bando de gente, a cavalo, de uma distância de quinze ou vinte quilômetros nos arredores, e ficavam cinco ou seis dias, e tinha essas festas ali por perto e no rio, e danças e piqueniques nas matas durante o dia, e bailes na casa de noite. Essas pessoas eram quase todas parentes da família. Os homens traziam as suas espingardas. Era um belo grupo de gente fina, vou lhe contar.

Tinha outro clã da aristocracia por ali – cinco ou seis famílias –, quase todos com o nome de Shepherdson. Eram tão elevados, bem-nascidos, ricos e grandiosos como a tribo dos Grangerford. Os Shepherdson e os Grangerford usavam o mesmo desembarcadouro de barcos a vapor, que ficava uns três quilômetros acima da nossa casa; então às vezes, quando eu subia pra lá com muitos de nossa gente, eu via vários Shepherdson ali, nos seus belos cavalos.

Um dia Buck e eu a gente tava bem distante na mata, caçando, e a gente ouviu um cavalo se aproximar. A gente tava cruzando a estrada. Buck diz:

– Rápido! Pula pra mata!

A gente pulou e dali ficou espiando entre as folhas. Logo chegou galopando pela estrada um jovem esplêndido, manejando o cavalo com facilidade e parecendo um soldado. Tinha a espingarda cruzada sobre o arção da sela. Eu já tinha visto ele antes. Era o jovem Harney Shepherdson. Escutei a espingarda de Buck disparar nos meus ouvidos, e o chapéu de Harney caiu da cabeça dele. Ele agarrou a espingarda e veio direto pro lugar onde a gente tava escondidos. Mas a gente não esperou e saiu correndo pela mata. O mato não era cerrado, por isso olhei sobre o ombro pra me desviar de uma bala e duas vezes vi Harney mirar em Buck com a espingarda; depois ele foi embora pelo caminho que veio – pra pegar o seu chapéu, imagino eu, mas não consegui ver. A gente só parou de correr quando chegou em casa. Os olhos do velho cavalheiro brilharam por um minuto – mais de prazer, acho eu –, então o rosto dele meio que relaxou, e ele disse com certa delicadeza:

– Não gosto desta história de atirar de trás de um arbusto. Por que você não foi pra estrada, meu menino?

– Os Shepherdson não fazem assim, pai. Sempre tentam levar vantagem.

A srta. Charlotte ela ergueu a cabeça como uma rainha, enquanto Buck tava contando a história, e as narinas dela se alargaram e os olhos faiscaram. Os dois rapazes tavam com um ar sombrio, mas não disseram nada. A srta. Sophia ela ficou pálida, mas a cor voltou quando descobriu que o homem não foi ferido.

Assim que consegui levar Buck pra perto dos cestos de milho embaixo das árvores, perguntei:

– Você queria matar ele, Buck?

– É claro que sim.

– O que ele fez pra você?

– Ele? Nunca me fez nada.

– Bem, pra que você queria matar ele então?

– Ora, por nada... só por causa da rixa.

– O que é uma rixa?

– Ora, onde é que você foi criado? Não sabe o que é uma rixa?

– Nunca ouvi falar disso... me conta.

– Bem – diz Buck –, uma rixa é o seguinte. Um homem tem uma briga com outro homem e mata ele; aí o irmão desse outro homem mata *o primeiro*, aí os outros irmãos, dos dois lados, se matam entre si; aí os *primos* se metem na história... e daí a pouco todo mundo é morto e não tem mais rixa. Mas é bastante lento e leva muito tempo.

– Quanto tempo já tem essa rixa, Buck?

– Bem, eu *imagino* que começou trinta anos atrás ou por aí. Teve uma encrenca sobre alguma coisa e depois um processo na justiça pra resolver a pendenga; o processo era contra um dos homens, e então ele pegou e matou o homem que ganhou o processo... o que ele ia fazer, é claro. Qualquer um ia fazer isso.

– Qual foi a encrenca, Buck? Terra?

– Talvez... não sei.

– Quem começou o tiroteio? Um Grangerford ou um Shepherdson?

– Céus, como é que eu vou saber? Faz tanto tempo.

– Alguém sabe?

– Oh, sim, papai sabe, imagino, e alguns dos mais velhos, mas agora eles não sabem mais qual foi a causa da briga em primeiro lugar.

– Muitos foram mortos, Buck?

– Sim... uma oportunidade e tanto para fazer funerais. Mas eles nem sempre matam. Papai tem algumas balas no corpo, mas ele não se importa porque ele não pesa muito mesmo. Bob tirou algumas de suas próprias balas com uma faca, e Tom foi ferido uma ou duas vezes.

– Alguém foi assassinado esse ano, Buck?

– Sim, a gente pegou um do lado deles e eles pegaram um dos nossos. Uns três meses atrás, meu primo Bud, de quatorze anos, tava andando a cavalo pela mata, no outro lado do rio, e sem arma, o que foi uma tolice desgraçada. E num lugar solitário ele escuta um cavalo vindo atrás dele, e vê o velho Baldy Shepherdson no seu encalço com a espingarda na mão e o cabelo branco voando no vento e, em vez de pular fora e entrar no mato, Bud achou que podia ganhar do velho na corrida. Assim eles seguiram, numa parelha renhida, por oito quilômetros ou mais, o velho ganhando terreno o tempo todo. Por fim, Bud viu que não tinha jeito, então parou e virou para ter os buracos das balas na frente, sabe, e o velho ele investiu e matou Bud a tiros. Mas não teve muito tempo de gozar a sua sorte, porque em uma semana o nosso pessoal deu cabo *dele*.

– Acho que o velho era um covarde, Buck.

– Acho que ele *não era* covarde. De jeito nenhum. Não tem covardes entre eles, os Shepherdson, nem um único. E também não tem covardes entre os Grangerford. Ora, aquele velho certo dia não baqueou numa luta de meia hora contra três Grangerford, e acabou saindo vencedor? Tavam todos a cavalo, ele desceu do cavalo e se meteu atrás de uma pilha pequena de madeiras, e colocou o cavalo na frente pra aparar as balas, mas os Grangerford ficaram em cima dos cavalos saltando ao redor e crivaram o velho de balas, e ele mandou bala neles. Ele e o cavalo foram pra casa bem esburacados e mutilados, mas os Grangerford tiveram que ser *levados* pra casa... um deles tava morto, e outro morreu no dia seguinte. Não, senhor, se alguém tá procurando covardes, não vai querer perder tempo entre eles, os Shepherdson, porque eles não criam *ninguém* dessa laia.

No domingo seguinte, a gente foi todo mundo na igreja, uns cinco quilômetros de viagem, todo mundo a cavalo. Os homens de espingarda, Buck também, e eles guardaram as armas entre os joelhos ou colocaram elas à mão, contra a parede. Os Shepherdson fizeram o mesmo. Foi um sermão bem chato – tudo sobre amor entre irmãos, e coisas assim aborrecidas, mas todo mundo disse que foi um bom sermão, e todos falaram disso na volta para casa, e tinham tanta coisa pra dizer sobre fé e boas obras, graça concedida e predestinação, e não sei o que mais, que eu tive a impressão que foi um dos domingos mais chatos que eu já vivi.

Uma hora depois do almoço tava todo mundo cochilando, uns nas cadeiras e outros nos quartos, e começou a esfriar bastante. Buck e um cachorro tavam estirados sobre a grama no sol, dormindo. Subi pro nosso quarto e pensei em tirar uma soneca. Encontrei a doce srta. Sophia de pé na porta do quarto dela, que ficava ao lado do nosso, e ela me levou pro seu quarto e fechou a porta bem devagar, e me perguntou se eu gostava dela, e eu disse que sim, e ela me perguntou se eu podia fazer uma coisa pra ela e não contar pra ninguém, e eu disse que podia. Então ela disse que tinha esquecido o Novo Testamento dela no banco da igreja, entre dois outros livros, e será que eu não podia sair bem quieto e ir buscar o livro pra ela, sem dizer nada pra ninguém? Falei que sim. Saí de mansinho e enveredei pela estrada, e não tinha ninguém na igreja, só talvez um ou dois porcos, pois não tinha tranca na porta e os porcos gostam de um chão de toras com frinchas no verão, porque é fresco. Pensando bem, a maioria das pessoas só vai pra igreja quando tem que ir, mas com os porcos é diferente.

Digo pra mim mesmo, alguma coisa tá se armando – não é natural pruma menina ficar tão ansiosa por causa de um Novo Testamento; então sacudi o livro e dele caiu um pedacinho de papel, com "*Duas e meia*" escrito nele a lápis. Dei uma busca no livro, mas não consegui encontrar mais nada. Não entendi, por isso coloquei o papel de volta no livro e, quando cheguei em casa e no andar de cima, lá tava a srta. Sophia na sua porta esperando por mim. Ela me puxou pra dentro do quarto, fechou a porta e aí folheou o Novo Testamento até encontrar o papel, e depois que leu ficou muito contente e antes que alguém pudesse piscar me agarrou e me deu um abraço apertado e disse que eu era o melhor menino do mundo e que não era pra contar pra ninguém. Ela ficou com o rosto muito vermelho, por um minuto, e os olhos dela brilharam, e isso deixou ela muito bonita. Eu tava bem espantado, mas quando recuperei o fôlego perguntei a ela o significado do papel, e ela me perguntou se eu tinha lido, e eu disse "não", e ela me perguntou se eu sabia ler, e eu disse a ela, "Não, só letra de forma", e então ela disse que o papel era apenas um marcador de livro e que agora eu podia ir brincar.

Saí pelo rio, estudando essa história, e logo notei que o meu negro tava me seguindo. Quando a gente já tava fora da vista da casa, ele olhou pra trás e pros lados por um segundo, depois veio correndo e disse:

– Sinhô Jórgi, se vai entrá no pântano, vou lhe mostrá uma penca de cobra-d'água.

Fiquei pensando, é muito curioso, ele falou nisso ontem. Devia saber que ninguém gosta tanto assim de cobra-d'água pra andar por aí caçando elas. O que ele quer afinal? Então falei:

– Tá bem, vai na frente.

Segui por uns oitocentos metros, aí ele enveredou pelo pântano e andou com água pelo tornozelo por mais outros oitocentos metros. A gente chegou num pequeno espaço de terra batida que tava seco e coberto de árvores, arbustos e trepadeiras, e ele disse:

– Entra bem aí, só uns passo, sinhô Jórgi, aí é que elas tão. Já vi elas antes, num quero vê mais.

Então ele saiu chafurdando e foi embora, e logo as árvores esconderam o vulto dele. Entrei por um caminho mais distante e cheguei numa pequena clareira do tamanho de um quarto, toda coberta de trepadeiras, e encontrei um homem ali deitado dormindo – e, por Deus, era o meu velho Jim!

Acordei Jim e achei que ia ser uma grande surpresa pra ele me ver de novo, mas não foi. Ele disse que nadou atrás de mim aquela noite e escutou todos os meus gritos, mas não respondeu porque não queria ninguém pegando *ele* e levando ele de volta pra escravidão. Ele disse:

– Fiquei um poco ferido, e num podia nadá rápido, assim eu tava muito pra trás d'ocê. Bem, por fim, quano ocê chegô na praia, achei que podia alcançá ocê na terra sem tê que gritá procê, mas quano vi aquela casa, comecei a ficá lento. Eu tava muito longe pra escutá o que eles dizia procê... tava cum medo dos cachorro... mas quano tudo ficô quieto de novo, sabia que ocê tava na casa, então corri pra mata pra esperá o dia. Bem cedo de manhã, uns dos negro aparece, vão pro campo, e eles me abrigaro e me mostraro esse lugá, onde os cachorro num pode segui o meu rastro por causa d'água, e eles me traz umas coisa pra cumê toda noite, e me contam como é que ocê tá se saino.

– Por que ocê não pediu pro meu Jack me trazer aqui mais cedo, Jim?

– Bem, num adiantava perturbá ocê, Huck, dizê que a gente podia fazê arguma coisa... mas tá tudo bem agora. Andei comprano uns pote e umas panela e umas coisa de cumê, quando tive chance, e remendano a balsa, de noite, quano...

– *Que* balsa, Jim?

– Nossa velha balsa.

– Quer dizer que a nossa velha balsa não foi toda despedaçada?

– Não, num foi. Ela ficô bem quebrada... uma ponta dela... mas o estrago num foi grande, só as nossas coisa se perdero toda. E se a gente num tivesse merguiado tão fundo e nadado tão longe embaixo d'água, e a noite num fosse tão escura e nóis num tivesse tanto medo, uns banana, como dizem, a gente tinha salvado a balsa. Mas num faz mal que a gente num salvô, porque agora ela tá toda arrumada de novo, tá como nova, e a gente tem um monte de coisa nova também, pra tomá o lugá de tudo o que a gente perdeu.

– Ora, como é que ocê tá com a balsa de novo, Jim... Ocê pegou ela?

– Como é que eu ia pegá ela, e eu na mata? Não, os negro encontraro ela presa num toco, por ali na curva, e eles escondero ela num riacho, no meio dos salgueiro, e teve um bate-boca tão grande pra sabê de quem era a balsa que logo logo comecei a ouvi o que eles falava disso, e assim resolvi acabá cum o pobrema contano pra todo mundo que ela num era de nenhum deles, mas d'ocê e de mim; e preguntei se eles iam agarrá a popriedade de um jóvi cavaiero branco e sê espancado por isso? Então dei deiz centavo pra cada um, e eles ficaro muito feliz, e eles queria descobri mais umas balsa pra eles ficá rico de novo. Tão seno muito bom pra mim, esses negro, tudo que eu quero eles faz pra mim, num preciso pedi duas veiz, meu fio. Esse Jack é um bom negro, e bem esperto.

– Sim, é. Não me disse que ocê tava aqui. Falou pra eu vir, que ele ia me mostrar um monte de cobra d'água. Se alguma coisa acontece, *ele* não tava no meio. Pode dizer que nunca viu a gente junto, e é verdade.

Não quero falar muito sobre o dia seguinte. Acho que vou falar bem pouco. Acordei pelo amanhecer, e ia me virar e dormir de novo quando vi que tudo tava quieto demais – parecia que ninguém tava se mexendo. Não era comum. Aí notei que Buck tava de pé e já fora de casa. Bem, levantei espantado e desci a escada – ninguém por perto, tudo tão quieto como um camundongo. O mesmo lá fora, fiquei pensando, o que isso quer dizer? Perto da pilha de lenha, cruzo com o meu Jack e digo:

– Que aconteceu?

Diz ele:

– Num sabe, sinhô Jórgi?!

– Não – digo eu –, não sei...

– A srta. Sophia fugiu! Fugiu mesmo. De noite, num sei que hora... ninguém sabe que hora... fugiu pra se casá cum aquele jóvi Harney Shepherdson, sabe... pelo menos é o que tão suspeitano. A família descobriu uma hora atrais... talveiz um pouco mais... e vô lhe contá, num perdero tempo. Foi uma correria de espingarda e cavalo como ocê nunca viu! As muié foram avisá os parente, e o veio sinhô Saul e os menino pegaro as arma e saíro pela estrada do rio pra tentá pegá aquele jóvi e matá ele, pois ele pode travessá o rio com a srta. Sophia. Acho que a gente vai tê uns tempo muito brabo.

– Buck saiu sem me acordar.

– É craro que saiu! Eles num iam metê ocê nessa encrenca. O sinhô Buck ele carregô a espingarda e disse que ia pegá um Shepherdson ou caí duro. Bem, vai tê muitos dele lá, acho eu, e aposto que ele vai pegá um, se tivé chance.

Peguei a estrada do rio e segui o mais rápido que pude. Dali a pouco, começo a escutar tiros ainda bem longe. Quando deu pra ver o depósito de toras e a pilha de madeiras onde os barcos a vapor atracam, me enfiei embaixo das árvores e arbustos até chegar num lugar bom e aí trepei no forcado de um choupo que tava fora da vista e fiquei observando. Tinha uma pilha de madeira de um metro e meio de altura um pouco além na frente da árvore, e primeiro pensei em me esconder atrás dela, mas foi talvez melhor não ter me escondido ali.

Tinha quatro ou cinco homens curveteando em cima de seus cavalos no espaço aberto na frente do depósito de toras, praguejando e gritando, e tentando pegar dois rapazes que tavam atrás da pilha de madeiras ao longo do desembarcadouro dos barcos a vapor – só que eles não conseguiam entrar. Toda vez que um deles se mostrava na beira da pilha de madeiras, virava alvo de bala. Os dois meninos tavam de cócoras um de costas pro outro atrás da pilha, então podiam observar nos dois lados.

Dali a pouco os homens pararam de curvetear e gritar. Começaram a seguir a cavalo pro depósito; aí um dos meninos levanta, dá um tiro certeiro acima da pilha de madeiras e derruba um deles da sela. Todos os homens desceram dos cavalos, agarraram o ferido e começaram a carregar o homem pro depósito, e naquele momento os dois meninos dispararam a correr. Chegaram a meio caminho da árvore onde eu tava antes que os homens se dessem conta. Então os homens viram eles, pularam sobre os cavalos e saíram atrás deles. Chegaram mais perto dos meninos, mas não adiantou, os meninos tinham uma vantagem boa demais; os dois alcançaram a pilha de madeiras que tava na frente da minha árvore e se meteram ali atrás, e assim tinham de novo vantagem sobre os homens. Um dos meninos era Buck, e o outro, um rapaz magro de uns dezenove anos.

Os homens continuaram a se agitar por um tempo e depois se afastaram. Assim que sumiram de vista, chamei e avisei Buck. No começo, ele não tava entendendo a minha voz saindo da árvore. Tava muito surpreso. Ele me disse pra ficar observando com atenção e avisar quando os homens aparecessem de novo, disse que eles tavam tramando alguma coisa diabólica – não iam demorar a aparecer. Eu queria tá longe daquela árvore, mas não me atrevia a descer. Buck começou a gritar e se mover com violência, e reconheceu que ele e o primo Joe (era o outro rapaz) ainda iam ter que pagar por esse dia. Disse que o pai e os dois irmãos tavam mortos, mais dois ou três dos inimigos. Disse que os Shepherdson armaram uma emboscada pra eles. Buck disse que o pai e os irmãos deviam ter esperado pelos conhecidos – os Shepherdson eram fortes demais pra eles. Perguntei o que tinha acontecido com o jovem Harney e a srta. Sophia. Ele disse que tinham cruzado o rio e tavam seguros. Fiquei contente com isso, mas o jeito como Buck falou por não ter dado um jeito de matar Harney naquele dia quando atirou nele – eu nunca tinha escutado nada parecido.

De repente, bang! bang! bang! disparam três ou quatro espingardas – os homens tinham dado a volta pela mata e chegado por trás sem os cavalos! Os meninos pularam pro rio – todos os dois feridos – e, enquanto nadavam a favor da corrente, os homens corriam pela margem atirando neles e gritando "Matem eles, matem eles!". Isso me fez sentir tão mal que quase caí da árvore. Não vou contar *tudo* o que aconteceu – ia me sentir mal de novo falando disso. Eu queria nunca ter vindo pra margem do rio naquela noite pra ver essas coisas. Nunca vou me livrar – muitas vezes sonho com elas.

Fiquei na árvore até que começou a ficar escuro, com medo de descer. Às vezes ouvia espingardas ao longe na mata; e duas vezes vi pequenos bandos de homens galopando pelo depósito de toras, armados; então imaginei que a encrenca ainda continuava. Eu tava muito deprimido, por isso decidi que nunca mais ia chegar perto daquela casa de novo, porque achava que a culpa era de certo modo minha. Achei que aquele pedaço de papel significava que a srta. Sophia devia se encontrar com Harney em algum lugar às duas e meia pra fugir; e achei que eu devia ter contado pro pai dela sobre aquele papel e o jeito curioso como ela se comportou, porque aí talvez ele tinha trancado ela, e aí talvez toda essa terrível encrenca não tinha acontecido.

Quando desci da árvore, andei furtivo um bom pedaço pela margem do rio e encontrei os dois corpos estirados na beira da água e puxei eles com força até arrastar os dois pra terra; aí cobri os rostos e fui embora o mais rápido que pude. Chorei um pouco quando tava cobrindo o rosto de Buck, porque ele foi muito bom pra mim.

Tinha acabado de anoitecer. Não cheguei perto da casa, mas saí pelas matas e enveredei pro pântano. Jim não tava na ilha dele, então caminhei com esforço e apressado pro riacho, e abri caminho pelos salgueiros, louco pra pular a bordo e sair daquela região terrível – a balsa não tava lá! Meu Deus, como eu tava assustado, não consegui respirar quase por um minuto. Aí dei um grito bem alto. Uma voz a pouco mais de sete metros disse:

– Santo Deus! É ocê, meu fio? Num faz baruio.

Era a voz de Jim – nada nunca me soou tão bem nos ouvidos. Corri um bom pedaço pela margem e subi a bordo, e Jim ele me agarrou e me abraçou, ele tava muito feliz de me ver. Disse:

– Deus te abençoe, meu fio, eu já tava certo que ocê tava morto de novo. Jack teve aqui, ele diz que achava que ocê tinha sido baleado, porque ocê num voltô mais pra casa; eu tava nesse minuto começando a levá a balsa pra entrada do riacho, pra tê tudo prontu pra parti e saí daqui, quando Jack voltasse pra me dizê cum toda certeza qui ocê *tá* morto. É muito bão tê ocê de volta de novo, meu fio!

Falei:

– Tudo bem... isso é muito bom: eles não vão me encontrar e vão pensar que fui assassinado e que saí flutuando pelo rio... tem uma coisa ali que vai ajudar eles a pensarem assim... por isso nada de perder tempo, Jim, empurra a balsa e sai pro meio do rio mais rápido que nunca.

Só me senti mais calmo quando a balsa já tava uns três quilômetros mais adiante e bem no meio do Mississippi. Então a gente dependurou a nossa lanterna sinaleira e achou que tava livre e seguro mais uma vez. Eu não tinha comido nada desde ontem; então Jim pegou uns pãezinhos de milho e um pouco de leite e carne de porco e repolho e verduras – não tem nada melhor no mundo, quando cozinhado direito – e, enquanto eu comia o meu jantar, a gente conversava e se divertia. Eu tava muito alegre de ir bem pra longe das rixas, e Jim também tava feliz de sair do pântano. Dissemos que afinal não tinha nenhum lar tão bom como uma balsa. Os outros lugares parecem apinhados e sufocantes, mas uma balsa não. A gente se sente muito livre, à vontade e confortável, numa balsa.

## Capítulo 19

*Emendando os dias – Uma teoria astronômica – "Tão vindo uns cachorros" – Organizando reuniões religiosas para estimular a temperança – O duque de Bridgewater – Os problemas da realeza*

Dois ou três dias e noites se passaram. Acho que podia dizer que deslizaram por nós, de tão quietos, tranquilos e agradáveis. A gente passava o tempo do seguinte jeito. O rio era monstruoso de grande naquele ponto – às vezes com quase três quilômetros de largura; a gente navegava de noite e parava e se escondia durante o dia; logo que a noite tava quase chegando no fim, a gente parava de navegar e amarrava a balsa – quase sempre em águas tranquilas ao pé de uma ilha de areia e vegetação; então a gente cortava choupos e salgueiros tenros pra esconder a balsa com eles. Aí armava as linhas da pesca. Depois a gente entrava no rio e dava uma nadada, para refrescar e acalmar; mais tarde a gente sentava no fundo arenoso, onde a água dava pelos joelhos, e ficava observando o dia nascer. Nenhum som em nenhum lugar – tudo perfeitamente parado – como se o mundo inteiro tivesse dormindo, só às vezes as rãs-touros coaxando. A primeira coisa que a gente via, olhando pra longe sobre a água, era uma espécie de linha obscura – a mata no outro lado do rio. Não dava pra ver nada mais; depois um escuro mais claro no céu; aí mais claridade, se espalhando ao redor; depois o rio se tornava mais tênue, bem ao longe, e já não era mais preto, mas cinza; dava pra ver pontinhos pretos deslizando, cada vez mais longe – chatas e coisas assim; e longas riscas pretas – balsas; às vezes dava pra escutar um remo rangendo; ou vozes embaralhadas, porque tava tudo muito quieto, e os sons chegam bem longe; e daí a pouco dava pra ver uma risca sobre a água, e a gente sabia que ali tinha um tronco submerso numa corrente rápida que quebrava sobre ele e fazia a risca ficar daquele jeito; e a gente via a névoa subir encrespada da água, e o leste avermelhar, e o rio também, e dava pra enxergar uma cabana de toras na beira da mata, bem longe sobre a margem do outro lado do rio, que devia ser um depósito de madeiras, tudo empilhado por embusteiros de um jeito que dava pra jogar um cachorro pelas brechas em qualquer ponto; e aí levantava uma brisa amena, que vinha nos abanar lá de longe, tão fria e fresca, e de cheiro doce por causa da mata e das flores; mas às vezes não era assim, porque deixavam peixe morto por ali, peixe agulha e outros, e eles ficavam com um cheiro bem podre. E depois a gente tinha o dia inteiro, tudo sorrindo no sol, e os passarinhos só cantando!

Um pouco de fumaça não poderia ser avistado assim, então a gente pegava alguns peixes das linhas e cozinhava um café da manhã quente. E mais tarde a gente ficava observando a solidão do rio, numa espécie de preguiça, e pouco depois a preguiça acabava em sono. Acordar, dali a um tempo, e olhar pra ver o que tinha acontecido, e quem sabe ver um barco a vapor tossindo ao subir o rio contra a corrente, tão longe na direção da outra margem que não dava pra saber nada sobre ele, apenas se a roda ficava na popa ou no lado; depois, por mais ou menos uma hora, a gente não escutava nada, nem via nada – só a solidão, densa. Aí a gente via uma balsa passar deslizando, bem ao longe, e talvez um vulto desajeitado sobre ela cortando madeira, porque é o que mais fazem numa balsa; dava pra ver o machado cintilar e descer, mas a gente não escutava nada; via aquele machado subir de novo e, quando chegava bem acima da cabeça do homem, só aí é que a gente ouvia o *catchunc!* – o som tinha levado todo esse tempo pra andar sobre a água. Era assim que a gente passava o dia, sem fazer nada, escutando o sossego. Uma vez teve um nevoeiro espesso, e as balsas e as coisas que passavam batiam panelas de lata pra não serem atropeladas pelos barcos a vapor. Uma chata ou uma balsa passou tão perto que a gente podia escutar eles falando, praguejando e rindo – a gente escutava tudo bem claro, mas não via nem sinal deles. Isso nos arrepiava, era como espíritos andando daquele jeito pelo ar. Jim disse que ele acreditava que eram espíritos, mas eu falei:

– Não, espíritos não iam dizer, "ao inferno com este maldito nevoeiro".

Assim que ficava noite, a gente partia; quando chegava com a balsa lá pelo meio do rio, a gente deixava ela seguir sozinha, deixava ela flutuar pra onde a corrente queria levar; aí a gente acendia os cachimbos, balançava as pernas na água e falava sobre qualquer coisa – a gente tava sempre nu, dia e noite, quando os mosquitos deixavam – as novas roupas que a família de Buck fez pra mim eram boas demais pra serem confortáveis e, além do mais, eu não gostava de roupas, de jeito nenhum.

Às vezes a gente tinha o rio inteiro só pra nós por muito tempo. Mais longe tavam as margens e as ilhas, no outro lado da água; e talvez uma centelha – que era uma vela na janela de uma cabana – e às vezes sobre a água dava pra ver uma ou duas centelhas – numa balsa ou numa chata, sabe; e a gente podia talvez escutar uma rabeca ou uma canção vindo de uma dessas embarcações. É muito bom viver numa balsa. A gente tinha o céu lá em cima, todo pontilhado de estrelas, e costumava deitar de costas e olhar pra elas, e discutir se foram feitas ou se só apareceram – Jim ele achava que foram feitas, mas eu achava que elas aconteceram; calculava que ia levar muito tempo *fazer* tantas estrelas. Jim dizia que a lua podia ter *posto* elas; bem, isso parecia razoável, então eu não disse nada contra, porque tinha visto um sapo pôr quase tantos ovos, por isso é claro que podia ser feito. A gente também via as estrelas cadentes e observava os riscos que deixavam no céu. Jim achava que elas tinham ficado mimadas e eram empurradas pra fora do ninho.

Uma ou duas vezes de noite a gente via um barco a vapor passar no escuro, e de vez em quando ele vomitava todo um mundo de centelhas do alto das chaminés e elas caíam como chuva no rio, muito lindas; depois o barco fazia uma curva e as suas luzes piscavam, a sua algazarra sumia e o rio ficava quieto de novo; e dali a pouco as ondas do barco chegavam até a gente, muito tempo depois do barco ter desaparecido, e sacudiam um pouco a balsa, e depois disso a gente não ouvia nada por nem sei quanto tempo, a não ser talvez sapos ou alguma outra coisa.

Depois da meia-noite as pessoas nas margens iam pra cama, e então a orla do rio ficava um breu por duas ou três horas – não tinha mais centelhas nas janelas das cabanas. Essas centelhas eram o nosso relógio – a primeira que aparecia de novo significava que a manhã tava começando, então a gente logo procurava um lugar pra se esconder e amarrar a balsa.

Um dia, perto do amanhecer, encontrei uma canoa e com ela atravessei uma corredeira pra chegar na margem – só uns duzentos metros – e depois remei por mais ou menos um quilômetro e meio pra subir um riacho entre a mata de ciprestes, porque queria ver se não conseguia pegar umas frutinhas. Bem quando tava passando por um lugar onde um vau de gado cruzava o riacho, aparecem dois homens abrindo caminho no vau com dificuldade, por onde dava pé. Achei que tava perdido, pois sempre que alguém tava atrás de outro alguém eu achava que era de *mim* – ou talvez de Jim. Eu tava pra escapulir dali bem rápido, mas eles já tavam perto de mim e gritaram e pediram pra eu salvar as suas vidas – diziam que não tinham feito nada e que tavam sendo perseguidos – diziam que homens e cachorros tavam vindo atrás deles. Eles queriam saltar logo pra dentro da canoa, mas falei:

– Não pulem. Ainda não tô escutando os homens e os cachorros. Ocês têm tempo de abrir caminho ali pelo meio da moita e subir um pouco o riacho. Depois entram na água e andam no vau até o ponto onde eu tô e sobem na canoa... isso vai acabar com o faro dos cachorros.

Eles fizeram o que mandei, e quando já tavam na canoa, escapei pra nossa ilha de areia e vegetação, e em cinco ou dez minutos a gente ouviu os cachorros e os homens ao longe gritando. A gente escutava eles vindo na direção do riacho, mas não podia ver eles. Pareceram parar e se mover a esmo por um tempo, depois, enquanto a gente se afastava sempre pra mais longe, não dava mais pra escutar eles. Quando a gente já tinha deixado um quilômetro e meio de mata pra trás e chegado no rio, tava tudo quieto. A gente remou pra ilha de areia e se escondeu nos choupos, já salvos.

Um desses sujeitos tinha uns setenta anos ou mais, uma cabeça careca e suíças muito grisalhas. Tava com um chapéu velho e estragado de aba larga caída, uma camisa de lã azul engordurada, umas calças velhas de brim azul rasgadas enfiadas pra dentro do cano das botas e suspensórios de tricô feitos à mão – não, era só um. Tinha um velho casaco de brim azul e cauda longa com botões de latão lustrosos atirado sobre o braço, e os dois carregavam malas grandes, gordas, de aspecto miserável.

O outro sujeito tinha uns trinta anos e tava vestido de um jeito simples. Depois do café da manhã, todo mundo descansou e a gente conversou, e a primeira coisa que surgiu foi que esses caras não se conheciam.

– O que meteu você em encrenca? – diz o careca pro outro cara.

– Bem, eu andava vendendo um artigo pra tirar o tártaro dos dentes... e tira realmente, só que em geral acaba também com o esmalte... mas fiquei por ali uma noite a mais do que devia, e estava no ato de me escafeder, quando encontrei você na trilha deste lado da cidade, e você me disse que eles tavam vindo e me pediu pra ajudar você a escapar. Aí eu lhe disse que eu também tava esperando encrenca e ia tratar de sumir *com* você. Esta é toda a história... qual é a sua?

– Bem, eu tava dirigindo umas reuniões religiosas pra estimular a temperança, por uma semana, e era mimado pelas mulheres, grandes e pequenas, pois tava criando uma encrenca das boas pros bêbados, *vou contar pra vocês*, e ganhando até cinco ou seis dólares por noite... dez centavos por cabeça, crianças e negros grátis... e o negócio crescendo o tempo todo, quando, não sei como, correu um boato ontem de noite que eu dava um jeito de passar o meu tempo com uma garrafa particular, às escondidas. Um negro me despertou esta manhã e me disse que as pessoas tavam se reunindo em silêncio, com seus cachorros e cavalos, e eles iam chegar dali a pouco e me dar uma meia hora de vantagem, pra depois me apanhar, se conseguissem; e se eles me pegassem, iam me cobrir de piche e penas e me obrigar a desfilar montado num varão de grade, com certeza. Não esperei pelo café da manhã... não tava com fome.

– Velho – diz o jovem –, acho que podíamos trabalhar em dupla. O que você acha?

– Não tenho nada contra. Qual é a sua atividade... basicamente?

– Tipógrafo ambulante, por ofício. Mexo um pouco com medicamentos registrados. Ator de teatro... tragédia, sabe. Pratico hipnotismo ou frenologia quando aparece uma chance. Ensino canto e geografia na escola, pra variar. Dou uma palestra, de vez em quando... oh, faço muitas coisas... quase tudo que tá à mão, então não é trabalho. O que você faz?

– Atuei muito no ramo médico no meu tempo. Aplicar o toque das mãos é a minha especialidade... pra câncer, paralisia e essas coisas. E sei ler a sorte muito bem, quando tenho junto alguém pra descobrir os fatos pra mim. Pregar sermões é também o meu negócio, além de organizar reuniões campais e fazer o trabalho missionário por aí.

Ninguém disse nada durante um tempo. Depois o jovem deu um suspiro e exclamou:

– Ai de mim!

– Por que tá soltando esse ai? – diz o careca.

– Pensar que vivi para levar uma vida dessas e ser degradado em tal companhia.

E ele começou a enxugar o canto do olho com um trapo.

– Ora, dane-se, a companhia não tá à altura de você? – diz o careca, muito insolente e arrogante.

– Sim, *está* à minha altura. É o que mereço, pois quem me fez descer tão baixo, quando eu estava tão no alto? *Eu mesmo*. Não culpo *vocês*, cavalheiros... longe de mim, não culpo ninguém. Mereço tudo isso. Que o mundo cruel me cause a pior desgraça, uma coisa sei... existe um túmulo em algum lugar pra mim. O mundo pode continuar a ser assim como sempre foi e a tirar tudo de mim... seres amados, propriedades, tudo... mas não pode me tirar isto. Algum dia vou estar deitado dentro dele e esquecer tudo, e meu pobre coração partido repousará.

Continuou a se enxugar.

– Ao inferno com o seu pobre coração partido – diz o careca. – Pra que você tá atirando o seu pobre coração partido pra cima de *nós*? *Nós* não fizemos nada.

– Não, sei que não fizeram. Não estou culpando vocês, cavalheiros, eu me rebaixei... sim, eu próprio. Está certo que eu sofra... perfeitamente certo... não solto nenhum lamento.

– Se rebaixou do quê? Do que foi que você se rebaixou?

– Ah, vocês não iam acreditar, o mundo nunca acredita... deixa estar... não importa. O segredo do meu nascimento...

– O segredo do seu nascimento? Você quer dizer que...?

– Cavalheiros – diz o jovem muito solene –, vou lhes revelar o segredo, pois sinto que posso ter confiança em vocês. De direito sou um duque!

Os olhos de Jim saltaram pra fora quando ouviu isso, e acho que os meus também. Então o careca diz:

– Não! Tá falando sério?

– Sim. Meu bisavô, o filho mais velho do duque de Bridgewater, fugiu pra este país lá pelo fim do século passado pra respirar o ar puro da liberdade; casou-se aqui e morreu deixando um filho, e o seu próprio pai morreu mais ou menos na mesma época. O segundo filho do falecido duque apoderou-se do título e das propriedades... o verdadeiro duque foi ignorado ainda criança. Sou o descendente hereditário dessa criança... sou o legítimo duque de Bridgewater, e aqui estou, abandonado, arrancado de minha posição elevada, caçado pelos homens, desprezado pelo mundo cruel, esfarrapado, exausto, de coração partido e degradado na companhia de criminosos numa balsa!

Jim sentiu muita pena dele, e eu também. A gente tentou consolar, mas ele disse que não adiantava, que não podia ser consolado. Disse que ser reconhecido era o melhor que a gente podia fazer por ele, então dissemos que sim, se ele dissesse o que a gente tinha que fazer. Ele disse que a gente devia se inclinar ao falar com ele e dizer "Vossa mercê" ou "Meu senhor" ou "Vossa senhoria" – e que ele não ia dar bola se a gente chamasse ele apenas de "Bridgewater", que ele disse ser de qualquer maneira um título, e não um nome. E um de nós tinha que servir ele durante a refeição e fazer tudo pra satisfazer qualquer pequeno desejo dele.

Bem, isso era fácil, então a gente fez assim. Durante toda a refeição, Jim ficou de pé em volta dele e serviu ele, dizendo "Vossa mercê qué um poco disso ou daquilo?", e assim por diante, e dava pra ver que o jovem tava gostando muito.

Mas o velho ficou bem calado no início – não tinha muito o que dizer e não parecia muito à vontade com todos os mimos e com o que tava se passando em torno daquele duque. Parecia ter alguma coisa em mente. Assim, de tarde, falou:

– Olha aqui, Bilgewater – disse –, tenho uma pena danada de você, mas você não é a única pessoa com problemas desse tipo.

– Não?

– Não, não é. Não é a única pessoa arrancada traiçoeiramente de uma alta posição.

– Ai de mim!

– Não, você não é a única pessoa que tem um segredo sobre a sua origem. – E, por Deus, *ele* começa a chorar.

– Espera aí! O que você quer dizer?

– Bilgewater, posso confiar em você? – diz o velho, ainda soluçando um pouco.

– Até a amarga morte! – Ele pegou a mão do velho e apertou ela, dizendo: – O segredo do seu ser: fala!

– Bilgewater, eu sou o falecido Delfim!

Podem crer que Jim e eu arregalamos os olhos dessa vez. Então o duque diz:

– Você é o quê?

– Sim, meu amigo, é verdade demais... os seus olhos tão fitando neste exato momento o pobre Delfim desaparecido, Luís o Dezessete, filho de Luís o Dezesseis e Marri Antonette.

– Você! Na sua idade! Não! Você quer dizer que é o falecido Charlemagne, deve ter seiscentos ou setecentos anos, no mínimo.

– As desgraças é que fizeram isto, Bilgewater, as desgraças. As desventuras me trouxeram estes cabelos grisalhos e esta careca prematura. Sim, cavalheiros, vocês têm diante de si, de brim azul e na miséria, o errante, exilado, pisoteado e sofredor, o legítimo Rei da França.

Bem, ele chorou e ficou tão desconsolado que eu e Jim a gente nem sabia o que fazer, tanta pena a gente sentia – e também alegria e orgulho de ter ele com a gente. Assim a gente se acomodou ao lado dele, como a gente tinha feito antes com o duque, e tentou consolar *ele*. Mas ele disse que não adiantava, só morrer e acabar com tudo podia fazer algum bem pra ele. Mas ele também disse que muitas vezes se sentia um pouco mais à vontade e melhor se as pessoas tratavam ele de acordo com os seus direitos, se faziam uma mesura dobrando um dos joelhos pra falar com ele, se sempre chamavam ele de "Vossa Majestade", serviam ele primeiro nas refeições e só se sentavam na sua presença depois de ele dar licença. Então Jim e eu a gente começou a chamar ele de majestade, a fazer isto, aquilo e mais aquilo pra ele, e ficando de pé até ele dizer que a gente podia sentar. Isto fez muito, muito bem pra ele, e então ele ficou alegre e à vontade. Mas o duque ficou meio amuado com ele e não parecia nem um pouco satisfeito com o rumo que as coisas iam tomando. Mesmo assim, o rei se mostrava muito amigo dele e dizia que o bisavô do duque e todos os outros duques de Bilgewater eram muito considerados pelo *seu* pai, e tinham permissão de vir ao palácio muitas vezes. Mas o duque continuou ofendido por um bom tempo, até o rei dizer dali a pouco:

– É muito provável que vamos ter que ficar juntos por um tempo danado de longo nesta balsa aqui, Bilgewater, então de que adianta ficar amuado? Só vai tornar as coisas mais desagradáveis. Não é culpa minha que não nasci um duque, não é culpa sua que você não nasceu um rei... então de que adianta se preocupar? Tira o maior proveito das coisas que aparecem na sua frente, digo eu... este é o meu lema. Não é ruim que a gente tenha chegado aqui... boia abundante e uma vida fácil... vamos, nos dê a sua mão, Duque, e vamos todos ser amigos.

O duque fez o que ele pedia, e Jim e eu a gente ficou bem alegres de ver a cena. Acabou com todo o constrangimento, e a gente se sentiu muito bem com isso, porque ia ser uma desgraça ter inimizades na balsa, pois o que a gente quer, acima de tudo, numa balsa, é todo mundo satisfeito, se sentindo justo e gentil com os outros.

Não levei muito tempo pra decidir que esses mentirosos não eram nem reis, nem duques, só farsantes e impostores de quinta categoria. Mas não disse nada, nem deixei claro o que eu achava. Guardei a minha opinião pra mim mesmo, é a melhor maneira, assim a gente não tem brigas, nem se mete em encrencas. Se eles queriam a gente chamando eles de reis e duques, eu não tinha nada contra, se era pra manter a paz na família; e não adiantava falar pro Jim, então não contei nada pra ele. Se não aprendi mais nada com papai, uma coisa fiquei sabendo, que a melhor maneira de lidar com esse tipo de gente é deixar eles fazerem o que bem quiserem.

## Capítulo 20

*Huck explica – Planejando uma campanha – Organizando a reunião campal – Namoro matreiro – Um pirata na reunião campal – O duque como tipógrafo – Jim procurado*

Eles nos fizeram muitas perguntas: queriam saber por que a gente cobria a balsa daquela maneira e por que ela ficava parada durante o dia em vez de navegar – Jim era um negro fugido? Eu falei:

– Santo Deus, um negro fugido ia seguir pro *Sul*?

Não, concordaram que não ia. Tinha que explicar as coisas de algum jeito, então falei:

– A minha família tava vivendo em Pike County, no Missouri, onde nasci, e todos morreram menos eu, papai e o meu irmão Ike. Papai, ele disse que ia abandonar a casa, partir pro Sul e morar com tio Ben, que tem um pequeno lugar insignificante na margem do rio, setenta quilômetros abaixo de Orleans. Papai era bem pobre e tinha umas dívidas, por isso quando ele pagou tudo não sobrou nada mais que dezesseis dólares e o nosso negro, Jim. Não era o suficiente pra nos levar por dois mil duzentos e cinquenta quilômetros, nem com passagem de convés, nem de outra maneira. Bem, quando o rio encheu, papai teve sorte certo dia e pegou essa balsa, então resolvemos ir até Orleans de balsa. A sorte de papai não durou: um barco a vapor passou por cima do canto da frente da balsa uma noite, e todo mundo se atirou no rio e mergulhou embaixo da roda. Jim e eu a gente voltou à tona sem problemas, mas o papai tava bêbado, e Ike tinha apenas quatro anos, eles nunca mais apareceram. Bem, nos dias seguintes a gente teve muitos problemas, porque vinham muitas pessoas em botes e tentavam tirar Jim de mim, dizendo que achavam que ele era um negro fugido. Agora a gente não navega mais durante o dia, porque de noite eles não nos incomodam.

O duque diz:

– Deixem-me em paz para decifrar um modo de podermos navegar durante o dia, se quisermos. Vou examinar toda a situação... vou inventar um plano que vai resolver tudo. Vamos deixar como está por hoje, porque, é claro, não queremos passar por aquela cidade mais além durante o dia... pode não fazer bem à saúde.

Perto da noite começou a escurecer e parecia que ia chover: o relâmpago jorrava por tudo, bem baixo no céu, e as folhas tavam começando a estremecer – ia ser bem feio o temporal, era fácil prever. Então o duque e o rei foram examinar a nossa barraca pra ver como eram as camas. A minha cama era um colchão de palha – melhor que a de Jim, que era um colchão de cascas de milho. Sempre tinha sabugos num colchão de cascas de milho, e eles fincavam o corpo e doía. E, quando a gente rolava em cima, as cascas secas faziam barulho como num monte de folhas mortas, faziam uma farfalhada tão forte que a gente acordava. Bem, o duque falou que ia ficar com a minha cama, mas o rei disse que não:

– Imaginei que a diferença de título fosse sugerir a Vossa Mercê que uma cama de cascas de milho não ia ser exatamente adequada para que eu nela dormisse. É Vossa Mercê quem vai ficar com a cama de cascas de milho.

Jim e eu a gente ficou ansiosos de novo, por um minuto, com medo de que ter alguma briga entre os dois. Por isso ficamos bem alegres quando o duque disse:

– É meu destino ser sempre esmagado no lamaçal pelo tacão de ferro da opressão. A desgraça quebrou o meu espírito outrora altivo. Eu me rendo, me submeto, é minha sorte. Estou sozinho no mundo... que eu sofra, posso aguentar.

A gente foi embora logo quando tava bem escuro. O rei nos disse pra ficar bem longe no meio do rio, sem mostrar nenhuma luz até a gente passar muito além da cidade. Dali a pouco a gente viu um pequeno aglomerado de luzes – era a cidade, sabe – e a gente passou deslizando, uns oitocentos metros ao largo, tudo bem. Quando a gente já tava um quilômetro e pouco mais abaixo, levantamos a nossa lanterna sinaleira, e por volta das dez horas começou a chover, a ventar, a trovejar e a relampejar como nunca. Aí o rei disse pra a gente ficar de vigia até o tempo melhorar, e ele e o duque se arrastaram pra barraca e se acomodaram pra noite. Era a minha vigia ali embaixo, até a meia-noite, mas eu não ia entrar na barraca mesmo, nem que tivesse uma cama, porque ninguém vê uma tempestade dessas todo santo dia, nem de longe. Meu Deus, como o vento uivava! E a cada um ou dois segundos aparecia um clarão que iluminava os picos brancos por uns oitocentos metros em volta, e dava pra ver as ilhas meio empoeiradas através da chuva e as árvores se sacudindo no vento. Aí vinha um *pac*! – bum! bum! bam-brum-bam-brum-bum-bum-bum-bum-bum – e o trovão ribombava e roncava até sumir – e depois *trac* e vinha outro clarão e outro golpe estrondoso. As ondas quase me empurravam pra fora da balsa às vezes, mas eu não tava com nenhuma roupa e não me importava. A gente não teve problemas com troncos submersos. Os raios eram tão brilhantes e a agitação por toda parte era tão constante que a gente podia ver os troncos bem antes e jogar a balsa prum lado ou pro outro sem bater neles.

Eu tinha a vigia do meio, sabe, mas já tava com muito sono naquela hora, por isso Jim disse que ia ficar a primeira metade no meu lugar. Ele era sempre muito bom desse jeito, se era. Eu me arrastei pra barraca, mas o rei e o duque tavam com as pernas tão espalhadas que não tinha lugar pra mim. Então me deitei lá fora – não me importava com a chuva, porque tava quente, e as ondas não eram tão altas agora. Por volta das duas horas, elas ficaram grandes de novo, e Jim ia me chamar, mas ele mudou de ideia porque achou que elas inda não tavam altas demais pra me causar algum dano. Só que ele tava errado, porque logo veio de repente uma onda enorme e me jogou pra fora da balsa. Jim quase morreu de tanto rir. Ele era o negro de riso mais fácil que já existiu.

Peguei a vigia, então Jim ele se deitou e começou a roncar. E dali a pouco a tempestade terminou de uma vez por todas. E quando apareceu a primeira luz de cabana, eu acordei Jim e a gente empurrou a balsa prum lugar escondido pra passar o dia.

O rei apareceu com um velho baralho sovado, depois do café da manhã, e ele e o duque jogaram cartas por um tempo, cinco centavos cada partida. Depois se cansaram e falaram que iam "planejar uma campanha", como diziam. O duque enfiou a mão na sua mala e pegou uma porção de pequenos cartazes impressos e leu um a um em voz alta. Um dizia "O célebre sr. Armand de Montalban, de Paris", ia dar "uma palestra sobre a Ciência da Frenologia" em tal e tal lugar, no dia em branco, dez centavos o ingresso, e ia "fornecer mapas do caráter a vinte e cinco centavos cada". O duque disse que era *ele*. Num outro cartaz, ele era o "trágico shaksperiano de renome mundial, Garrick o Jovem, de Drury Lane, Londres". Em outros cartazes, ele tinha uma porção de outros nomes e tinha feito outras coisas maravilhosas, como encontrar água e ouro com uma "varinha adivinhadora", "dissipar feitiços de bruxas", e assim por diante. Daí a pouco ele diz:

– Mas a musa histriônica é a preferida. Já pisou nos palcos, Realeza?

– Não – diz o rei.

– Pisará, então, em menos de três dias, ó Grandeza Caída – diz o duque. Na primeira boa cidade que encontrarmos, vamos alugar um salão e fazer a luta de espada de *Ricardo III* e a cena da sacada de *Romeu e Julieta*. Que lhe parece?

– Estou sempre disposto, até a medula, a qualquer coisa que dá dinheiro, Bilgewater, mas o caso é que não sei nada sobre atuar no palco e nunca vi grande coisa disso. Era pequeno demais quando papai tinha o costume de ver peças no palácio. Acha que pode me ensinar alguma coisa?

– Fácil!

– Tudo bem! Tô doido por alguma coisa nova, pra falar a verdade. Vamos começar imediatamente.

Então o duque contou pra ele tudo sobre quem era Romeu e quem era Julieta, e disse que tava acostumado a ser Romeu, por isso o rei podia ser Julieta.

– Mas se a Julieta é uma garota bem jovem, duque, a minha careca e as minhas suíças grisalhas vão parecer talvez muito incomuns nela.

– Não, não se preocupe... esses jecas nunca pensarão nisso. Além disso, sabe, você estará vestido a caráter, e isso faz toda a diferença do mundo. A Julieta está numa sacada, admirando o luar antes de ir pra cama, e ela está de camisola e touca de dormir preguedada. Aqui estão os figurinos para os papéis.

Ele tirou da mala dois ou três trajes de morim, que ele dizia serem a armadura medieval pra Ricardo III e o outro cara, e uma longa camisola de algodão branco com uma touca de dormir preguedada pra combinar. O rei tava satisfeito, então o duque tirou o seu livro e leu as falas dos papéis da maneira mais esplêndida e grandiloquente, saltitando e atuando ao mesmo tempo, pra mostrar como tinha que ser feito. Depois deu o livro pro rei e disse pra ele decorar a fala dele.

Tinha uma pequena cidade de pouca importância uns cinco quilômetros depois da curva, e depois do almoço o duque disse que tinha bolado como navegar durante o dia sem ser perigoso pro Jim, por isso declarou que ia descer até a cidade e arrumar esse plano. O rei declarou que ia junto pra ver se não podia conseguir alguma coisa. A gente tava sem café, então Jim disse que era melhor eu ir com eles na canoa pra pegar um pouco.

Quando a gente chegou lá, não tinha movimento nenhum, ruas vazias e perfeitamente mortas e paradas, como num domingo. A gente encontrou um negro doente tomando sol num quintal, e ele disse que todo mundo que não era jovem demais nem tava doente demais tinha ido pra reunião campal, a uns três quilômetros mata adentro. O rei pegou as indicações de como chegar no lugar e disse que ia explorar aquela reunião campal, mesmo sem saber se valia a pena, e que eu podia ir também.

O duque disse que ia procurar uma tipografia. A gente encontrou uma: um pequeno negócio, em cima de uma carpintaria – os carpinteiros e tipógrafos tinham todos ido pra reunião, e as portas não tavam trancadas. Era um lugar sujo, atulhado, e tinha marcas de tinta e panfletos com retratos de cavalos e negros fugidos em todas as paredes. O duque tirou o casaco e disse que tava tudo bem agora. Então eu e o rei partimos pra reunião campal.

Meia hora foi o que a gente demorou pra chegar lá, pingando bastante, pois tava um dia terrível de tão quente. Tinha até mil pessoas ali, de uns trinta quilômetros nos arredores. A mata tava cheia de parelhas e carroções, enganchados em qualquer lugar, os cavalos comendo nas gamelas das carroças e batendo as patas pra espantar as moscas. Tinha barracas feitas de estacas e cobertas com ramos, onde vendiam limonada e biscoito de gengibre, e pilhas de melancias, milho verde e coisas assim.

Os sermões tavam sendo pregados embaixo do mesmo tipo de barracas, só que elas eram maiores e abrigavam multidões. Os bancos eram feitos de pranchas da parte externa de toras, com buracos furados no lado redondo pra ter onde enfiar as varas que serviam como pés. Não tinham encosto. Os pregadores ficavam em plataformas altas numa ponta da barraca. As mulheres tavam com touca de sol, e algumas tinham vestidos rústicos de linho misturado com lã, outras tecidos riscadinhos, e umas poucas tavam de chita. Alguns dos jovens tavam descalços, e algumas das crianças tavam sem roupa, só com uma camisa de estopa de linho. Algumas das velhas tavam fazendo tricô, e alguns dos jovens tavam namorando às escondidas.

Na primeira barraca que a gente chegou perto, o pregador tava regendo um hino. Ele interpretava dois versos, todo mundo cantava, e era formidável escutar, tinha muita gente e eles cantavam de maneira emocionante, depois ele interpretava mais dois versos pra eles cantarem – e assim por diante. As pessoas se animavam cada vez mais e cantavam cada vez mais alto, e perto do final algumas começaram a gemer, e outras começaram a gritar. Então o pregador começou a pregar: começou sério e foi dando voltas primeiro prum lado da plataforma e depois pro outro, e se inclinando pra frente, com os braços e o corpo se movimentando o tempo todo, e gritando as palavras com toda força. E de vez em quando ele levantava a Bíblia e abria bem o livro, e meio que passava ele ao redor num lado e no outro, gritando: "É a serpente de bronze no descampado! Olhem pra ela e vivam!". E as pessoas gritavam: "Glória! A-a-*mém*!". Então ele continuava, e as pessoas gemendo, gritando e dizendo amém:

– Oh, venham pro banco dos lamentadores! Venham, negros de pecado! (*amém!*) Venham, doentes e feridos! (*amém!*) Venham, coxos e mancos e cegos! (*amém!*) Venham, pobres e necessitados, afundados na vergonha! (*a-a-mém!*) Venham todos os que estão gastos, sujos e sofrendo! Venham com o espírito alquebrado! Venham com o coração contrito! Venham nos seus farrapos, pecados e sujeira! As águas que limpam são grátis, a porta do céu permanece aberta... oh, entrem e descansem! (*a-a-mém! glória, glória, aleluia!*)

E assim por diante. Não dava mais pra entender o que o pregador dizia por causa dos gritos e do choro. As pessoas levantavam, em qualquer lugar na multidão, e abriam caminho, à força, pro banco dos lamentadores, com as lágrimas correndo pelo rosto. E quando todos os lamentadores chegavam aos bancos da frente na multidão, eles cantavam, gritavam e se atiravam na palha, loucos e arrebatados.

Bem, quando vi, o rei começou a participar, e dava pra escutar ele por cima de todo mundo, e depois ele foi arremetendo pra plataforma, e o pregador ele pediu ao rei pra falar com o povo, e ele falou. Disse a todos que era um pirata – tinha sido um pirata por trinta anos, lá fora no oceano Índico, e sua tripulação tinha diminuído muito na última primavera por causa de um combate, e ele tava em casa agora, pra pegar alguns homens novos, e graças a Deus ele tinha sido assaltado na noite passada, desembarcado de um barco a vapor sem um centavo, e ele tava contente com isso, a coisa mais abençoada que já aconteceu com ele, porque ele era um outro homem agora, e feliz pela primeira vez na vida. E pobre como era, ele ia partir imediatamente e tratar de voltar ao oceano Índico, e passar o resto da vida tentando levar os piratas pro caminho da verdade: pois ele podia fazer isso melhor que ninguém, conhecendo todas as tripulações piratas naquele oceano. E embora fosse custar a ele um longo tempo chegar lá sem dinheiro, ele ia chegar de qualquer maneira, e cada vez que ele convencia um pirata, ele ia dizer: "Não agradeça a mim, não mereço nenhum crédito, esse pertence ao querido povo da reunião campal em Pokeville, irmãos naturais e benfeitores da raça... e àquele caro pregador, o amigo mais verdadeiro que um pirata jamais teve!".

E aí ele explodiu em lágrimas, junto com todo mundo. Então alguém gritou: "Vamos arrecadar dinheiro pra ele, arrecadar dinheiro!". Bem, uns seis se jogaram pra fazer a coleta, mas alguém gritou: "Deixem *ele* passar o chapéu!". Aí todo mundo concordou, o pregador também.

Então o rei passou o chapéu por toda a multidão, esfregando os olhos, abençoando e elogiando as pessoas, e agradecendo por elas serem tão boas com os pobres piratas tão longe dali. E durante esse tempo, as garotas mais bonitas, com as lágrimas correndo pelo rosto, levantavam e pediam licença pra beijar o rei, pra lembrarem dele depois, e ele sempre dizia sim, e algumas delas ele abraçava e beijava até cinco ou seis vezes – e ele foi convidado pra ficar uma semana, e todo mundo queria ele morando na sua casa, e diziam que era uma honra, mas ele dizia que, como esse era o último dia da reunião campal, ele não podia fazer nada de bom e, além disso, tava louco pra chegar logo no oceano Índico e começar a pregar pros piratas.

Quando chegamos de volta na balsa e ele se pôs a contar, descobriu que tinha arrecadado oitenta e sete dólares e setenta e cinco centavos. E também tinha arrumado um jarro de três galões de uísque, que encontrou debaixo de uma carroça quando tava partindo pra casa pela mata. O rei disse que, tudo considerado, aquele dia batia qualquer outro que já tinha dedicado ao trabalho missionário. Disse que não tinha conversa, pagãos não valem nada perto de piratas pra usar numa reunião campal.

O duque tava pensando que *ele* é que tinha se dado bem, até que o rei começou a se exibir, aí ele já não achava que tava assim tão bem. Ele tinha montado e impresso dois pequenos trabalhos pruns fazendeiros naquela tipografia – cartazes de cavalos – e pegou o dinheiro, quatro dólares. E tinha conseguido dez dólares de propaganda pro jornal, que ele disse que deixaria por quatro dólares, se eles pagassem adiantado – então eles pagaram. O preço do jornal era dois dólares por ano, mas ele arrumou três assinaturas por meio dólar cada uma com a condição que eles pagassem adiantado; eles iam pagar em lenha e cebolas, como de costume, mas ele disse que tinha acabado de comprar o negócio e abaixado o preço até onde podia, e ia fazer a tipografia funcionar por dinheiro. Montou um pequeno poema, que ele próprio compôs, da sua cabeça – o nome era, "Sim, esmague, mundo cruel, este coração partido" – e deixou os versos todos montados e prontos pra ser impressos no papel e não cobrou nada por isso. Bem, ele arrumou nove dólares e meio, e disse que era dinheiro ganho por um dia de trabalho honesto.

Depois ele nos mostrou outro pequeno trabalho que tinha impresso e que não tinha cobrado, porque era pra nós. Tinha o retrato de um negro fugido, com uma trouxa presa numa vara sobre o ombro, e "recompensa de $ 200" escrito embaixo. O texto era todo sobre Jim e descrevia ele com todos os detalhes. Dizia que ele fugiu da plantação de

St. Jacques, sessenta e cinco quilômetros abaixo de Nova Orleans, no inverno passado, e que foi provavelmente pro norte, e quem o capturasse e enviasse de volta podia receber a recompensa e ter as despesas pagas.

– Agora – diz o duque –, depois desta noite podemos navegar durante o dia, se quisermos. Sempre que virmos alguém se aproximando, podemos amarrar as mãos e os pés de Jim com uma corda, colocar ele deitado na barraca e mostrar este cartaz, dizendo que capturamos ele rio acima e que não tínhamos dinheiro pra viajar num barco a vapor, assim compramos esta pequena balsa com o crédito de nossos amigos e tamos descendo o rio pra receber a recompensa. Algemas e correntes iam parecer ainda melhores em Jim, mas não iam combinar com a história da nossa pobreza. Iam ser como joias. Cordas são o correto... devemos preservar as unidades, como dizemos no palco.

Todo mundo disse que o duque era muito esperto, e não tinha mais problema navegar durante o dia. A gente calculou que podia navegar naquela noite os quilômetros suficientes pra sair do alcance do tumulto que a gente achava que o trabalho do duque na tipografia ia provocar naquela pequena cidade – depois a gente podia seguir adiante, se quisesse.

A gente ficou escondido e quieto, e só saiu ao largo quando já eram quase dez horas, aí a gente seguiu deslizando, bem longe da cidade, e só pendurou a lanterna depois que já a gente já tava fora da vista.

Quando Jim me chamou pra eu ficar de vigia às quatro da madrugada, ele disse:

– Huck, ocê acha que vamo encontrá mais algum rei nessa viagem?

– Não – falei –, acho que não.

– Então tá bem. Num me importo cum um ou dois rei, mas chega. Esse aí tá bêbado de caí, e o duque num é mió.

Descobri que Jim tinha tentado fazer o rei falar francês, ele queria escutar como é que soava essa língua, mas o rei disse que já tava neste país por muito tempo e tinha tido muitas encrencas, então ele tinha esquecido o francês.

## Capítulo 21

*Treino de espada – Solilóquio de Hamlet –*
*Vagabundearam pela cidade – Uma cidade preguiçosa –*
*O velho Boggs – A morte de Boggs*

O sol já tinha nascido, mas a gente continuou seguindo em frente e não amarrou a balsa. O rei e o duque apareceram dali a pouco, parecendo bem enferrujados, mas, depois que pularam na água e nadaram um pouco, isso deixou eles mais alegres. Depois do café da manhã o rei ele sentou num canto da balsa, tirou as botas e arregaçou a calça e deixou as pernas balançando na água pra ficar bem confortável, acendeu o cachimbo e começou a decorar o seu *Romeu e Julieta*. Quando já sabia bastante bem, ele e o duque começaram a treinar juntos. O duque teve que ensinar várias vezes como o rei devia dizer cada fala, e mandava ele suspirar, colocar a mão sobre o coração, e depois de um certo tempo disse que ele tinha feito tudo bastante bem, "só que", diz ele, "você não deve gritar *Romeu!* dessa maneira, como um touro... deve dizer o nome com um jeito suave, doentio e lânguido, assim... *R-o-o-meu!*, esta é a ideia, porque Julieta é uma menina querida, doce, uma simples criança, sabe, e ela não zurra como um burro".

Bem, depois eles apareceram com duas longas espadas que o duque tinha feito com ripas de carvalho e começaram a treinar a luta de espada – o duque dizia ser Ricardo III, e o jeito como eles atacavam a torto e direito e saltitavam pela balsa era uma festa pros olhos. Mas aí o rei tropeçou e caiu da balsa; em seguida eles descansaram e conversaram sobre todas as aventuras que tinham vivido em outros tempos ao longo do rio.

Depois do almoço, o duque disse:

– Bem, Capeto, vamos fazer um espetáculo de primeira classe, sabe, por isso acho que vamos acrescentar mais alguma coisinha. Queremos um pequeno número para atender os pedidos de bis.

– O que são esses bis, Bilgewater?

O duque explicou e disse:

– Vou atender os pedidos fazendo "a dança impetuosa da Alta Escócia" ou "a dança da charamela do marinheiro", e você... bem, deixe-me ver... oh, já sei... você pode fazer o solilóquio de Hamlet.

– O quê do Hamlet?

– O solilóquio de Hamlet, sabe, o trecho mais célebre de Shakespeare. Ah, é sublime, sublime! Sempre arrebata a casa. Não tenho a passagem no livro... só tenho um volume... mas acho que posso montar os versos de memória. Vou andar de um lado pro outro um minuto pra ver se consigo tirar as frases das abóbadas da recordação.

Assim ele começou a caminhar de um lado pro outro, pensando e armando uma carranca terrível de vez em quando, depois levantava as sobrancelhas, aí apertava a mão na testa, cambaleava pra trás e gemia, suspirava e deixava cair uma lágrima. Era uma beleza ficar olhando pra ele. Em pouco tempo, conseguiu os versos. Mandou a gente prestar atenção. Aí assumiu uma atitude muito nobre, com uma perna pra frente, os braços esticados bem pra cima, e a cabeça inclinada pra trás, olhando pro céu. E começou a esbravejar, vociferar e ranger os dentes e, depois disso, durante toda a fala, ele uivava, abria os braços, inchava o peito, e simplesmente colocou no chinelo toda e qualquer cena que eu tinha visto antes. Esta é a fala – eu aprendi as frases, bastante fácil, enquanto ele tava ensinando pro rei:

> Ser, ou não ser: esta é a adaga nua
> Que presta à calamidade uma vida tão longa,
> Pois quem ia carregar fardos, até a Floresta de Birnam
> [chegar a Dunsinane,
> Não fosse o medo de que alguma coisa depois da morte
> Assassina o sono inocente,
> O segundo curso da grande natureza,
> E antes nos faz atirar as setas da atroz fortuna
> Que voar para outras que não conhecemos.
> Este é o respeito que nos faz pausar:

Acorda Duncan com as tuas batidas! Queria que pudesses,
Pois quem ia suportar as chicotadas e zombarias do tempo,
A injustiça do opressor, a insolência do orgulhoso,
A lentidão da lei, e o fim que suas angústias podiam ter,
No descampado morto e no meio da noite, quando os adros
[bocejam
Em ternos costumeiros de solene preto,
Não fosse o país não descoberto, de cuja fronteira nenhum
[viajante retorna,
Que bafeja contágio sobre o mundo,
E assim o matiz natural da resolução, como o pobre gato
[no adágio,
Definha com os cuidados,
E todas as nuvens que baixaram sobre nossos telhados,
A esse respeito as suas correntes se desviam do curso,
E perdem o nome de ação.
É uma consumação a ser devotamente desejada. Mas calma,
[a bela Ofélia:
Não abre tuas pesadas e marmóreas fauces,
Mas corre para um convento-bordel – corre!²

Bem, o velho ele gostou desse discurso e logo aprendeu as palavras para poder recitar com toda a categoria. Parecia ter nascido para o palco e, quando se envolvia e ficava exci-

---

2. *To be, or not to be; that is the bare bodkin/ That makes calamity of so long life;/ For who would fardels bear, till Birnam Wood do come to Dunsinane./ But that the fear of something after death/ Murders the innocent sleep,/ Great nature's second course,/ And makes us rather sling the arrows of outrageous fortune/ Than fly to others that we know not of./ There's the respect must give us pause:/ Wake Duncan with thy knocking! I would thou couldst;/ For who would bear the whips and scorns of time,/ The oppressor's wrong, the proud man's contumely, / The law's delay, and the quietus which his pangs might take,/ In the dead waste and middle of the night, when churchyards yawn/ In customary suits of solemn black,/ But that the undiscovered country from whose bourne no traveler returns,/ Breathes forth contagion on the world,/ And thus the native hue of resolution, like the poor cat i' the adage,/ Is sicklied o'er with care,/ And all the clouds that lowered o'er our housetops,/ With this regard their currents turn awry,/ And lose the name of action./ 'Tis a consummation devoutly to be wished. But soft you, the fair Ophelia:/ Ope not thy ponderous and marble jaws,/ But get thee to a nunnery – go!"*

tado, era muito encantador o modo como esbravejava, fazia gestos impetuosos e empinava o corpo na hora de declamar.

Na primeira oportunidade que a gente teve, o duque ele mandou imprimir alguns cartazes do espetáculo. E depois disso, durante dois ou três dias enquanto a gente seguia flutuando, a balsa foi um lugar fora do comum de tão animado, pois só tinha lutas de espada e ensaios – como o duque chamava a ação – acontecendo o tempo todo. Numa das manhãs, quando a gente já tava bem dentro do estado de Arkansaw, avistamos uma cidadezinha insignificante numa grande curva do rio. Então a gente parou a um quilômetro e pouco mais acima do local, na foz de um riacho que lembrava um túnel todo fechado por ciprestes, e a gente, todo mundo menos Jim, pegou a canoa e desceu pra ver se tinha alguma chance naquele lugar pro nosso espetáculo.

A gente teve muita sorte, ia ter um circo ali naquela tarde, e o pessoal da região já tava começando a chegar com todos os tipos de carroça velha desengonçada e a cavalo. O circo ia embora antes da noite, então o nosso espetáculo ia ter uma boa chance. O duque ele alugou a sede do tribunal, e a gente saiu a colar cartazes. Diziam o seguinte:

Nova Apresentação Shakspiriana!
Maravilhosa Atração!
Apenas Uma Noite!
Os trágicos de renome mundial,
David Garrick o jovem, do Drury Lane Theatre, Londres,
e
Edmund Kean o velho, do Royal Haymarket Theatre, White Chapel, Pudding Lane, Piccadilly, Londres, e do Royal Continental Theatres, no seu sublime Espetáculo
Shakspiriano intitulado
A Cena da Sacada
de
Romeu e Julieta!!!

Romeu..........................................................................Sr. Garrick
Julieta............................................................................Sr. Kean

    Assessorados por toda a força da companhia!
  Novos figurinos, novos cenários, novas apresentações!
          E também
     A emocionante, magistral e aterrorizante
        Luta de Espada Larga
         De Ricardo III!!!
Ricardo III..................................................................Sr. Garrick
Richmond......................................................................Sr. Kean
          e também
      (atendendo a um pedido especial)
     O Imortal Solilóquio de Hamlet!!!
        Pelo Ilustre Kean!
 Apresentado por ele 300 noites consecutivas em Paris!
       Por Uma Noite Apenas,
  Por causa de compromissos europeus imperiosos!
  Ingresso 25 centavos, crianças e criados 10 centavos

  Depois saímos a vagabundear pela cidade. Os armazéns e as casas eram quase todos estruturas velhas e vacilantes que nunca tinham sido pintadas, construídas um metro ou um metro e vinte acima do terreno sobre estacas, pra ficarem fora do alcance da água quando o rio transbordava. As casas tinham pequenos jardins ao seu redor, mas não pareciam cultivar quase nada, só figueiras-do-inferno, girassóis, montes de cinzas, botas velhas e sapatos de bordas encrespadas, pedaços de garrafas, trapos e latas já sem uso. As cercas eram feitas de tipos diferentes de tábuas, pregados em épocas diferentes, e elas cediam de um lado e do outro, e tinham portões que em geral só mostravam um gonzo – de couro. Algumas das cercas tinham sido caiadas, algum tempo atrás, mas o duque disse que tinha sido no tempo de Colombo, com toda certeza. Era comum ter porcos no jardim, e pessoas enxotando os bichos.

  Todos os armazéns ficavam numa rua só. Tinham toldos brancos na frente, e as pessoas da região amarravam os cavalos nas suas estacas, e também dava pra ver caixas vazias de produtos secos embaixo dos toldos, e os vagabundos ali se empoleiravam o dia todo, aparando as caixas com as facas de mola e mascando tabaco, de boca aberta, bocejando e se espreguiçando – um bando muito vulgar. Usavam em geral chapéus de palha amarela quase tão largos quanto um guarda-chuva, mas não tinham casacos nem coletes, se chamavam de Bill, Buck, Hank, Joe e Andy, falavam devagar e arrastado, praguejando muito. Tinha sempre um vagabundo encostado em cada estaca, e ele quase sempre tinha as mãos enfiadas nos bolsos das calças, a não ser quando usava as mãos pra emprestar um pedaço de tabaco de mascar ou se coçar. O que alguém escutava entre eles o tempo todo era:

– Me dá um naco de tabaco, Hank.

– Não dá... só tenho um sobrando. Pede pro Bill.

Bill lhe passa talvez um naco de tabaco ou, quem sabe, mente e diz que não tem nenhum. Alguns desses vagabundos nunca têm um centavo no mundo, nem um naco de tabaco seu. Mascam tabaco tomando emprestado – dizem a um sujeito, "quero emprestado um naco de tabaco, Jack, neste minuto dei a Ben Thompson o último naco que eu tinha" –, o que é mentira, quase todas as vezes, não engana ninguém, só um estranho, mas Jack não é um estranho, então ele diz:

– Ah é, ocê deu um naco pra ele? A vó da gata da sua irmã também deu. Me devolve os nacos que já pegou emprestado de mim, Lafe Buckner, e eu te empresto uma ou duas toneladas de tabaco, e nem vou cobrar nada por isso mais tarde!

– Eu te *paguei* parte uma vez!

– Sim, pagou... uns seis nacos de tabaco. Tomou emprestado tabaco de armazém e pagou fumo de corda.

Tabaco de armazém é o naco de fumo preto e chato, mas esses sujeitos mascam mais fumo de corda. Quando tomam emprestado um naco de tabaco, em geral não cortam com uma faca, mas metem o naco entre os dentes, roem com os dentes e puxam com as mãos até partir o naco em dois – às vezes aquele que é o dono do tabaco olha triste pro pedaço que recebe de volta e diz, sarcástico:

– Olha aqui, me dá o *tabaco de mascar*, e ocê fica com o *fumo de corda*.

Todas as ruas e becos eram lama pura, nada mais, *só* lama – uma lama preta como piche, afundando quase trinta centímetros em alguns lugares e com cinco ou sete centímetros de fundura em *todos* os lugares. Os porcos vadiavam e grunhiam por ali, em tudo que era canto. A gente via uma porca enlameada e uma ninhada de porquinhos andando preguiçosos pela rua, e de repente ela se enrolava bem no meio do caminho, onde as pessoas tinham que dar um jeito de passar ao redor dela, e a porca se espreguiçava, fechava os olhos e abanava as orelhas enquanto os porquinhos mamavam, parecendo tão feliz como se tivesse empanturrada de aipo. E logo a gente ouvia um vagabundo gritar, "Ei! *Isso*, rapaz! Pega, Tigre!", e a porca saía correndo, guinchando de modo muito horrível, com um ou dois cachorros balançando em cada orelha, e mais três ou quatro dúzias avançando. E aí a gente via todos os vagabundos se levantarem e ficarem observando a cena até perder de vista, rindo da brincadeira e com um ar satisfeito pelo barulho. Depois eles se acomodavam de novo, até aparecer uma briga de cachorros. Não tinha nada pra animar eles e deixar todos muito felizes como uma briga de cachorros – a não ser derramar querosene num cão sem dono e atear fogo nele, ou atar uma lata no rabo pra ver o animal correr atrás do rabo até morrer.

Na frente do rio, algumas das casas saíam pra fora da margem, e elas tavam curvadas e inclinadas, prestes a tombar. As pessoas tinham se mudado. A margem tinha desmoronado embaixo do canto de outras, e esse canto tava suspenso no ar. As pessoas ainda viviam nelas, mas era perigoso, porque às vezes uma faixa de terra larga como uma casa cedia de uma vez só. Às vezes um cinturão de terra com quatrocentos metros de altura começava a ceder e ceder, até que tudo desmoronava no rio durante um único verão. Uma cidade como esta tem que tá sempre recuando, recuando e recuando, porque o rio tá sempre corroendo a terra.

Quanto mais perto do meio-dia, mais e mais denso ficava o movimento de carroças e cavalos nas ruas, e mais e mais gente chegava o tempo todo. Muitos tavam bebendo uísque, e vi três brigas. Dali a pouco alguém gritou:

– Lá vem o velho Boggs, chegando do campo pra sua bebedeira mensal... lá vem ele, rapazes!

Todos os vagabundos pareciam alegres – achei que tavam acostumados a fazer troça de Boggs. Um deles disse:

– Será que ele vai matar desta vez? Se matasse todos os homens que ele disse que ia matar nesses últimos vinte anos, já tinha uma baita de uma reputação.

Outro disse:

– Queria que o velho Boggs me ameaçasse, porque então eu ficava sabendo que não ia morrer nem em mil anos.

Boggs veio correndo no seu cavalo, berrando e gritando como um índio, e falou em voz alta:

– Pra fora da trilha, estou a caminho de uma discussão, e o preço dos caixões vai subir.

Ele tava bêbado, dando voltas na própria sela. Tinha mais que cinquenta anos e um rosto muito vermelho. Todo mundo gritava pra ele, ria dele e insultava ele, e ele respondia com insultos, e dizia que ia cuidar deles e matar um de cada vez, mas agora não podia esperar, porque tinha vindo pra cidade pra matar o velho coronel Sherburn, e o seu lema era, "Primeiro a carne, depois as papinhas pra completar".

Ele me vê, chega perto e diz:

– Donde ocê vem, menino? Tá preparado pra morrer?

Depois seguiu adiante. Eu fiquei assustado, mas um homem disse:

– Ele não tá falando sério... fala sempre assim, quando tá bêbado. É o velho tonto mais bondoso de Arkansaw... nunca fez mal a ninguém, nem bêbado nem sóbrio.

Boggs parou diante do maior armazém da cidade e abaixou a cabeça pra poder ver embaixo da cortina do toldo e aí gritou:

– Vem pra fora, Sherburn! Vem pra fora e enfrenta o homem que ocê trapaceou. Ocê é o cão que tô perseguindo, e vou pegar ocê!

E assim ele continuou, chamando Sherburn de tudo o que a sua língua podia enrolar, e toda a rua apinhada de gente escutando, rindo e passando pelo caminho. Dali a pouco um homem de ar orgulhoso de uns cinquenta e cinco anos – e ele era de longe o homem mais bem-vestido naquela cidade – sai do armazém, e a multidão recua de ambos os lados pra deixar ele passar. Ele diz pra Boggs, com muita calma e vagar... Ele diz:

– Tô cansado disso, mas vou aturar até uma hora. Até uma hora, presta atenção... nem um minuto mais. Se você abrir a boca contra mim apenas uma vez depois dessa hora, pode viajar pra bem longe que eu vou atrás e pego você.

Então ele se vira e entra no armazém. A multidão tava muito séria, ninguém se movia, e não estalavam mais risos. Boggs partiu cobrindo Sherburn de palavrões aos berros por toda a rua, mas logo retornou e parou diante do armazém, ainda praguejando. Alguns homens se reuniram ao redor dele e tentaram calar Boggs, mas ele não queria. Disseram a ele que dali uns quinze minutos ia bater uma hora e então ele *devia* ir pra casa – devia ir sem demora. Mas não adiantou. Ele continuava praguejando, com todas as suas forças, e jogou o chapéu na lama e passou por cima com o cavalo, e logo voltou a descer a rua enfurecido, com o cabelo grisalho voando. Todo mundo que tinha uma chance de chegar perto dele fazia o que podia pra convencer Boggs a descer do cavalo, pois assim podiam cercar ele e acalmar o seu ânimo. Mas não adiantava – ele subia de novo a rua a toda e voltava a rogar praga contra Sherburn. Dali a pouco alguém diz:

– Vão buscar a filha dele! Rápido, tratem de buscar a filha, às vezes ele escuta a filha. Se alguém pode convencer Boggs, é ela.

Então alguém começou a correr. Desci a rua um pouco e parei. Dentro de cinco ou dez minutos, ali vem Boggs de novo – mas não a cavalo. Vinha cambaleando pela rua na minha direção, sem chapéu, com um amigo em cada lado segurando seus braços e apressando o seu passo. Ele tava quieto e parecia constrangido, e não tava fazendo força pra trás, ele próprio procurava se apressar. Alguém gritou:

– Boggs!

Olhei naquela direção pra ver quem tinha falado, e era aquele coronel Sherburn. Ele tava de pé totalmente parado na rua e tinha uma pistola levantada na mão direita – não tava mirando nada e segurava a arma com o cano virado pro céu. No mesmo segundo vejo uma moça chegar correndo e dois homens com ela. Boggs e os homens se viraram, pra ver quem tinha chamado o velho, e quando enxergarem a pistola, os homens pularam prum lado, e o cano da pistola desceu lento e firme pruma certa altura – os dois canos engatilhados. Boggs atirou pra cima as duas mãos e disse: "Oh céus, não atira!". Bang! Soa o primeiro tiro, e ele cambaleia pra trás agarrando o ar... Bang! Soa o segundo tiro, e ele cai pra trás no chão, pesado e sólido, com os braços abertos. Aquela jovem grita e vem correndo, e se atira sobre o pai, chorando e dizendo: "Oh, ele matou meu pai, ele matou meu pai!". A multidão se fechou ao redor deles, se apertando, uns empurrando os outros com os ombros, os pescoços esticados, tentando ver, e as pessoas lá dentro tentando empurrar eles pra trás, gritando: "Pra trás, pra trás, ele precisa de ar!".

O coronel Sherburn ele atirou a pistola no chão, se virou e saiu caminhando.

Levaram Boggs pruma pequena farmácia, a multidão ainda pressionando em volta, e toda a cidade seguindo, e eu corri e arrumei um bom lugar na janela, onde tava perto dele e podia ver lá dentro. Eles deitaram Boggs no chão e colocaram uma grande Bíblia embaixo da sua cabeça, e abriram outra e espalharam o livro sobre o seu peito – mas antes rasgaram a sua camisa, e vi onde uma das balas tinha entrado. Ele deu umas doze arfadas bem longas, o peito levantando a Bíblia quando aspirava o ar, e deixando o livro cair quando expirava – e depois disso ficou quieto, tava morto. Então arrancaram a filha de perto dele, gritando e chorando, e levaram ela embora. Ela tinha uns dezesseis anos, um ar doce e gentil, mas tava muito pálida e assustada.

Bem, em pouco tempo toda a cidade tava ali, se contorcendo, se acotovelando, empurrando e fazendo pressão pra chegar na janela e dar uma olhada, mas as pessoas que tinham os melhores lugares não queriam abrir mão da sua posição, e os que tavam atrás delas diziam o tempo todo: "Ora, vamos, ocês já olharam bastante, num é direito e num é justo ficar aí o tempo todo, e não dar chance pra ninguém, os outros têm tanto direito quanto ocês".

Saía muito xingamento em resposta, então escapuli pensando que talvez ia dar encrenca. As ruas tavam cheias, e todo mundo tava algariado. Todos os que viram o tiroteio tavam contando como aconteceu, e tinha uma grande multidão apinhada ao redor de cada um desses sujeitos, esticando os pescoços e escutando. Um homem alto e magricela, de cabelo comprido, com um grande chapéu cano de chaminé de pele branca na parte de trás da cabeça e uma bengala de punho recurvado, marcava no chão o lugar onde tava Boggs e onde tava Sherburn, e as pessoas seguiam ele de um lugar pro outro, observando tudo o que ele fazia, balançando a cabeça pra mostrar que entendiam, se inclinando um pouco e apoiando as mãos nas coxas pra ver ele marcando os lugares no chão com a sua bengala. E aí ele se endireitou e ficou imóvel onde Sherburn tinha parado, franziu as sobrancelhas e puxou a aba do chapéu sobre os olhos e falou alto "Boggs!". E depois baixou a bengala bem lenta até uma altura mortal, disse "Bang!" e cambaleou pra trás, disse "Bang!" de novo e caiu de costas no chão. As pessoas que tinham visto a cena disseram que ele fez tudo perfeito, disseram que foi exatamente assim que aconteceu. Então umas doze pessoas vieram com as suas garrafas e serviram o sujeito.

Dali a pouco alguém disse que Sherburn devia ser linchado. Num minuto, todo mundo tava falando a mesma coisa. Assim se mandaram, loucos e gritando, agarrando todo pedaço de pano que encontravam pra fazer o enforcamento.

# Capítulo 22

*Sherburn – Assistindo ao circo – Embriaguez no picadeiro – A emocionante tragédia*

Eles apinhavam a rua seguindo pra casa de Sherburn, fazendo algazarra, berrando e vociferando que nem índios, e todo mundo tinha que dar passagem pra não ser atropelado e pisoteado até virar mingau, era horrível de ver. As crianças iam na frente da multidão, gritando e tentando sair do caminho, e todas as janelas da rua tavam cheias de cabeças de mulheres, e tinha meninos negros em cada árvore, e negros e criadas olhando por cima de toda cerca, e, quando a multidão chegava quase ao lado deles, saíam correndo e estragando tudo pela frente até ficarem fora do alcance. Muitas mulheres e meninas choravam, agitadas, quase mortas de medo.

Aglomeraram-se na frente da cerca de estacas de Sherburn, se apertando tanto quanto podiam, e não dava nem pra gente escutar o nosso próprio pensamento, tamanho era o barulho. Era um pátio pequeno de seis metros. Alguém gritou: "Abaixo com a cerca! Abaixo com a cerca!". Aí teve uma algazarra de gente se agitando com violência, rasgando e esmagando tudo, e abaixo vem a cerca, e a linha de frente da multidão começa a entrar rolando como uma onda.

Bem neste minuto Sherburn aparece em cima do telhado de sua pequena varanda da frente, com uma espingarda de dois canos na mão, e toma a sua posição perfeitamente calmo e deliberado, sem dizer nada. A algazarra parou, e a onda recuou.

Sherburn não dizia nada – só ficou ali, olhando pra baixo. A imobilidade dava calafrio e era angustiante. Sherburn correu o olhar devagar pela multidão; onde parava, as pessoas faziam uma pequena tentativa de devolver o olhar insistente, mas não conseguiam, baixavam os olhos e olhavam de esguelha. Aí, pouco depois, Sherburn meio que riu, não um riso agradável, mas o riso que a gente dá quando tá comendo pão com areia dentro.

Então ele diz devagar e com um tom de menosprezo:
– Essa ideia de *vocês* lincharem alguém é divertida. A ideia de vocês acharem que têm coragem pra linchar um *homem*! Só porque são valentes pra cobrir de piche e penas umas pobres mulheres párias e desamparadas que aparecem por aqui, acham que têm força pra pôr as mãos num *homem*? Ora, um *homem* tá seguro nas mãos de dez mil da laia de vocês... desde que seja de dia e que vocês não ataquem por trás.

"Eu não conheço vocês? Ora, conheço vocês por dentro e por fora. Nasci e fui criado no Sul, e já vivi no Norte, por isso conheço o homem comum por toda parte. O homem comum é covarde. No Norte, ele se deixa pisotear por qualquer um que tenha vontade de passar por cima dele e vai pra casa e reza pedindo um espírito humilde pra suportar o insulto. No Sul, um homem, sozinho, deteve uma diligência cheia de homens, à luz do dia, e assaltou todo mundo. Os seus jornais tanto falam que vocês são um povo valente, que vocês acham que são mais valentes que qualquer outro povo... mas vocês são apenas tão valentes quanto. Por que os seus júris não enforcam os assassinos? Porque têm medo de serem mortos com tiros pelas costas disparados pelos amigos do cara no escuro... exatamente o que eles próprios *fariam*.

"Então eles sempre absolvem, e aí um *homem* sai de noite, com cem covardes mascarados na retaguarda, e lincha o patife. O erro de vocês é que vocês não trouxeram um homem junto. Este é um erro, e o outro é que vocês não vieram no escuro, nem arrumaram máscaras. Vocês trouxeram *meio* homem... Buck Harness, ali... e se não tivessem ele pra incitar vocês, ora, vocês teriam extravasado a fúria assobiando.

"Vocês não queriam vir. O homem comum não gosta de encrenca e perigo. *Vocês* não gostam de encrenca e perigo. Mas se *meio* homem que seja... como Buck Harness, ali... grita 'Lincha o cara, lincha o cara!', vocês ficam com medo de recuar, com medo de todos descobrirem o que vocês são... uns *covardes*... e assim soltam um berro e agarram-se no rabo da casaca daquele meio homem e vêm vociferar aqui, praguejando e prometendo as grandes coisas que vocês vão fazer. A coisa mais desprezível é uma turba, é o que é um exército... uma turba. Eles não lutam com a coragem que nasce dentro deles, mas com a coragem que tomam emprestado da sua massa e de seus oficiais. Mas uma turba sem nenhum *homem* à frente está *abaixo* do desprezível. Agora, o que *vocês* devem fazer é pôr o rabo entre as pernas, ir pra casa e se meter num buraco. Se qualquer linchamento real acontecer, vai ser no escuro, à maneira do Sul. Quando vierem, eles vão trazer máscaras e arrumar um *homem* pra vir junto. Agora *tratem de ir embora...* e levem o seu meio homem com vocês" – e ele ergue a espingarda sobre o braço esquerdo e engatilha a arma, ao dizer essas palavras.

A multidão foi arrastada pra trás de repente, e então se despedaçou e saiu correndo pra todos os lados, e Buck Harness ele se mandou no encalço dos outros, com um ar bastante ordinário. Eu podia ter ficado, se quisesse, mas eu não queria.

Fui pro circo e andei a esmo pelos fundos até o vigia passar por mim, então mergulhei embaixo da tenda. Eu tinha a minha moeda de ouro de vinte dólares e uns outros trocados, mas achei melhor poupar, porque nunca se sabe quando a gente vai precisar da prata, longe de casa e entre estranhos. Nunca é demais tomar cuidado. Não sou contra gastar dinheiro em circos, quando não tem nenhum outro jeito, mas não tem sentido *jogar dinheiro fora* em circos.

Era um circo de primeira. A cena mais esplêndida já vista, quando todos entram a cavalo, dois a dois, um cavalheiro e uma dama, lado a lado, os homens só de ceroulas e camisetas, sem sapatos nem estribos, e com as mãos sobre as coxas, tranquilos e à vontade – deviam ser uns vinte – e todas as damas com uma tez encantadora, incomparavelmente bela, parecendo um bando de rainhas por certo verdadeiras, vestidas com roupas que custam milhões de dólares e cobertas de diamantes. Era uma visão tremendamente bela, nunca vi nada tão lindo. Então um a um eles se levantaram e ficaram de pé sobre os cavalos e avançaram dando voltas no picadeiro de um modo muito gentil, ondulante e gracioso, os homens parecendo sempre altos, etéreos e eretos, com as cabeças balançando e deslizando lá no alto embaixo da cobertura da tenda, e os vestidos de pregas rosa de todas as damas esvoaçando suave e sedoso ao redor das ancas, e elas parecendo o mais encantador guarda-sol.

E aí correram mais rápido e mais rápido, todos dançando, primeiro um pé estendido no ar e depois o outro, os cavalos se inclinando mais e mais, e o diretor do circo girando e girando em torno do poste central, estalando o chicote e gritando "Ei! – ei!", e o palhaço fazendo graça atrás dele. E dali a pouco todas as mãos deixaram cair as rédeas, e todas as damas colocaram os nós dos dedos nas ancas e todos os cavalheiros dobraram os braços, e aí os cavalos se inclinaram e corcovearam! E assim, um após o outro, todos pularam para o picadeiro e fizeram a mesura mais gentil que já vi, e depois saíram correndo, e todo o mundo aplaudiu, enlouquecido.

Durante todo o espetáculo eles fizeram as coisas mais espantosas, e o tempo todo aquele palhaço continuou a fazer brincadeiras, quase matando todo mundo de tanto rir. O diretor do circo não podia dizer nada pra ele que ele já revidava, rápido como uma piscadela, falando as coisas mais engraçadas que alguém já disse. E como é que ele *conseguia* pensar em tantas coisas assim, e tão de repente e tudo tão engatilhado, era uma coisa que eu não podia entender. Ora, eu não ia conseguir pensar nessas coisas nem em um ano. E dali a pouco um bêbado tentou entrar no picadeiro – disse que queria andar num dos cavalos, disse que podia montar tão bem quanto qualquer um. Eles discutiram e tentaram manter o cara fora do círculo, mas ele não queria obedecer, e todo o espetáculo ficou em suspenso. Aí o povo começou a gritar e troçar dele, e com isso ele ficou zangado, e começou a avançar e a correr desenfreadamente. Assim ele agitou todo mundo, e muitos homens começaram a descer dos bancos e invadir o espaço perto do picadeiro, dizendo: "Derrubem ele! Fora com ele!", e uma ou duas mulheres começaram a gritar. Aí o diretor do circo ele fez um pequeno discurso e disse que esperava não ter nenhum incômodo e, se o homem prometesse que não ia criar mais encrenca, ele ia deixar que montasse num cavalo, se ele achava que podia ficar em cima de um cavalo. Aí todo mundo riu e disse tudo bem, e o homem montou num cavalo. Assim que ele subiu, o cavalo começou a se agitar, a pular e corcovear, com dois homens do circo dependurados no freio tentando segurar o bicho, e o bêbado agarrado no pescoço com as canelas voando no ar a cada pulo, e toda a multidão de pé gritando e rindo até as lágrimas rolarem pelo rosto. E por fim, certamente, apesar de tudo o que os homens do circo fizeram, o cavalo se soltou, e saiu correndo como o próprio diabo, girando e girando ao redor do picadeiro, com aquele bêbado deitado sobre ele e agarrado no seu pescoço, primeiro com uma perna quase tocando o chão de um lado, e depois a outra no outro lado, e o povo simplesmente louco. Mas agora eu já não tava achando engraçado, eu tava tremendo de ver o perigo do cara. Mas em pouco tempo ele lutou pra sentar de pernas abertas em cima do cavalo e agarrou o freio, girando prum lado e pro outro, e logo deu um pulo pra cima, deixou cair o freio e ficou de pé! E o cavalo na disparada, como se a casa tivesse em chamas. Ele só ficou ali de pé, cavalgando em torno do picadeiro tão à vontade e confortável como se nunca tivesse se embebedado na vida – e aí começou a arrancar as roupas e atirar as peças por toda parte. Ele tirava roupas tão grossas que elas meio que atravancavam o ar, e ao todo ele tirou sete ternos. E depois, ali tava ele, esbelto e bonito, e vestido do jeito mais vistoso e belo já visto, e ele animou o cavalo com o chicote e fez o bicho se mexer bastante – e finalmente pulou pro chão, se inclinou e saiu dançando pro camarim, com todo mundo uivando de prazer e espanto.

Aí o diretor do circo ele viu que tinha sido enganado, e *era* o diretor de circo mais desgostoso que já se viu, acho eu. Ora, era um de seus próprios homens! Ele tinha inventado aquela brincadeira sozinho e não contou pra ninguém. Eu me senti bem envergonhado por ter sido logrado, mas não queria estar no lugar daquele diretor de circo, nem por mil dólares. Não sei, pode ter circos mais excelentes que aquele, mas ainda não encontrei nenhum. De todo jeito, era bom o bastante pra *mim* e, quando encontrar esse circo de novo, ele pode ficar com *toda* a minha prata, todas as vezes.

Bem, naquela noite a gente teve o *nosso* espetáculo, mas apareceram só umas doze pessoas, só o suficiente pra pagar as despesas. E elas riram o tempo todo, o que deixou o duque zangado. E, de qualquer maneira, todo mundo saiu antes do fim do espetáculo, menos um menino que tava dormindo. Então o duque disse que esses imbecis de Arkansaw não podiam entender Shakespeare, o que eles queriam era baixa comédia – e talvez algo ainda pior do que baixa comédia, ele achava. Disse que podia satisfazer o estilo deles. Na manhã seguinte, ele pegou umas folhas grandes de papel de embrulho e um pouco de tinta preta e traçou uns panfletos e colou as folhas por toda a vila. As folhas diziam:

NA SEDE DO TRIBUNAL
Apenas por três noites!
*Os Trágicos de Renome Mundial*
DAVID GARRICK O JOVEM!
e
EDMUND KEAN O VELHO!
*Dos Teatros*
*Continental e de Londres,*
Na sua Tragédia Emocionante de
A GIRAFA DO REI
ou
UMA REALEZA SEM IGUAL!!!
*Ingresso 50 centavos.*

Depois embaixo tava a maior linha de todas, que dizia:

DAMAS E CRIANÇAS NÃO ENTRAM

– Pronto – diz o duque –, se essa frase não atrair esses estúpidos, então não conheço Arkansaw!

## Capítulo 23

*Tapeados – Comparações reais – Jim sente
saudades de casa*

Bem, o dia todo ele e o rei trabalharam duro, armando um palco, uma cortina e uma fileira de velas que iam servir como luzes da ribalta. E naquela noite a casa ficou lotada de homens num piscar de olhos. Quando já não cabia mais ninguém no lugar, o duque ele deixou de cuidar da porta de entrada, deu a volta pelos fundos, subiu no palco e ficou de pé diante da cortina, e ali fez um pequeno discurso elogiando a tragédia e afirmando que era a mais emocionante de todos os tempos. Então ele continuou cantando as glórias da tragédia e de Edmund Kean o Velho, que ia representar o papel principal, e por fim, quando tinha aguçado bastante as expectativas de todo mundo, ele enrolou a cortina pra cima, e no minuto seguinte entra o rei cabriolando de quatro, todo nu. E ele tava pintado, com anéis, listas e riscas de tudo quanto é cor, esplêndido como um arco-íris. E... mas melhor esquecer o resto da parafernália dele, era tudo simplesmente louco, mas muito, muito engraçado. As pessoas quase morriam de tanto rir e, quando o rei acabou as cabriolas e saiu cabriolando de cena, todos berraram, bateram palmas, vociferaram e deram gargalhadas até ele voltar e fazer tudo de novo, e depois disso eles obrigaram o rei a fazer tudo mais uma vez. Bem, até uma vaca ia se dobrar de rir com as brincadeiras que o velho idiota aprontava.

Então o duque ele deixa cair a cortina, faz uma mesura pro público e diz que a grande tragédia será representada só mais duas noites, por causa de compromissos prementes em Londres, onde todos os lugares já tão vendidos em Drury Lane, e aí ele faz outra mesura e diz que, se conseguiu agradar a todos e instruir a distinta plateia, ficará profundamente agradecido se eles falarem da tragédia pros amigos e convencerem eles a ver o espetáculo.

Vinte pessoas falam alto:

– O quê, já terminou? É *só* isso?

O duque diz "sim". Aí o entrevero foi grande. Todo mundo grita "tapeados!", se levanta zangado e avança pro palco pra pegar os atores trágicos. Mas um homem grande e bem apessoado pula sobre um banco e grita:

– Esperem! Apenas uma palavra, cavalheiros. – Todo mundo parou pra escutar. – Fomos tapeados... muito bem tapeados. Mas não queremos ser o alvo de chacota de toda esta cidade, imagino, nem ter que escutar essa história durante o resto da nossa vida. *Não*. O que queremos é sair daqui bem quietos, elogiando o espetáculo, e tapear o *resto* da cidade! Aí vamos estar todos no mesmo barco. Não faz sentido? ("É claro que faz! – o juiz tá certo", grita todo mundo.) Tudo bem então... nem uma palavra sobre a tapeação. Vão pra casa e digam pra todo mundo vir aqui ver a tragédia.

No dia seguinte, não se ouvia nada naquela cidade a não ser que o espetáculo era maravilhoso. A casa ficou lotada de novo naquela noite, e a gente tapeou a multidão do mesmo jeito. Quando eu, o rei e o duque chegamos de volta na balsa, todo mundo jantou, e dali a pouco, pela meia-noite, eles mandaram a gente, Jim e eu, levar a balsa pra longe da margem e deixar ela flutuar pelo meio do rio e depois pegar e esconder a balsa uns três quilômetros abaixo da cidade.

Na terceira noite, a casa ficou apinhada mais uma vez – e não eram novos espectadores dessa vez, mas gente que tava no espetáculo das outras duas noites. Fiquei ao lado do duque, perto da porta, e vi que todo homem que entrava tinha os bolsos volumosos, ou algo escondido embaixo do casaco – e vi que também não era perfumaria, de jeito nenhum. Senti o cheiro de muitos ovos podres e repolhos estragados, coisas assim, e se conheço os sinais de um gato morto por perto, e podem crer que conheço, entraram na sala uns sessenta e quatro homens. Entrei ali por um minuto, mas eram muitos pra mim, não dava pra aguentar o cheiro. Bem, quando já não cabia mais gente no lugar, o duque ele deu uma moeda de vinte e cinco centavos prum sujeito e disse pra ele cuidar da porta por um minuto e deu a volta pra chegar na porta do palco, comigo atrás dele. Mas assim que a gente virou a esquina e tava escuro, ele disse:

– Caminha rápido, agora, até a gente passar das casas e aí corre pra balsa como se o diabo tivesse atrás de você!

Fiz o que ele mandou, e ele fez o mesmo. A gente chegou na balsa ao mesmo tempo e, em menos de dois segundos, a gente já tava deslizando com a corrente, tudo escuro e quieto, e avançando pro meio do rio, sem ninguém dizer nenhuma palavra. Imaginei que o pobre rei tava tendo uma encrenca e tanto com a plateia, mas nada disso – não demora ele sai se arrastando lá de baixo da barraca e diz:

– Bem, como é que foi a velha história dessa vez, duque?

Ele nem tinha ido pra cidade.

A gente não mostrou nenhum sinal luminoso até descer uns dezesseis quilômetros depois daquela vila. Aí a gente acendeu uma luz e jantou, e o rei e o duque riam a mais não poder, até chacoalhar os ossos, do jeito como tinham enganado as pessoas. O duque disse:

– Patetas, idiotas! Eu sabia que a primeira plateia ia ficar calada e deixar o resto da cidade ser tapeada, e eu sabia que eles iam armar um ataque contra nós na terceira noite, considerando que era a vez *deles* agora. Eu queria saber como é que tão aproveitando a oportunidade. Podem transformar a ocasião num piquenique, se quiserem... trouxeram muitas provisões.

Aqueles patifes arrecadaram quatrocentos e sessenta e cinco dólares naquelas três noites. Eu nunca tinha visto dinheiro ser recolhido assim às carroçadas.

Dali a pouco, quando eles tavam dormindo e roncando, Jim diz:

– Num te espanta os modo escandaloso desse rei, Huck?

– Não – digo –, não me espanta.

– Por que não, Huck?

– Bem, não me espanta, porque isso tá na linhagem dele. Acho que todos são assim.

– Mas, Huck, esses nossos rei são uns patife, é o que são, uns patife.

– Bem, é o que tô dizendo, os reis são quase todos patifes, é a minha conclusão.

– Jura?

– Se ocê um dia ler sobre eles... vai entender. Olha Henrique Oitavo, esse nosso rei é um Supervisor de Escola Dominical perto d*ele*. E olha Carlos Segundo e Luís Quatorze e Luís Quinze e James Segundo e Eduardo Segundo e Ricardo Terceiro e quarenta mais, além de todos aqueles da heptarquia saxônica que viviam atacando nos tempos antigos e armando um tumulto danado. Céus, ocê devia ver o velho Henrique Oitavo na flor da idade. Ele *era* uma flor. Tinha a mania de casar com uma nova mulher todo dia e cortar a cabeça dela na manhã seguinte. E ele fazia isto com tanta indiferença como se mandasse trazer ovos. "Tragam Nell Gwynn", ele diz. Eles trazem Nell. Na manhã seguinte, "Cortem a cabeça dela!". E eles cortam a cabeça. "Busquem Jane Shore", diz ele, e ela aparece. Na manhã seguinte, "Cortem a cabeça dela!", e eles decapitam Jane. "Chamem a Bela Rosamun." A Bela Rosamun atende o chamado. Na manhã seguinte, "Cortem a cabeça dela!". E ele fazia cada uma lhe contar uma história toda noite, e continuou com isso até conseguir juntar mil e uma histórias desse jeito, e aí ele colocou todas num livro e deu o título de Livro do Juízo Final... que era um bom nome e dava conta do caso. Ocê não conhece os reis, Jim, mas eu conheço eles, esse nosso velho devasso é um dos mais limpos que já encontrei na história. Olha, Henrique inventa de querer encrenca com este país. O que é que ele faz? Avisa a gente da terra? Dá uma oportunidade pro país? Não. De repente despeja todo o chá nas águas do porto de Boston, destrói uma declaração de independência e desafia os caras a atacar. Era assim o estilo *dele*... nunca dava uma chance pra ninguém. Ele suspeitava do pai, o duque de Wellington. Bem, o que foi que ele fez? Pediu pro pai aparecer pra lutar? Não... afogou o velho numa barrica de malvasia, que nem um gato. Se as pessoas deixavam dinheiro por ali onde ele tava... sabe o que ele fazia? Pegava o dinheiro. E se era contratado pra fazer alguma coisa, e ocê pagava ele, mas não ficava por ali pra ver se ele tinha feito a tarefa... o que é que ele fazia? Ele sempre fazia uma outra coisa. E se abria a boca... o que acontecia? Se não fechava a boca bem rápido, já saía mais uma mentira, todas as vezes. Esse é o verme que Henrique foi, e, se a gente tivesse ele aqui em vez dos nossos reis, ele ia enganar aquela cidade dum jeito muito pior que os nossos. Não quero dizer que os nossos são carneirinhos, porque não são, quando a gente pensa nos fatos reais, mas eles não são nada comparados com *aquele* velho bode. O que quero dizer é que rei é rei, e a gente tem que dar um certo desconto. Se a gente pensa neles todos, são um bando bem vulgar. É o jeito como são criados.

– Mas esse *fede* como o diabo, Huck.

– Ah, todos fedem, Jim. *Não* dá pra evitar o fedor de um rei, a história não dá nenhuma dica.

– Agora o duque, ele é um hômi menos estragado, de alguma maneira.

– Sim, um duque é diferente. Mas não muito diferente. Esse é um sujeito meio duro prum duque. Quando tá bêbado, não tem míope que não pense que ele é um rei.

– Bem, de todo jeito, num quero sabê de mais ninhum deles, Huck. Esses já são o que eu consigo guentá.

– Eu sinto o mesmo, Jim. Mas agora tamos com eles nas nossas mãos; a gente tem que lembrar o que eles são e dar um desconto. Às vezes queria ouvir falar de um país sem reis.

De que adiantava contar pra Jim que aqueles não eram reis e duques de verdade? Não ia resolver nada, e além do mais era exatamente como eu tinha dito, não dava pra diferenciar eles do tipo de verdade.

Fui dormir, e Jim não me chamou quando era a hora da minha vigia. Ele muitas vezes fazia isso. Quando acordei, bem na hora do amanhecer, ele tava sentado ali com a cabeça baixa entre os joelhos, gemendo e chorando pra si mesmo. Não dei atenção, nem deixei ele perceber que eu sabia o que era. Ele tava pensando na mulher e nos filhos, lá bem longe, e ele tava abatido e com saudades de casa, porque nunca tinha saído de casa antes na vida, e acho que ele gostava tanto do pessoal dele quanto os brancos gostam dos seus. Não parece natural, mas acho que é assim. Muitas vezes ele gemia e chorava desse jeito de noite, quando achava que eu tava dormindo, e dizia, "Lizabeth, pobrezinha! Johnny, pobrezinho! É muitu duro, num espero vê ocês mais, nunca mais!". Ele era um negro muito bom, o Jim.

Mas desta vez dei um jeito de começar a falar com ele sobre a mulher e os pequenos. Daí a pouco, ele diz:

– O que me feiz me senti tão mal dessa veiz é que escutei um baruio mais longe na margem como um golpe ou uma batida, faiz um tempo, e me lembrei da veiz que tratei a minha pequena Lizabeth tão mal. Ela tinha só uns quatro anos, e ela pegô escarlatina, e tinha um feitiço ruim muito forte, mas ela ficô boa, e um dia ela tava andano por ali e eu digo pra ela, digo: "Fecha a porta". Ela num fechô, só ficô ali, meio sorrino pra mim. Fiquei brabo e digo de novo, bem alto, digo: "Num tá escutando? Fecha a porta!". Ela só ficô ali do mesmo jeito, meio sorrino. Eu tava ferveno! Falei: "Vô *fazê* ocê escutá!". E com isso dei um tapa no lado da cabeça dela que feiz ela se estatelá. Aí fui no otro quarto e fiquei por lá uns deiz minuto, e quando eu volto, lá tava aquela porta inda aberta, e aquela criança parada bem ali, oiando pro chão e chorano, e as lágrima caindo. Ai, mas então *fiquei* brabo, comecei a andá pra pegá a criança, mas bem nesse minuto... era uma porta que abria pra dentro... bem nesse minuto, deu um vento e bateu a porta atrás da criança, *tá-blam!* E meu Deus, a criança num se mexeu! Quase perdi o ar e me senti... tão... tão... num sei *como* é que eu me senti. Saí divagá, tremeno, e dei a volta e abri a porta divagá e sem fazê baruio, e enfiei a minha cabeça atrás da criança, com jeito e bem quieto, e de repente digo *uau!* o mais alto que eu consegui gritá. *Ela num se mexeu!* Oh, Huck, caí chorano e agarrei ela nos braço, e digo, "Oh, pobrezita! O Sinhô Deus Poderoso perdoa o pobre veio Jim, porque ele nunca vai perdoá ele mesmo enquanto tivé vivo!". Oh, ela tava toda surda e muda, Huck, toda surda e muda... e eu tinha tratado ela desse jeito!

## Capítulo 24

*Jim em roupas reais – Eles pegam um passageiro – Obtendo informações – Dor familiar*

No dia seguinte, perto do anoitecer, a gente parou ao pé de uma ilha de areia coberta de salgueiros bem no meio do rio, num ponto em que tinha uma vila de cada lado, e o duque e o rei começaram a traçar um plano pra arrumar dinheiro nessas cidades. Jim ele falou pro duque que esperava que o plano levasse apenas algumas horas, porque era muito pesado e cansativo pra ele ter que ficar o dia inteiro na barraca amarrado com a corda. Sabem, quando a gente deixava Jim sozinho, tinha que amarrar o coitado, porque se alguém por acaso descobrisse ele sozinho e sem estar amarrado, ele não ia parecer um negro fugido, entendem. Então o duque disse que *era* bem duro ter que ficar amarrado o dia inteiro e que ele ia descobrir um jeito da gente não precisar fazer isso.

Ele era muito genial, um duque fora de série, e logo achou um jeito. Vestiu Jim com as roupas do Rei Lear – uma longa túnica de chita de cortina e uma peruca e suíças brancas feitas com crina de cavalo – e depois ele pegou as tintas de teatro dele e pintou o rosto, as mãos, as orelhas e o pescoço de Jim com um tom de azul-escuro opaco e sem vida, como o de um homem afogado há uns nove dias. Macacos me mordam se não era a atrocidade mais medonha que já vi. Aí o duque pegou e escreveu um aviso numa tabuleta, assim:

Árabe doente – mas não faz mal quando não tá fora de si.

E ele pregou aquela tabuleta num sarrafo e ergueu o sarrafo um metro ou um metro e meio na frente da barraca. Jim ficou satisfeito. Disse que era uma ideia muito melhor do que ficar anos deitado e amarrado todo santo dia e tremendo toda vez que escutava um barulho. O duque disse pra ele ficar solto e confortável e, se alguém viesse se intrometer, ele devia pular de dentro da barraca, fazer um pouco de escândalo e uivar como um animal selvagem, e aí ele achava que os caras iam dar no pé e deixar Jim em paz. O que era um raciocínio bem sensato, mas, se a gente pensa no homem comum, ele não ia esperar pelo uivo de Jim. Ora, Jim não só parecia um morto, ele dava uma impressão bem pior do que essa.

Os patifes queriam tentar a Realeza Sem Igual de novo, porque dava pra ganhar muito dinheiro, mas acharam que não ia ser seguro, porque as notícias podiam ter se espalhado a essa altura. Não conseguiram pensar em nenhum projeto apropriado. Por fim, o duque disse que achava melhor ficar sozinho e pensar por uma ou duas horas e ver se não conseguia bolar alguma coisa pra aquela vila de Arkansaw, e o rei ele pensou em dar uma chegada na outra vila, sem nenhum plano, mas apenas confiando na Providência pra descobrir o caminho dos lucros – quer dizer, confiando no diabo, acho eu. Todo mundo tinha comprado roupas no armazém na nossa última parada, e aí o rei vestiu a dele e disse pra eu vestir a minha. Foi o que fiz, é claro. O traje do rei era todo preto, e ele ficou muito elegante e engomado. Antes eu não sabia que as roupas podiam mudar uma pessoa. Ora, antes, ele parecia um velho vagabundo dos mais ordinários, mas agora, quando tirava o seu novo chapéu branco de pele de castor e fazia uma mesura com um sorriso, ele parecia tão formidável, bom e piedoso que a gente podia dizer que tinha saído da arca naquele minuto e que era talvez o velho Levítico em pessoa. Jim limpou a canoa, e eu preparei o meu remo. Tinha um grande barco a vapor na margem bem além do cabo, uns cinco quilômetros acima da cidade – tava lá por algumas horas pra receber o carregamento. Diz o rei:

– Do jeito como eu tô vestido, acho melhor chegar de St. Louis ou Cincinnati, ou de algum outro lugar bem grande. Rema pro vapor, Huckleberry, vamos chegar na vila a bordo do navio.

Não precisei de segunda ordem pra ir dar uma voltinha num barco a vapor. Cheguei perto da costa uns oitocentos metros acima da vila e aí segui em disparada ao longo da margem de ribanceira alta nas águas tranquilas. Logo nos deparamos com um jeca bem jovem e agradável, de aparência inocente, sentado numa tora e limpando o suor do rosto, pois tava muito quente, e ele tinha duas grandes malas no seu lado.

– Embica pra costa – diz o rei. Obedeci. – Pra onde tá indo, meu jovem?

– Pro barco a vapor, indo pra Orleans.

– Entra na canoa – diz o rei. – Espera um minuto, meu criado vai ajudar você com as malas. Pula pra fora e ajuda o cavalheiro, Adolphus – referindo-se a mim, é claro.

Fiz o que ele tinha pedido, e depois nós três partimos de novo. O jovem tava muito agradecido, disse que era duro carregar a bagagem com aquele calor. Perguntou ao rei aonde ele tava indo, e o rei disse que tinha descido o rio e desembarcado na outra vila de manhã e que agora tava subindo alguns quilômetros pra ver um velho amigo numa fazenda mais acima. O jovem diz:

– Quando vi você, digo pra mim mesmo, "É o sr. Wilks, certamente, e ele quase chegou aqui a tempo". Mas depois digo de novo, "Não, acho que não é ele, pois não ia estar remando rio acima". Você *não é* ele, não?

– Não, meu nome é Blodgett... Elexander Blodgett... *Reverendo* Elexander Blodgett, acho que devo dizer, pois sou um dos pobres servos de Deus. Mas, mesmo assim, posso lamentar que o sr. Wilks não tenha chegado a tempo, se ele perdeu alguma coisa com isso... o que espero que não tenha perdido.

– Bem, ele não perdeu nenhuma propriedade com isso, porque ele vai ganhar tudo com certeza, mas ele deixou de ver seu irmão Peter morrer... ao que ele talvez nem desse importância, ninguém pode garantir nada quanto a isso... mas o irmão teria dado qualquer coisa pra ver *ele* antes de morrer. Não falou de outra coisa nestas três semanas. Não via o irmão desde o tempo em que os dois eram meninos... e nunca viu o seu irmão William... esse é o surdo-mudo... William não tem mais que trinta ou trinta e cinco anos. Peter e George foram os únicos que vieram pra cá, George era o irmão casado, ele e a mulher morreram os dois no ano passado. Harvey e William são os únicos que sobraram e, como eu tava dizendo, eles não chegaram aqui a tempo.

– Alguém lhes mandou um aviso?

– Oh, sim, um ou dois meses atrás, quando Peter ficou doente, porque Peter disse então que sentia que não ia ficar bom desta vez. Sabe, ele era bem velho, e as meninas de George eram pequenas demais pra serem companhia pra ele, exceto Mary Jane, a ruiva, e ele se sentia meio solitário depois que George e a mulher morreram, e não parecia querer viver. Queria desesperadamente ver Harvey... e William também, por sinal... porque era desse tipo de gente que não consegue pensar em fazer um testamento. Deixou uma carta pra Harvey e falou que tinha dito na carta onde é que tava escondido o seu dinheiro e como ele queria que o resto da propriedade fosse dividido pra que as meninas de George ficassem bem de vida... porque George não deixou nada. E aquela carta foi só o que conseguiram que ele escrevesse.

– Por que você acha que Harvey não vai chegar? Onde é que ele vive?

– Oh, ele vive na Inglaterra... prega lá... nunca esteve neste país. Não tem muito tempo livre... e, além disso, pode nem ter recebido a carta, sabe.

– Que pena, que pena que ele não conseguiu viver pra ver os irmãos, pobre alma. Você vai pra Orleans, é o que disse?

– Sim, mas isso é apenas uma parte da viagem. Parto no navio, na próxima quarta-feira, pro Rio de Janeiro, onde vive o meu tio.

– É uma viagem bem longa. Mas será encantadora: queria estar no seu lugar. Mary Jane é a mais velha? Que idade têm as outras?

– Mary Jane tem dezenove anos, Susan quinze e Joana uns quatorze... esta é a que se dedica a fazer boas ações e tem um lábio leporino.

– Pobrezinhas! Abandonadas desse jeito no mundo cruel.

– Ora, elas podiam estar numa situação bem pior. O velho Peter tinha amigos, e eles não vão deixar que aconteça nenhum mal a elas. Tem Hobson, o pregador de Babtis, e o diácono Lot Hovey, e Ben Rucker, e Abner Shackleford, e Levi Bell, o advogado, e o dr. Robinson, e as esposas de todos, e a viúva Bartley, e... Bem, tem uma porção de gente, mas esses são os mais próximos de Peter, de quem ele falava às vezes quando escrevia pra casa. Assim Harvey vai saber onde procurar por amigos quando chegar aqui.

Bem, o velho ele continuou a fazer perguntas até esvaziar bastante o jovem sujeito. Macacos me mordam se não perguntou sobre todo mundo e todas as coisas naquela bendita cidade, e tudo sobre todos os Wilks e sobre o negócio de Peter – que era curtidor – e sobre o de George – que era carpinteiro – e sobre o de Harvey – que era um pastor não conformista – e assim por diante. Depois ele perguntou:

– Por que você queria fazer a pé todo o caminho até o barco a vapor?

– Porque é um barco grande de Orleans, e eu tava com medo que ele não parasse ali. Um barco de Cincinnati para, mas este é de St. Louis.

– Peter Wilks era rico?

– Oh, sim, bastante rico. Tinha casas e terras, e dizem que deixou três ou quatro mil em dinheiro vivo escondido em algum lugar.

– Quando foi que você disse que ele morreu?

– Eu não disse, mas foi na noite passada.

– O funeral vai ser amanhã, então?

– Sim, pelo meio do dia.

– Bem, é terrivelmente triste, mas todos nós temos que partir mais cedo ou mais tarde. O que queremos é estar preparados, aí tudo dará certo.

– Sim, senhor, é o melhor caminho. Mamãe sempre falava o mesmo.

Quando chegamos no barco, o carregamento tava quase terminando, e pouco depois o vapor partiu. O rei não disse nada sobre subir a bordo, então acabei ficando sem o meu passeio de barco a vapor. Quando o barco sumiu, o rei me fez remar outro quilômetro rio acima até um lugar isolado, ali desembarcou e disse:

– Agora volta correndo, sem demora, e traz o duque pra cá, e as novas malas. Se ele foi pro outro lado do rio, vai até lá buscar ele. E diz pra ele vir pra cá de qualquer maneira. Agora te manda.

Eu compreendi o que *ele* tava querendo fazer, mas não disse nada, é claro. Quando voltei com o duque, a gente escondeu a canoa e depois eles se sentaram numa tora, e o rei contou tudo ao duque, assim como o jovem tinha falado – cada uma de suas palavras. E durante todo o tempo que tava contando a história, ele tentou falar como um inglês, e se saiu bastante bem, prum molenga. Não sei imitar a fala dele, por isso nem vou tentar, mas ele realmente falava como um inglês. Aí ele disse:

– Como é que você tá de surdo e mudo, Bilgewater?

O duque respondeu que dava conta do papel, disse que tinha representado uma pessoa surda e muda no teatro histriônico. Então eles esperaram por um barco a vapor.

Pelo meio da tarde apareceram dois pequenos barcos, mas eles não vinham de bem lá de cima do rio. Por fim surgiu um barco grande, e eles gritaram pra chamar atenção. O vapor mandou o seu escaler, a gente subiu a bordo, e a embarcação era de Cincinnati. E quando descobriram que a gente só queria seguir uns sete ou oito quilômetros, ficaram furiosos, praguejaram e disseram que não iam nos desembarcar. Mas o rei tava calmo. Disse:

– Se os cavalheiros podem pagar um dólar por quilômetro cada um, pra serem apanhados e desembarcados num escaler, um barco a vapor pode transportar os cavalheiros, não?

Então eles se acalmaram e disseram tá bem e, quando chegamos na vila, eles nos mandaram pra margem num escaler. Uns doze homens se aglomeraram, quando viram o escaler se aproximando, e o rei perguntou:

– Algum de vocês, cavalheiros, pode me dizer onde mora o sr. Peter Wilks? – eles trocaram um olhar e confirmaram com a cabeça, como a dizer, "Não disse?". Então um deles falou com um jeito bem suave e gentil:

– Lamento, senhor, mas o máximo que posso fazer é dizer onde é que ele *morava* ontem à noite.

Tão de repente como um piscar de olhos, a velha criatura ordinária se atira com violência contra o homem, colocando o queixo no ombro dele, chorando pelas suas costas, e diz:

– Ai de nós, ai de nós! Nosso pobre irmão... foi-se, e não conseguimos ver ele. Oh, é muito, *muito* duro!

Depois ele se vira chorando e faz muitos sinais idiotas pro duque com as mãos, e macacos me mordam se *esse* não deixou cair uma das malas e rompeu a chorar. Aqueles dois trapaceiros não eram os tipos mais ordinários que já encontrei?

Bem, os homens se reuniram em volta e simpatizaram com a dor deles e disseram toda espécie de bondades pra eles, e carregaram as malas deles na subida do morro, e deixaram o rei e o duque se encostarem neles pra chorar e contaram ao rei tudo sobre os últimos momentos do seu irmão, e o rei ele contou tudo de novo com as mãos pro duque, e os dois sentiram a morte do curtidor como se tivessem perdido os doze apóstolos. Ora, se já vi qualquer coisa parecida, então eu sou um negro. Era o bastante pra deixar qualquer um envergonhado da raça humana.

## Capítulo 25

*São eles? – Cantando a "Doxologia" – Podemos passar sem isto – Honestidade incrível – Orgias funerais – Um mau investimento*

A notícia tava por toda a cidade em dois minutos, e dava pra ver as pessoas chegando correndo, de todos os lados, algumas vestindo o casaco ainda na corrida. Logo a gente tava no meio de uma multidão, e o barulho dos passos pesados era como o de uma marcha de soldados. As janelas e os vãos das portas tavam cheios de gente, e a todo minuto alguém dizia, debruçado sobre uma cerca:

– São *eles*?

E outro alguém, andando junto com o bando, respondia e dizia:

– Com certeza.

Quando a gente chegou na casa, a rua na frente tava apinhada, e as três meninas tavam em pé perto da porta. Mary Jane *era* ruiva, mas isso não fazia diferença, ela era muito, mas muito bonita, e o rosto e os olhos dela tavam todos iluminados como na glória, ela tava feliz que os seus tios tinham chegado. O rei ele abriu os braços, e Mary Jane se jogou na sua direção, e a do lábio leporino se atirou na direção do duque, e então eles *se abraçaram*! Quase todo mundo, pelo menos as mulheres, chorou de alegria ao ver todos juntos de novo e gozando de tanta felicidade.

Então o rei ele deu uma cotovelada no duque, à parte – mas eu vi quando ele fez isso, e depois olhou ao redor e viu o caixão, no canto, sobre duas cadeiras. Então ele e o duque, cada um com uma das mãos rodeando o ombro do outro, e a outra mão nos olhos, caminharam lenta e solenemente pra aquele canto, todo mundo recuando pra deixar espaço pra eles, e todas as conversas e barulhos se interrompendo, as pessoas falando "Psiu!", e todos os homens tirando o chapéu e deixando pender a cabeça, de tal maneira que dava pra escutar um alfinete cair. E quando chegaram lá, eles se inclinaram e espiaram dentro do caixão, deram uma olhada e depois desataram a chorar com tanta força que dava quase pra escutar o choro lá em Orleans. E aí colocaram os braços ao redor do pescoço um do outro e apoiaram o queixo no ombro um do outro, e então por três minutos, ou talvez quatro, nunca vi dois homens vazando daquele jeito. E olha, todo mundo tava fazendo o mesmo, e o lugar ficou úmido de um jeito que eu nunca vi. Então um deles ficou num dos lados do caixão, e o outro no outro lado, e eles se ajoelharam e apoiaram a testa no caixão e passaram a rezar em silêncio pra si mesmos. Bem, quando chegaram nesse ponto, a multidão foi tomada por uma comoção que nunca vi parecida, e aí todo mundo desmoronou e começou a soluçar muito alto – as pobres meninas também. E quase toda mulher foi pra junto das meninas, sem dizer palavra, e beijou as coitadinhas, um beijo bem solene na testa, e depois colocou a mão na cabeça delas, levantou os olhos pro céu, com as lágrimas correndo pelo rosto, e por fim se afastou bruscamente e foi embora soluçando e enxugando as lágrimas pra dar lugar pra próxima mulher. Nunca vi nada tão repulsivo.

Bem, daí a pouco o rei ele se levanta e avança dois passos, se prepara e balbucia um discurso piegas, todo cheio de lágrimas e disparates sobre como era uma experiência dolorosa pra ele e pro seu pobre irmão perder o finado e não ter a oportunidade de ver o finado vivo depois da longa viagem de seis mil e quinhentos quilômetros, mas era uma experiência suavizada e santificada por aquela simpatia tão prezada e aquelas lágrimas santas, e assim ele agradecia a todos do fundo do coração e do coração do irmão, porque com a boca eles não podiam agradecer, as palavras sendo fracas e frias demais, e todo esse tipo de palavreado podre e sentimental, até ficar simplesmente enjoativo. Por fim ele choraminga um piedoso e piegas amém, perde as estribeiras e tem um ataque de choro destrambelhado.

E assim que as palavras saíram da boca dele, alguém na multidão começou a doxologia, e todo mundo acompanhou com toda força, o que deixou todos animados e com aquela sensação boa da saída da igreja. A música *é* uma boa coisa e, depois de todo aquele palavreado bajulador de quinta categoria, nunca vi a música regenerar as coisas daquele jeito, e soar tão honesta e excelente.

Aí o rei começou a exercitar os maxilares de novo e disse como ele e suas sobrinhas iam ficar felizes se os principais amigos da família viessem cear com eles naquela noite pra ajudar a cuidar das cinzas do finado. E disse que, se seu pobre irmão ali presente pudesse falar, ele o rei sabia quem o finado ia nomear, pois eram nomes muito caros pra ele, mencionados muitas vezes nas suas cartas, nomes que ele o rei ia agora nomear, a saber, os seguintes: o Rev. sr. Hobson, o diácono Lot Hovey, o sr. Ben Rucker e Abner Shackleford, Levi Bell e o dr. Robinson, e suas esposas e a viúva Bartley.

O Rev. Hobson e o dr. Robinson tavam na ponta da cidade caçando juntos, isto é, quero dizer que o doutor tava despachando um doente pro outro mundo, e o pregador tava lhe apontando o rumo correto. O advogado Bell tava longe, em Louisville, tratando de algum negócio. Mas o resto tava por perto, então eles todos vieram apertar a mão do rei, e agradeciam e falavam com ele. Depois eles apertaram a mão do duque sem dizer nada, só continuaram sorrindo e balançando a cabeça como um grupo de palermas, enquanto o duque fazia toda espécie de sinais com as mãos e dizia "Gu-gu-gu-gu-gu" o tempo todo, como um bebê que não sabe falar.

O rei ele continuou a vozeirar e conseguiu perguntar sobre quase todo homem e todo cachorro na cidade, chamando todos pelo nome, e mencionou toda sorte de pequenas coisas que aconteceram uma ou outra vez na cidade, ou na família de George, ou pra Peter. E ele sempre dizia que Peter tinha escrito para ele contando essas coisas, mas era mentira, ele conseguiu cada uma dessas benditas informações com aquele rapaz idiota que levamos de canoa pro barco a vapor.

Aí Mary Jane ela buscou a carta que o pai tinha deixado, e o rei ele leu a carta em voz alta e chorou com as suas palavras. A carta deixava a moradia e três mil dólares, em moedas de ouro, pras meninas e deixava o curtume (que era um bom negócio), junto com algumas outras casas e terras (valendo uns sete mil dólares), e mais três mil dólares em moedas de ouro pra Harvey e William, e dizia que os seis mil dólares em dinheiro vivo tavam escondidos no porão. Então esses dois trapaceiros disseram que iam buscar o dinheiro, pra acertar tudo às claras, e me mandaram ir junto com uma vela. A gente fechou a porta do porão atrás de nós e, quando encontraram a mala, eles derramaram tudo no chão, e foi uma visão encantadora, todas aquelas moedas de ouro. Céus, como os olhos do rei brilharam! Ele dá uma palmada nas costas do duque e diz:

– Oh, se *isto* não é perfeito, então nada mais é! Não, acho que não! Ora, Biljy, muito melhor do que o Realeza Sem Igual, *não*?

O duque concordou. Eles manusearam as moedas de ouro e deixaram cada uma escorrer pelos dedos e tilintar no chão, então o rei disse:

– Não adianta, ser irmãos de um morto rico e representantes dos outros herdeiros que sobraram é a linha de negócio pra você e pra mim, Bilge. Tudo isto aqui vem da gente confiar na Providência. É o melhor caminho, no longo prazo. Tentei todos, e não tem caminho melhor.

Quase todo mundo ia ficar satisfeito com a pilha de moedas e aceitar a quantia na confiança, mas não, eles tinham que contar. Assim eles contam e faltam quatrocentos e quinze dólares. Diz o rei:

– Filho da mãe, o que será que ele fez com esses quatrocentos e quinze dólares?

Eles se preocuparam com isso durante um tempo e revistaram todos os cantos. Então diz o duque:

– Bem, ele era um homem muito doente, é provável que tenha errado nas contas... Acho que foi isso que aconteceu. O melhor é deixar pra lá e não falar nada sobre isso. Podemos passar sem estas moedas que tão faltando.

– Oh, bolas, podemos *passar sem* o que tá faltando. Não me importo nem um pouco com isso... mas com a *conta*! Tô pensando. Queremos ser muito corretos, francos e transparentes, sabe. Queremos levar esse dinheiro e contar as moedas na frente de todo mundo... assim não vai ter nada suspeito. Mas quando o morto diz que tinha seis mil dólares, sabe, não queremos...

– Espera – diz o duque. – Vamos compensar o déficit – e começou a tirar moedas do seu bolso.

– É uma ideia espantosa e muito boa, duque... você tem uma cabeça desconcertante de tão inteligente – diz o rei. – Raios, se a velha Realeza Sem Igual não tá nos ajudando de novo – e *ele* começou a tirar moedas dos bolsos e empilhar todas elas.

Isso quase acabou com eles, mas conseguiram formar a quantia exata de seis mil dólares.

– Olha – diz o duque –, tenho outra ideia. Vamos lá pra cima contar este dinheiro e depois pegar as moedas e *dar tudo pras meninas*.

– Bom Deus, duque, deixa eu te dar um abraço! É a ideia mais brilhante que um homem já teve. Você tem certamente a cabeça mais espantosa que conheço. Oh, esta é uma artimanha de mestre, não tem dúvida. Vamos atacar as suspeitas deles, se quiserem... isto vai acabar com todas.

Quando a gente chegou lá em cima, todo mundo se reuniu ao redor da mesa, e o rei ele contou as moedas e empilhou todas, trezentos dólares em cada pilha – vinte pequenas pilhas elegantes. Todo mundo olhava com ganância e lambia os beiços. Então eles juntaram tudo de novo dentro do saco, e vejo que o rei começa a se estufar pra outro discurso. Diz:

– Amigos, meu pobre irmão que jaz além foi muito generoso com aqueles que deixou pra trás neste vale de lágrimas. Ele foi generoso com estas pobres ovelhinhas que ele amava e protegia, e que ficaram sem pai e sem mãe. Sim, e nós, que conhecíamos Peter, sabemos que ele teria sido *mais* generoso com elas, não fosse o receio de ferir o seu querido William e a mim. Ora, ele não teria sido *mais* generoso? Não tem dúvida quanto a isto na *minha* mente. Bem, então... que tipo de irmãos seriam aqueles que se interpusessem no caminho de seu desejo numa hora dessas? E que tipo de tios seriam aqueles que roubassem... sim, *roubar*... estas pobres e doces ovelhinhas que ele amava tanto numa hora dessas? Se conheço William... e *acho* que conheço... ele... bem, é melhor perguntar a ele. – Ele se vira e começa a fazer muitos sinais pro duque com as mãos, e o duque olha pra ele de um jeito estúpido e apalermado por um tempo, depois de repente parece entender o sentido e pula na direção do rei, retorcendo-se com toda força de tanta alegria, e abraça o rei umas quinze vezes antes de afrouxar. Então o rei diz: – Eu sabia, acho que isto *vai* convencer qualquer pessoa sobre o modo como *ele* sente a questão. Aqui, Mary Jane, Susan, Joanner, peguem o dinheiro... peguem *tudo*. É o presente daquele que jaz além, frio mas cheio de alegria.

Mary Jane ela correu pro rei, Susan e a do lábio leporino correram pro duque, e então teve mais abraços e beijos como nunca vi igual. E todo mundo se aglomerou ao redor com lágrimas nos olhos, e a maioria apertou a mão daqueles trapaceiros, dizendo o tempo todo:

– Oh, queridos, tão boa gente!

– Que encantador!

– Do que não *são capazes*!

Bem, logo todos começaram a falar sobre o finado de novo, como ele era bom, e que perda tinha sido, e tudo mais. E daí a pouco um homem grande de feições determinadas se enfiou ali por dentro vindo de fora, e ficou de pé escutando e olhando, sem dizer nada. E ninguém tampouco falou com ele, porque o rei tava discursando e eles tavam todos atentos escutando. O rei tava dizendo – no meio de algo que tinha começado a dizer:

– ...eles sendo amigos pessoais do finado. É por isso que foram convidados esta noite, mas amanhã queremos que *todos* venham... todo mundo, pois ele respeitava todo mundo, ele gostava de todo mundo, então é apropriado que as suas orgias funerais sejam públicas.

E assim ele continuou vagueando sobre isto e aquilo, gostando de escutar a própria voz, e de vez em quando voltava a mencionar as orgias funerais, até que o duque não aguentou mais. Então ele escreveu num pequeno pedaço de papel, "*obséquias*, seu velho tolo", dobra o papel e vai se torcendo e passando o recado por cima das cabeças das pessoas. O rei ele lê o que tá escrito, coloca no bolso e diz:

– Pobre William, aflito como está, seu *coração* está sempre certo. Pede pra eu convidar todo mundo pro funeral... quer que eu dê as boas-vindas a todos. Mas ele não precisa ficar preocupado... era justamente o que eu estava fazendo.

Aí dá umas voltas, bem calmo, e deixa cair de vez em quando as suas orgias funerais, como tinha feito antes. E, quando repete as palavras pela terceira vez, diz:

– Digo orgias, não porque seja o termo comum, porque não é... obséquias sendo o termo comum... mas porque orgias é o termo apropriado. Obséquias não é mais usado na Inglaterra... sumiu. Dizemos orgias, agora, na Inglaterra. Orgias é melhor, porque significa o que a gente está procurando, é mais exato. É uma palavra composta do grego *orgo*, lá fora, aberto, no exterior, e do hebraico *jeesum*, plantar, cobrir: daí en*terrar*. Assim, vejam, orgias é um funeral aberto ou público.

Ele era o *pior* que já encontrei. Bem, o homem de feições determinadas ele riu bem na cara do rei. Todo mundo ficou chocado. Todo mundo disse, "Ora, *doutor*!", e Abner Shackleford disse:

– Ora, Robinson, não soube da notícia? Este é Harvey Wilks.

O rei ele sorriu ansioso, estendeu a mão e disse:

– É o *querido* amigo e médico do meu pobre irmão? Eu...

– Tira as mãos de mim! – diz o doutor. – *Você* fala como um inglês... *não é*? É a pior imitação que já escutei. *Você*, irmão de Peter Wilks... Você é um impostor, isto é o que você é!

Todos ficaram chocados! Reuniram-se ao redor do doutor, tentaram acalmar o sujeito, tentaram lhe explicar e contar como Harvey tinha mostrado de quarenta maneiras que ele *era* Harvey, que conhecia todos pelo nome, até os nomes dos cachorros, e imploraram, *imploraram* que ele não ferisse os sentimentos de Harvey e os sentimentos das pobres meninas, e tudo mais. Mas não adiantou, ele continuou a berrar e disse que qualquer homem que fingia ser inglês e não sabia imitar a língua melhor do que ele tava fazendo era um impostor e um mentiroso. As pobres meninas tavam dependuradas no rei, chorando, e de repente o doutor pega e se dirige pra *elas*. Diz:

– Eu era amigo do seu pai, e sou amigo de vocês, e aviso como *amigo*, um amigo honesto que quer proteger vocês e evitar que sofram dano e problemas. Peço que virem as costas pra este patife e não tenham nada a ver com ele, este vagabundo ignorante, com a idiotice do que ele diz ser grego e hebraico. Ele é o tipo mais baixo de impostor... vem aqui com uma porção de nomes e fatos vazios que pegou em algum lugar, e vocês tomam esses nomes como *provas*, e são ajudadas a se enganar por todos estes amigos tolos, que deviam ser mais espertos. Mary Jane Wilks, você sabe que sou seu amigo e que também sou altruísta. Agora me escuta, manda embora este patife lamentável... estou *implorando*. Vai mandar ele embora?

Mary Jane endireitou-se e, meu Deus, como tava bonita! Ela disse:

– *Aqui* está a minha resposta. – Levantou o saco das moedas, colocou o dinheiro nas mãos do rei e disse: – Toma esses seis mil dólares e investe esta quantia pra mim e pra minhas irmãs do modo como quiser, e não precisa nos dar recibo.

Aí ela colocou o braço ao redor do rei de um lado, e Susan e a do lábio leporino fizeram o mesmo no outro lado. Todo mundo aplaudiu e bateu o pé no chão fazendo muito barulho, enquanto o rei levantava a cabeça e sorria orgulhoso. O doutor disse:

– Tudo bem, lavo as minhas mãos nesta história. Mas aviso todo mundo que vai chegar a hora em que todos vocês vão se sentir mal sempre que pensarem neste dia – e foi embora.

– Tudo bem, doutor – diz o rei, como que zombando dele –, vamos pedir que todos chamem por você então – o que fez todo mundo rir, e disseram que era uma zombaria de primeira categoria.

## Capítulo 26

*Um rei piedoso – O sacerdócio do rei – Ela lhe pediu perdão – Escondendo-se no quarto – Huck pega o dinheiro*

Bem, quando eles foram embora, o rei ele pergunta pra Mary Jane se elas tinham quartos vagos, e ela disse que tinha um quarto vago, que servia pro tio William, e que ela dava o seu próprio quarto pro tio Harvey, que era um pouco maior, e ia ficar no quarto das irmãs e dormir numa cama de lona. E lá em cima no sótão tinha um pequeno cubículo com um catre. O rei disse que o cubículo servia pro seu criado – isto é, pra mim.

Então Mary Jane nos levou lá pra cima e mostrou pra eles os quartos, que eram simples, mas agradáveis. Ela disse que ia mandar tirar os vestidos dela e uma porção de outros tarecos do quarto, se eles tavam estorvando o tio Harvey, mas ele disse que não tavam. Os vestidos tavam dependurados ao longo da parede, e diante deles tinha uma cortina feita de chita que descia até o chão. Tinha uma velha arca de pelo de animal num dos cantos, e uma caixa de violão no outro, e todo tipo de bugiganga por todos os lados, como as meninas gostam de animar um quarto. O rei disse que o quarto tinha um ar mais caseiro e mais agradável por causa desses objetos, e por isso não era pra mexer neles. O quarto do duque era bem pequeno, mas bastante bom, e também o meu cubículo.

Naquela noite eles tiveram uma grande ceia, e todos, homens e mulheres, tavam lá e eu fiquei de pé atrás das cadeiras do rei e do duque pra servir os dois, e os negros serviram o resto das pessoas. Mary Jane ela se sentou na cabeceira da mesa, com Susan do lado, e falou como os biscoitos tavam ruins, e como as compotas tavam medíocres, e como a galinha frita tava sem graça e dura – e toda essa espécie de disparate, como as mulheres sempre falam pra arrancar elogios dos outros, porque todas as pessoas sabiam que tudo tava excelente, e assim falavam – diziam, "Como é que você *consegue* dourar os biscoitos desse jeito?" e "Onde, pelo amor de Deus, você *arranja* estes picles do outro mundo?", todo esse tipo de conversa fiada, como as pessoas sempre matraqueiam num jantar, sabe.

Quando acabou o jantar, eu e a do lábio leporino comemos na cozinha um pouco das sobras, enquanto as outras tavam ajudando as negras a limpar tudo. A do lábio leporino ela passou a me fazer perguntas sobre a Inglaterra, e raios se não achei que a conversa tava ficando perigosa demais. Ela perguntou:

– Você já viu o rei?

– Quem? William Quarto? Bem, é claro que sim... ele frequenta a nossa igreja. – Eu sabia que ele tinha morrido anos atrás, mas não contei nada disso. Quando digo que ele vai a nossa igreja, ela diz:

– O quê... frequência regular?

– Sim... regular. O seu banco fica bem na frente do nosso... no outro lado do púlpito.

– Eu achava que ele vivia em Londres.

– Bem, ele vive. Onde *é* que ia viver?

– Mas eu achava que você vivia em Sheffield.

Vi que tava numa enrascada. Tive que fingir que tava engasgado com um osso de galinha, pra ter tempo de pensar como é que eu ia sair dessa. Então falei:

– Quero dizer que ele vai sempre na nossa igreja quando tá em Sheffield. Só no verão, quando ele visita a cidade pra tomar banhos de mar.

– Ora, você diz cada coisa... Sheffield não tá no mar.

– Bem, e quem disse que tava?

– Ora, você disse.

– *Não* disse nada disso.

– Disse, sim.

– Não disse.

– Disse.

– Não disse nada disso.

– O que foi que você disse então?

– Disse que ele vinha tomar os *banhos* de mar... foi isso que eu disse.

– Então como é que ele vai tomar os banhos de mar se não tá no mar?

– Olha aqui – digo –, ocê conhece a água Congresso?

– Sim.

– Bem, ocê teve que ir pro Congresso pra conseguir essa água?

— Ora, não.

— Bem, William Quarto também não precisa ir pro mar pra tomar um banho de mar.

— Como é que ele faz então?

— Toma os banhos assim como as pessoas daqui tomam água Congresso... em barris. Lá no palácio em Sheffield eles têm fornalhas, e ele gosta da água quente. Não dá pra ferver toda aquela quantidade de água lá longe no mar. Eles não têm aparelhos pra isto.

— Oh, compreendo. Você podia ter dito isso logo e poupado tempo.

Quando ela falou desse jeito, vi que tava fora de perigo de novo, então fiquei à vontade e alegre. Depois ela perguntou:

— Você também vai pra igreja?

— Sim... regularmente.

— Onde é que você se senta?

— Ora, em nosso banco.

— Banco *de quem*?

— Ora, *nosso*... do seu tio Harvey.

— Dele? Pra que *ele* ia querer um banco?

— Pra sentar. Pra que ocê *acha* que ele queria um banco?

— Ora, achei que ele ficava no púlpito.

Raios, esqueci que ele era um pregador. Vejo que tô de novo enrascado, então me engasguei com outro osso de galinha e dei tratos à bola. Aí digo:

— Santo Deus, ocê acha que só tem um pregador numa igreja?

— Ora, pra que eles querem mais?

— O quê!... Pregar diante de um rei! Nunca vi uma garota como ocê. Eles não têm menos que dezessete pregadores.

— Dezessete! Meu Deus! Ora, eu não ia ficar sentada escutando toda essa enfiada de pregadores, mesmo que eu *nunca* chegasse na glória. Deve levar uma semana.

— Tolice, eles não pregam *todos* no mesmo dia... apenas *um* deles.

— Bem, então, o que é que faz o resto?

— Oh, pouca coisa. Ficam se refestelando, passam o prato da coleta... uma ou outra coisa. Mas acima de tudo não fazem nada.

— Então, *pra que* servem?

— Ora, servem pra manter o *estilo*. Ocê não sabe nada?

— Não *quero* saber dessas tolices. Como é que os criados são tratados na Inglaterra? Eles tratam os criados melhor do que nós tratamos os nossos negros?

— *Não!* Um criado não é ninguém por lá. Eles tratam os criados pior do que os cachorros.

— Não dão a eles feriados, como fazemos, a semana do Natal e do Ano-Novo, nem o Quatro de Julho?

— Oh, escuta! Dá pra saber que ocê nunca teve na Inglaterra se fala desse jeito. Ora, Lábio Le... ora, Joanna, eles nunca têm um feriado desde o fim do ano até o outro fim do ano. Nunca vão no circo, nem no teatro, nem nos espetáculos de negros, não vão pra lugar nenhum.

— Nem na igreja?

— Nem na igreja.

— Mas *você* sempre foi na igreja, não?

Bem, eu tava enrascado de novo. Esqueci que eu era o criado do velho. Mas no minuto seguinte me lancei num arremedo de explicação – como um aio era diferente de um criado comum, e tinha que ir na igreja querendo ou não, e sentar com a família, porque assim tava na lei. Mas não expliquei muito bem e, quando terminei, vi que ela não tava satisfeita. Ela perguntou:

— Sério agora: você não tá me contando um monte de mentiras?

— Sério – digo eu.

— Nenhuma?

— Nenhuma. Não tem mentira no que falei – digo eu.

— Coloca a mão sobre este livro e repete o que disse.

Vi que era apenas um dicionário, então botei a minha mão em cima do livro e falei. Ela me olhou um pouco mais satisfeita e disse:

– Então, vou acreditar numa parte, mas Deus me livre se eu acreditar no resto.

– O que é que você não vai acreditar, Joe? – diz Mary Jane, entrando com Susan atrás dela. – Não tá certo, nem é gentil você falar assim com o menino, ele sendo um estranho e estando tão longe do seu povo. Você ia gostar de ser tratada assim?

– Você é sempre assim, Maim... sempre correndo pra ajudar alguém antes que seja magoado. Não fiz nada pra ele. Ele andou contando umas lorotas, acho eu, e eu disse que não ia engolir todas, e isso é *tudo* o que eu disse, na verdade. Acho que ele pode aguentar uma coisinha assim, não é mesmo?

– Não me importa se foi uma coisinha ou uma coisona, ele tá aqui em nossa casa e é um estranho, e não é educado você dizer essas coisas. Se você tivesse no lugar dele, tudo isso ia deixar você envergonhada, e você não deve dizer pra outra pessoa uma coisa que vai fazer *ela* se sentir envergonhada.

– Ora, Maim, ele disse...

– Não faz diferença o que ele *disse*... não é o que importa. O importante é você ser *gentil* com ele, e não ficar dizendo coisas que fazem ele lembrar que não tá no seu país, nem no meio do seu povo.

Digo pra mim mesmo, *essa* é a moça que vou deixar aquele velho réptil roubar – sumir com todo o dinheiro dela!

Então Susan *ela* entrou na dança e, acreditem, ela passou uma carraspana na Lábio Leporino!

Digo pra mim mesmo: e essa é *outra* que vou deixar o velho roubar!

Então Mary Jane ela tomou de novo a palavra e voltou a ser doce e encantadora – que era o seu modo de ser –, mas, quando acabou, não tinha sobrado quase nada da pobre Lábio Leporino. A pobre acabou berrando de dor.

– Tudo bem – dizem as outras garotas –, então peça perdão.

Ela pediu. E pediu perdão de um jeito muito belo. De um jeito tão belo que foi bom escutar; e eu queria poder lhe contar mil mentiras, pra ela pedir perdão de novo.

Digo pra mim mesmo, essa é a *outra* que vou deixar o velho safado roubar. E quando ela terminou, todas fizeram o possível pra eu me sentir em casa e saber que eu tava entre amigos. Eu me senti tão ordinário, mesquinho e vil que disse pra mim mesmo: a minha decisão tá tomada, vou pegar aquele dinheiro pra elas ou me danar.

Assim tratei de ir embora – pra cama, disse eu, querendo dizer mais cedo ou mais tarde. Quando fiquei sozinho, comecei a pensar no que fazer. Digo pra mim mesmo: será que devo ir falar com aquele doutor, em particular, e desmascarar os impostores? Não... não vai dar certo. Ele podia falar quem lhe contou, e aí o rei e o duque iam me espancar. Será que devo ir, em particular, contar pra Mary Jane? Não... não tenho coragem de fazer isso. O rosto dela ia denunciar tudo, com certeza, eles tão com o dinheiro, então podiam dar um jeito de sair de fininho e fugir com a grana. Se ela fosse buscar ajuda, eu ia ficar envolvido na história antes que a confusão chegasse ao fim, acho. Não, só tem uma boa maneira de resolver a questão. Tenho que roubar o dinheiro de algum jeito; e tenho que roubar a grana de um modo que eles não vão suspeitar que fui eu que roubou. Eles tão com uma boa presa aqui e só vão embora depois que tirarem tudo o que puderem dessa família e dessa cidade, assim vou ter bastante tempo pra encontrar uma boa chance. Vou roubar o dinheiro e esconder as moedas, e mais tarde, quando já tiver longe rio abaixo, escrevo uma carta e conto pra Mary Jane onde é que tá escondido. Mas é melhor pegar o dinheiro hoje de noite, se puder, porque o doutor pode não ter revelado tudo o que finge que sabe, ainda pode assustar os patifes e fazer os dois darem no pé.

Assim, pensei eu, vou procurar nos quartos deles. Lá em cima o corredor tava escuro, mas encontrei o quarto do duque e comecei a tatear por tudo. Aí me lembrei que não era do jeito do rei deixar outra pessoa tomar conta daquele dinheiro, só ele é que cuidava disso, por isso fui pro quarto dele e comecei a tatear por lá. Mas vi que não podia fazer nada sem vela, e eu tinha medo de acender uma, é claro. Achei então que tinha que dar outro jeito – esperar escondido por eles e escutar o que diziam. A essa altura ouço os passos deles chegando perto e eu quis pular pra baixo da cama – tentei encontrar a cama, mas ela não tava onde eu pensava que ia estar. Só que com isso rocei a cortina que cobria os vestidos de Mary Jane, então pulei ali pra trás e me aninhei entre as saias, totalmente imóvel.

Eles entraram e fecharam a porta, e a primeira coisa que o duque fez foi se abaixar e olhar embaixo da cama. Fiquei feliz de não ter encontrado a cama quando queria. Mas, sabe, é bem natural se esconder embaixo da cama quando a gente tá no meio de um negócio secreto. Eles se sentaram, e o rei disse:

– Então, o que é? E trata de ser breve, porque é melhor a gente ficar lá embaixo, aumentando os choros e lamentos, do que aqui em cima dando uma chance pra eles falarem de nós.

– É o seguinte, Capeto. Não tô tranquilo, não tô à vontade. Esse doutor tá assombrando a minha mente. Eu queria saber os teus planos. Tenho uma ideia e acho que é boa.

– Qual é, duque?

– Que o melhor a fazer é a gente sair de fininho, antes das três da madrugada, descer o rio com o que conseguimos. Especialmente, porque conseguimos tudo tão fácil... *entregue* de lambuja nas nossas mãos, caindo em cima das nossas cabeças, como você gosta de dizer, quando a gente achava, é claro, que tinha que devolver a grana. Sou por acabar com esta história e dar o fora.

Isso me deu uma sensação bem ruim. Uma ou duas horas atrás, a sensação ia ser bem diferente, mas agora eu me sentia mal e desapontado. O rei dá um safanão e diz:

– O quê! E não vender o resto da propriedade? Ir embora como um bando de idiotas e deixar oito ou nove mil dólares em propriedades, espalhados por aí, apenas esperando pra ser colhidos? E, além do mais, tudo material de venda fácil.

O duque ele resmungou, disse que o saco de moedas de ouro já era o bastante e que ele não queria ir mais além – não queria tirar de um bando de órfãs *tudo* o que elas tinham.

– Ora, como você fala! – diz o rei. – Não vamos roubar nada delas, apenas este dinheiro. As pessoas que *comprarem* a propriedade é que vão ter o prejuízo, porque assim que descobrirem que não somos os donos das propriedades... o que não vai demorar, depois que a gente fugir... a venda não será válida, e tudo vai voltar pros donos das propriedades. Essas suas órfãs vão ter a casa de volta, é o bastante pra *elas*. São jovens e espertas, podem ganhar fácil o seu sustento. *Elas* não vão sofrer. Ora, pensa só, tem milhares e milhares de jovens que tão longe de ser tão ricas. Céus, *elas* não têm do que se queixar.

Bem, o rei ele falava pra confundir o duque. Aí por fim este cedeu e disse que tudo bem, mas disse que ele acreditava que era uma tolice rematada ficar ali, com o doutor pairando sobre eles. Então o rei disse:

– Dane-se o doutor! Que importância *ele* tem pra nós? Não temos todos os tolos da cidade no nosso lado? E essa não é uma maioria bastante grande em qualquer cidade?

Assim eles se arrumaram pra descer pro andar de baixo. O duque disse:

– Acho que a gente não colocou o dinheiro num lugar bom.

Isso me animou. Eu tinha começado a pensar que não ia conseguir nem uma pista pra me ajudar. O rei disse:

– Por quê?

– Porque Mary Jane vai estar de luto de hoje em diante, e a primeira coisa que vai acontecer é que a negra que arruma os quartos vai receber ordens pra jogar todos esses tarecos em caixas e guardar as coisas noutro lugar. E você acha que uma negra vai encontrar dinheiro sem tomar emprestado uma parte?

– A sua cabeça tá equilibrada de novo, duque – diz o rei. E ele veio mexer embaixo da cortina a meio metro ou um metro de onde eu tava. Eu me achatei contra a parede e fiquei muito quieto, apesar de tremer, e me perguntava o que aqueles sujeitos iam me dizer se me apanhassem; e tentei pensar no que fazer se realmente me pegassem. Mas o rei ele pegou o saco antes de eu ter tempo de conseguir sequer a metade de uma ideia e não suspeitou que eu tava por ali. Eles pegaram e enfiaram o saco num rasgão no colchão de palha que tava embaixo da cama de colchão de penas, enfiaram o dinheiro trinta ou sessenta centímetros dentro da palha e disseram que tava tudo bem, porque a negra arruma a cama de colchão de penas, e só vira o colchão de palha duas vezes por ano, e assim não tinha perigo do saco ser roubado.

Mas eu fui mais esperto. Já tinha tirado o dinheiro antes que eles chegassem no meio da escada. Fui tateando pro meu cubículo e escondi o saco ali até arrumar uma chance de encontrar um lugar mais seguro. Achei que era melhor esconder o dinheiro fora da casa em algum canto, porque, se eles sentissem falta dele, iam dar uma boa revistada em toda a casa. Sabia disso muito bem. Aí fui pra cama, todo vestido, mas não ia conseguir dormir, mesmo que quisesse, tava louco para acabar com essa história. Dali a pouco escutei o rei e o duque subindo a escada; então rolei pra fora do meu catre e fiquei deitado com o queixo no topo da escada, esperando pra ver se alguma coisa ia acontecer. Mas não aconteceu nada.

Então continuei acordado até todos os sons tardios sumirem e os matinais ainda não terem começado e depois desci bem quieto a escada.

## Capítulo 27

*O funeral – O agente funerário – Satisfazendo a curiosidade – Suspeitas de Huck – Vendas rápidas e lucros pequenos*

Andei sem fazer ruído até a porta deles e escutei. Tavam roncando, então segui na ponta dos pés e consegui descer a escada sem problemas. Não tinha som em nenhuma parte. Espiei por uma rachadura da porta da sala de jantar e vi que os homens que tavam vigiando o corpo tavam todos em sono profundo nas suas cadeiras. A porta tava aberta para a sala de estar, onde tava o corpo, e tinha uma vela nas duas salas. Passei por ali, e a porta da sala de estar tava aberta, mas vejo que não tinha ninguém lá dentro a não ser os restos de Peter. Assim continuei em frente, mas a porta da frente da casa tava trancada, e a chave não tava ali. Foi então que escutei alguém descendo a escada atrás de mim. Corri para a sala de estar, dei uma olhada rápida ao redor, e o único lugar que vejo pra esconder o saco de moedas era dentro do caixão. A tampa tava deslocada uns trinta centímetros, mostrando o rosto do morto lá dentro, com um pano úmido por cima, e a mortalha cobrindo o corpo. Enfiei o saco de dinheiro embaixo da tampa, logo abaixo de onde as mãos tavam cruzadas, o que me deu um arrepio, elas tavam muito frias, e depois corri de volta pela sala e me escondi atrás da porta.

A pessoa que tava vindo era Mary Jane. Ela foi até o caixão, com passos bem suaves, ajoelhou e olhou pra dentro. Depois abriu o lenço e vi que começou a chorar, apesar de eu não poder escutar, porque ela tava de costas pra mim. Saí bem quieto e, quando passei pela sala de jantar, achei melhor ter certeza que os vigias não tinham me visto. Olhei pela rachadura e tudo tava bem, eles não tinham se mexido.

Subi rápido pra cama, me sentindo bastante triste, porque as coisas tavam saindo dessa maneira, depois que eu tinha passado tanto trabalho e corrido tanto risco pra dar um jeito na história. Digo pra mim mesmo, se o dinheiro ficasse onde tá, tudo bem, porque quando a gente descer o rio uns cento e sessenta ou trezentos quilômetros, eu podia escrever pra Mary Jane e ela podia desenterrar o caixão e pegar o saco da grana, mas não era isso que ia acontecer. O que ia acontecer era: o dinheiro ia ser encontrado quando viessem aparafusar a tampa do caixão. Aí o rei ia pegar a grana de novo, e ia levar muito tempo antes dele dar a alguém outra chance de roubar o dinheiro. É claro, eu *queria* descer sem fazer barulho e tirar o saco de lá, mas não tinha coragem de tentar. Cada minuto tava ficando mais tarde e logo alguns daqueles vigias iam começar a se mexer, e eu podia ser apanhado – apanhado com seis mil dólares na mão, que ninguém tinha me contratado pra cuidar. Não quero ficar metido num negócio desses, digo pra mim mesmo.

Quando cheguei lá embaixo de manhã, a sala de estar tava fechada, e os vigias tinham ido embora. Não tinha ninguém por perto a não ser a família, a viúva Bartley e a nossa tribo. Observei o rosto de todo mundo pra ver se alguma coisa tinha acontecido, mas não dava pra saber.

Perto do meio-dia chega o agente funerário, com o ajudante dele, e juntos eles colocam o caixão no meio da sala sobre duas cadeiras, depois arrumam todas as outras cadeiras em fileiras, e tomam emprestado mais cadeiras dos vizinhos até encher o saguão, a sala de estar e a sala de jantar. Vejo que a tampa do caixão tá como antes, mas não me atrevo a olhar lá dentro, com todo mundo ao redor.

Então as pessoas começaram a chegar, e os vagabundos e as meninas se sentaram na primeira fila na frente do caixão, e durante uma meia hora as pessoas desfilaram pela sala lentamente, numa única fila, pra ver o rosto do morto por um minuto, alguns deixavam cair uma lágrima, e tudo tava muito parado e solene, só as meninas e os vagabundos com os lenços nos olhos e as cabeças inclinadas, soluçando um pouco. A gente só escutava o raspar dos pés no chão e o assoar dos narizes – porque nos funerais as pessoas sempre assoam o nariz mais do que em outros lugares, sem contar nas igrejas.

Quando o lugar tava apinhado de gente, o agente funerário ele andou ao redor com as suas luvas pretas e as suas maneiras suaves e consoladoras, dando os últimos retoques, deixando as pessoas e as coisas todas bem arrumadas e confortáveis, sem fazer mais barulho do que um gato. Não falava, fazia as pessoas se mexerem, empurrava pra dentro os atrasados, abria passagens e fazia tudo isso com acenos e sinais de mão. Depois tomou o seu lugar contra a parede. Era o homem mais suave, imperceptível e discreto que já vi, e não dava pra ver mais sorrisos nele do que num pedaço de presunto.

Eles tinham tomado emprestado um pequeno órgão – estragado. E quando tudo tava pronto, uma jovem se sentou e fez o órgão funcionar, e ele chiava bastante e estalava, e todo mundo tomou parte na música e cantou, e Peter era o único que levava vantagem na história, na minha opinião. Aí o reverendo Hobson abriu os braços, lento e solene, e começou a falar. Imediatamente explodiu no porão a briga mais escandalosa que alguém já escutou. Era só um cachorro, mas ele fez o barulho mais estrondoso, sem parar, por muito tempo. O pastor ele teve que ficar ali, acima do caixão, e esperar – não dava pra escutar nada. Era bem embaraçoso, e ninguém parecia saber o que fazer. Mas logo todos veem aquele agente funerário de pernas compridas fazendo um sinal pro pregador meio que dizendo, "Não se preocupe – só confie em mim". Aí ele se abaixou e começou a deslizar perto da parede, só os ombros aparecendo acima das cabeças das pessoas. Continuou a deslizar, e a briga e a algazarra ficando mais e mais escandalosa, e por fim, quando já tinha andado dois lados da sala, ele desaparece no porão. Então, em dois segundos, a gente escuta uma pancada forte, que o cachorro rematou com um ou dois uivos muito espantosos, e depois tudo ficou bem quieto, e o pastor recomeçou o sermão solene do ponto em que tinha parado. Num ou dois minutos aparecem as costas e os ombros do agente funerário deslizando pela parede de novo. E ele deslizou e deslizou ao redor de três lados da sala, e então se ergueu, cobriu a boca com as mãos, esticou o pescoço na direção do pregador, por cima da cabeça das pessoas, e disse num sussurro rouco:

– *Ele pegou um rato!*

Aí então se abaixou e deslizou colado à parede de volta pro seu lugar. Dava pra ver que foi uma grande satisfação pras pessoas, porque naturalmente elas queriam saber. Um pequeno detalhe como esse não custa nada, e são esses detalhes que fazem um homem ser admirado e apreciado.

Não tinha ninguém mais popular na cidade do que aquele agente funerário.

Bem, o sermão do funeral foi muito bom, mas danado de comprido e cansativo. E depois o rei ele se meteu na história e falou um pouco das suas asneiras de sempre, até que enfim a cerimônia acabou, e o agente funerário começou a mexer no caixão com sua chave de parafuso. Aí eu fiquei ansioso, observando ele com muita atenção. Mas ele não mexeu no caixão, só deslizou a tampa, suave como mingau, e aparafusou bem firme e forte. Portanto, lá tava eu! Não sabia se o dinheiro tava ali dentro ou não. Então pensei: e se alguém pegou aquele saco às escondidas? Como é que vou saber se tenho que escrever pra Mary Jane ou não? E se ela desenterra o morto e não acha nada – o que ela ia pensar de mim? Raios, digo eu, podiam me perseguir e eu acabar na cadeia; melhor ficar quieto e escondido, e não escrever nada. Essa história tá muito complicada e, tentando melhorar as coisas, acabei piorando tudo umas cem vezes e, céus, não queria ter mais nada com isso, que o diabo carregue toda a história!

Eles enterraram o morto, a gente voltou pra casa e lá fui eu observar os rostos de novo – não dava pra deixar de olhar pra eles, eu não conseguia ficar tranquilo. Mas não deu em nada, os rostos não me diziam nada.

O rei ele fez várias visitas, de noite, e adoçou todo mundo, fez-se amigo de todos. E espalhou que a congregação dele na Inglaterra tava ansiosa pela volta dele, assim ele devia se apressar e dar destino a todas as propriedades sem demora pra voltar pra casa. Lamentava muito estar assim tão pressionado, e todo mundo também tava triste com isso; eles queriam que ele pudesse ficar mais tempo, mas diziam que compreendiam que não podia ser. E ele disse que ele e William iam levar as meninas pra casa com eles; e isso também agradou todo mundo, porque então as meninas iam ficar bem de vida e entre parentes; e isto também agradou as meninas – encantou tanto que elas logo esqueceram já ter sofrido alguma vez na vida; e elas disseram pra ele vender tudo tão rápido quanto quisesse, elas tavam prontas. As pobrezinhas tavam tão alegres e felizes que o meu coração apertou de ver elas sendo enganadas e trapaceadas dessa maneira, mas eu não via um modo seguro de entrar em ação e mudar a música.

Macacos me mordam se o rei não anunciou a casa e os negros e toda a propriedade pra leilão imediato – a venda pra dois dias depois do funeral, mas qualquer um podia comprar em particular de antemão, se quisesse.

Assim, no dia seguinte depois do funeral, lá pelo meio-dia, a alegria das meninas levou o primeiro choque. Aparecem uns traficantes de negros, e o rei lhes vendeu os negros de forma razoável, por ordens de pagamento de três dias, como diziam, e lá se foram os negros, dois filhos rio acima pra Memphis, e a mãe rio abaixo pra Orleans. Achei que os corações daquelas pobres meninas e daqueles negros iam arrebentar de tanta dor; choravam abraçados e sentiam tanta tristeza que quase fiquei doente só de ver. As meninas disseram que nunca tinham imaginado ver a família separada ou vendida pra fora da cidade. Não dá pra esquecer a visão daquelas pobres meninas e daqueles negros desconsolados, dependurados uns nos pescoços dos outros e chorando. E acho que eu não ia aguentar, ia explodir e dedurar o nosso bando, se não soubesse que a venda não era pra valer e que os negros iam voltar pra casa em uma ou duas semanas.

A história criou uma grande agitação na cidade, e muitos vieram com firmeza e disseram que era escandaloso separar a mãe e as crianças daquele jeito. Isso injuriou um pouco os trapaceiros, mas o velho tolo ele continuou a agir com violência, apesar de tudo o que o duque podia falar ou fazer e, vou dizer, o duque tava um bocado inquieto.

O dia seguinte era o do leilão. De manhãzinha, o rei e o duque sobem até a minha mansarda e me acordam, e vejo pelo ar dos dois que lá vem encrenca. O rei pergunta:

– Você teve no meu quarto anteontem de noite?

– Não, majestade – que era como eu sempre chamava ele quando ninguém tava por perto além do nosso bando.

– Você teve lá ontem ou na noite passada?
– Não, majestade.
– Palavra de honra... nada de mentiras.
– Palavra de honra, majestade, tô falando a verdade. Não tive perto do seu quarto desde que a srta. Mary Jane levou o senhor e o duque e mostrou o quarto.

O duque perguntou:
– Você viu alguma outra pessoa entrando ali?
– Não, alteza, não que me lembre, acho eu.
– Pensa um pouco.

Pensei uns minutos, vi a minha oportunidade, então eu disse:
– Bem, vi os negros entrando ali várias vezes.

Os dois tiveram um sobressalto, primeiro parecendo não ter esperado por aquilo, mas depois parecendo *ter esperado*. Então o duque perguntou:
– O quê, *todos* eles?
– Não... pelo menos não todos ao mesmo tempo. Quer dizer, acho que vi todos *saindo* do quarto ao mesmo tempo só uma vez.
– Opa... quando foi isto?
– Foi no dia do funeral. De manhã. Não era cedo, porque dormi demais. Tava começando a descer a escada e vi eles.
– Bem, continua, *continua*... que é que tavam fazendo? Como é que tavam se comportando?
– Não tavam fazendo nada. E tavam se comportando normalmente, pelo que vi. Eles foram embora na ponta dos pés, por isso entendi, sem muita dificuldade, que eles tinham entrado ali pra arrumar o seu quarto, majestade, ou alguma outra coisa, achando que sua majestade já tava de pé, e descobriram que *não tava*, e assim tentaram sair de fininho sem acordar sua majestade, se é que já não tinham acordado.
– Santo Deus, *isso* diz muito! – diz o rei, e os dois pareciam bem aflitos e bastante tolos. Ficaram ali pensando e coçando a cabeça por uns minutos. Depois o duque explodiu num risinho áspero e disse:

– Incrível como aqueles negros representaram bem o seu papel. Fingiram que tavam *muito tristes* por deixar a região! E eu acreditei que eles *tavam* tristes. E você também, assim como todo mundo. Que ninguém venha me dizer que um negro não tem talento histriônico. Ora, o modo como representaram a cena ia enganar qualquer um. Na minha opinião, valem uma fortuna. Se eu tivesse capital e um teatro, não ia querer um espetáculo melhor do que este... e nós vendemos eles a preço de banana. Sim, e ainda nem temos a prerrogativa de provar a banana. Diga, onde é que tá essa banana? Essa ordem de pagamento?

– No banco, pra ser cobrada. Onde é que *ia estar*?

– Então *isso* tá bem, graças a Deus.

Pergunto eu, meio tímido:

– Alguma coisa errada?

O rei gira pro meu lado e brada:

– Não é da sua conta! Fica quieto e cuida das suas coisas... se é que tem alguma. Enquanto a gente ficar nesta cidade, não esquece disso, tá ouvindo? – Aí ele diz pro duque: – Temos que engolir essa história e não dizer nada: boca calada é a palavra pra *nós*.

Quando tavam começando a descer a escada, o duque ele dá um risinho de novo e diz:

– Vendas rápidas *e* pequenos lucros! Um bom negócio... sim.

O rei rosna pra ele e diz:

– Eu tava tentando fazer o melhor, vendendo tudo bem rápido. Se os lucros acabaram sendo nada, muito pouco, sem nenhuma sobra, a culpa é mais minha do que sua?

– Bem, *eles* ainda iam estar nessa casa, e nós *não*, se o meu conselho tivesse sido ouvido.

O rei respondeu de um jeito insolente, uma insolência dentro de um limite seguro pra ele, e depois trocou de tática e *me* atacou de novo. Me passou uma carraspana por eu não ter dito que tinha visto os negros saindo do seu quarto e agindo daquela maneira – disse que qualquer *imbecil* ia saber que alguma coisa tava acontecendo. E depois deu uns passos cheio de si e praguejou *contra si mesmo* por um tempo. E disse que tudo tinha acontecido porque ele não tinha dormido até tarde nem feito o seu repouso costumeiro naquela manhã, e ai dele se fosse agir assim de novo algum dia. E eles continuaram a matraquear, mas eu me sentia muito feliz por ter colocado toda a suspeita nos negros, sem ter causado nenhum dano aos negros com isso.

## Capítulo 28

*A viagem para a Inglaterra – "O animal!" – Uma Realeza Sem Igual – Mary Jane decide partir – Huck se despede de Mary Jane – Caxumba – A linha da oposição*

Logo era hora de levantar, então desci a escadinha e me dirigi pro andar debaixo, mas, quando passo pelo quarto das meninas, a porta tava aberta, e vejo Mary Jane sentada ao lado do seu velho baú de couro peludo, que tava aberto, e ela tava guardando coisas ali dentro – se aprontando pra viagem pra Inglaterra. Mas ela tinha parado, com um vestido dobrado no colo, e tava com o rosto escondido nas mãos, chorando. Eu me senti muito mal vendo essa cena, é claro, qualquer um ia se sentir mal. Entrei no quarto e falei:

– Srta. Mary Jane, a senhorita não aguenta ver as pessoas com dificuldades, e *eu* também não... quase sempre. Me conta qual é o problema.

Então ela me contou. E eram os negros – como eu tinha esperado. Ela disse que a bela viagem pra Inglaterra tava estragada pra ela. Ela não sabia *como* ia ser feliz lá longe, sabendo que a mãe e as crianças nunca mais iam se ver – e então caiu num choro mais amargo do que nunca, atirou as mãos pra cima, e disse:

– Oh, céus, pensar que eles *nunca mais* vão se ver!

– Mas eles *vão* se ver, e dentro de duas semanas... *sei* disso! – falei.

Ops, saiu antes de eu poder pensar! E antes de eu poder me mexer, ela atirou os braços ao redor do meu pescoço e me pediu pra *repetir, repetir, repetir*!

Vi que tinha falado muito de repente, falado demais, e tava num aperto. Pedi um minuto pra pensar, e ela ficou ali sentada, muito impaciente e emocionada, e muito bela, mas parecendo meio feliz e aliviada, como uma pessoa que teve um dente arrancado. Assim continuei examinando o caso. Falei pra mim mesmo: acho que alguém que decide contar a verdade quando tá em apuros tá correndo riscos consideráveis, só que eu nunca tive essa experiência e não posso dizer com certeza, mas assim me parece, pelo menos. E aqui tá um caso em que macacos me mordam se não me parece que a verdade é melhor, e de certo *mais segura*, do que a mentira. Tenho que guardar isso na minha cabeça pra pensar bem uma hora ou outra, é tudo tão estranho e pouco comum. Nunca vi nada parecido. Bem, falei pra mim mesmo por fim, vou arriscar, vou contar a verdade desta vez, apesar de ter a impressão de estar me sentando num barril de pólvora e acendendo o estopim só pra ver onde é que vai dar. Então falei:

– Srta. Mary Jane, tem algum lugar fora da cidade perto daqui onde a senhorita podia passar uns três ou quatro dias?

– Sim... a casa do sr. Lothrop. Por quê?

– Não importa por que, agora. Se eu contar como é que eu sei que os negros vão se ver de novo... daqui a duas semanas... aqui nesta casa... e *provar* como é que eu sei disso... a senhorita vai para a casa do sr. Lothrop e fica por lá uns quatro dias?

– Quatro dias! – diz ela. – Fico até um ano!

– Tudo bem – falei –, não quero nada mais *da senhorita*, só a sua palavra... pra mim a sua palavra é melhor que a de qualquer outro homem beijando a Bíblia. – Ela sorriu e corou bem querida, então eu disse: – Se não se importa, vou fechar a porta... e trancar.

Depois volto e me sento de novo, e aí falei:

– Não grita. Só fica quieta e aceita a verdade como um homem. Tenho que contar a verdade, e a senhorita precisa ser forte, srta. Mary, porque é uma verdade ruim, e vai ser difícil aceitar, mas não tem outro jeito. Esses seus tios não são tios coisa nenhuma... são dois impostores... uns vagabundos. Pronto, agora já passou a parte pior... a senhorita vai poder aguentar o resto mais fácil.

Ela ficou abalada, é claro, mas eu já tava agora em águas rasas, por isso segui em frente, os olhos dela brilhando cada vez mais forte o tempo todo, e eu contei a ela tintim por tintim toda a maldita história, desde o ponto quando a gente encontrou o jovem tolo que tava subindo a margem pra pegar o barco a vapor até quando ela se atirou no peito do rei na porta da frente e ele lhe deu uns dezesseis ou dezessete beijos – e aí ela se levanta num salto, com o rosto em brasa como no pôr do sol, e diz:

– O animal! Vamos... nada de perder nem um minuto... nem um s*egundo*... vamos cobrir os dois com piche e penas e atirar os pilantras no rio!

Digo eu:

– Certamente. Mas a senhorita quer dizer, antes de ir pra casa do sr. Lothrop ou...

– Oh – diz ela –, que *ideia*! – e logo se senta de novo. – Não dá atenção ao que eu disse... por favor, esquece... *vai* esquecer, não *vai*? – E colocou a mão de seda sobre a minha de um tal modo que eu respondi que preferia a morte antes de não fazer a sua vontade. – Nunca pensei que fosse ficar tão abalada – diz ela. – Agora continua, e não vou mais fazer nada disso. Você me diz o que tenho que fazer, e o que você disser eu farei.

– Bem – falei eu –, é um bando duro, esses dois impostores, e tô numa situação que tenho que viajar com eles por mais algum tempo, querendo ou não... prefiro não dizer por quê... e, se a senhorita fosse desmascarar eles, esta cidade ia me arrancar das garras deles, e *eu ia ficar* bem, mas tem uma outra pessoa que a senhorita não sabe quem é que ia ficar numa encrenca danada. Temos que salvar *ele*, não? É claro. Bem, então, nada de denunciar os tratantes.

Dizer essas palavras acendeu uma boa ideia na minha cabeça. Vejo um jeito de eu talvez conseguir nos livrar, eu e Jim, dos trapaceiros, dar um jeito pros dois serem presos aqui e depois ir embora. Mas eu não queria seguir na balsa durante o dia, sem ninguém mais a bordo pra responder às perguntas, só eu, então eu queria que o plano só começasse a funcionar bem tarde da noite. Digo:

— Srta. Mary Jane, vou lhe dizer o que a gente vai fazer... e a senhorita também não vai ter que ficar tanto tempo na casa do sr. Lothrop. Qual é a distância até lá?

— Um pouco menos de seis quilômetros... bem no campo, aqui atrás.

— Bem, vai dar. Agora a senhorita trata de ir pra lá e fica quieta até nove ou nove e meia da noite e depois chama alguém pra trazer a senhorita pra casa de novo... fala que pensou em algo. Se chegar aqui antes das onze, coloca uma vela na janela e, se eu não aparecer, espera até as *onze*, e *aí* se eu não aparecer, isso quer dizer que fui embora, que tô bem longe, são e salvo. Então ocê sai e espalha a notícia por todos os lados e manda prender os dois vagabundos.

— Está bem – diz ela. – Vou fazer isto.

— E se acontecer de eu não conseguir ir embora, mas ser preso junto com eles, a senhorita tem que dizer que eu lhe contei toda a história antes, e a senhorita deve ficar do meu lado e me ajudar como puder.

— Ficar do seu lado, é claro que sim. Eles não vão tocar nem um fio de cabelo seu! – diz ela, e vi as narinas dela se abrindo e os seus olhos piscando quando falou essas palavras.

— Se eu me mandar, não vou tá aqui – digo – pra provar que esses patifes não são seus tios, e não ia poder provar mesmo que *eu* tivesse aqui. Podia jurar que eles são mandriões e vagabundos, só isso, apesar de já ser alguma coisa. Bem, tem outros que podem fazer isso melhor do que eu... e são pessoas que vão despertar menos dúvidas do que eu. Vou contar o que fazer pra encontrar essa gente. Me dá um lápis e um pedaço de papel. Aqui ..."*Uma Realeza Sem Igual, Bricksville*". Coloca isso em algum lugar, não perde. Quando o tribunal quiser descobrir alguma coisa sobre esses dois, que eles mandem alguém pra Bricksville pra dizer que pegaram os homens que encenaram Uma Realeza Sem Igual e pedir umas testemunhas... ora, ocês vão ter toda a cidade aqui antes mesmo de poderem piscar os olhos, srta. Mary. E eles vão chegar fervendo.

Achei que a gente já tinha tudo combinado. Então eu disse:

— Só deixa o leilão seguir adiante e não se preocupa. Ninguém tem que pagar na hora as coisas que compram, mas só um dia inteiro depois do leilão, por ter sido de repente, e eles não vão sair da cidade enquanto não pegarem esse dinheiro... e do jeito como a gente arrumou as coisas, a venda não vai valer, e eles *não vão* conseguir dinheiro nenhum. Bem como aconteceu com os negros... não teve nenhuma venda, e os negros vão voltar em pouco tempo. Ora, eles ainda não podem pegar o dinheiro pelos *negros*... eles tão na pior das enrascadas, srta. Mary.

— Bem — diz ela —, vou descer correndo pro café da manhã agora e depois saio direto pra casa do sr. Lothrop.

— Nada disso, não é *assim* que a gente faz, srta. Mary Jane — digo eu —, de jeito nenhum. Vai *antes* do café da manhã.

— Por quê?

— Por que acha que eu quero que vá, srta. Mary?

— Bem, nem pensei... e agora que fico pensando, não sei. Por quê?

— Ora, é porque a senhorita não é uma dessa gente cara de pau. Não tem livro melhor pra ler do que a sua cara. A gente podia sentar e ler no seu rosto como num jornal. Acha que consegue ir encarar os seus tios, quando eles descerem pra lhe dar um beijo de bom-dia, e não...

— Chega, chega, não! Sim, vou antes do café da manhã... graças a Deus! E deixar as minhas irmãs com eles?

— Sim... não pensa nelas. Elas têm que aguentar ainda por um tempo. Podia despertar suspeitas se todas ocês saíssem. Não quero a senhorita se encontrando com eles, nem com as suas irmãs, nem com ninguém nessa cidade... se um vizinho perguntar como tão seus tios hoje de manhã, a sua cara vai denunciar tudo. Não, vai logo embora, srta. Mary Jane, deixa que eu arrumo as coisas com todos eles.

Vou falar com a srta. Susan pra ela dar aos tios um recado carinhoso seu, que a senhorita teve que sair por algumas horas pra descansar um pouco e mudar de ares, ou pra ver um amigo, e que a senhorita vai estar de volta de noite ou amanhã bem cedo.

– Pra ver um amigo tá bom, mas não quero saber de nenhum recado carinhoso pra eles.

– Então, não vou dar recado nenhum. – Tudo bem falar isso pra *ela*... não fazia mal nenhum. Era só uma mentirinha, sem problemas, e são essas pequenas coisas que facilitam o caminho da gente aqui na terra. Mary Jane ia se sentir bem, e não custava nada. Então digo: – Tem mais uma coisa... aquele saco de dinheiro.

– Bem, tá nas mãos deles, e me sinto uma idiota quando penso *como* é que eles pegaram o dinheiro.

– Não, ocê tá errada neste ponto. Eles não têm o dinheiro.

– Ora, quem é que tá com o dinheiro, então?

– Queria muito saber, mas não sei. *Tava* comigo, porque roubei deles, e roubei pra dar pra senhorita. E sei onde é que escondi, mas tenho medo que não tá mais ali. Sinto muito, srta. Mary Jane, muito mesmo, mas fiz o que pude, tudo o que foi possível, sério. Quase fui pego e tive que enfiar o dinheiro no primeiro lugar que encontrei, e sair correndo... e não foi um bom lugar.

– Oh, pare de se culpar... é muito ruim fazer isto, e não vou deixar... você não tinha outra saída, não é culpa sua. Onde é que você escondeu o dinheiro?

Eu não queria fazer ela pensar de novo nos seus problemas e não sentia coragem de dizer a ela uma coisa que ia colocar na frente dos seus olhos aquele cadáver deitado no caixão com aquele saco de dinheiro sobre o estômago. Então por um minuto não falei nada – depois eu disse:

– Acho melhor não dizer onde foi que coloquei o dinheiro, srta. Mary Jane, se me deixar ficar em silêncio. Mas vou escrever num pedaço de papel, e a senhorita pode ler o papel na estrada pra casa do sr. Lothrop, se quiser. Acha que assim tá bem?

– Oh, sim.

Assim escrevi: "Coloquei o dinheiro no caixão. O saco tava lá dentro, quando a senhorita tava chorando ali, noite alta. Eu tava trás da porta e sentia muita pena da senhorita, srta. Mary Jane".

Isso fez meus olhos se encherem um pouco de água, lembrar ela chorando ali sozinha de noite, e aqueles demônios deitados bem embaixo do teto dela, desonrando ela e roubando o que ela tinha. E quando dobrei o papel e entreguei pra ela, vi as lágrimas subirem também pros olhos dela. Ela me apertou a mão, bem forte, e disse:

– *Adeus*... vou fazer tudo como você mandou. E se a gente não se encontrar mais, não vou esquecer de você nunca, vou pensar em você muitas e muitas vezes, e também vou *rezar* por você! – e aí ela partiu.

Rezar por mim! Achei que, se me conhecesse, ela ia se encarregar de outra tarefa mais apropriada pro seu tamanho. Mas aposto que rezou, mesmo assim – ela era desse jeito. Tinha a coragem de rezar por Judas se lhe desse na telha – com ela não tinha essa história de se render, acho eu. Ocê pode dizer o que quiser, mas na minha opinião ela tinha mais garra que qualquer outra moça que conheci; na minha opinião, ela era cheia de garra. Parece adulação, mas não é adulação. E quando a gente pensa em beleza – e bondade também –, ela ganhava de todas. Nunca mais vi Mary Jane desde aquele dia quando vi ela desaparecer por aquela porta; não, não vi mais desde aquela vez, mas acho que pensei nela muitos e muitos milhões de vezes, e de ela dizer que ia rezar por mim. E, se um dia eu inventar de pensar que vai me fazer bem rezar por *ela*, macacos me mordam se não vou rezar ou morrer.

Bem, Mary Jane ela saiu pela porta dos fundos, acho eu, porque ninguém viu ela ir embora. Quando encontrei Susan e a do lábio leporino, perguntei:

– Como é o nome daquelas pessoas no outro lado do rio que todas ocês vão visitar de vez em quando?

Elas dizem:

– Têm várias, mas os principais são os Proctots.

– É esse o nome – digo –, quase esqueci. Bem, a srta. Mary Jane ela me pediu pra dizer que teve que ir lá numa pressa dos diabos... alguém da família tá doente.

– Quem?

– Não sei, meio que esqueci, mas acho que é...

– Misericórdia, espero que não seja *Hanner*.

– Lamento – digo –, mas é esse o nome.

– Meu Deus... e ela estava tão bem na semana passada! Ela passou mal?

– Não sei dizer. Eles ficaram acordados cuidando dela a noite inteira, foi o que a srta. Mary Jane disse, e acham que ela vai morrer em questão de horas.

– Imagina! O que é que ela tem?

Não consegui pensar em nada razoável, assim de imediato, por isso disse:

– Caxumba.

– Caxumba, a sua vó! Eles não ficam perto de gente que tem caxumba.

– Não ficam, é? Pode apostar que ficam com *esse* tipo de caxumba. Esta caxumba é diferente. Um tipo novo, disse a srta. Mary Jane.

– Como é que é um tipo novo?

– Porque tá misturado com outras coisas.

– Que outras coisas?

– Bem, sarampo, coqueluche, erisipela, tuberculose, icterícia, meningite e não sei o que mais.

– Santa Maria! E eles chamam isto de *caxumba*?

– Foi o que a srta. Mary Jane disse.

– Por que diabos eles chamam de *caxumba*?

– Ora, porque *é* caxumba. É assim que começa.

– Ora, isso não faz sentido. Uma pessoa pode dar uma topada, praguejar de dor, cair no poço, quebrar o pescoço e rebentar a cabeça, e aí passa alguém e pergunta do que ela morreu, e um idiota vem e responde: "Ora, ela deu uma topada". Ia fazer sentido? *Não*. Assim como essa história também não faz sentido. Isso pega?

– Se *pega*? Ora, mas que pergunta. Um ancinho não *pega*? No escuro? Se ocê não fica enganchado num dente do ancinho, vai ficar no outro, não? E não consegue se livrar daquele dente sem puxar todo o ancinho junto, certo? Bem, esse tipo de caxumba é uma espécie de ancinho, vamos dizer assim... e também não é um ancinho qualquer, a pessoa fica bem enganchada.

– Bem, é terrível, acho eu – diz a do lábio leporino. – Vou falar com o tio Harvey e...

– Oh, sim – digo eu –, exatamente o que eu *ia fazer*. É claro que eu ia falar com ele. Não ia perder tempo.

– Bem, por que não?

– Só pensa um pouco e aí talvez ocê vai entender. Os seus tios não tão obrigados a voltar pra casa na Inglaterra o mais rápido possível? E ocê acha que eles vão ser tão malvados a ponto de partir e deixar ocês fazerem toda essa viagem sozinhas? *Ocê* sabe muito bem que eles vão esperar por ocês. Inté aí, tudo bem. O seu tio Harvey é um pregador, né? Muito bem, então: um *pregador* vai enganar o funcionário do barco a vapor? Vai enganar um *funcionário de navio*? Pra convencer todos a deixar a srta. Mary Jane subir a bordo? Ora, ocê sabe que ele não vai fazer nada disso. O que ele *vai* fazer então? Ora, vai dizer: "É uma pena, mas os assuntos da minha igreja vão ter que se arrumar da melhor maneira possível: porque a minha sobrinha foi exposta à terrível caxumba pluribus-unum, e então é meu dever sagrado ficar aqui e esperar os três meses que leva pra doença se manifestar, se é que ela pegou". Mas não faz caso, se ocê acha que é melhor contar a seu tio Harvey...

– Bolas, e ficar à toa por aqui, quando a gente podia estar se divertindo na Inglaterra, enquanto espera pra descobrir se Mary Jane pegou a doença ou não? Ora, ocê fala como um trouxa.

– Bem, de qualquer maneira, é talvez melhor contar a alguns dos vizinhos.

– Escuta só! Você ganha de todos em estupidez natural. Não *vê* que eles *iam sair contando* pra todo mundo? Não tem outro jeito, não dá pra contar pra ninguém.

– Ocê tá talvez certa... sim, acho que tá certa.

– Mas acho que devemos contar ao tio Harvey que ela saiu por uns tempos, de todo jeito, para que ele não fique preocupado com ela, não acha?

– Sim, é o que a srta. Mary Jane queria de ocês. Ela disse: "Diga pra elas darem ao tio Harvey e tio William todo o meu carinho e um beijo, e diga que fui pro outro lado do rio pra ver o sr... o sr..." qual é o nome daquela família rica que o seu tio Peter tinha em tão alta consideração? Quero dizer aquela que...

– Ora, você deve estar falando dos Apthorps, não?

– É claro, uma amolação esse tipo de nomes, a gente nunca se lembra deles, no mais das vezes. Sim, ela disse: fala que Mary Jane saiu correndo pra garantir a presença dos Apthorps no leilão pra comprar esta casa, porque ela sabe que o tio Peter queria que a casa ficasse com eles, mais do que com qualquer outra pessoa. Mary Jane não vai arredar pé até escutar que eles vão vir, e aí, se não tiver muito cansada, vai voltar pra casa; e se tiver cansada, volta amanhã cedo, de qualquer maneira. Ela disse: não fala nada sobre os Proctors, mas só sobre os Apthorps... o que é a pura verdade, porque ela *vai* lá pra falar sobre eles comprarem a casa. Sei disso, porque ela mesma me falou.

– Tudo bem – disseram e saíram pra esperar pelos tios, dar a eles o carinho e os beijos, e passar o recado.

Tava tudo bem agora. As meninas não iam falar nada, porque elas queriam ir pra Inglaterra, e o rei e o duque iam achar melhor uma Mary Jane longe trabalhando pro leilão do que ali perto ao alcance do dr. Robinson. Eu tava me sentindo bem, achava que tinha feito tudo direito – achava que nem Tom Sawyer podia ter feito melhor. É claro, nas suas mãos tudo ia ter mais estilo, mas não consigo fazer isso com tanta facilidade, porque não fui criado pra isso.

Bem, eles fizeram o leilão na praça, perto do fim da tarde, e tinha filas e filas, e o velho ele tava a postos e com o seu ar mais infame, ali ao lado do leiloeiro, contribuindo com um pouco de Escritura de vez em quando, ou com um pequeno adágio beato qualquer, e o duque ele tava ao redor mendigando simpatia de todos os jeitos que conhecia, só fazendo manifestações vagas.

Mas dali a pouco o leilão chegou ao fim, e tudo foi vendido. Tudo menos um pequeno e antigo lote insignificante no cemitério. Assim eles tiveram que trabalhar pra se livrar *disso* – nunca vi uma girafa como o rei, pra querer engolir *tudo*. Bem, enquanto ele tava cuidando disso, um vapor atracou, e dali a uns dois minutos chega uma multidão fazendo algazarra, gritando, rindo e avançando aos berros:

– *Chegou* a oposição! Dois grupos de herdeiros do velho Peter Wilks... ocê paga e escolhe!

## Capítulo 29

*Relações contestadas – O rei explica a perda – Uma questão de caligrafia – Tatuagem – Desenterrando o cadáver – Huck escapa*

Eles tavam trazendo um velho cavalheiro de aparência refinada, e outro mais jovem também elegante, com o braço direito numa tipoia. E, santo Deus, como as pessoas berravam, riam e faziam algazarra. Mas eu não via razão pra rir e achei que o duque e o rei tinham que fazer muita força pra encontrar algum motivo de chacota. Achei que tinham ficado pálidos. Mas não, nem pálidos eles ficavam. O duque ele não demonstrou que suspeitava do que tinha acontecido, e continuou a mendigar simpatia, feliz e satisfeito, como um jarro borbulhante de leite. E quanto ao rei, ele apenas olhava e olhava triste aqueles recém-chegados, como se sentisse dor de barriga no próprio coração só de pensar que podia ter no mundo uns tais impostores e patifes. Oh, ele representava admiravelmente. Muitas das pessoas importantes se reuniram ao redor do rei pra mostrar que tavam do seu lado. Aquele velho cavalheiro que acabara de chegar parecia intrigado além da conta. Logo começou a falar, e vi, de cara, que ele falava *como* um inglês, não do jeito do rei, embora a pronúncia do rei *fosse* bastante boa, como imitação. Não posso reproduzir as palavras do velho cavalheiro, nem posso imitar a pronúncia, mas ele se virou pra multidão e disse mais ou menos o seguinte:

— Esta é uma surpresa que eu não estava esperando, e vou admitir, bem sincero e franco, não estou muito preparado para enfrentá-la e dar uma resposta à altura, porque meu irmão e eu tivemos infortúnios, ele quebrou o braço, e a nossa bagagem foi desembarcada numa cidade acima daqui, ontem de noite, por um engano. Sou o irmão Harvey de Peter Wilks, e este é o seu irmão William, que não escuta nem fala... e nem pode fazer sinais que signifiquem alguma coisa, agora que ele só tem uma das mãos para desenhá-los. Somos quem dizemos que somos, e em um ou dois dias, quando receber a bagagem, vou poder prová-lo. Mas até então, não vou dizer mais nada, apenas vou para o hotel esperar.

Assim, ele e o novo mudinho partiram, e o rei ele ri e dispara a falar asneiras:

— Quebrou o braço... *muito* provável, *não*? E muito conveniente, também, prum impostor que tem que fazer sinais e não aprendeu como. Perderam a bagagem! Esta é *muito* boa! E muito fantasiosa... nas atuais *circunstâncias*!

Aí ele riu de novo, assim como todos os demais, menos três ou quatro, ou talvez meia dúzia. Um desses era aquele doutor, outro era um cavalheiro de ar inteligente, com uma mala antiquada com forro de tapeçaria, que tinha acabado de desembarcar do barco a vapor e tava falando com o doutor em voz baixa, olhando pro rei de vez em quando e os dois mexendo a cabeça – era Levi Bell, o advogado que tinha ido pra Louisville. E ainda outro era um grandalhão rude que vinha junto e escutava tudo o que o velho cavalheiro dizia e agora tava escutando o rei. E quando o rei terminou, esse grandalhão pergunta:

– Ei, olha aqui, se você é Harvey Wilks, quando é que chegou na cidade?

– No dia antes do funeral, amigo – disse o rei.

– Mas a que hora do dia?

– De tardezinha... uma ou duas horas antes do pôr do sol.

– Como é que veio?

– Vim no *Susan Powell*, de Cincinnati.

– Então, como é que você tava no Pint *de manhã*... numa canoa?

– Eu não tava no Pint de manhã.

– Mentira.

Vários pularam em cima dele e pediram pra ele não falar dessa maneira com um velho e um pregador.

– Pregador uma ova, ele é um impostor e um mentiroso. Tava no Pint naquela manhã. Eu moro por lá, não? Bem, eu tava lá, e ele tava lá. Eu *vi* ele lá. Ele vinha numa canoa, junto com Tim Collins e um menino.

O doutor então diz:

– Você seria capaz de reconhecer o menino se chegasse a ver ele de novo, Hines?

– Acho que sim, mas não sei. Ora, ali tá ele. Muito fácil de reconhecer.

Era pra mim que ele tava apontando. O doutor diz:

– Vizinhos, não sei se o novo par de cavalheiros é impostor ou não, mas se *esses* dois não são impostores, eu sou um idiota, e ponto final. Acho que é nosso dever cuidar pra que eles não saiam daqui até examinarmos toda esta história. Venha, Hines, venham, todos vocês. Vamos levar estes sujeitos pra taverna e pôr eles cara a cara com os outros dois e acho que vamos descobrir *alguma coisa* antes de chegar ao fim.

Isso deixou a multidão desatinada, menos talvez os amigos do rei. Então partimos todos. Tava perto do pôr do sol. O doutor ele me levava pela mão, cheio de gentilezas, mas nunca *soltava* a minha mão.

Todo mundo entrou num salão do hotel, a gente acendeu umas velas e mandou buscar a nova dupla de irmãos do falecido. Primeiro, o doutor disse:

– Não quero ser duro demais com estes dois homens, mas acho que eles são impostores e podem ter cúmplices de quem nada sabemos. Se tiverem cúmplices, será que eles não vão fugir com aquele saco de ouro que o Peter Wilks deixou? Não é improvável. Se estes homens não são impostores, não vão ser contra mandar buscar esse dinheiro e deixar as moedas sob nossa guarda até provarem que são decentes, não é mesmo?

Todo mundo concordou. Então achei que eles tinham encurralado o nosso bando, já bem desde o início. Mas o rei ele só se fez de triste e disse:

– Cavalheiros, queria que o dinheiro tivesse lá, pois não tenho vontade de pôr obstáculos no caminho de uma investigação justa, aberta e completa desse caso infeliz, mas ai de mim! O dinheiro não está lá, podem mandar buscar e ver, se quiserem.

– Onde é que está, então?

– Bem, quando a minha sobrinha me deu pra guardar pra ela, peguei o saco e escondi dentro do colchão de palha da minha cama, não querendo pôr no banco por causa dos poucos dias que vamos passar aqui. Considerava a cama um lugar seguro, porque nós não estamos acostumados com negros e achávamos que eles são honestos, como os criados na Inglaterra. Os negros roubaram o dinheiro na manhã seguinte, depois que desci pro andar de baixo. E quando vendi os escravos, ainda não tinha dado por falta do dinheiro, então eles se safaram com as moedas. O meu criado aqui pode lhes contar tudo sobre esse caso, cavalheiros.

O doutor e vários outros disseram "Xiiii", e eu vi que ninguém acreditou no rei. Um homem me perguntou se eu vi os negros roubando. Eu disse "não", mas vi eles saindo sorrateiros do quarto e seguindo apressados, e não achei estranho, só imaginei que tavam com medo de acordar o meu patrão e tavam tentando fugir antes de ele armar um rolo com eles. Foi tudo o que me perguntaram. Aí o doutor se vira pra mim e pergunta:

– *Você* é inglês também?

Falei "sim", e ele e alguns outros riram e disseram "Tolice!".

Bem, aí eles embarcaram numa investigação geral, e foi o que tivemos, de um lado pro outro, entra hora, sai hora, e ninguém dizia uma palavra sobre comer alguma coisa, nem ninguém parecia pensar nisso – e assim eles continuaram. E *era* o caso mais confuso já visto. Fizeram o rei contar a sua história e fizeram o velho cavalheiro contar a sua – e qualquer um, menos um bando de idiotas bitolados, ia ter visto que o velho cavalheiro tava contando a verdade e o outro, mentiras. E logo eles me fizeram contar o que eu sabia. O rei ele me olhou torto, e assim eu sabia que tinha que falar direito. Comecei a contar sobre Sheffield, e como vivíamos ali, e tudo sobre os Wilks ingleses, e assim por diante. Mas não fui muito longe, porque o doutor já começou a rir, e Levi Bell, o advogado, disse:

– Senta, menino, eu não me esforçaria, se fosse você. Acho que você não tá acostumado a mentir, a história não parece sair fácil, você precisa é de prática. Você mente de um jeito estranho.

Não gostei nada do elogio, mas de qualquer maneira fiquei contente de ser dispensado.

O doutor ele começou a dizer alguma coisa, virou-se e falou:

– Se você estivesse na cidade antes, Levi Bell...

O rei interrompeu, estendeu a mão e disse:

– Ora, este é o velho amigo de meu pobre irmão falecido, de quem ele escrevia tantas vezes?

O advogado e ele apertaram as mãos, e o advogado sorriu e parecia satisfeito, e eles ficaram falando por um bom tempo, e depois foram prum lado e falaram em voz baixa. Por fim, o advogado levantou a voz e disse:

– Isso vai acertar as coisas. Vou pegar a ordem e enviar, junto com a de seu irmão, e então eles vão saber que está tudo direito.

Então eles pegaram um papel e uma pena, e o rei ele se sentou, torceu a cabeça prum lado, mascou a língua e rabiscou alguma coisa. Depois eles deram a caneta pro duque – e aí pela primeira vez o duque parecia aflito, mas ele pegou a pena e escreveu. Aí o advogado se vira pro outro velho cavalheiro recém-chegado e diz:

– Você e seu irmão, por favor, escrevam uma ou duas linhas e assinem o seu nome.

O velho cavalheiro escreveu, mas ninguém conseguiu ler. O advogado parecia muito espantado e disse:

– Bem, não *entendo*... – E tirou sorrateiro um maço de cartas velhas do bolso, e examinou todas, e então examinou a escrita do velho, e depois as cartas *de novo*, aí disse: – Estas cartas velhas são de Harvey Wilks, e aqui estão as duas caligrafias, e qualquer pessoa pode ver que *eles* não escreveram as cartas – (o rei e o duque pareciam tapeados e tolos, vou lhes contar, por ver como o advogado tinha enganado os dois) – e aqui está a caligrafia *deste* velho cavalheiro, e qualquer pessoa pode ver, com bastante clareza, que *ele* não escreveu as cartas... o fato é que os rabiscos que ele risca não são propriamente *escrita*. Agora aqui algumas cartas de...

O velho cavalheiro recém-chegado diz:

– Por favor, deixe-me explicar. Ninguém consegue ler a minha letra a não ser o meu irmão ali... então ele copia as cartas pra mim. É a letra *dele* que você tem nas cartas, não a minha.

– *Bem!* – diz o advogado – Então *é* assim. Tenho também algumas cartas de William, assim se você pedir pra ele escrever uma ou duas linhas pra podermos com...

– Ele *não consegue* escrever com a mão esquerda – diz o velho cavalheiro. – Se ele pudesse usar a mão direita, você veria que ele escreveu as cartas dele e também as minhas. Olhe pras duas, por favor... são escritas com a mesma letra.

O advogado examinou as cartas e disse:

– Acredito que é assim... e se não for, a semelhança é muito mais forte do que eu tinha percebido antes, de qualquer modo. Bem, bem, bem! Achei que estava na pista de uma solução, mas deu em nada, em parte. De qualquer maneira, *uma* coisa tá provada... estes dois não são Wilks – e ele abanou a cabeça na direção do rei e do duque.

Bem, adivinhem. Nem mesmo nesse momento aquele velho tolo e estúpido se deu por vencido! Na verdade, ele não desistia. Disse que não era um teste justo. Disse que seu irmão William era danado pra fazer troça de todo mundo e não tinha se esforçado para escrever – *ele* viu que William ia pregar uma de suas brincadeiras assim que pôs a pena sobre o papel. Então ele se animou e continuou a chilrear e chilrear até *ele próprio* começar realmente a acreditar no que tava dizendo – mas pouco depois o velho cavalheiro recém-chegado interrompeu e disse:

– Pensei numa coisa. Alguém aqui ajudou a arrumar o meu ir... ajudou a arrumar o falecido Peter Wilks pra ser enterrado?

– Sim – diz alguém –, eu e Ab Turner arrumamos o corpo. Tamos os dois aqui.

Então o velho se vira pro rei e diz:

– Este cavalheiro pode, quem sabe, dizer o que estava tatuado no seu peito?

Macacos me mordam se o rei não teve que se retesar bem rápido pra não desmoronar como uma margem escarpada que o rio escavou por baixo, porque as palavras pegaram ele tão de repente – e, olhem, foi uma coisa calculada pra fazer quase *qualquer um* desmoronar, ser apanhado numa enrascada tão sólida como essa assim sem nenhum aviso – porque como é que ele ia saber o que tava tatuado no homem? Ele ficou meio branco, não podia deixar de ser, e tudo tava muito quieto na sala, todo mundo se inclinando um pouco pra frente com os olhos fixos no rei. Digo pra mim mesmo, *agora* ele vai entregar os pontos – não adianta mais. Bem, ele desistiu? Vai ser difícil acreditar, mas ele não desistiu. Acho que ele pensou em manter toda a história até matar todo mundo de cansaço, assim eles iam ficar mais brandos, e ele e o duque podiam se soltar e fugir. Seja como for, ele ficou ali sentado e pouco depois começou a sorrir e disse:

– Humpf! É uma pergunta *muito* difícil, *não*? *Sim*, senhor, posso dizer o que estava tatuado no peito dele. É apenas uma pequena e fina seta azul... é isso, e se você não olhar de perto, não consegue ver. *Agora* o que me diz, hein?

Bem, nunca vi ninguém como aquele velho bolha pra ser assim tão completamente atrevido.

O velho cavalheiro recém-chegado se vira bruscamente pra Ab Turner e seu companheiro, e seu olhar se ilumina, porque ele julgava que tinha pego o rei dessa vez, e diz:

– Pronto... vocês ouviram o que ele disse! Tinha uma marca dessas no peito de Peter Wilks?

Os dois falaram e afirmam:

– Não vimos nenhuma marca desse tipo.

– Bom! – diz o velho cavalheiro. – Agora, o que vocês *viram* no seu peito era um pequeno e fino P, mais um B (que é uma inicial que ele abandonou ainda jovem) e mais um W, com tracinhos entre as letras, assim: P-B-W – e ele rabiscou as letras dessa maneira num pedaço de papel. – Vamos... não foi isso o que vocês viram?

Os dois falaram alto de novo e responderam:

– Não, *não vimos*. Não vimos nenhuma marca.

Ora, todo mundo tava disposto a tudo agora, e eles falaram alto:

– As duas *trupes* são de impostores! Vamos dar um caldo neles! Vamos afogar todos! Vamos obrigar os quatro a desfilar montados numa vara! – e todo mundo tava berrando ao mesmo tempo, uma confusão barulhenta. Mas o advogado ele pula em cima da mesa, grita e diz:

– Cavalheiros... *cavalheiros*! Escutem apenas uma palavra... uma *única* palavra... POR FAVOR! Ainda tem um jeito de saber... vamos desenterrar o corpo e olhar.

Isso interessou todo mundo.

– Hurra! – todos gritaram e queriam partir no mesmo minuto, mas o advogado e o doutor falaram alto:

– Esperem, esperem! Prendam todos estes quatro homens mais o menino e carreguem *todos eles* junto!

– Certamente! – todos gritaram. – E, se não encontramos as tais das marcas, vamos linchar todo o bando!

Eu *tava* assustado agora, vou lhe contar. Mas não tinha como fugir, sabe. Eles nos agarraram todos e nos levaram junto pelo caminho, direto pro cemitério, que ficava dois quilômetros e meio mais abaixo no rio, e com toda a cidade no nosso encalço, porque a gente tava fazendo muito barulho, e eram apenas nove da noite.

Quando a gente passou pela nossa casa, eu desejei não ter mandado Mary Jane pra fora da cidade, porque agora, se eu pudesse lhe fazer um sinal piscando o olho, ela saía e me salvava, e acabava com aqueles vagabundos.

Bem, seguimos como um enxame pela estrada do rio, apenas avançando que nem gatos selvagens, e, para tornar tudo mais assustador, o céu tava escurecendo, e os raios começaram a piscar e rodopiar, e o vento a tremer entre as folhas. Era a encrenca mais terrível e mais perigosa em que já me vi metido, e eu tava meio atordoado, tudo se passando tão diferente do que eu tinha pensado. Em vez de tudo ficar ajeitado pra eu poder atuar sem pressa, se quisesse, e aproveitar toda a diversão, tendo Mary Jane por trás de mim pra me salvar e me libertar na hora do aperto, agora não tinha nada no mundo entre eu e a morte repentina, só aquelas marcas de tatuagem. Se eles não encontrassem essas marcas...

Eu não tava aguentando pensar nisso, mas de algum jeito não conseguia pensar em nada mais. Tava ficando mais escuro e mais escuro, e era uma bela hora pra escapar da multidão, mas aquele brutamontes tinha me segurado pelo pulso – Hines – e era o mesmo que tentar escapar de Golias. Ele me arrastava pelo caminho, tava muito excitado, e eu tinha que correr pra acompanhar o passo.

Chegando lá, fervilharam pelo cemitério e passaram por cima dele como uma enxurrada. E, quando chegaram no túmulo, descobriram que tinham cem vezes mais pás do que precisavam, mas ninguém tinha pensado em pegar uma lanterna. Começaram a cavar mesmo assim, à luz dos relâmpagos, e mandaram um homem pra casa mais próxima, a uns oitocentos metros de distância, pra pegar uma emprestada.

Assim cavaram e cavaram, com toda a força, e ficou terrivelmente escuro, e começou a chover, e o vento zunia e silvava, e o raio aparecia cada vez mais vivo, e o trovão estrondava, mas as pessoas nem prestavam atenção de tão concentradas que tavam na tarefa. Num minuto dava pra ver tudo e todos os rostos naquela grande multidão, as pazadas de terra subindo do túmulo, e no minuto seguinte a escuridão apagava tudo, e não dava pra ver absolutamente nada.

Por fim desenterraram o caixão e começaram a desparafusar a tampa, e aí outro amontoamento, empurrões com os ombros e encontrões pra chegar perto se espremendo e dar uma olhada, uma barafunda nunca vista. E tudo no escuro, era terrível. Hines ele machucou o meu pulso de um jeito terrível, com puxões e arrancos, e acho que acabou esquecendo que eu existia no mundo, de tão excitado e ofegante que tava.

De repente o raio deixou fluir uma perfeita represa de clarão branco, e alguém falou alto:

– Pelas barbas do profeta, olha ali o saco de ouro sobre o peito do defunto!

Hines soltou um grito, como todos os outros, largou o meu pulso e avançou rápido e brusco pra abrir caminho e conseguir enxergar, e o jeito como eu me escapei e passei sebo nas canelas procurando a estrada no escuro não tem quem possa contar.

Eu tinha toda a estrada pra mim e praticamente voei – quer dizer, eu tinha a estrada pra mim menos a escuridão sólida, os clarões de vez em quando, a chuva zumbindo, o vento batendo, o trovão rachando, e tão certo como dois e dois são quatro, segui a toda pela estrada!

Quando cheguei na cidade, vi que não tinha ninguém fora de casa na tempestade, então não procurei as ruas traseiras, mas me enfiei direto pela rua principal. E quando comecei a chegar perto, mirei o olho e achei a nossa casa. Não tinha luz, toda a casa no escuro – o que me fez ficar triste e desapontado, não sabia bem por quê. Mas por fim, bem quando eu tava passando pela frente, *cintila* uma luz na janela de Mary Jane! E o meu coração inchou de repente, como pra rebentar, e no mesmo segundo a casa e tudo já tava atrás de mim no escuro, e nunca mais ia aparecer diante de mim neste mundo. Ela *foi* a melhor moça que jamais conheci, a que tinha a maior coragem.

Quando já tava bem depois da cidade pra poder seguir pra ilha de areia, comecei a procurar com afinco um bote pra tomar emprestado e, na primeira vez que o raio me mostrou um que não tava acorrentado, agarrei o barco e empurrei. Era uma canoa e tava presa só com uma corda. A ilha de areia tava muito distante, bem lá no meio do rio, mas não perdi tempo e, quando cheguei por fim na balsa, tava tão esfalfado que queria me deitar pra arfar e resfolegar, se pudesse. Mas não podia. Quando pulei a bordo, falei alto:

– Vem pra fora, Jim, e solta a balsa! Glória aos céus, tamos livres deles.

Jim apareceu e tava se dirigindo pra mim com os dois braços abertos, cheio de alegria, mas, quando vislumbrei sua figura à luz do raio, meu coração subiu pela boca e eu caí no rio, pois tinha me esquecido que ele era o velho rei Lear e um árabe afogado tudo junto, e ele quase me matou de susto. Mas Jim me pescou, e ia me abraçar e me abençoar e tudo mais, porque ele tava muito feliz que eu tava de volta e que a gente tava livre do rei e do duque, mas eu disse:

– Agora não... deixa pro café da manhã, pro café da manhã. Solta a balsa e deixa ela ir!

Então, em dois segundos, a gente partiu deslizando pelo rio, e parecia tão bom nós livres de novo e sozinhos no grande rio, sem ninguém pra nos incomodar. Tive que saltar um pouco, pular alto e bater meus calcanhares algumas vezes, não pude evitar. Mas na terceira batida dos calcanhares, ouvi um som que eu conhecia muito bem – parei de respirar, escutei e esperei – e não deu outra: quando o próximo clarão explodiu sobre a água, ali vinham eles! – deitando os remos e fazendo seu barco zunir. O rei e o duque.

Aí caí murcho sobre as pranchas e desisti, e foi só o que consegui fazer pra não chorar.

## Capítulo 30

*O rei ataca Huck – Um tumulto real – Muito alegres*

Quando subiram a bordo, o rei veio pra cima de mim e me sacudiu pela gola da camisa, dizendo:

– Tentando escapar de nós, não foi, seu diabinho! Cansado da nossa companhia, hein?

Digo:

– Não, majestade, nada disso... *por favor*, não, majestade!

– Rápido, então, e nos diga qual *era* a sua ideia, senão vou virar você do avesso!

– Sério, vou contar tudo, assim como aconteceu, majestade. O homem que tava me segurando foi muito bondoso comigo, e não parava de me contar que tinha um filho mais ou menos do meu tamanho que morreu no ano passado, e ele ficava triste de ver um menino numa enrascada tão perigosa. E quando todos foram pegos de surpresa ao descobrir o ouro, e correram pro caixão, ele me soltou e sussurrou: "Sebo nas canelas, senão eles vão enforcar ocê, com certeza!" e eu escapuli. Não parecia bom *pra mim* ficar por ali... eu não podia fazer nada, e não queria ser enforcado, se eu tinha a chance de fugir. Então só parei de correr quando encontrei a canoa e quando cheguei aqui eu disse pro Jim se apressar, senão eles iam me pegar e me enforcar, e disse que tava com medo que ocê e o duque já não tavam mais vivos, e por isso eu tava muito triste, e Jim também, e fiquei muito alegre quando vi ocês chegando, pode perguntar a Jim se não foi assim.

Jim confirmou, e o rei mandou ele calar a boca, e disse: "Oh, sim, é bem provável, *mesmo*!". E me sacudiu de novo e disse que achava que ia me afogar. Mas o duque disse:

– Deixa o menino, seu velho idiota! *Você* teria feito diferente? Você perguntou por *ele* quando escapou? Não me lembro.

Então o rei me soltou e começou a vociferar contra aquela cidade e todo mundo que vivia nela. Mas o duque disse:

— É certamente melhor você vociferar contra *você mesmo,* porque você é o que mais merece palavrões. Não fez nada, desde o início, que tivesse algum sentido, a não ser inventar com tanta frieza e atrevimento aquela marca de seta azul. Aquilo *foi* brilhante... de primeira, e foi o que nos salvou. Pois, se não fosse por aquilo, eles teriam nos enfiado na cadeia até chegar a bagagem dos ingleses... e aí... a penitenciária, pode crer! Mas aquele truque levou todos pro cemitério, e o ouro nos fez uma bondade ainda maior, pois, se os tolos excitados não tivessem largado tudo o que tavam segurando e corrido pra dar uma olhada, nós íamos todos dormir de gravata esta noite... gravatas que iam durar... muito mais tempo do que *nós* íamos precisar delas.

Ficaram ainda um minuto pensando — aí o rei disse meio distraído:

— Humpf! E nós achando que os *negros* tinham roubado o dinheiro!

Isso me deu um calafrio!

— Sim — disse o duque, meio devagar, deliberado e sarcástico —, *nós* achamos.

Depois de meio minuto, o rei diz, arrastado:

— Pelo menos... *eu* achei.

O duque diz do mesmo modo:

— Pelo contrário... *eu* é que achei.

O rei meio que se eriça e diz:

— Olha aqui, Bilgewater, o que é que você tá querendo dizer?

O duque responde, muito ríspido:

— Pensando nisso, você talvez me permita perguntar, o que é que você tava querendo dizer?

— Bolas! — diz o rei muito sarcástico. — Mas não sei... você tava talvez dormindo e não sabia o que tava fazendo.

É a vez do duque se eriçar e ele diz:

– Oh, vamos *acabar* com estas asneiras desbragadas... acha que eu sou um rematado idiota? Não acha que sei quem escondeu o dinheiro naquele caixão?

– *Sim*, senhor! Sei que você *sabe*... porque foi você que escondeu a grana.

– Mentira! – e o duque foi pra cima dele.

O rei diz bem alto:

– Tira as mãos de cima de mim!... Larga a minha garganta!... Retiro tudo o que eu disse!

O duque diz:

– Bem, você acaba de confessar, primeiro, que foi você quem escondeu o dinheiro ali, com a intenção de me deixar na mão um dia desses, e depois voltar e desenterrar a grana pra ficar com tudo.

– Espera um minuto, duque... me responde esta pergunta, a sério. Se você não colocou o dinheiro ali, basta dizer que vou acreditar em você e retiro o que eu disse.

– Seu velho patife, não escondi o dinheiro, e você sabe disso. Pronto!

– Então, acredito em você. Mas me responde apenas mais esta pergunta... *não* fica bravo, você não tinha *pensado* em pegar e esconder o dinheiro?

O duque não disse nada por algum tempo, então falou:

– Bem... não importa se *pensei*, o que importa é que não *peguei* a grana. Mas você não só pensou em pegar o dinheiro, mas *roubou* realmente as moedas.

– Antes ir pro inferno que fazer isso, duque, e tô falando sério. Não digo que não *ia* fazer, porque *ia*. Mas você... quero dizer alguém... chegou antes de mim.

– Mentira! Foi você que pegou o dinheiro e você tem que *dizer* que foi você, senão...

O rei começou a balbuciar, e aí diz com voz entrecortada:

– Chega!... *Confesso!*

Fiquei muito feliz quando ouvi ele dizer isso, muito mais tranquilo do que tava me sentindo antes. Então o duque soltou as mãos e disse:

– Se negar de novo, afogo você. *Tudo bem* pra você ficar aí sentado chorando como um bebê... muito apropriado, depois da sua encenação. Nunca vi um velho tão avestruz pra querer engolir tudo... e eu confiando em você o tempo todo, como se fosse meu pai. Tem que se envergonhar de ficar ouvindo toda a culpa ser jogada em cima de um bando de pobres negros, sem dizer uma palavra em favor deles. Eu me sinto ridículo só de pensar que fui mole a ponto de *acreditar* nessa asneira. Ao diabo com você, vejo agora por que é que tava tão ansioso pra compensar o déficit... queria pegar todo o dinheiro que ganhamos com a Realeza Sem Igual e uma ou outra coisa, queria ficar com *tudo*!

O rei responde, tímido, e ainda fungando:

– Ora, duque, foi você que falou em compensar o déficit, não fui eu.

– Cala a boca! Não quero ouvir mais nada *de você*! – diz o duque. – E *agora* você vê o que *conseguimos* com tudo isso. Eles tão com todo o dinheiro de volta, e mais todo o *nosso* fora uma ou duas moedas. Vai dormir... e não *me* encha mais o saco com déficits, nunca mais em toda a *sua* vida!

Então o rei entrou sorrateiro na barraca e pegou a sua garrafa como consolo, e daí a pouco o duque atacou a *sua* garrafa, e em meia hora os dois tavam muito amigos de novo, e quanto mais bêbados ficavam, mais amorosos se tornavam, e começaram a roncar um nos braços do outro. Ambos ficaram muito doces, mas notei que o rei não ficou doce a ponto de esquecer que precisava tomar cuidado pra não negar que tinha escondido o saco de dinheiro. Isso me deixou tranquilo e satisfeito. Claro, quando começaram a roncar, a gente teve uma longa conversa, e contei tudo a Jim.

## Capítulo 31

*Planos sinistros – Jim desaparecido! – Notícias de Jim – Velhas lembranças – Uma história falsa – Informações valiosas – Região do interior*

A gente não se atreveu a parar de novo em nenhuma cidade, por dias e dias, e continuou a descer o rio. A gente tava bem no sul, agora já no calor, e muito, muito longe de casa. Começamos a ver árvores com musgo espanhol caindo dos ramos como longas barbas cinzentas. Era a primeira vez que eu via esse musgo crescendo, e ele dava à mata um ar solene e sinistro. Aí os trapaceiros eles tavam fora de perigo e começaram a operar nas vilas de novo.

Primeiro fizeram uma conferência sobre a temperança, mas não ganharam dinheiro suficiente pros dois se embebedarem. Depois, numa outra vila, começaram uma escola de dança, mas sabiam dançar tanto quanto um canguru, por isso, depois da primeira cabriola que fizeram, o público pulou em cima deles e mandou os dois pra fora da cidade a fazer cabriolas. Outra vez tentaram elocução, mas não elucubraram muito antes da plateia levantar e despejar pragas bem feias sobre eles, colocando os dois a correr. Atacaram de missionários, hipnotizadores, curandeiros e videntes, um pouco de tudo, mas pareciam sem sorte. Assim acabaram quase sem grana e ficavam deitados na balsa, enquanto ela flutuava rio abaixo, pensando, pensando e nunca dizendo nada, metade do dia, sem parar, e muito tristes e desesperados.

Por fim eles mudaram de comportamento e começaram a conversar na barraca, falando baixo em tom confidencial duas ou três horas a fio. Jim e eu a gente ficou com a pulga atrás da orelha. A gente não tava gostando do que sentia no ar. Achou que eles tavam estudando alguma vilania pior que todas as outras. A gente pensou e pensou, e por fim decidiu que eles iam arrombar a casa ou o armazém de alguém, ou iam entrar no negócio de falsificar dinheiro, ou qualquer coisa assim. Ficamos bem assustados e fizemos um pacto que a gente não ia ter nada a ver com essas ações e, se a gente percebesse o menor sinal desses planos, ia escapar deles, dar o fora e deixar os dois pra trás. Numa manhã, ainda cedo, a gente escondeu a balsa num bom lugar seguro uns três quilômetros abaixo de uma pequena vila meio miserável, chamada Pikesville, e o rei ele foi pra margem e nos mandou ficar escondidos, todos nós, enquanto ele ia na cidade e farejava o ambiente pra ver se alguém ali já tinha ouvido falar da Realeza Sem Igual. ("Casa pra roubar, é o que você *quer dizer*", pensei comigo mesmo, "e quando acabar de roubar, ocê vai voltar aqui e ficar sem saber o que aconteceu comigo e com Jim e a balsa – e vai ter que engolir sua raiva sem descobrir.") E ele disse que, se não tivesse de volta pelo meio-dia, o duque e eu a gente ia saber que tava tudo bem, e então a gente tinha que ir ao seu encontro.

Então a gente ficou onde a gente tava. O duque ele se agitou impaciente e suando muito, num mau humor bem amargo. Ele nos xingava por tudo, e a gente não parecia fazer nada certo, ele encontrava defeito em qualquer coisinha. Algo tava se armando, com certeza. Fiquei bem feliz quando deu meio-dia e nada do rei. A gente ia ter uma mudança, de qualquer maneira – e talvez uma chance para *a* mudança, ainda por cima. Então eu e o duque a gente subiu pra vila e andou por ali à cata do rei, e em pouco tempo a gente encontrou ele no quarto dos fundos de um pequeno botequim, muito bêbado, e um bando de vagabundos atormentando ele por troça, e o rei rogando pragas e ameaçando com toda a sua força, e tão bêbado que nem podia caminhar e não podia fazer nada pra eles. O duque ele começou a insultar o rei por ser um velho tolo, e o rei começou a retrucar, insolente, e assim que tavam nessa discussão, eu escapuli, e pernas para que te quero, rodopiei pela estrada do rio como uma lebre – pois vi a nossa chance e decidi que ia se passar muito tempo antes de eles conseguirem pôr os olhos em mim e em Jim de novo. Cheguei lá embaixo sem fôlego, mas estourando de alegria, e falei bem alto:

– Solta a balsa, Jim, tá tudo bem agora!

Mas não recebi resposta, e ninguém saiu da barraca. Jim tinha sumido! Dei um grito – e depois outro – e depois mais outro, e corri pra lá e pra cá na mata, berrando e gritando, mas não adiantou – o velho Jim tinha desaparecido. Aí me sentei e chorei, não deu pra não chorar. Mas não podia ficar sentado por muito tempo. Logo peguei a estrada, tentando pensar no que fazer, e topei com um menino andando por ali e perguntei se ele não tinha visto um negro estranho, vestido assim e assim, e ele responde:

– Sim.

– Onde? – digo eu.

– Lá na casa de Silas Phelps, três quilômetros daqui. É um negro fugido, e os caras pegaram ele. Você é que tava procurando por ele?

– É claro que não. Encontrei ele por acaso na mata uma ou duas horas atrás, e ele disse que, se eu gritasse, ia me virar do avesso... e me disse pra me deitar e ficar onde eu tava, e eu obedeci. Tava aqui desde então, com medo de sair.

– Bem – diz ele –, não precisa mais ter medo, porque pegaram ele. Fugiu lá do Sul, de algum lugar.

– Bom que pegaram ele.

– Eu *imagino!* Duzentos dólares de recompensa por ele. É como achar dinheiro na estrada.

– Sim, é... e eu podia ter toda essa grana se tivesse sido forte. Eu vi ele *primeiro*. Quem denunciou?

– Foi um velho... um estranho... e ele vendeu a sorte dele por quarenta dólares, porque tem que subir o rio e não pode esperar. Imagina! É claro que eu *ia* esperar, até sete anos!

– Eu também, toda a vida – digo eu. – Mas a sorte dele não valia talvez mais que isso se ele vendeu tão barato. Tem talvez alguma coisa errada na história.

– Mas *tá tudo certo*... sem tirar nem pôr. Vi o panfleto com meus olhos. Conta tudo sobre o negro, em todos os detalhes... pinta o cara como um retrato e dá o nome da plantação de onde ele é, pra lá de *Novorleans*. Não, não, não, não tem nada de errado com *essa* especulação, pode crer. Ei, me dá um fumo de mascar, aí?

Eu não tinha fumo, então ele foi embora. Fui pra balsa e me sentei na barraca pra pensar. Mas não conseguia chegar a nenhuma ideia. Pensei até ficar com dor de cabeça, mas não via como sair da embrulhada. Depois de toda essa longa viagem, e depois de tudo o que a gente tinha feito pra aqueles patifes, as coisas davam errado, tudo rebentado e arruinado, porque eles não tiveram dó na hora de fazer uma patifaria dessas pro Jim, fazer dele um escravo de novo pra vida toda, e entre estranhos, além do mais, por uns reles quarenta dólares.

Uma hora eu falei pra mim mesmo que ia ser mil vezes melhor pra Jim ser escravo em casa onde tava a sua família, já que ele *tinha* que ser escravo, e assim o melhor era eu escrever uma carta pra Tom Sawyer e dizer pra ele contar pra srta. Watson onde é que Jim tava. Mas logo abandonei essa ideia, por duas razões: ela ia ficar brava e desgostosa com a malandragem e ingratidão dele ao fugir de casa, e aí ela ia vender Jim de novo um pouco além rio abaixo. E, mesmo que não vendesse, é natural, todo mundo despreza um negro ingrato, e eles iam fazer Jim sentir esse desprezo o tempo todo, e assim ele ia se sentir ordinário e desgraçado. E depois pensem em *mim*! Iam mexericar por toda parte que Huck Finn ajudou um negro a conseguir a sua liberdade e, se eu chegasse a ver alguém daquela cidade de novo, tava pronto a me abaixar e lamber as botas dessa pessoa de tanta vergonha. As coisas eram assim mesmo: uma pessoa dá um golpe baixo e depois não quer assumir as consequências. Pensa que, se conseguir esconder o malfeito, não vai ter desgraça. Era exatamente a minha encrenca. Quanto mais eu pensava nisso tudo, mais a minha consciência continuava a me triturar, e mais malvado, baixo e ordinário eu me sentia. Por fim, quando pensei de repente que ali tava a simples mão da Providência estapeando a minha cara e deixando claro que a minha maldade era observada o tempo todo lá de cima no céu, enquanto eu roubava o negro de uma pobre velhinha que nunca tinha me feito mal, e me mostrando desse jeito que tem sempre Alguém vigiando que não vai permitir que esses atos desgraçados continuem por muito mais tempo, eu quase morri de tanto susto. Bem, tentei fazer o melhor que pude pra suavizar as coisas pro meu lado, dizendo que fui criado malvado, e assim não podiam me culpar muito, mas algo dentro de mim continuava a dizer: "Teve a escola dominical, ocê podia ter ido, e nesse caso eles podiam ter me ensinado que as pessoas que fazem coisas como as que eu fiz com esse negro vão pro fogo eterno".

Me deu um arrepio. Eu quase decidi rezar, pra ver se eu não podia deixar de ser o tipo de menino que eu era e melhorar. Aí ajoelhei. Mas as palavras não vinham. Por que não vinham? Não adiantava tentar esconder isso d'Ele. Nem de *mim* tampouco. Eu sabia muito bem por que elas não vinham. Era porque meu coração não tava direito; era porque eu não era certinho; era porque eu tava enganando os outros. Eu tava *fingindo* desistir do pecado, mas bem lá dentro de mim eu tava agarrado ao maior de todos os pecados. Eu tava tentando forçar a minha boca a *dizer* que eu ia fazer a coisa certa e correta, escrever pra aquela dona do negro e contar onde é que ele tava, mas bem no fundo de mim eu sabia que era mentira – e Ele sabia. Não dá pra rezar uma mentira – foi o que eu descobri.

Lá tava eu cheio de problemas, da cabeça aos pés, e não sabia o que fazer. Por fim tive uma ideia, e digo, vou escrever a carta – e *depois* ver se consigo rezar. Ora, foi um espanto como me senti leve como uma pluma, logo de cara, e meus problemas sumiram. Então peguei um pedaço de papel e um lápis, muito feliz e excitado, e me sentei e escrevi:

Srta. Watson, seu negro fugido Jim tá aqui três quilômetros abaixo de Pikesville e o sr. Phelps tá com ele e vai entregar Jim pela recompensa se a srta. mandar. HUCK FINN

Eu me senti tão bem e tão limpo e sem pecados como nunca tinha me sentido em toda a minha vida, e sabia que agora podia rezar. Mas não rezei em seguida, só coloquei o papel no chão e fiquei ali pensando – pensando como era bom que tudo tinha acontecido desse jeito e como eu tive perto de me perder e ir pro inferno. E continuei a matutar. Então comecei a pensar sobre a nossa viagem pelo rio, e vi Jim na minha frente, o tempo todo, de dia e de noite, às vezes com luar, às vezes tempestades, e a gente flutuando, conversando, cantando e rindo. Mas não sei como, não conseguia pensar em coisas pra endurecer o meu coração contra ele, só em coisas do outro tipo. Eu via ele fazendo o meu turno de vigia depois de completar o dele em vez de me chamar pra eu poder continuar dormindo; e via como ele ficou alegre quando voltei do nevoeiro; e quando retornei de novo pra balsa no pântano, lá onde tinha aquela rixa entre famílias; e outros tempos semelhantes; e ele sempre me chamava de meu fio e me mimava, e fazia tudo o que podia imaginar pra mim, e como ele era sempre bom; por fim lembrei daquela vez que salvei ele contando pros homens que a gente tinha varíola a bordo, e ele ficou tão agradecido, e disse que eu era o melhor amigo que o velho Jim já tinha encontrado no mundo, e o *único* que ele tinha agora. Aí aconteceu de eu olhar ao redor e ver aquele papel.

Tava num aperto. Apanhei o papel e fiquei com ele na minha mão. Tava tremendo, porque tinha que decidir, pra sempre, entre duas coisas, e sabia disso. Pensei um minuto, prendendo um pouco a respiração, e depois falei pra mim mesmo:

– Tudo bem, então, eu *vou* pro inferno! – e rasguei o papel.

Era um pensamento terrível, e palavras terríveis, mas foram ditas. E deixei elas assim pronunciadas, e nunca mais pensei em me reformar. Empurrei toda a história pra fora da minha cabeça e disse que ia seguir de novo o caminho da maldade, que era o meu modo de ser por ter sido criado desse jeito, e que o outro caminho não era pra mim. Ia trabalhar e roubar Jim da escravidão de novo e, se conseguisse pensar em qualquer coisa pior, ia fazer também, porque já que eu tava condenado, e condenado pra sempre, era melhor ir até o fim.

Então comecei a pensar como é que eu ia fazer e imaginei muitas maneiras na minha cabeça, mas por fim arrumei um plano que parecia conveniente. Aí peguei as indicações de como chegar numa ilha coberta de mata que tinha um pouco abaixo no rio e, assim que ficou bastante escuro, saí às escondidas com a minha balsa e rumei pra lá e depois fui me deitar. Dormi a noite toda, levantei antes de clarear, tomei o café da manhã, vesti as minhas roupas finas, amarrei algumas outras e uma ou outra coisa numa trouxa, peguei a canoa e me mandei pra margem. Desembarquei abaixo de onde eu achava que era o lugar de Phelps, escondi minha trouxa na mata e depois enchi a canoa com água, coloquei pedras dentro e afundei ela num lugar onde eu podia encontrar de novo quando quisesse, uns quatrocentos metros abaixo de uma serraria a vapor que ficava na ribanceira.

Aí comecei a andar pela estrada e, quando passei pela serraria, vi um cartaz, "Serraria do Phelps", e quando cheguei nas casas da fazenda, duzentos ou trezentos metros mais além, fiquei de olhos bem alertas, mas não vi ninguém por perto, apesar de já ser dia claro então. Mas não me importei, porque ainda não queria ver ninguém – só queria saber a disposição do terreno. Segundo meu plano, eu não ia aparecer ali chegando da vila, não lá de baixo. Então só dei uma olhada e continuei adiante, direto pra cidade. Bem, o primeiro homem que vejo, quando cheguei lá, foi o duque. Tava colando um cartaz para a Realeza Sem Igual – um espetáculo de três noites – como naqueles outros tempos. *Eles* eram atrevidos, esses trapaceiros! Eu tava bem em cima dele antes de poder me esquivar. Ele pareceu espantado e disse:

– A-*lô*! De onde vem *você*? – Depois disse, meio alegre e ansioso: – Onde tá a balsa? Botou ela num bom lugar?

Digo:

– Ora, exatamente o que eu ia perguntar à sua alteza.

Aí ele não pareceu tão alegre e perguntou:

– Qual era sua ideia de perguntar *pra mim*? – diz ele.

– Bem – digo eu –, quando vi o rei naquela taverna ontem, disse pra mim mesmo, a gente não vai poder levar ele pra casa agora, só depois de muitas horas, quando ficar mais sóbrio. Então andei vadiando pela cidade pra passar o tempo e esperar. Apareceu um homem que me ofereceu dez centavos pra ajudar a remar um bote até a outra margem do rio e buscar uma ovelha, e fui com ele. Mas quando a gente tava arrastando a ovelha pro bote, e o homem me deixou segurando a corda e foi pra trás do bicho pra empurrar, a ovelha foi forte demais pra mim, deu um safanão, se soltou e saiu correndo, e nós atrás dela. A gente não tinha cachorro, por isso a gente teve que perseguir o bicho por toda a região até ele ficar exausto. A gente só pegou ele quando já tava escuro, aí trouxe o bicho pra outra margem, e eu comecei a descer na direção da balsa. Quando cheguei ali e vi que ela tinha sumido, falei pra mim mesmo: "Eles se meteram numa encrenca e tiveram que partir. E levaram o meu negro, que é o único negro que tenho no mundo, e agora tô numa região estranha, e não tenho mais nenhum bem nem nada, e nenhum modo de ganhar a vida". Aí me sentei e chorei. Dormi na mata a noite toda. Mas o que é que *aconteceu* com a balsa? E Jim, pobre Jim.

– Raios se eu sei... isto é, o que aconteceu com a balsa. Aquele velho imbecil tinha feito um negócio e conseguido quarenta dólares, e quando encontramos ele na taverna, os vagabundos tinham jogado cara e coroa com ele e arrancado tudo até o último centavo, menos o que ele tinha gasto em uísque. E quando levei ele pra casa tarde da noite e descobrimos que a balsa tinha sumido, dissemos: "Aquele pequeno patife roubou a nossa balsa e nos abandonou; fugiu correndo rio abaixo".

– Eu nunca ia abandonar o meu *negro*, não? O único negro que eu tinha no mundo e meu único bem.

– Não pensamos nisso. O fato é que acho que começamos a pensar que ele era o *nosso* negro. Sim, era como pensávamos nele... só Deus sabe que tivemos muita encrenca por causa dele. Então, quando vimos que a balsa tinha sumido e que távamos duros, a gente não tinha nada mais pra fazer a não ser tentar a Realeza Sem Igual mais uma vez. E tenho colado cartazes desde então, numa dureza de fazer dó. Onde tão os dez centavos? Me dá aí.

Eu tinha bastante dinheiro, assim dei os dez centavos pra ele, mas pedi pra ele gastar em algo pra comer e me dar um pouco, porque era todo o dinheiro que eu tinha, e eu não tinha comido nada desde ontem. Ele não disse nada. No minuto seguinte, se vira pra mim e diz:

– Você acha que aquele negro seria capaz de contar tudo sobre nós? Eu esfolava ele se ele fizesse isso.

– Como pode ter contado? Ele não fugiu?

– Não! Aquele velho imbecil vendeu ele e não dividiu comigo, e o dinheiro sumiu.

– *Vendeu* ele? – digo e começo a chorar. – Ora, ele era o *meu* negro, e esse era o meu dinheiro. Onde é que ele tá? Quero o meu negro.

– Bem, você não pode ter o seu negro, pronto... então acabe com essa choradeira. Olha aqui... acha que *você* ia se atrever a nos entregar? Macacos me mordam se acho que dá pra confiar em você. Ora, se você nos entregasse...

Ele parou, mas nunca vi o duque com um olhar assim tão feio antes. Continuei choramingando e falei:

– Não quero entregar ninguém, e nem tenho tempo pra andar falando das pessoas. Tenho que sair e procurar o meu negro.

Ele parecia meio incomodado e ficou ali parado com os cartazes esvoaçando no seu braço, pensando e enrugando a testa. Por fim diz:

– Vou lhe contar uma coisa. Temos que ficar aqui três dias. Se prometer que não vai falar sobre nós, e não vai deixar o negro contar nada, vou lhe dizer onde é que ele tá.

Prometi, e ele disse:

– Um fazendeiro de nome Silas Ph... – e aí ele parou. Dava pra ver que ele começou a me contar a verdade, mas, quando parou daquele jeito e começou a refletir e pensar de novo, achei que tava mudando de ideia. É claro que tava! Ele não confiava em mim, queria ter certeza de me tirar do caminho todos os três dias. Então ele logo disse: – O homem que comprou o negro é chamado Abram Foster... Abram G. Foster... e ele vive sessenta e cinco quilômetros pro interior, na estrada pra Lafayette.

– Tudo bem – digo eu –, posso caminhar tudo isso em três dias. E vou começar hoje de tarde.

– Não, não vai, você vai começar *agora*. E nada de perder tempo, nem de ficar tagarelando pelo caminho. Apenas boca fechada e siga adiante, assim você não vai se meter em encrenca *conosco*, tá ouvindo?

Essa era a ordem que eu queria, aquela que pra escutar eu tinha feito toda a encenação. Queria ser deixado em paz pra colocar meus planos em ação.

– Então pé na estrada – diz ele – e pode dizer ao sr. Foster o que quiser. Quem sabe você consegue convencer o cara que Jim *é* o seu negro... alguns idiotas não exigem documentos... ao menos ouvi que tem desse tipo aqui no Sul. E quando você contar do panfleto e da falsa recompensa, ele vai talvez acreditar, se você explicar qual era a ideia de criar essas coisas. Vai em frente e diz pro cara o que quiser, mas cuida pra não falar nada no caminho *entre* aqui e lá.

Então parti e tomei o caminho pro interior. Não olhei pros lados, meio que sentia que ele tava me observando. Mas sabia que ele ia se cansar de me vigiar. Andei pelo campo um quilômetro e meio antes de parar. Aí voltei atrás pela mata na direção da casa de Phelps. Achei melhor começar o meu plano imediatamente, sem perder tempo, porque queria fechar a boca de Jim até que esses sujeitos tivessem longe. Não queria encrenca com gente desse tipo. Eu já tinha visto tudo o que queria saber deles e queria me ver totalmente livre dos dois.

## Capítulo 32

*Quieto parecendo domingo – Identidade equivocada – Perplexo – Num dilema*

Quando cheguei lá, tava tudo quieto, parecendo domingo, quente e ensolarado – os trabalhadores tinham ido pro campo, e a gente escutava aqueles zumbidos leves de besouros e moscas no ar que fazem tudo parecer tão solitário, como se todo mundo tivesse morto e sumido. E se uma brisa agita o ar e estremece as folhas, faz a gente se sentir triste, porque é como se os espíritos tivessem sussurrando – espíritos que tavam mortos por tantos e tantos anos – e a gente sempre pensa que eles tão falando de *nós*. No geral, tudo nos faz desejar também a morte e o fim.

A fazenda do Phelps era uma dessas pequenas e simples plantações de algodão, e elas todas se parecem. Uma cerca feita de toras ao redor de um pátio de dois acres; uma escada feita de toras serradas e colocadas de pé, em degraus, como barris de comprimento diferente, pra gente passar sobre a cerca e pras mulheres subirem ali quando iam montar num cavalo; alguns pedaços de grama sem viço no vasto pátio, mas na sua maior parte ele era despido e liso, como um velho chapéu com a felpa destruída pelo uso; duas grandes casas-irmãs de toras de madeira para os brancos – toras talhadas, com as fendas vedadas com barro ou argamassa, e essas faixas de barro tinham sido caiadas em alguma época; uma cozinha de toras redondas, com uma passagem grande, larga, aberta, mas coberta com telhado, servindo de ligação com a casa; um defumadouro feito com toras atrás da cozinha; três pequenas cabanas de toras pros negros enfileiradas no outro lado do defumadouro; uma pequena cabana sozinha mais distante contra a cerca do fundo e algumas dependências um pouco mais além, no outro lado; uma tina da barrela e uma grande chaleira pra ferver o sabão, ao lado da pequena cabana; um banco ao lado da porta da cozinha, com um balde de água e uma cuia; um cão adormecido ali no sol; mais cães adormecidos ao redor; umas três árvores de sombra bem longe num canto; alguns arbustos de dois tipos de groselha num lugar perto da cerca; fora da cerca, um jardim e um pedaço de terra plantado com melancias; aí começavam os campos de algodão e, depois dos campos, a mata.

Dei a volta pelo lado e subi na escada do fundo ao lado da tina da barrela e depois caminhei pra cozinha. Quando andei um pouco, escutei o zumbido surdo de uma roda de fiar aumentando e diminuindo, então fiquei sabendo realmente que eu tava com vontade de morrer – porque esse *é* o ruído da maior solidão do mundo.

Fui adiante, sem armar nenhum plano definido, só confiando que a Providência ia colocar as palavras certas na minha boca quando chegasse a hora, pois eu tinha notado que a Providência sempre punha as palavras certas na minha boca, quando eu deixava ela em paz.

Quando cheguei na metade do caminho, primeiro um cão e depois outro levantaram e vieram pra cima de mim, e claro que parei e fiquei olhando pra eles bem quieto. E que confusão eles faziam! Num quarto de minuto eu me vi transformado numa espécie de cubo de roda, por assim dizer – os raios da roda feitos de cachorros – um círculo de quinze deles ao meu redor, com os pescoços e os focinhos esticados pra mim, latindo e uivando, e mais cachorros chegando, dava pra ver todos voando sobre as cercas e surgindo por todos os cantos.

Uma negra saiu correndo da cozinha com um rolo de massa na mão, falando alto, "Vão embora! Tige! Spot! Xô!". E ela deu um safanão num e depois noutro e enxotou um bicho que saiu uivando, e aí o resto foi atrás, e no segundo seguinte metade deles voltou, abanando os rabos ao meu redor e fazendo amizade comigo. Não tem mal nenhum num cão.

E por trás da mulher vem uma menininha negra e dois menininhos negros, sem roupa nenhuma a não ser camisas de estopa, e eles se agarraram no vestido da mãe e me espiavam lá de trás, muito tímidos, como sempre fazem. E aí vem a mulher branca correndo lá da casa, uma dona de uns quarenta e cinco ou cinquenta anos, sem nada na cabeça, e com o bastão de fiar na mão, e atrás dela vêm as crianças brancas, com o mesmo jeito tímido dos negrinhos. Ela tava sorrindo tanto que mal podia se controlar – e disse:

– É *você*, finalmente! É você, não?

Falei um "Sim, madame" sem pensar.

Ela me agarrou e me abraçou com força, depois me pegou com as duas mãos e me apertou e apertou, e as lágrimas encheram os olhos dela e caíram pelo rosto, e parecia que ela não conseguia abraçar e apertar que chegasse, e continuava dizendo:

– Você não se parece muito com a sua mãe como eu imaginava, mas benza Deus, não me importo com isso, tô *tão* feliz de ver você! Querido, até me dá uma vontade de devorar você com os olhos! Crianças, é o seu primo Tom! Digam alô pra ele!

Mas elas abaixaram a cabeça, colocaram o dedo na boca e se esconderam atrás dela. Assim ela continuou:

– Lize, corre e dá pra ele um café da manhã bem quente, sem demora. Ou você tomou café da manhã no barco?

Eu disse que tinha tomado café no barco. Assim ela se foi para a casa, me levando pela mão, e as crianças seguindo de perto. Quando a gente chegou lá, ela me sentou numa cadeira com assento de tiras de madeira e se sentou num banquinho na minha frente, segurando as minhas duas mãos, e disse:

– Agora posso dar uma *boa* olhada em você, e benza Deus, como tive vontade de fazer isto tantas e tantas vezes, todos estes longos anos, e acontece afinal! Távamos esperando você uns dois dias e mais. O que atrasou você? O barco encalhou?

– Sim, madame... ele...

– Não diz sim, madame... diz tia Sally. Onde é que ele encalhou?

Eu não sabia muito bem o que dizer, porque não sabia se o barco tava subindo ou descendo o rio. Mas eu me guio bastante pelo instinto, e o meu instinto dizia que ele tava subindo o rio – vindo lá do Sul perto de Orleans. Mas isso não me ajudou muito, porque eu não sabia os nomes dos baixios daquele caminho. Vi que tinha que inventar um baixio ou não lembrar o nome daquele em que tínhamos encalhado... ou... Aí me veio uma ideia e mandei brasa:

– Não foi a gente ter encalhado... isso só nos atrasou um pouco. Estourou uma cabeça de cilindro.

– Santo Deus! Alguém ficou ferido?

– Não, madame. Só matou um negro.

– Bem, foi sorte, porque às vezes as pessoas ficam feridas. Dois anos antes do Natal passado, o seu tio Silas tava vindo de Novorleans no velho *Lally Rook*, e estourou uma cabeça de cilindro e mutilou um homem. Acho que ele acabou morrendo. Era um batista. O seu tio Silas conhecia uma família em Baton Rouge que conhecia o pessoal desse sujeito muito bem. Sim, me lembro agora, ele *realmente* morreu. A ferida gangrenou, e tiveram que amputar. Mas isso não salvou o coitado. Sim, foi gangrena... foi isso. Ele ficou todo azul e morreu na esperança de uma gloriosa ressurreição. Dizem que ficou um verdadeiro espantalho. O seu tio tem ido pra cidade todos os dias pra buscar você. E ele foi hoje de novo, não mais que uma hora atrás. Vai voltar a qualquer minuto agora. Você deve ter encontrado ele na estrada, não? Um homem velhusco, com um...

– Não, não vi ninguém, tia Sally. O barco atracou bem de manhãzinha, deixei a minha bagagem no barco-desembarcadouro e fui dar uma olhada na cidade e numa parte do campo pra passar o tempo e não chegar aqui cedo demais. Então vim pelo caminho de dentro.

– Pra quem é que você deu a bagagem?

– Pra ninguém.

– Ora, meu filho, vai ser roubada!

– Não onde *eu* escondi, acho que não vai – digo eu.

– Como é que você conseguiu tomar café da manhã tão cedo no barco?

Eu tava pisando em gelo fino, mas digo:

– O capitão me viu de pé e disse que era melhor eu comer alguma coisa antes de desembarcar; então ele me levou pro tombadilho Texas pro café dos oficiais e me deu tudo o que eu queria.

Eu tava ficando tão nervoso que nem podia escutar bem. Tava com a cabeça nas crianças o tempo todo, queria levar elas prum lado, fazer uma porção de perguntas e descobrir quem eu era. Mas não tive nenhuma oportunidade, a sra. Phelps continuava falando e falando. Daí a pouco ela fez um calafrio correr por toda a minha espinha, porque ela disse:

– Mas tamos aqui falando desse jeito, e você ainda não me disse nem uma palavra sobre a mana, nem sobre os outros. Agora a minha boca vai parar um pouco, e a sua começa a trabalhar, me conta *tudo*... sobre todos eles... cada um deles.

Como estão, o que tão fazendo e que recado mandaram, tudo o que você se lembra.

Bem, vi que tava numa enrascada – e numa boa enrascada. A Providência tinha ficado do meu lado até agora, tudo bem, mas no momento as coisas tavam muito encalacradas. Vi que não adiantava nada tentar continuar – eu tinha que jogar a toalha. Então disse pra mim mesmo, mais uma vez tenho que arriscar e dizer a verdade. Abri a boca pra começar, mas ela me agarrou e me empurrou pra trás da cama, e disse:

– Aí vem ele! Abaixa mais a cabeça... assim, agora tá bem, não dá pra ver você. Não deixa ele ver que você tá aqui. Vou fazer uma brincadeira com ele. Crianças, nem uma palavra.

Vi que tava num aperto agora. Mas não adiantava me preocupar, não tinha nada pra fazer a não ser ficar quieto e tentar me preparar pra ficar firme quando viesse o raio.

Tive só um vislumbre do velho cavalheiro quando ele entrou, depois a cama escondeu ele. A sra. Phelps pulou pra perto dele e disse:

– Ele chegou?

– Não – diz o marido.

– *San-to* Deus! – diz ela. – O que pode ter acontecido com ele?

– Não posso imaginar – diz o velho cavalheiro – e devo dizer que isso tá me deixando muito preocupado.

– Preocupado! – diz ela. – Eu tô a ponto de enlouquecer! Ele *deve* ter chegado, e você não viu ele na estrada. *Sei* que foi assim... alguma coisa me *diz*.

– Ora, Sally, eu não *podia* ter deixado de ver ele na estrada... você *sabe* disso.

– Mas, oh, céus, oh, céus, o que a mana *não vai* dizer! Ele deve ter chegado! Você deve ter se desencontrado dele. Ele...

– Oh, não me deixa mais aflito do que já tô. Não sei que diabos fazer desta história. Tô fora de mim, não me importo de admitir que tô muito assustado. Mas não dá pra ter esperança que ele chegou! Pois ele não *podia* ter chegado e eu deixar de ver ele na estrada. Sally, é terrível... simplesmente terrível... alguma coisa aconteceu com o barco, por certo!

– Ora, Silas! Olha lá longe! Lá na estrada! Não tá vindo alguém?

Ele correu pra janela ao lado da cabeceira da cama, e isso deu pra sra. Phelps a chance que ela queria. Ela se abaixou rápida nos pés da cama e me deu um puxão, e eu apareci. Quando ele se virou da janela, lá estava ela, radiante e sorrindo como uma casa pegando fogo, e eu de pé bem humilde e suando no lado dela. O velho cavalheiro me fitou e diz:

– Ora, quem é este?

– Quem você acha que é?

– Não tenho ideia. Quem *é*?

– É *Tom Sawyer*!

Por todos os diabos, quase entrei chão adentro. Mas não tive tempo pra trocar de planos, o velho cavalheiro agarrou a minha mão e apertou e continuou apertando. E o tempo todo, como a mulher dançava, ria e chorava ao redor de nós! E depois como os dois dispararam perguntas sobre Sid, Mary e o resto da tribo!

Mas se eles tavam alegres, isso não era nada comparado a como eu tava feliz, pois era como nascer de novo, eu tava muito contente por descobrir quem eu era. Bem, eles me alugaram por duas horas e, por fim, quando o meu queixo tava tão cansado que nem podia se mover mais, eu tinha contado pra eles mais coisas sobre a minha família – quero dizer a família Sawyer – do que jamais alguém falou de qualquer outra das seis famílias Sawyer. E expliquei tudo sobre como estourou uma cabeça de cilindro na foz do White River e levamos três dias pra consertar. O que tava certo, e funcionou que foi uma maravilha, porque *eles* não sabiam que o conserto levava três dias. Se eu tivesse falado em cabeça de pino, ia ter funcionado igual.

Agora eu tava me sentindo bem tranquilo por um lado e bem inquieto por outro. Ser Tom Sawyer era fácil e tranquilo, e continuou fácil e tranquilo até eu escutar dali a pouco um barco a vapor tossindo ao descer o rio – aí disse pra mim mesmo, e se Tom Sawyer tá vindo nesse barco? E se ele entra aqui, a qualquer minuto, e fala alto o meu nome antes de eu poder lhe dar uma piscadela pra ele ficar quieto? Bem, *não dava pras coisas acontecerem dessa maneira* – não dava de jeito nenhum. Eu tinha que ir pela estrada e ficar de tocaia à espera dele. Então eu disse ao pessoal que tava pensando em ir até a cidade pra buscar a minha bagagem. O velho cavalheiro queria ir junto, mas eu disse não, podia ir sozinho a cavalo, e não queria incomodar ninguém por minha causa.

## Capítulo 33

*Um ladrão de negros – Hospitalidade sulista – "Seu pequeno patife malcriado" – Uma bênção bastante longa – Piche e penas*

Então fui pra cidade, na carroça, e quando tava no meio do caminho, vejo uma carroça vindo e não tinha dúvida que era Tom Sawyer! Parei e esperei até ele chegar mais perto. Falei, "Para!", e a carroça parou ao lado da estrada, e a boca de Tom abriu como uma arca e não fechou mais, e ele engoliu duas ou três vezes como alguém que tem a garganta seca, e depois disse:

– Nunca fiz mal a ocê. Ocê sabe disto. Então o que é que ocê quer voltando assim pra *me* assombrar?

Digo:

– Não voltei... não *fui embora.*

Quando ouviu a minha voz, ele se endireitou um pouco, mas ainda não tava muito satisfeito. Ele disse:

– Nada de me pregar uma peça, que eu não ia fazer isso com ocê. Sério, agora, ocê não é um fantasma?

– Sério, não sou – digo eu.

– Bem... eu... eu... bem, isso resolve a questão, é claro, mas de qualquer jeito acho que não tô entendendo. Olha aqui, ocê *não* foi assassinado então?

– Não, num fui assassinado... preguei uma peça em todo mundo. Chega mais perto e coloca a mão em mim se num acredita no que tô dizendo.

Ele me tocou e isso foi o suficiente pra ele. E ele tava muito feliz de me ver de novo, nem sabia o que fazer. E queria saber tudo sem demora, porque era uma grande aventura, e misteriosa, e batia bem naquilo que ele mais admirava. Mas falei, deixa isso pra lá por enquanto, e disse pro condutor esperar e a gente se afastou na carroça um pouco, e eu contei a ele a enrascada em que tava metido, e o que ele achava que era melhor fazer? Ele disse pra eu deixar ele pensar um minuto, sem perturbar. Então ele pensou e pensou, e pouco depois falou:

– Tudo bem, já sei o que fazer. Leva o meu baú na sua carroça e finge que é o seu. E ocê volta e fica andando devagar, pra chegar na casa mais ou menos na hora que devia chegar. E eu vou um pouco na direção da cidade e começo tudo de novo e chego lá uns quinze minutos ou meia hora depois de ocê. E ocê não precisa demonstrar que me conhece, no início.

Digo:

– Tá bem, mas espera um minuto. Tem mais uma coisa... uma coisa que *ninguém* sabe, só eu. É o seguinte, tem um negro aqui que tô tentando roubar pra tirar ele da escravidão... e o nome dele é *Jim*... o Jim da velha srta. Watson.

Ele diz:

– O quê! Ora, Jim tá...

Parou e continuou estudando a situação. Falei:

– *Eu* sei o que ocê vai dizer. Vai dizer que é um negócio sórdido, sujo, mas e daí? Eu *sou* sórdido e vou roubar ele e quero que ocê fique calado sem falar nada. Certo?

O olho dele brilhou, e ele disse:

– Vou *ajudar* ocê a roubar ele!

Bem, aí entreguei os pontos, como se baleado. Eram as palavras mais espantosas que já ouvi – e tenho que dizer que Tom Sawyer caiu muito no meu conceito. Só que eu não podia acreditar. Tom Sawyer um *ladrão de negros*!

– Oh, bolas – digo eu –, ocê tá brincando.

– Eu não tô brincando.

– Então – digo –, brincando ou não brincando, se ocê escutar alguma coisa sobre um negro fugido, não esquece que *ocê* não sabe nada sobre ele e que *eu* não sei nada sobre ele.

Aí a gente pegou o baú e colocou na minha carroça, e ele se foi pelo seu caminho e eu segui o meu. Mas é claro que me esqueci de ir devagar, porque tava muito feliz e cheio de pensamentos. Assim cheguei em casa rápido demais pra aquele percurso. O velho cavalheiro tava na porta e ele disse:

– Ora, que maravilha! Quem teria pensado que esta égua seria capaz de uma façanha dessas! Queria ter cronometrado o tempo. E ela nem suou... nem um pouco. Maravilha. Ora, não aceito nem cem dólares por este cavalo agora. Não aceitaria, falando sério. Teria vendido por quinze dólares antes e ainda achado que era o seu preço.

Foi o que ele disse. Era o velho mais inocente e mais bondoso que já vi. Mas não era surpresa, porque ele não era só fazendeiro, mas também pregador, e tinha uma igreja de toras pequena e simples bem no fundo da plantação, que ele próprio construiu com o seu dinheiro pra servir de igreja e escola, e nunca cobrava nada pelos sermões, que também valiam bastante. Tinha muitos outros desses pregadores-fazendeiros fazendo as mesmas coisas ali no Sul.

Em meia hora a carroça de Tom se aproximou da escadinha da cerca na frente, e a tia Sally ela viu a chegada do carro pela janela, porque ele tava só a uns cinquenta metros de distância, e disse:

– Ora, tá chegando alguém! Quem será? Ora, acredito que é um estranho. Jimmy – (era uma das crianças) –, corre e diz pra Lize pra botar mais um prato pro almoço.

Todo mundo correu pra porta da frente, porque, é claro, um estranho não chega *todo* ano, e por isso ele interessa mais que a febre amarela quando aparece. Tom já tava sobre a escadinha e caminhando pra casa, a carroça dando a volta na estrada pra retornar pra vila, e a gente tava todo mundo amontoado na porta da frente. Tom tava com suas roupas finas e tinha uma plateia – e isso era sempre uma loucura pra Tom Sawyer. Nessas circunstâncias, temperar a cena com uma dose de estilo não custava nada pra ele. Ele não era um menino de cruzar aquele pátio humilde como uma ovelha; não, ele veio calmo e importante, como um carneiro macho. Quando chegou na nossa frente, levantou o chapéu de um modo gracioso e caprichoso, como se fosse a tampa de uma caixa cheia de borboletas adormecidas e não quisesse perturbar os insetos, e disse:

– Sr. Archibald Nichols, presumo?

– Não, meu filho – diz o velho cavalheiro –, lamento dizer que seu condutor enganou você. A casa do Nichols fica mais além, uma questão de cinco quilômetros. Entra, entra.

Tom ele olhou pra trás sobre o ombro e disse:

– Tarde demais... ele já tá fora da vista.

– Sim, ele já se foi, meu filho, e você deve entrar e almoçar conosco. E depois vamos lhe dar uma carona e levar você lá pro Nichols.

– Oh, não quero lhe dar tanto trabalho, nem pensaria numa coisa dessas. Vou caminhando... não me incomoda a distância.

– Mas não vamos deixar você caminhar... seria contra a hospitalidade sulista. Vamos entrando.

– Oh, entre, por favor – diz a tia Sally –, não é trabalho pra nós, nem um pouco. Você *deve* ficar. São cinco longos quilômetros, cheios de poeira, e não *podemos* deixar você caminhar. E além disso, já mandei colocar outro prato na mesa, quando vi você chegando, por isso você não deve nos desapontar. Entre e sinta-se em casa.

Então Tom ele agradeceu a todos de um modo muito caloroso e elegante, deixou-se convencer e entrou. Já dentro de casa, ele disse que era um estranho de Hicksville, Ohio, e que seu nome era William Thompson – e aí ele se inclinou noutra mesura.

Bem, ele desandou a falar, e falar, e falar, inventando todas as histórias sobre Hicksville e as pessoas daquele lugar que podia inventar, eu ficando um pouco nervoso e querendo saber como isso ia me ajudar a sair da enrascada. Por fim, ainda falando muito, ele se aproximou e beijou a tia Sally bem na boca e depois se acomodou de novo na sua cadeira, muito confortável, e ia continuar a falar, mas ela deu um pulo e limpou os lábios com as costas da mão, e disse:

– Seu fedelho audacioso!

Ele pareceu meio ofendido e disse:

– Tô surpreso com a senhora, madame.

– Você tá surpreso... Ora, o que você acha que *eu* sou? Tenho vontade de pegar e... me diz uma coisa, o que você quer com esta história de me beijar?

Ele parecia meio humilde e diz:

– Eu não quero nada, madame. Não queria fazer mal. Eu... eu... achei que a senhora ia gostar.

– Ora, seu rematado imbecil! – Ela pegou o bastão de fiar e parecia ter que usar todas as suas forças pra não dar uma pancada com a vara na cabeça de Tom. – O que fez você pensar que eu ia gostar?

– Bem, não sei. Só que eles... eles... me disseram que a senhora gostaria.

– *Eles* disseram que eu gostaria. Quem lhe disse uma coisa dessas é *outro* lunático. Nunca ouvi nada igual. Quem são *eles*?

– Ora... todo mundo. Todos eles disseram isso, madame.

Ela fez o que podia pra se conter, e seus olhos fuzilaram e seus dedos se encresparam como se ela quisesse arranhar o pequeno patife, então ela perguntou:

– Quem é "todo mundo"? Fala os nomes... senão vai ter um idiota a menos no mundo.

Ele levantou e parecia aflito, mexendo no chapéu, e disse:

– Desculpa, eu não tava esperando isso. Eles me mandaram dar um beijo. Todos eles me disseram isto. Todos disseram pra beijar e disseram que ela ia gostar. Todos falaram assim... cada um deles. Mas desculpa, madame, eu não vou fazer mais... não vou, falo sério.

– Não vai, hein? *Acho* que não vai mesmo!

– Não, madame, falo sério, não vou dar mais nenhum beijo. Até a senhora me pedir um.

– Até eu lhe *pedir*! Ora, nunca vi nada parecido em toda a minha vida! Aposto que você vai ser o idiota-matusalém da criação antes de *eu* pedir alguma coisa a você... ou a alguém como você.

– Bem – ele diz –, é uma surpresa pra mim. Não dá pra compreender. Eles disseram que a senhora ia gostar, e pensei que a senhora ia gostar. Mas... – Ele parou e olhou ao redor devagar, como se quisesse encontrar um olhar amigo, em algum lugar, então parou no do velho cavalheiro e diz: – O *senhor* não achava que ela ia gostar do meu beijo?

– Ora, não, eu... eu... bem, não, acredito que não.

Aí ele olha ao redor, da mesma maneira, pra mim – e diz:

– Tom, *você* não achava que a tia Sally ia abrir os braços e dizer, "Sid Sawyer..."

– Ai, meus sais! – diz ela, interrompendo e pulando pra perto dele. – Seu pequeno patife malcriado, enganar a gente desse jeito... – e ia abraçar Tom, mas ele afastou a tia e disse:

– Não, primeiro tem que me pedir licença.

Ela não perdeu tempo e pediu licença. Abraçou e beijou Tom, muitas e muitas vezes e depois entregou o sobrinho pro velho, e ele pegou o que tinha sobrado. E depois que eles ficaram um pouco mais quietos, ela diz:

– Ora, meu Deus, nunca vi uma surpresa dessas. Não távamos esperando *por você*, só por Tom. A mana não me escreveu que vinha mais gente, apenas ele.

– É porque não pretendiam mandar mais ninguém, só Tom – diz ele –, mas eu implorei e implorei, e no último minuto ela me deixou vir também. Aí, descendo o rio, eu e Tom achamos que ia ser uma surpresa supimpa ele chegar aqui na casa primeiro, e eu dali a pouco seguir de perto o caminho dele, aparecer aqui por acaso e fingir que sou um estranho. Mas foi um erro, tia Sally. Este não é um lugar seguro prum estranho.

– Não... não pra fedelhos malcriados, Sid. Você devia levar uns sopapos na boca, nunca fui tão enganada desse jeito desde não sei quanto tempo. Mas não faz mal, não me importo com as condições... tô disposta a aturar milhares dessas brincadeiras pra ter você aqui. Bem, só de pensar nesta encenação! Não nego, fiquei fula da vida de tanto espanto quando você me deu aquele beijo.

Almoçamos fora naquela larga passagem aberta entre a casa e a cozinha, e naquela mesa tinha comida pra sete famílias – e tudo bem quente também, bem diferente daquela carne dura e murcha que foi guardada num armário num porão úmido a noite toda e tem o gosto de um naco de velho canibal frio pela manhã. O tio Silas ele pediu uma bênção bem longa pra ceia, mas valeu a pena, e nem chegou a esfriar a comida, como vi esse tipo de interrupção fazer muitas vezes.

A gente conversou bastante a tarde toda, e eu e Tom távamos alertas o tempo todo, mas não adiantou, eles não deixaram escapar nenhuma palavra sobre um negro fugido, e a gente tava com medo de trazer o assunto à baila. No jantar, de noite, um dos meninos diz:

– Papai, Tom e Sid e eu não podemos ir ao espetáculo?

– Não – diz o velho –, acho que não vai ter espetáculo nenhum, e vocês não podiam ir mesmo que tivesse, porque o negro fugido contou pra Burton e pra mim tudo sobre esse espetáculo escandaloso, e Burton disse que ia avisar as pessoas. Então imagino que a esta hora já devem ter expulsado da cidade os vagabundos audaciosos.

Pronto, então era isso! – mas eu não podia fazer nada pra ajudar. Tom e eu íamos dormir no mesmo quarto e cama, então, cansados, desejamos boa noite e fomos pra cama logo depois do jantar, e pulamos pela janela, descemos pelo para-raios e nos mandamos pra cidade. Pois eu achava que não tinha ninguém pra alertar o duque e o rei, então, se eu não andasse depressa pra avisar eles, eles iam se ver numa encrenca danada, por certo.

Na estrada, Tom ele me contou tudo sobre como ele pensava que fui assassinado e como papai desapareceu pouco depois e nunca mais voltou, e a confusão que aconteceu quando Jim fugiu; e eu contei tudo a Tom sobre os nossos patifes da Realeza Sem Igual e a parte da viagem de balsa que tive tempo de contar. Quando a gente chegou na cidade e subiu pela rua principal – já passava das oito e meia então –, ali vem correndo um bando de gente raivosa, com tochas, fazendo um escarcéu, batendo panelas e soprando trompas.

Pulamos prum lado pra deixar todo mundo passar. E quando passaram, vejo que eles tinham colocado o rei e o duque escarranchados sobre uma vara de ferro – isto é, eu sabia que *era* o rei e o duque, apesar de que tavam todos cobertos de piche e penas, e não se pareciam com nada humano neste mundo – pareciam só duas grandes, monstruosas plumas de soldados. Bem, eu me senti mal vendo a cena e senti pena dos pobres e desprezíveis patifes, era como se eu nunca mais pudesse sentir raiva deles nessa vida. Era uma cena terrível de ver. Os seres humanos *podem* ser terrivelmente cruéis uns com os outros.

A gente viu que era tarde demais – não dava pra fazer mais nada. A gente perguntou pra uns estranhos sobre aquilo, e eles disseram que todo mundo foi pro espetáculo parecendo muito inocente, então ficaram à espreita e quietos até o pobre do velho rei chegar na metade das suas cabriolas no palco. Aí alguém deu um sinal, e todo mundo levantou e foi pra cima deles.

Então a gente voltou lentamente pra casa, e eu não tava me sentindo tão estouvado como antes, mas mesquinho, humilde e de algum modo culpado – apesar de eu não ter feito nada. Mas é sempre assim, não faz diferença se você faz o certo ou o errado, a consciência de uma pessoa não faz sentido, apenas vai pra cima dela *de qualquer jeito*. Se eu tivesse um vira-lata que não soubesse mais do que sabe a consciência de uma pessoa, eu ia matar ele de pancadas. Ela ocupa mais espaço que todo o resto das entranhas da pessoa e mesmo assim não funciona. Tom Sawyer ele acha a mesma coisa.

## Capítulo 34

*A cabana ao lado da tina da barrela – Escandaloso – Uma simples tarefa – Subindo o para-raios – Perturbado com as bruxas*

A gente parou de falar e começou a pensar. Daí a pouco, Tom diz:

– Olha aqui, Huck, como a gente é bobo de não ter pensado nisso antes! Aposto que sei onde Jim tá.

– Não! Onde?

– Naquela cabana ao lado da tina da barrela. Ora, olha aqui. Quando a gente tava almoçando, ocê não viu um negro entrar lá com um pouco de comida?

– Sim.

– Pra quem ocê acha que era a comida?

– Prum cachorro.

– Eu também pensei assim. Bem, não era prum cachorro.

– Por quê?

– Porque parte da comida era melancia.

– Era mesmo... eu vi. Impressionante eu nunca ter pensado que um cachorro não come melancia. Isso mostra que a gente pode ver e não ver ao mesmo tempo.

– Bem, o negro destrancou o cadeado quando entrou e trancou de novo quando saiu. Entregou uma chave pro tio na hora que levantamos da mesa... a mesma chave, aposto. A melancia quer dizer um homem, a tranca quer dizer um prisioneiro, e não é provável ter dois prisioneiros numa plantação tão pequena, onde as pessoas são todas tão gentis e bondosas. É Jim o prisioneiro. Tudo bem... tô contente que descobrimos tudo como detetives, eu não ia querer nenhum outro jeito. Agora ocê trata de matutar e traçar um plano pra roubar o Jim, eu vou pensar num também, e vamos adotar o que a gente achar melhor.

Que cabeça prum menino! Se eu tivesse a cabeça de Tom Sawyer, eu não ia trocar ela nem pra ser duque, nem pra ser piloto de barco a vapor, nem palhaço num circo, nem nada que posso imaginar. Continuei a matutar um plano, mas só pra ter uma coisa pra fazer, eu sabia muito bem de onde é que ia sair o plano certo. Logo depois, Tom diz:

– Pronto?

– Sim – digo eu.

– Tudo bem... mostra qual é.

– O meu plano é o seguinte – falei. – É fácil descobrir se é Jim que tá lá dentro. Aí a gente pega a minha canoa amanhã de noite e traz a minha balsa lá da ilha. Assim que começar a ficar escuro, a gente tira a chave das calças do velho, depois que ele foi pra cama, e desce o rio na balsa com Jim, nos escondendo de dia e navegando de noite, que nem eu e Jim a gente fazia antes. Esse plano não ia funcionar?

– *Funcionar*? Ora, certamente ia funcionar, que nem briga de ratos. Mas é simples pra burro, não *tem* graça. De que adianta um plano sem grandes dificuldades como esse aí? É moleza demais, igual a leite de pata. Ora, Huck, isso não ia dar mais que falar do que arrombar uma fábrica de sabão.

Eu não disse nada, porque não tava esperando nada diferente, mas eu sabia muito bem que, quando ele tivesse o plano dele pronto, não ia ter nenhuma dessas objeções.

E não tinha. Ele me contou como era, e vi num minuto que valia quinze planos meus, só pelo estilo, e ia tornar Jim um homem tão livre quanto o meu plano, e mais, ia talvez nos deixar todos mortos. Então fiquei satisfeito e disse que a gente ia tirar de letra. Não preciso contar aqui como era, porque sabia que o plano não ia ficar assim por muito tempo. Sabia que ele ia mudar tudo, de um jeito ou de outro, enquanto a gente seguia adiante, arrumando novos lances espetaculares sempre que tivesse a chance. E foi isso o que ele fez.

Uma coisa era mais que certa, e era o seguinte, que Tom Sawyer tava falando sério e ia realmente ajudar a roubar aquele negro pra tirar ele da escravidão. Isso é que era demais pra mim. Ali tava um menino que era respeitável e de boa educação, que tinha uma reputação a perder, e uma família em casa que também tinha reputação; um menino que era brilhante, e não estúpido, cheio de conhecimento, e não ignorante, nem um pouco malvado, mas bondoso. E apesar de tudo isso, ali tava ele, sem orgulho, sem caráter, sem sentimentos, pronto a se rebaixar pra fazer esse negócio, se cobrindo de vergonha e cobrindo a família de vergonha, na frente de todo mundo. Eu *não conseguia* entender, de jeito nenhum. Era escandaloso, e eu sabia que devia dizer isso pra ele, pra ser seu amigo de verdade, falar que ele tinha que deixar aquela história naquele ponto e se salvar. E eu *comecei* a falar com ele, mas ele me mandou calar a boca e disse:

– Acha que eu não sei o que tô fazendo? Em geral eu não sei o que faço?
– Sim.
– Eu não *disse* que ia ajudar a roubar o negro?
– Sim.
– *Bem*, então.

Foi só o que ele disse, foi só o que eu disse. Não adiantava dizer mais nada porque, quando ele dizia que ia fazer uma coisa, ele sempre fazia. Mas *eu* é que não conseguia entender como é que ele tava a fim de entrar nesse negócio. Então deixei pra lá e não me chateei mais com isso. Se ele tava decidido a seguir esse caminho, *eu* não podia fazer nada.

Quando a gente chegou em casa, tava tudo escuro e quieto. Então passamos pela casa e descemos até a cabana ao lado da tina da barrela pra examinar o lugar. A gente cruzou o pátio pra ver o que os cães iam fazer. Eles nos conheciam e só fizeram o alarido que os cachorros do campo sempre fazem quando alguma coisa aparece de noite. Quando chegou na cabana, a gente deu uma olhada na frente e nos dois lados. E no lado que eu não conhecia – que era o lado norte – encontramos um buraco de janela quadrado, bem alto, só com uma tábua forte pregada de um lado a outro. Falei:

– Ali tá o meio pra fuga. O buraco é bem grande, dá pro Jim passar por ele se a gente arrancar a tábua.

Tom diz:

– É simples como jogo da velha, três-numa-fila, e tão fácil como matar aula. Eu *espero* achar um caminho um pouco mais complicado que *esse*, Huck Finn.

– Então – digo –, o que acha da gente serrar uma saída pra ele, assim como fiz antes de ser assassinado daquela vez?

– Tá mais *perto* – diz ele. – É bem misterioso, trabalhoso e bom – diz ele –, mas aposto que podemos encontrar um jeito duas vezes mais comprido. Não tem pressa, vamos continuar olhando por aí.

Entre a cabana e a cerca, no lado dos fundos, tinha um alpendre fechado que se juntava com a cabana no beiral e era feito de pranchas. Era tão comprido como a cabana, mas estreito – só com um metro e oitenta de largura, mais ou menos. A porta dele ficava na ponta sul e tava trancada com cadeado. Tom ele foi até a chaleira do sabão, vasculhou por ali e voltou com a peça de ferro com que eles levantam a tampa. Aí ele pegou e usou o troço como uma alavanca e arrancou um dos grampos. A correia caiu, a gente abriu a porta, entrou, fechou a porta e acendeu um fósforo, e deu pra ver que o galpão tava só construído contra a cabana e não tinha conexão com ela. E não tinha soalho no galpão, nem nada dentro dele a não ser umas velhas enxadas enferrujadas fora de uso, pás, picaretas e um arado estragado. O fósforo apagou, e a gente também caiu fora, enfiou o grampo de volta no lugar, e a porta ficou trancada como sempre. Tom tava alegre. Ele disse:

– Agora tá tudo bem. Vamos *cavar* pra soltar ele. Vai levar mais ou menos uma semana!

Aí fomos pra casa, e eu entrei pela porta dos fundos – é só puxar um cordão de couro, eles não fecham bem as portas –, mas isso não era suficientemente romântico pra Tom Sawyer: ele só ia ficar satisfeito subindo pelo para-raios. Mas depois que chegou na metade da subida umas três vezes, fraquejando e caindo em todas as tentativas, e na última vez quase rebentando a cabeça, achou que ia ter que desistir. Depois de descansar ele decidiu arriscar a sorte e fazer mais uma tentativa, e dessa vez chegou no topo.

De manhã a gente tava de pé assim que o dia clareou e desceu até as cabanas dos negros pra afagar os cachorros e fazer amizade com o negro que alimentava Jim – se é que *era* Jim que tava sendo alimentado. Os negros tavam acabando o café da manhã e partindo pros campos, e o negro de Jim tava enchendo uma panela de latão com pão, carne e outras coisas, e enquanto os outros já tavam saindo, a chave veio lá da casa.

Esse negro tinha um rosto bondoso e risonho, e o cabelo tava todo atado em pequenos feixes. Era pra manter as bruxas à distância. Ele disse que as bruxas tavam incomodando muito essas noites, fazendo ele ver toda sorte de coisas estranhas, e escutar toda sorte de palavras e barulhos estranhos, e ele acreditava que nunca tinha sido assim tão enfeitiçado na vida. Ele ficou tão excitado e começou a falar tanto sobre os seus problemas que esqueceu completamente o que tava se preparando pra fazer. Assim Tom diz:

– Pra que são esses alimentos? Vai dar de comer pros cachorros?

O negro meio que abriu um sorriso aos poucos em todo o rosto, como quando a gente atira um caco de tijolo numa poça de lama, e disse:

– Sim, nhô Sid, *um* cachorro. E um cachorro esquisito. Qué ir junto dá uma olhada nele?

– Sim.

Eu cutuquei Tom e sussurrei:

– Você vai lá com o dia já claro? *Isso* não tava no plano.

– Não, não tava... mas *agora* é o plano.

Assim, raios, fomos junto, mas eu não tava gostando nada disso. Quando a gente entrou, quase não dava pra ver nada, de tão escuro, mas Jim tava lá, certamente, e podia nos ver, e ele falou em voz alta:

– Ora Huck! E *Santo Deus*! Num é o sinhô Tom?

Eu sabia como ia ser, foi exatamente como eu esperava. Eu não tinha o que fazer e, mesmo que tivesse, não ia poder fazer nada, porque aquele negro interrompeu violento e disse:

– Ora, minha santa Bárbara! Ele conhece ocês, cavaieros?

Agora já podíamos ver bem. Tom ele olhou pro negro, firme e meio espantado, e perguntou:

– *Quem* é que nos conhece?

– Ora, esse negro fugido.

– Acho que ele não nos conhece, mas o que meteu essa ideia na sua cabeça?

– O quê *meteu* ela ali? Ele num disse nesse minuto que conhecia ocês?

Tom diz num jeito perplexo:

– Bem, realmente curioso. *Quem* falou? *Quando* ele falou? *O que* ele falou? – E se vira pra mim, perfeitamente calmo, e diz: – *Ocê* escutou alguém falar alto?

É claro que só tinha uma resposta, *assim* eu disse:

– Não, não ouvi ninguém dizer nada.

Aí ele se vira pro Jim, olha ele de cima pra baixo como se nunca tivesse visto ele antes e diz:

– Ocê falou alguma coisa?

– Não, nhô, num disse nada.

– Ocê já nos viu antes?

– Não, nhô, num que *eu* sabe.

Aí Tom se vira pro negro, que tava olhando louco e aflito, e diz com voz severa:

– O que houve? O que levou ocê a pensar que alguém falou alguma coisa?

– Oh, é as danada das bruxa, nhô, e eu queria tá morto, sim. Elas tão sempre me atacando, e elas quase me mata, de tanto medo que elas me mete. Por favô, num conta pra ninguém sobre isso, nhô, senão o veio Sinhô Silas ele vai me xingá, porque ele diz que *num tem* bruxa. Queria por todos os santo que ele tivesse aqui agora – *aí* o que é que ele ia dizê! Aposto que ele num ia encontrá jeito de escapá do casu *desta* veiz. Mas é sempre assim, gente que é *burra* continua burra. Eles num examinam nada e num descobrem as coisa sozinho, e quando ocê descobre e conta pra eles, eles num creditam em ocê.

Tom lhe deu um tostão e disse que não íamos contar pra ninguém e mandou ele comprar mais linha pra atar o seu cabelo e aí olhou pro Jim e disse:

– Será que o tio Silas vai enforcar este negro? Se eu pegasse um negro que foi ingrato a ponto de fugir, *eu* não ia entregar ele, eu ia enforcar o cara. – E enquanto o negro ia até a porta pra dar uma olhada no tostão e morder a moeda pra ver se era boa, ele sussurra pra Jim: – Não deixa ninguém adivinhar que ocê nos conhece. E, se escutar gente cavando de noite, somos nós. Vamos libertar ocê.

Jim só teve tempo de nos agarrar pela mão e apertar com força, depois o negro voltou, e a gente disse que ia voltar outra vez, se o negro quisesse; e ele disse que queria, especialmente se tivesse escuro, porque as bruxas iam pra cima dele principalmente no escuro, e aí era bom ter gente perto dele.

## Capítulo 35

*Escapando apropriadamente – Planos sombrios –*
*Discriminação no roubo – Um buraco profundo*

Ainda faltava quase uma hora pro café da manhã, então a gente saiu e foi pra mata, porque Tom disse que tinha que ter *um pouco* de luz pra gente ver como ia cavar, e uma lanterna emite luz demais e ia talvez nos meter numa encrenca. O que a gente precisava era uma porção desses pedaços de madeira deteriorada que é chamada de fogo-podre e emite um brilho fraco quando é colocada num lugar escuro. A gente pegou uma braçada desse tipo de madeira e escondeu entre as ervas daninhas, depois sentou pra descansar, e Tom diz meio insatisfeito:

– Raios, toda esta história é fácil e esquisita demais. E por isso fica muito complicado armar um plano difícil. Não tem nenhum vigia pra ser drogado... *tinha que* ter um vigia. Não tem nem um cachorro pra gente dar um sonífero. E Jim tá acorrentado por uma perna, com uma corrente de três metros, no pé da cama: ora, basta levantar o catre e puxar a corrente. E o tio Silas ele confia em todo mundo, dá a chave pro negro estúpido e não manda ninguém pra vigiar o negro. Jim já podia ter saído por aquele buraco de janela, só que não dava pra viajar com uma corrente de três metros na perna. Ora, raios, Huck, é o arranjo mais estúpido que já vi. A gente tem que inventar *todas* as dificuldades. Bem, a gente não pode fazer nada, tem que fazer o melhor possível com os materiais que a gente tem. De qualquer maneira, é mais honroso libertar ele no meio de muitas dificuldades e perigos, quando estes não são criados pelas pessoas que tinham o dever de arrumar todos esses obstáculos, e a gente tem que tirar todos eles da nossa cabeça. Olha só o caso da lanterna. Se a gente pensa nos fatos crus, temos simplesmente que *fingir* que usar uma lanterna é arriscado. Ora, podíamos agir com uma procissão de tochas, se a gente quisesse, acredito. Agora, enquanto penso, temos que catar alguma coisa pra fazer uma serra na primeira chance que aparecer.

– Pra que a gente precisa de serra?

– Pra que *precisamos* dela? Não temos que serrar o pé da cama de Jim pra soltar a corrente?

– Ora, ocê acabou de dizer que dava pra levantar o catre e puxar a corrente.

– Ai, se não é bem o teu jeito, Huck Finn. Ocê consegue inventar as maneiras mais infantis de atacar um problema. Ora, ocê nunca leu nenhum livro? Não leu o Barão Trenck, nem Casanova, nem Benvenuto Chelleny, nem Henrique IV, nenhum desses heróis? Quem já ouviu falar de libertar um prisioneiro desse jeito tão mixuruca? Não, o jeito que todas as maiores autoridades usam é serrar o pé da cama em dois, deixar assim desse jeito, engolir a serragem pra não ser encontrada e colocar um pouco de poeira e graxa ao redor do lugar serrado pro senescal mais zeloso não conseguir descobrir nenhum sinal de que foi serrado e achar que o pé da cama não tem nenhum defeito. Aí, de noite tá tudo pronto, é só dar um chute no pé da cama que ela vem abaixo, puxar a corrente, e o prisioneiro tá solto. Não precisa fazer mais nada, só enganchar a escada de corda na ameia, descer por ela, quebrar a perna no fosso – porque uma escada de corda tem sempre uns seis metros a menos, sabe – e lá estão os cavalos e os fiéis vassalos, e eles puxam ocê do fosso, atiram numa sela, e lá vai ocê pra sua nativa Languedoc ou Navarra, ou sei lá onde mais. É brilhante, Huck. Queria que a cabana tivesse um fosso ao redor. Se a gente arrumar tempo, na noite da fuga, vamos cavar um.

Então pergunto:

– Pra que a gente precisa de um fosso, se a gente vai soltar ele passando por baixo da cabana?

Mas ele não me ouviu. Tinha me esquecido e tudo mais. Tava com o queixo na mão, pensando. Pouco depois, suspira e sacode a cabeça. Aí suspira de novo e diz:

– Não, não ia dar... não tem tanta necessidade disto.

– Do quê? – pergunto.

– Ora, de serrar a perna de Jim – diz ele.

– Santo Deus! – digo. – Ora, não tem *nenhuma* necessidade disto. E pra que a gente ia querer serrar a perna dele?

– Bem, algumas das maiores autoridades fizeram isto. Não podiam tirar a corrente, por isso cortaram fora a mão e escapuliram. E uma perna ia ser melhor ainda. Mas a gente tem que deixar isto de lado. Não tem tanta necessidade nesse caso, e além disso Jim é um negro e não ia entender as razões, nem saber que isto é um costume na Europa, então vamos deixar pra lá. Mas tem uma coisa... ele pode ter uma escada de corda. A gente pode rasgar os nossos lençóis e fazer assim bem fácil uma escada de corda. E a gente pode mandar a escada pra ele escondida num pastelão, o método mais usado nesse caso. E já comi pastelões piores que esse.

– Ora, Tom Sawyer, olha só o que ocê tá falando – digo eu. – Jim não vai ter o que fazer com uma escada de corda.

– Ele *tem que* saber o que fazer. Olha só como ocê fala, é melhor dizer que não sabe disso. Ele *tem que* ter uma escada de corda, todos eles têm.

– Que diabos ele vai fazer com ela?

– *Fazer* com ela? Ele pode esconder na cama dele, não pode? É o que todos fazem, e ele tem que fazer também. Huck, ocê nunca parece querer fazer as coisas da maneira regular, ocê quer começar do zero todas as vezes. Vamos supor que ele *não* vai fazer nada com ela. Ela não vai ficar na cama dele, como uma pista, depois da fuga? E ocê não acha que eles querem pistas? É claro que vão querer. E ocê não ia deixar nenhuma pra eles? Isso ia ser um *bela* forma de dar um oi, *não*? Nunca ouvi uma coisa dessas.

– Bem – digo eu –, se tá nos regulamentos, e ele tem que ter a escada de corda, tudo bem, ele vai ter, porque não quero quebrar as regras, mas tem uma coisa, Tom Sawyer... se a gente vai rasgar os nossos lençóis pra fazer uma escada de corda pro Jim, a gente vai ter encrenca com a tia Sally, tão certo como ocê ter nascido. Agora, pelo meu modo de ver, uma escada de casca de nogueira não custa nada, não desperdiça nada, e é tão boa pra enfiar num pastelão e esconder num colchão como qualquer escada de trapos que ocê tá a fim de fazer. E quanto a Jim, ele não teve nenhuma experiência, por isso *ele* nem tá aí pra que tipo de...

– Oh, bolas, Huck Finn, se eu fosse tão ignorante quanto ocê, eu ia ficar calado... é o que eu *ia* fazer. Quem já ouviu falar de um prisioneiro de Estado escapar por uma escada de casca de nogueira? Ora, é perfeitamente ridículo.

– Bem, tá certo, Tom, faz do teu jeito, mas se quer meu conselho, vai me deixar pegar emprestado um lençol do varal.

Ele disse que tudo bem. Isso lhe deu outra ideia, e ele disse:

– Pega emprestada uma camisa também.

– Pra que precisamos de uma camisa, Tom?

– Precisamos pro Jim fazer um diário nela.

– Diário, sua vó... Jim num sabe escrever.

– Vamos supor que ele *não sabe* escrever... ele pode fazer marcas na camisa, não? E que tal fazer pra ele uma pena com uma velha colher de latão ou com um pedaço de uma argola de ferro de barril?

– Ora, Tom, podemos arrancar a pena de um ganso que vai ser bem melhor e mais rápido também.

– Os *prisioneiros* não têm gansos correndo ao redor da torre da prisão pra poder arrancar as penas deles, seu babaca. Eles sempre fazem as suas penas com o pedaço mais duro, mais resistente, mais encrencado de um velho castiçal de latão, ou alguma outra coisa parecida que eles conseguem pegar. E levam semanas e semanas, e meses e meses pra limar a peça, porque eles têm que fazer isso esfregando ela na parede. *Eles* não iam usar uma pena de ganso mesmo que tivessem. Não tá nas regras.

– Então, donde é que eles tiram a tinta?

– Muitos tiram a tinta da ferrugem e das lágrimas, mas são do tipo comum ou então mulheres. As maiores autoridades usam o próprio sangue. Jim pode fazer assim. E quando quiser mandar qualquer recado misterioso, banal e comum pra deixar o mundo saber onde é que ele tá prisioneiro, ele pode escrever no fundo de um prato de latão com um garfo e jogar o prato pela janela. O Máscara de Ferro sempre fazia assim, e é um método danado de bom.

– Jim não tem prato de latão. Eles dão comida pra ele numa panela.

– Não importa. A gente arruma uns pratos pra ele.
– Alguém consegue *ler* esses pratos?
– Isso não tem nada a *ver*, Huck Finn. *Só* o que ele tem que fazer é escrever no prato e atirar pela janela. Ocê não *tem* que poder ler a mensagem. Ora, em geral não dá pra ler nada que um prisioneiro escreve num prato de latão, nem em qualquer outro lugar.
– Então, pra que desperdiçar os pratos?
– Ora, raios, os pratos *não são* dos prisioneiros.
– Mas são de *alguém*, não?
– Bem, supondo que sim. Que importa pro *prisioneiro* de quem...

Ele interrompeu o que tava dizendo, porque ouvimos o sinal chamando pro café da manhã. Então a gente foi pra casa.

Durante aquela manhã peguei emprestado um lençol e uma camisa branca do varal e encontrei um saco velho onde enfiei esses panos. Fomos pegar fogo-podre, que a gente também enfiou no saco. Eu falava pegar emprestado, porque era assim que papai falava sempre, mas Tom disse que não era pegar emprestado, era roubar. Disse que a gente tava representando os prisioneiros, e os prisioneiros não tão nem aí pra como conseguem uma coisa, desde que consigam, e ninguém culpa eles por isso. Não é crime prum prisioneiro roubar a coisa que precisa pra fugir, disse Tom, é o seu direito. E assim, como a gente tá representando um prisioneiro, temos todo o direito de roubar qualquer coisa deste lugar que vai ter alguma serventia, mesmo que mínima, pra gente escapar da prisão. Ele disse que, se a gente não fosse prisioneiro, a história ia ser diferente, e só uma pessoa má e vulgar roubava quando não era prisioneiro. Então a gente concordou que íamos roubar tudo o que tivesse à mão. Mas ele armou um barulho danado um dia, depois dessa nossa conversa, quando roubei uma melancia da horta dos negros e comi. E ele me fez dar um centavo pros negros, sem dizer pra que era. Tom falou que ele quis dizer o seguinte: podíamos roubar qualquer coisa que a gente *precisasse*. Ora, falei, eu precisava da melancia. Mas ele disse que eu não precisava pra escapar da prisão, aí é que tava a diferença. Disse que, se eu quisesse esconder uma faca na melancia, e passar assim a arma pra Jim matar o senescal, aí tudo bem. Então deixei pra lá, apesar de eu não ver vantagem em representar um prisioneiro, se tivesse que matutar diferenças tão finas, toda vez que vejo uma chance de afanar uma melancia.

Como eu tava dizendo, naquela manhã a gente esperou que todo mundo começasse as suas atividades e não tivesse ninguém à vista no pátio. Aí Tom levou o saco pro alpendre, enquanto eu ficava parado a uma pequena distância pra vigiar. Dali a pouco ele saiu, e a gente foi se sentar na pilha de madeiras pra conversar. Ele disse:

– Tudo bem até agora, menos as ferramentas. Mas isso se arranja fácil.

– Ferramentas? – digo eu.

– Sim.

– Pra quê?

– Ora, pra cavar. Não vamos *roer* um túnel pra ele escapar, não?

– Aquelas velhas picaretas e outros troços lá dentro do alpendre não bastam pra tirar um negro da prisão? – digo eu.

Ele vira pra mim com um olhar de pena capaz de fazer alguém chorar e diz:

– Huck Finn, ocê *já* ouviu falar de um prisioneiro com picaretas, pás e todas as ferramentas modernas dando sopa no armário pra ele poder cavar um túnel e escapar? Agora eu pergunto a ocê... se ocê tivesse algum resto de bom-senso... que chance ele tinha com *isso* de ser um herói? Ora, eles bem que podiam emprestar a chave pra ele escapar. Picaretas e pás... ora, eles não iam dar essas coisas nem prum rei.

– Então – digo –, se não queremos picaretas e pás, o que precisamos?

– Umas facas de mesa.

– Pra cavar a fundação embaixo daquela cabana?

– Sim.

– Com a breca, é rematada tolice, Tom.

– Não faz diferença se é muito ou pouco tolo, é o modo *correto*... e é o modo habitual. E não tem nenhum *outro* modo que *eu* conheço, e li todos os livros que dão informações sobre essas coisas. Eles sempre cavam com uma faca de mesa... e não em terra, olha só, em geral é na pedra dura. E levam semanas e semanas e semanas, por todos os séculos e séculos. Ora, um desses prisioneiros na masmorra lá no fundo do Castelo Deef, no porto de Marselha, cavou um túnel e escapou dessa maneira. Quanto tempo levou? Dá um palpite.

– Não sei.

– Bem, adivinha.

– Não sei, um mês e meio.

– *Trinta e sete* anos... e ele saiu na China. *Essa* é a escapada legal. Queria que o fundo *desta nossa* fortaleza fosse de pedra dura.

– *Jim* não conhece ninguém na China.

– O que é que isto tem a ver? O outro cara também não conhecia. Mas ocê tá sempre desviando pruma questão secundária. Por que não fica grudado no ponto principal?

– Tudo bem... *eu* não me importo onde é que ele vai sair, desde que *saia*, e Jim também não se importa, acho eu. Mas tem uma coisa... Jim tá velho demais pra cavar um túnel com uma faca de mesa. Ele não vai durar tanto.

– Sim, ele vai durar. Ocê não acha que ele vai levar trinta e sete anos pra cavar uma fundação de *terra*, não?

– Quanto tempo vai levar, Tom?

– Não podemos arriscar levar todo o tempo de praxe, porque acho que não vai demorar pro tio Silas ter notícias lá de Nova Orleans. Ele vai ficar sabendo que Jim não é de lá. Aí seu próximo passo vai ser anunciar Jim pra venda ou alguma coisa desse tipo. Então a gente não pode arriscar uma longa escavação como a gente devia fazer. Pelo direito, acho que a gente devia cavar alguns anos, mas não é possível. Como tudo é incerto, o que recomendo é o seguinte: que a gente comece a cavar logo, o mais rápido possível, e depois a gente pode *fingir*, pra nós mesmos, que cavamos durante trinta e sete anos. Aí podemos soltar ele e ajudar na fuga, assim que soar um alarme. Sim, acho que é a melhor maneira.

– Bem, agora *sim* faz sentido – digo eu. – Fingir não custa nada, fingir não é problema. E, se aparecer alguma dúvida, eu não me importo de fingir que cavamos cento e cinquenta anos. Não ia me custar grande esforço, depois de eu pegar a prática. Então vou tratar de ir roubar umas facas de mesa.

– Rouba três – ele diz –, precisamos de uma pra fazer uma serra.

– Tom, se não é contra as regras e a religião sugerir isto – digo eu –, tem uma velha lâmina de serra enferrujada por lá, encravada entre as tábuas imbricadas da parede atrás do defumadouro.

Ele me olhou com um ar cansado e desencorajado, então disse:

– Não adianta tentar ensinar nada a ocê, Huck. Corre e rouba as facas... três delas.

Foi o que eu fiz.

## Capítulo 36

*O para-raios – O máximo possível – Um legado para a posteridade – Roubando colheres – Entre os cachorros – Um número enorme*

Naquela noite, assim que a gente achou que todo mundo tava dormindo, a gente desceu pelo para-raios e se trancou no alpendre, tiramos nossa pilha de fogo-podre do saco e começamos a trabalhar. Afastamos tudo do caminho, mais ou menos um metro ou um metro e meio ao longo do meio da tora perto do chão. Tom disse que ele tava bem atrás da cama de Jim, e a gente ia cavar embaixo dela, e quando a gente passasse pro outro lado, ninguém na cabana ia saber que tinha um buraco ali, porque a colcha de Jim chegava quase até o chão, e a pessoa ia ter que levantar a colcha e olhar embaixo dela pra ver o buraco. Assim a gente cavou e cavou, com as facas de mesa, até quase meia-noite; e aí a gente tava mortos de cansados, com as mãos cheias de bolhas, e apesar disso nem dava pra ver que a gente tinha feito alguma coisa. Por fim falei:

– Não vai ser um trabalho de trinta e sete anos, este é um trabalho de trinta e oito anos, Tom Sawyer!

Ele não disse nada. Mas suspirou e parou de cavar, então por um bom tempo eu sabia que ele tava pensando. Depois ele disse:

– Não adianta, Huck, não vai funcionar. Se a gente tivesse na prisão, ia funcionar, porque aí a gente ia ter tantos anos quantos quisesse e sem pressa. E a gente só ia ter alguns minutos pra cavar todo dia, enquanto trocavam o turno dos guardas, e assim as nossas mãos não iam ficar cheias de bolhas, e a gente podia seguir cavando anos após ano, e cavar direito do jeito como deve ser. Mas a gente não pode ficar à toa, a gente tem que se apressar, não temos tempo a perder. Se a gente fosse passar outra noite desse jeito, ia ter que parar uma semana pras mãos ficarem boas... antes disso não ia dar pra tocar numa faca de mesa com elas.

– Então, o que vamos fazer, Tom?

– Vou lhe contar. Não tá direito, e não é moral, e eu não gosto desse jeito de escapar... mas não tem só um jeito. A gente tem que cavar a saída de Jim com as picaretas e *fingir* que são facas de mesa.

– *Agora* ocê tá *falando* certo! – digo eu –, a sua cabeça fica mais equilibrada o tempo todo, Tom Sawyer – digo. – Picaretas é a solução, moral ou não, e por mim não dou a menor bola pra essa tal de moralidade. Quando decido roubar um negro, uma melancia ou um livro da escola dominical, não tem jeito especial de roubar, desde que dê pra roubar. O que eu quero é o meu negro, ou o que eu quero é a minha melancia, ou o que eu quero é o meu livro da escola dominical. E se uma picareta é o que tá mais à mão, é com isso que eu vou cavar pra roubar esse negro, essa melancia ou esse livro da escola dominical, e não dou a mínima pro que as autoridades pensam sobre isso.

– Bem – diz ele –, dá pra desculpar as picaretas e o fingimento num caso como este. Se não desse, eu não ia aprovar, nem ia ficar olhando as regras sendo quebradas... porque certo é certo, e errado é errado, e não tem essa de alguém fazer uma coisa errada quando ele não é ignorante e sabe das coisas. Dava pra *ocê* cavar com uma picareta pra soltar Jim, *sem* fingir, porque ocê não sabia das regras, mas não dava pra mim, porque eu conheço essas coisas. Me dá uma faca de mesa.

Ele tava com a sua, mas eu entreguei a minha pra ele. Ele atirou a faca no chão e disse:

– Me dá uma *faca de mesa*.

Não sabia o que fazer – mas aí pensei. Andei por ali entre as velhas ferramentas, peguei uma picareta e entreguei pra ele, e ele pegou a ferramenta e começou a trabalhar, sem dizer palavra.

Ele foi sempre desse jeito. Cheio de princípios.

Aí peguei uma pá, e a gente cavava, tirava terra com a pá, se virava e jogava terra pra todos os lados. A gente trabalhou por uma meia hora, que foi o tempo que a gente aguentou, mas a gente já tinha um bom buraco pra mostrar. Quando subi pro andar de cima, olhei pela janela e vi Tom fazer o máximo possível pra subir pelo para-raios, mas ele não conseguia, porque as mãos dele tavam feridas demais. Por fim ele disse:

– Não adianta, não dá pra subir. O que ocê acha melhor? Não sabe de nenhum jeito de subir?

– Sim – falei –, mas acho que não tá de acordo com as regras. Sobe a escada e finge que ela é um para-raios.

Foi o que ele fez.

No dia seguinte, Tom roubou um colher de latão e um castiçal de latão da casa, pra fazer umas penas de escrever pro Jim, e seis velas de sebo. E eu fiquei andando pelas cabanas dos negros, à espera de uma oportunidade, e roubei três pratos de latão. Tom disse que não era bastante, mas eu disse que ninguém ia ver os pratos que Jim jogava fora, porque eles iam cair entre a macela e a zabumba embaixo do buraco de janela – aí a gente podia pegar eles de volta e usar de novo várias vezes. Tom ficou satisfeito. Depois ele disse:

– Agora, o que a gente tem que estudar é como levar as coisas pro Jim.

– A gente leva pelo buraco – digo eu –, quando ele ficar pronto.

Ele só mostrou um ar de desprezo e disse alguma coisa sobre nunca ter ouvido uma ideia tão idiota e depois começou a matutar. Dali a pouco disse que tinha descoberto duas ou três maneiras, mas que ainda não era preciso decidir por nenhuma delas. Disse que a gente tinha que avisar Jim primeiro.

Aquela noite a gente desceu pelo para-raios um pouco depois das dez e levou uma das velas junto. A gente ficou escutando embaixo do buraco da janela e ouviu Jim roncando. Aí a gente atirou a vela lá pra dentro, mas ela não acordou Jim. Depois a gente entrou com a picareta e a pá, e em duas horas e meia o trabalho tava pronto. A gente se arrastou pra baixo da cama de Jim e pra dentro da cabana, tateou o chão e encontrou e acendeu a vela, e ficamos parados um pouco olhando pra Jim, achando que ele parecia forte e com saúde, e depois a gente acordou ele aos poucos e bem gentilmente. Ele ficou tão alegre de nos ver que quase chorou; e nos chamou de meu fio e todos os nomes carinhosos que podia imaginar; queria que a gente fosse procurar um formão pra cortar a corrente da sua perna, bem rápido, e dar no pé sem perder mais tempo. Mas Tom ele mostrou pro Jim que isso não tava de acordo com as regras, aí sentou e lhe contou tudo sobre os nossos planos, sobre como a gente podia alterar tudo num minuto a qualquer sinal de alarme; e não era preciso ter medo, porque a gente ia cuidar pra ele cair fora, *com toda certeza.* Então Jim ele disse que tava tudo bem, e a gente ficou ali e conversou um pouco sobre os velhos tempos, e depois Tom fez uma porção de perguntas, e quando Jim lhe contou que o tio Silas aparecia dia sim, outro não pra rezar com ele, e que a tia Sally vinha ver se ele tava bem acomodado e se tinha bastante pra comer e que os dois eram tão bondosos quanto podiam ser, Tom disse:

– *Agora* eu sei como fazer. Vamos mandar algumas coisas por eles pra ocê.

Eu disse:

– Não vai fazer nada disso, é uma das ideias mais burras que já ouvi.

Mas ele não me deu atenção e continuou. Era o seu jeito de ser, quando já tinha os planos montados.

Aí ele contou pra Jim como a gente ia passar a escada de corda pra ele no pastelão e outras coisas grandes por Nat, o negro que trazia comida, e que ele devia ficar alerta e não se surpreender, nem deixar Nat ver ele abrindo as coisas. E a gente ia colocar pequenas coisas nos bolsos do casaco do tio, coisinhas que ele devia roubar, e a gente ia atar outras nas fitas do avental da tia ou colocar no bolso do avental, se a gente tivesse com uma oportunidade. E ele contou pra Jim o que elas iam ser e pra que serviam. E também falou que ele devia escrever um diário na camisa com o próprio sangue, e tudo mais. Contou tudo pra ele. Jim ele não via sentido na maior parte da história, mas falou que a gente era branco e sabia mais das coisas que ele, então ficou satisfeito e disse que ia fazer tudo exatamente como Tom dizia.

Jim tinha muitos cachimbos de sabugo e um pouco de tabaco, então passamos uma hora bem boa conversando. Depois a gente saiu rastejando pelo buraco e foi pra casa e pra cama, com mãos que pareciam ter sido mascadas. Tom tava muito animado. Disse que tava se divertindo como nunca na vida, e de um jeito bem intelectual. Falou que por ele a gente ia continuar nesse plano o resto das nossas vidas e deixar Jim ser libertado pelos nossos filhos, pois ele acreditava que Jim ia começar a gostar mais e mais e mais quando pegasse o jeito da coisa. Disse que desse modo o plano podia ser prolongado por oitenta anos, e ia ser o tempo recorde nos livros. E ele disse que o plano ia dar fama pra todo mundo que participasse dele.

De manhã a gente foi até a pilha de lenha e cortou o castiçal de latão em tamanhos adequados, e Tom colocou todos os pedaços e a colher de latão no bolso. Depois a gente foi pras cabanas dos negros, e enquanto eu distraía Nat, Tom enfiou um pedaço do castiçal no meio de um pão de milho que tava na panela de Jim, e a gente foi junto com Nat pra ver como é que ia funcionar, e funcionou que era uma beleza. Quando mordeu o pão, Jim quase triturou todos os dentes, não podia ter funcionado melhor. Foi o que declarou o próprio Tom. Jim ele só falou que era uma pedrinha ou uma dessas coisas que acabam sempre entrando no pão, sabe, mas depois disso ele nunca mais mordeu nada antes de espetar o garfo em três ou quatro pontos primeiro.

E enquanto a gente tava ali parado na luz bem fraca, aparecem alguns cachorros, os corpos abaulados crescendo lá do fundo da cama de Jim, e eles continuaram a se amontoar até que tinha onze deles, e a gente quase não tinha mais espaço pra respirar. Raios, a gente esqueceu de trancar a porta do alpendre. O negro Nat ele apenas gritou "bruxas!" e caiu de pernas pro ar no chão entre os cachorros e começou a gemer como se tivesse morrendo. Tom abriu a porta com um safanão e atirou pra fora um pedaço de carne da panela de Jim, e os cachorros saíram correndo atrás, e em dois segundos ele próprio saiu, voltou e fechou a porta, e eu sabia que ele tinha fechado também a outra porta. Aí ele começou a embromar o negro, com palavras de agrado e carinho, perguntando se ele andava de novo imaginando que via coisas. Ele levantou, piscou os olhos pra todos os lados e disse:

— Nhô Sid, ocê vai dizê que sô bobo, mas se num vi quase um mião de cachorro, ou diabo, ou quarqué coisa, queria morrê bem aqui nesse lugá. Vi, com toda certeza. Nhô Sid, eu *sinti* elas... eu *sinti* elas, sim sinhô, elas tavam todas pra cima de mim. É isso, só queria podê botá a mão numa dessas bruxa, só queria... só queria... é só o que eu *ia* pedi. Quero é que elas me deixe em paiz, é o que eu quero.

Tom diz:

— Bem, vou dizer o que *eu* acho. O que faz elas aparecerem aqui bem na hora do café da manhã deste negro fugido? É a fome, é isso. Ocê faz um pastelão de bruxa pra elas, é o que *ocê* tem que fazer.

– Mas meu Deus, Nhô Sid, como é que *eu* vô fazê um pastelão de bruxa? Num sei como fazê. Nunca ouvi falá de uma coisa dessas.

– Então, eu é que vou ter que fazer.

– Ocê vai fazê, meu fio? Pra mim? Vô adorá o chão debaixo do teus pé, ora se vô!

– Tudo bem, vou fazer, porque é pra ocê, e ocê foi bom pra gente e nos mostrou o negro fugido. Mas ocê tem que tomar muito cuidado. Quando a gente chegar, ocê vira de costas, e depois não importa o que a gente colocar na panela, não conta pra ninguém que ocê viu. E não olha quando Jim esvaziar a panela... alguma coisa podia acontecer, não sei o quê. E o mais importante, não *mexe* nas coisas das bruxas.

– *Mexê* nelas, Nhô Sid? Do que *é* que ocê tá falano? Eu num encosto nem um dedo nelas, nem por deiz cem mil biões de dólar, num encosto.

## Capítulo 37

*A última camisa – Vadiando – "De um modo dilacerador" – Ordens de navegar – O pastelão da bruxa*

Tava tudo arranjado. Então a gente foi embora e seguiu direto pra pilha de lixo no quintal, onde eles guardavam botas velhas, trapos, pedaços de garrafa, coisas de latão estragadas e todos esses trecos. A gente vasculhou e encontrou uma velha panela de latão pra assar o pastelão, tapou os buracos dela do jeito que foi possível e levou pro porão, de onde a gente roubou farinha pra encher a panela até as bordas, e depois a gente partiu pro café da manhã. E a gente encontrou uns pregos que Tom disse que podiam servir prum prisioneiro rabiscar o seu nome e tristezas nas paredes do calabouço, e ele deixou cair um dos pregos no bolso do avental da tia Sally que tava dependurado numa cadeira, e o outro a gente enfiou na faixa do chapéu de tio Silas que tava sobre a escrivaninha, porque a gente ouviu das crianças que o pai e a mãe tavam indo pra casa do negro fugido de manhã. E depois a gente foi tomar o café da manhã, e Tom deixou cair a colher de latão no bolso do casaco do tio Silas, e a tia Sally ainda não tava lá, então a gente teve que esperar um pouco.

E quando apareceu, ela tava braba, vermelha, mal-humorada e quase nem podia esperar pela bênção. Depois ela começou a servir o café com uma das mãos e a dar com o dedal da outra mão um croque na cabeça da criança mais próxima e disse:

– Procurei lá em cima, e procurei lá embaixo, e não tem explicação, *o que* aconteceu com a sua outra camisa?

Meu coração caiu entre meus pulmões e fígados e outras coisas, e um pedaço duro de crosta de pão de milho começou a descer pela minha garganta atrás do coração, colidiu no meio do caminho com uma tosse e foi disparado pela mesa, atingiu uma das crianças no olho e fez o menino se enroscar todo como uma minhoca e soltar um grito do tamanho de um grito de guerra, e Tom ele ficou meio azul ao redor do queixo e do pescoço, e tudo acabou numa confusão considerável por um quarto de minuto ou coisa assim, e eu dava metade da minha vida pra me ver longe dali. Mas depois disso ficou todo mundo bem de novo – foi a surpresa de repente que nos deixou arrepiados. O tio Silas diz:

– É muito curioso, incomum, não consigo compreender. Sei perfeitamente bem que eu *tirei* a camisa, porque...

– Porque você só está com uma agora. Olha só como o homem fala! Sei que você tirou a camisa, e sei disso por um método melhor que essa sua memória de sonhador distraído, porque ela tava no varal ontem... eu mesma vi a camisa lá. Mas desapareceu... esse é o resumo da história, e você vai ter que trocar por uma de flanela vermelha até eu conseguir arrumar tempo pra fazer uma nova. E vai ser a terceira que faço em dois anos, ninguém fica sem ter o que fazer tendo que arrumar camisas pra você, e o que mais você vai conseguir fazer com todas elas nem dá pra imaginar. Era de esperar que você *tivesse* aprendido a cuidar delas de alguma maneira na sua idade.

– Eu sei, Sally, e tento fazer o que posso. Mas não deve ser totalmente minha culpa, porque você sabe que não vejo as camisas, nem tenho nada a ver com elas a não ser quando estão sobre o meu corpo, e não lembro de alguma delas ter caído de mim.

– Bem, não é culpa *sua* se você não perdeu nenhuma assim, Silas... podendo, você teria perdido, acho eu. E não é só a camisa que desapareceu. Uma colher sumiu, mas ainda não é *tudo*. Tinha dez colheres e agora tem apenas nove. O bezerro pegou a camisa, acho eu, mas o bezerro nunca pegou uma colher, *isso* é certo.

– Ora, o que mais desapareceu, Sally?

– Seis *velas*... é isso. Os ratos podiam ter pegado as velas, e acho que foi o que fizeram. É de admirar que não levem embora a casa toda, do jeito como a gente anda sempre tapando os seus buracos e não consegue acabar com eles. E, se não fossem tolos, eles iam dormir entre os seus cabelos, Silas... *você* nunca ia descobrir, mas você não pode culpar os ratos pela *colher*, isso eu *sei*.

– Bem, Sally, tenho culpa, reconheço. Fui relapso, mas amanhã sem falta vou tratar de tapar os buracos.

– Oh, não tem pressa nenhuma, pode ser no ano que vem. Matilda Angelina Araminta *Phelps*!

Croc, golpeia o dedal, e a criança tira as mãos do açucareiro, obediente. Bem nessa hora, a negra aparece na passagem e diz:

– Sinhá, desapareceu um lençó.

– Sumiu um *lençol*! Bem, com todos os diabos!

– Vou tapar esses buracos *hoje* – diz o tio Silas, parecendo triste.

– Oh, cala a boca! Vai dizer que os ratos pegaram o *lençol*? *Pra onde* é que ele foi, Lize?

– Por Santa Bárbara, num tenho ideia, Sinhá Sally. Tava no vará inda ontem, mas desapareceu, num tá mais lá.

– Acho que o mundo *tá* chegando no fim. *Nunca* vi nada parecido, em toda a minha vida. Uma camisa, um lençol, uma colher e seis ve...

– Sinhá – chega uma jovem mulata –, tá fartando um castiçá de latão.

— Some daqui, menina, senão vou atirar uma frigideira em você!

Bem, ela tava fervendo. Comecei a esperar uma chance; pensava em dar o fora e me enfiar na mata até o clima acalmar. Ela continuou a esbravejar, fazendo sozinha toda a sua revolução, e todos os outros muito humildes e quietos. E por fim o tio Silas, com uma cara meio de pateta, tira a colher do bolso. Ela parou, de boca aberta e com as mãos no alto. Quanto a mim, eu queria estar em Jerusalém ou em algum outro lugar. Mas não por muito tempo, porque ela disse:

— *Bem* como eu esperava. Você tava com a colher no bolso o tempo todo, e aposto que está com todas as outras coisas também. Como é que a colher foi parar aí?

— Realmente não sei, Sally — diz ele meio se desculpando —, senão você sabe que eu diria. Tava estudando o meu texto sobre Atos 17 antes do café da manhã e acho que coloquei a colher no bolso, sem perceber, querendo colocar o meu Novo Testamento. Deve ser isso, porque o meu Novo Testamento não está no bolso, mas vou ver, e se ele está onde estava, é que não coloquei o livro no bolso, e isso mostra que coloquei o Novo Testamento sobre a mesa e peguei a colher, e...

— Oh, pelo amor de Deus! Chega! Sumam daqui, todos vocês, e não cheguem perto de mim até eu reaver a minha paz de espírito.

Eu ia escutar, se ela tivesse falado só pra si mesma, quanto mais assim alto pra todo mundo, e eu ia levantar e obedecer, mesmo que tivesse morto. Quando a gente tava passando pela sala de estar, o velho ele pegou o seu chapéu, e o prego da parede caiu no chão, e ele só juntou o prego e colocou sobre o consolo, sem dizer nada, aí saiu. Tom viu ele fazendo isso e se lembrou da colher, e disse:

— Bem, não adianta mais mandar coisas por *ele*, não é de confiança. — Depois disse: — Mas ele fez um favor pra gente com essa história da colher, sem saber, e por isso a gente vai fazer um favor pra *ele* sem ele saber... tapar os buracos de ratos.

Tinha um bom número deles, lá embaixo no porão, e a gente levou uma hora inteira, mas fez um trabalho completo, perfeito. Aí a gente escutou passos na escada, soprou a vela e se escondeu. Entra o velho, com uma vela numa das mãos e uma trouxa de coisas na outra, parecendo tão distraído como sempre. Andou por ali a esmo, procurando primeiro um buraco de rato e depois outro, até checar todos eles. Aí ficou parado uns cinco minutos, tirando cera derretida da sua vela e pensando. Depois se virou lento e sonhador para a escada, dizendo:

– Bem, não consigo me lembrar quando tapei os buracos. Eu podia mostrar a ela agora que eu não tinha culpa nessa história dos ratos. Mas não importa... deixa pra lá. Acho que não ia adiantar nada.

E ele subiu a escada resmungando, e em seguida a gente foi embora. Ele era um velho muito legal. Sempre foi e continua a ser.

Tom tava muito chateado matutando como arrumar uma colher, mas disse que a gente tinha que ter uma, por isso tratou de pensar. Quando descobriu um jeito, ele me contou o que a gente tinha que fazer. Aí fomos esperar perto da cesta de colheres até a tia Sally chegar, e então Tom começou a contar as colheres e a colocar todas de um lado, e eu enfiei uma delas na manga da camisa, e Tom disse:

– Ora, tia Sally, só tem nove colheres, *até agora*.

Ela disse:

– Vão brincar e não me incomodem. Sei muito bem, eu própria contei as colheres.

– Bem, contei elas duas vezes, titia, e só consegui contar nove.

Ela fez uma cara de quem perdeu toda a paciência, mas claro que começou a contar – qualquer um ia tratar de contar.

– Declaro aos céus que *só* tem nove! – diz ela. – Ora, que raios *acontece* com essas coisas, vou contar de novo.

Aí tratei de devolver às escondidas a que eu tinha, e quando acabou de contar, ela disse:

– Aos diabos todo esse emaranhado, tem *dez* agora! – e ela parece ao mesmo tempo ofendida e chateada. Mas Tom diz:

– Ora, titia, *eu* acho que não tem dez.
– Seu idiota, não me viu *contando*?
– Sei, mas...
– Bem, vou contar *de novo*.

Assim tirei uma colher, e deu nove de novo como da outra vez. Bem, ela *tava* em frangalhos – tremendo toda, de tão braba. Mas contou e contou, até ficar tão confusa que às vezes começava a contar a *cesta* como uma colher. E assim três vezes ela contou certo, e três vezes errado. Aí ela agarrou a cesta e atirou pela casa, nocauteando o gato. E disse pra gente sair e deixar ela ter um pouco de paz, e se a gente incomodasse de novo até a hora do almoço, ela ia nos esfolar. Então a gente conseguiu uma colher avulsa e deixou ela cair no bolso do avental da tia Sally enquanto ela tava nos dando ordens, e Jim recebeu a colher sem problemas, junto com o prego, antes do meio-dia. A gente tava muito satisfeito com essa história, e Tom disse que valia duas vezes o trabalho que tinha dado, porque ele disse que *agora* ela nunca mais ia contar aquelas colheres duas vezes de novo nem pra salvar a sua própria vida, e não ia acreditar que tinha contado certo, se a conta *desse certo*; e disse que depois de ela quebrar a cabeça contando as colheres nos próximos três dias, ele achava que ela ia desistir e se oferecer pra matar qualquer um que mandasse ela contar as colheres de novo.

Então a gente colocou o lençol de volta no varal naquela noite e roubou um do armário da tia, e a gente continuou roubando e devolvendo o lençol por alguns dias, até que ela já não sabia mais quantos lençóis tinha, e disse que *não importava*, que ela não ia estragar o resto da sua alma com essa história, e não ia contar de novo os lençóis nem pra salvar a própria vida, ela preferia morrer primeiro.

A gente tava com tudo arrumado agora – camisa, lençol, colher e velas –, com a ajuda do bezerro, dos ratos e da contagem confusa. E o castiçal, bem, não tinha importância, ele não ia durar muito tempo mesmo.

Mas aquele pastelão deu uma trabalheira, a gente não via o fim das dificuldades com aquele pastelão. A gente arrumou tudo na mata e cozinhou ele ali. Por fim a gente conseguiu, e até que ficou bem satisfatório, mas a gente não fez tudo num dia só. A gente teve que usar três panelas cheias de farinha, antes de chegar no fim, e a gente se queimou bastante em muitos lugares, e os olhos ficavam cegos com a fumaça, porque, sabe, a gente só queria uma crosta e não dava jeito de ele ficar em pé direito, porque sempre arriava. Mas a gente atinou por fim com a maneira certa, que era, é claro, cozinhar a escada dentro do pastelão. Então a gente preparou tudo com Jim na segunda noite, e rasgou todo o lençol em pequenas tiras e enroscou todas elas juntas, e muito antes do amanhecer a gente tinha uma bela corda, que dava pra enforcar qualquer um. A gente fingiu que levou nove meses pra fazer a corda.

E de manhã a gente levou a corda pra mata, mas ela não entrava no pastelão. Feita daquele jeito, com um lençol inteiro, tinha corda pra quarenta pastelões, se a gente quisesse, e ainda sobrava bastante pra fazer sopa, salsichas ou qualquer outra coisa que desse na telha. A gente podia fazer um jantar inteiro com o pastelão.

Mas a gente não precisava disso tudo. Só o suficiente pro pastelão, por isso a gente jogou o resto fora. A gente não cozinhou nenhum dos pastelões na panela, com medo da solda derreter, mas o tio Silas ele tinha uma ilustre panela de latão pra esquentar a cama que ele achava muito preciosa, porque pertencia a um de seus antepassados, com um longo cabo de madeira que veio da Inglaterra com William, o Conquistador, no *Mayflower* ou num daqueles primeiros navios, e tava escondida no sótão com uma porção de potes velhos e coisas que eram valiosas, não por terem algum valor porque não tinham, mas porque eram relíquias, sabe, e a gente afanou a panela em segredo e levou pra mata, mas ela falhou nos primeiros pastelões, porque a gente não sabia como fazer, mas se saiu muito bem no último. A gente pegou e forrou a panela com a massa da farinha, colocou nas brasas do carvão, encheu até em cima com a corda de trapos, tapou por cima com uma camada de massa de farinha, fechou a tampa, colocou tições por cima e ficou a um metro e meio de distância, segurando o longo cabo, sem sentir calor e confortáveis, e em quinze minutos aquilo se transformou num pastelão que era um prazer de olhar. Mas quem comesse aquilo ia precisar de alguns barris de palitos, pois se aquela escada de corda não lhe desse cólicas e diarreia, não sei mais do que tô falando, ia derrubar qualquer um com uma dor de barriga sem fim.

Nat não viu quando colocamos o pastelão da bruxa na panela de Jim, e no fundo da panela, embaixo da comida, foram os três pratos de latão. Desse jeito Jim recebeu tudo direito e, assim que ficou sozinho, ele rebentou o pastelão e escondeu a escada de corda dentro do seu colchão de palha, arranhou uns riscos num dos pratos e jogou pelo buraco de janela.

## Capítulo 38

*O escudo de armas – Um superintendente talentoso – Glória desagradável – Um assunto triste*

Fazer as penas foi um trabalho duro e desanimador, assim como fazer a serra. E Jim falou que a inscrição ia ser o mais difícil de tudo. Essa inscrição é a que o prisioneiro tem que rabiscar na parede. Mas a gente tinha que fazer, Tom disse que a gente *tinha que* ter a inscrição, não sabia de nenhum caso de um prisioneiro do estado não rabiscar uma inscrição pra deixar como sua marca, nem de não ter o seu brasão.

– Olha a Lady Jane Grey – diz ele –, olha Gilford Dudley, olha o velho Northumberland! Ora, Huck, ocê acha que *é* muito trabalho? O que ocê vai fazer? Como vai resolver este caso? Jim *tem que* fazer a sua inscrição e ter um brasão. Todos têm essas coisas.

Jim disse:

– Ora, nhô Tom, eu num tenho brusão, num tenho nada, só esta velha camisa aqui, e ocê sabe que tenho que fazê o diário nela.

– Oh, ocê não compreende, Jim, um brasão é muito diferente de uma camisa.

– Bem – digo eu –, Jim tem razão de qualquer jeito, quando diz que não tem brasão, porque ele num tem.

– Acha que *eu* não sei disto? – diz Tom. – Mas pode apostar que ele vai ter um antes de sair daqui... porque ele vai sair *direito*, e não vai ter falhas na sua história.

Então, enquanto eu e Jim a gente limava as penas num caco de tijolo, uma de cada vez, Jim fazendo a sua de latão e eu fazendo a minha da colher, Tom começou a pensar sobre o escudo de armas. Em pouco tempo disse que tinha pensado em tantas ideias boas que nem sabia qual adotar, mas achava que ia se decidir por uma delas. Falou:

– No escudo de armas vamos ter uma banda *dourada* na ponta direita, uma cabria *cor de amora* no abismo, com um cachorro deitado com a cabeça em pé como figura comum, e, embaixo da sua pata, uma corrente ameada representando a escravidão, com uma aspa *verde* num chefe com a borda em semicírculos, e três linhas em semicírculos opostos num campo *azul*, com os pontos do umbigo rampantes numa linha em ziguezague. A crista, um negro fugido, *preto*, com a sua trouxa sobre o ombro numa barra sinistra, e dois vermelhos como suportes, que são ocê e eu. A divisa, *Maggiore fretta, minore atto*. Tirei de um livro... significa quanto mais pressa, menos velocidade.

– Meu Jesus Cristinho – digo eu –, mas o que significa o resto?

– A gente não tem tempo pra se preocupar com isso – diz ele –, a gente tem que pôr mãos à obra como todos os fugitivos.

– Bem, de qualquer jeito – digo eu –, o que significa *parte* disso tudo? O que é um abismo?

– Um abismo... um abismo é... ocê não precisa saber o que é um abismo. Vou mostrar a ele como fazer quando chegar a hora.

– Bolas, Tom – digo eu –, acho que ocê podia dizer pra alguém. O que é uma barra sinistra?

– Oh, *eu* não sei. Mas ele tem que ter. Toda a nobreza tem.

Era bem o jeito dele. Se não achava conveniente explicar uma coisa, ele não explicava. Ocê podia tentar arrancar a informação dele durante uma semana, não fazia diferença.

Ele tava com toda aquela história do escudo de armas arrumada, então começou a terminar o resto daquela parte do trabalho, que era traçar uma inscrição bem triste – disse que Jim tinha que ter uma, como todos os outros. Inventou uma porção, escreveu num papel e leu todas, assim:

1. Aqui rebentou um coração cativo.
2. Aqui um pobre prisioneiro, abandonado pelo mundo e pelos amigos, passou atormentado sua triste vida.
3. Aqui se partiu um coração solitário, e um espírito desgastado encontrou seu descanso, depois de trinta e sete anos de cativeiro solitário.
4. Aqui, sem lar e sem amigos depois de trinta e sete anos de amargo cativeiro, pereceu um estranho que era nobre, filho natural de Luís XIV.

A voz de Tom tremia enquanto tava lendo, e ele quase desmontou. Quando chegou em casa, não conseguia decidir de jeito nenhum que inscrição Jim devia rabiscar na parede, pois todas eram tão boas, mas por fim disse que ia deixar ele rabiscar todas. Jim disse que ia levar um ano pra rabiscar tantas letras nas toras com um prego, e além do mais ele não sabia fazer letras, mas Tom disse que ia fazer blocos das letras pra ele, e aí ele não ia precisar fazer nada, só seguir as linhas. Pouco depois, ele diz:

– Pensando nisso, não vai dar pra ser nas toras, eles não têm paredes de toras numa masmorra, temos que gravar as inscrições numa pedra. Vamos arrumar uma pedra.

Jim disse que a pedra era pior que as toras, disse que ia levar um tempão dos diabos pra rabiscar as letras numa pedra, tanto tempo que ele não ia sair nunca. Mas Tom disse que ia ajudar Jim a fazer as letras. Depois deu uma olhada pra ver como é que eu e Jim a gente tava se saindo com as penas. Era um trabalho muito duro, irritante e monótono, e também lento, e parecia que a gente não avançava. Então Tom diz:

– Sei como fazer. A gente tem que ter uma pedra pro escudo de armas e pras inscrições tristes, e a gente pode matar dois coelhos com essa mesma pedra. Tem uma grande mó imponente no moinho, vamos afanar ela, gravar as coisas nela e também colocar as penas e a serra sobre ela.

Não era uma ideia prática, como também não era prática a mó, mas a gente decidiu atacar a tarefa. Ainda não era bem meia-noite, então a gente saiu pro moinho, deixando Jim a trabalhar. A gente afanou a mó e começou a rolar a pedra pra casa, mas era um trabalho duro como os diabos. Às vezes, apesar de tudo o que a gente fazia, não dava pra impedir a pedra de tombar, e cada vez ela chegava bem perto de nos esmagar. Tom disse que ela ia pegar um de nós dois, com toda certeza, antes da gente terminar. A gente rolou a pedra até metade do caminho, então a gente tava morto de cansado e quase afogado de suor. A gente viu que não adiantava, a gente tinha que buscar Jim. Então ele levantou a sua cama e soltou a corrente do pé da cama, enrolou a corrente ao redor do pescoço em várias voltas, e a gente se arrastou pelo nosso buraco e desceu até aquele ponto, e aí Jim e eu a gente atacou a mó e fez ela rolar sem dificuldades, Tom supervisionando. Sabia supervisionar melhor que qualquer outro menino que já conheci. Sabia como fazer tudo.

O nosso buraco era bem grande, mas não o bastante pra deixar passar a mó. Mas Jim ele pegou a picareta e logo deixou o buraco grande o suficiente. Aí Tom marcou aquelas coisas sobre a pedra com o prego e pôs Jim a trabalhar nelas, com o prego como formão e um pino de ferro tirado do ferro-velho no alpendre como martelo, e mandou ele trabalhar até acabar o resto da sua vela, depois podia ir pra cama, esconder a mó embaixo do colchão de palha e dormir em cima dela. Depois a gente ajudou Jim a colocar a corrente de volta no pé da cama e aí a gente também tava pronto pra cama. Mas Tom pensou em alguma coisa e disse:

– Ocê tem aranhas aí, Jim?

– Não, nhô, graças a Deus num tenho, Nhô Tom.

– Tudo bem, vamos arrumar algumas.

— Mas santo Deus, meu fio, eu num quero ninhuma. Tenho medo delas. Antes queria tê umas cascavé por perto.

Tom pensou um ou dois minutos e disse:

— É uma boa ideia. E acho que já foi feito. *Deve* ter sido feito, é racional. Sim, é uma ideia muito boa. Onde é que ocê podia manter ela?

— Mantê quem, Nhô Tom?

— Ora, uma cascavel.

— Meu santo Deus, Nhô Tom! Ora, se uma cascavé entrava aqui dentro, eu dava um jeito de sair rebentando essa parede de toras, ah cum certeza, cum a minha cabeça.

— Ora, Jim, ocê não precisava ficar com medo dela depois de um tempo. Podia domesticar o bicho.

— *Dumesticá*!

— Sim... bem fácil. Todo animal é grato pela bondade e pelos mimos, e eles nem *pensam* em ferir uma pessoa que mima eles. Qualquer livro vai contar isso procê. Tenta... é só o que tô pedindo, apenas tenta por dois ou três dias. Ora, ocê pode conseguir em pouco tempo que ele ame ocê, durma com ocê, não fique longe de ocê nem por um minuto, e ocê vai deixar ele se enrolar no seu pescoço e enfiar a cabeça na sua boca.

— Por favô, Nhô Tom... *num* fala assim! Num *guento*! Ele ia *deixá* eu enfiá a cabeça dele na minha boca... como um favô, né? Aposto que ele ia esperá muito e muito tempo antes de eu *pedi* pra ele. E mais inda, num quero ele dormindo comigo.

— Jim, não seja tão tolo. Um prisioneiro *tem que* ter um animal de estimação pateta, e se nunca tentaram com uma cascavel, ora, mais glória pra ocê por ser o primeiro a tentar, vai te dar mais glória do que qualquer outro modo que imaginar pra salvar tua vida.

— Ora, Nhô Tom, num *quero* essa tar de glória. A cobra pega e arranca o queixo do Jim, aí *cadê* a glória? Não, sinhô, num quero nada com essas coisa.

— Raios, não pode *tentar*? Só *quero* que ocê tente... não precisa continuar se não funcionar.

— Mas o *leite tá derramado* se a cobra me pica quando eu tô tentando. Nhô Tom, tô pronto a fazê quarqué cosa que num seja disparate, mas se ocê e Huck me aparecem aqui com uma cascavé preu dumesticá, vô *embora*, isso é *certo*.

— Então, deixa pra lá, deixa pra lá, se ocê é tão teimoso. Podemos conseguir umas cobras d'água, e ocê pode amarrar uns botões nas suas caudas e fingir que são cascavéis, e acho que vai ter que dar certo.

— Eu posso guentá *elas*, Nhô Tom, mas, raios, também posso passá sem elas, vô te contá. Num sabia que dava tanto trabaio e tanta chateação sê prisioneiro.

— Bem, é *sempre* assim, quando tudo é feito direito. Ocê tem ratos por aqui?

— Não, sinhô, num vi ninhum.

— Bem, vamos arrumar uns ratos procê.

— Ora, Nhô Tom, eu num *quero* ratos. São as criaturas mais asquerosa que já vi pra incomodá a gente, fazê ruído perto da gente, mordê os pé da gente quano a gente tá tentano dormi. Não, sinhô, me dá as cobra-d'água, se é que tenho que tê elas, mas num me dá rato, num tenho o que fazê com eles.

— Mas Jim, ocê *tem que* ter eles... todos têm. Então não cria confusão com isso. Os prisioneiros nunca ficam sem ratos. Não tem nenhum caso assim. E eles treinam os ratos, mimam eles, ensinam truques, e os ratos ficam tão sociáveis como as moscas. Mas ocê tem que tocar música pra eles. Ocê tem alguma coisa pra tocar música?

— Num tenho nada, só um pente grosseiro e um pedaço de papé, e um berimbau de boca, mas acho que eles num vão se interessá por um berimbau de boca.

— Sim, claro que vão. Eles não se importam com o tipo de música. Um berimbau de boca é ótimo prum rato. Todos os animais gostam de música... numa prisão eles são loucos por música. Especialmente música triste, e não dá pra tirar nenhum outro tipo de música de um berimbau de boca. Eles sempre ficam interessados, eles saem pra ver o que tá acontecendo com ocê. Sim, ocê tá bem, tá bem-equipado. Vai querer sentar na cama, de noite, antes de dormir, e cedinho de manhã, pra tocar o berimbau de boca. Toca "The Last Link is Broken"... é o tipo de música que vai tirar o rato da sua toca, mais rápido que qualquer outra coisa. E depois de tocar uns dois minutos, ocê vai ver todos os ratos, cobras, aranhas e tudo mais começar a ficar preocupados com ocê e chegar perto. E eles vão se amontoar em cima de ocê, todos se divertindo muito.

– Sim, *eles* vão, acho eu, Nhô Tom, mas cumé que o *Jim* vai tá se divertino? Raios, num consigo entendê o sentido. Mas vô fazê, se tenho que fazê. Acho mió mantê os animal satisfeito, e num tê encrenca em casa.

Tom esperou pra pensar um pouco e ver se não faltava nada, e logo depois disse:

– Oh... tem uma coisa que esqueci. Acha que podia cultivar uma flor aqui?

– Num sei, mas talveiz, Nhô Tom. É bem escuro aqui dentro, e eu num ia sabê o que fazê com uma frô, e ela ia sê uma agonia de se oiá.

– Bem, ocê tenta, de qualquer jeito. Alguns prisioneiros cultivaram flores.

– Um daqueles talo grande de verbasco que parece rabo de gato ia crescê aqui, Nhô Tom, acho eu, mas num ia valê nem a metade do trabaio.

– Não acredita nisso. Vamos trazer um talo pequeno, e ocê vai plantar no canto, ali adiante, e cultivar. E não chama de verbasco, chama de Pitchiola... esse é o nome certo, quando tá numa prisão. E ocê vai precisar regar a planta com as suas lágrimas.

– Ora, tenho bastante água da fonte, Nhô Tom.

– Ocê não *precisa* de água da fonte, precisa regar com as suas próprias lágrimas. É assim que eles sempre fazem.

– Ora, Nhô Tom, aposto que posso plantá duas veiz um desses talo de verbasco com água da fonte no tempo que otro hômi inda ia tá *começando* a plantá um só com lágrimas.

– Essa não é a ideia. Ocê *tem que* regar com lágrimas.

– Ela vai morrê nas minhas mão, Nhô Tom, com certeza, porque eu quase nunca choro.

Aí Tom ficou aturdido. Mas ele estudou a questão e depois disse que Jim ia ter que se arranjar do melhor jeito possível com uma cebola. Prometeu ir nas cabanas dos negros de manhã pra colocar uma cebola, às escondidas, no pote de café de Jim. Mas Jim disse que ele queria "antes tabaco no café", e achava tudo muito errado com essa história, e com o trabalho e a amolação de cultivar o verbasco, de tocar berimbau de boca pros ratos, de mimar e adular as cobras, as aranhas e mais bichos, além de todo o trabalho que tinha que fazer com penas, inscrições, diários e mais uns troços, que ser prisioneiro criava mais dificuldade, preocupação e responsabilidade do que qualquer outra coisa que já tinha tentado fazer. Aí Tom quase perdeu toda a paciência com ele e disse que ele tava carregado de oportunidades brilhantes, como um prisioneiro nunca teve no mundo, pra fazer um nome pra si mesmo, mas que ele não sabia apreciar a própria sorte e ia praticamente desperdiçar as suas chances. Aí Jim ele se desculpou e disse que não ia mais se comportar assim, e depois disso eu e Tom fomos pra cama.

## Capítulo 39

*Ratos – Companheiros de cama animados – O espantalho*

De manhã a gente subiu pra vila e comprou uma ratoeira de arame, levou a engenhoca lá pra baixo e destapou o melhor buraco de ratos, e em mais ou menos uma hora a gente tinha quinze ratos do tipo mais agressivo. Aí a gente pegou e guardou a ratoeira num lugar seguro embaixo da cama da tia Sally. Mas, enquanto a gente saiu pra procurar aranhas, o pequeno Thomas Franklin Benjamin Jefferson Elexander Phelps encontrou a ratoeira e abriu a portinha pra ver se os ratos iam sair, e eles saíram. E a tia Sally ela entra no quarto e, quando a gente voltou, ela tava de pé em cima da cama esbravejando, e os ratos fazendo o que podiam pra acabar com a monotonia da vida dela. Aí ela pegou a vara de nogueira e nos espanou com ela, e a gente passou umas duas horas pegando uns quinze ou dezesseis ratos, maldito fedelho intrometido, e nem eram os mais bonitos, porque os primeiros é que tinham sido a flor do rebanho. Nunca vi um bando mais bonito de ratos do que aquelas primeiras presas.

A gente pegou um estoque esplêndido de aranhas escolhidas, besouros, sapos, lagartixas, e uma e outra coisa mais, e a gente queria pegar um ninho de marimbondos, mas não conseguiu. A família dos marimbondos tava em casa. A gente não desistiu logo de cara, mas ficou perto deles o tempo que a gente aguentou, porque a gente achou que ia matar eles de cansaço ou eles iam ter que ganhar da gente no cansaço, e eles ganharam. Aí a gente pegou êmula-campana e esfregou nos lugares, e ficou quase tudo bem de novo, mas não dava pra sentar direito. Aí a gente foi procurar as cobras, agarramos umas doze cobras d'água e dormideiras, enfiamos todas num saco e colocamos no nosso quarto, e então já era hora do jantar, um dia bom e animado de trabalho honesto, e a gente tava com fome? – oh, não... imagina! E não tinha nem uma bendita cobra quando a gente voltou – a gente não amarrou bem o saco, e elas pressionaram e deram um jeito de ir embora. Mas não importava muito, porque elas ainda tavam por perto em algum lugar, a gente achava que podia pegar algumas delas de novo. Não, não tinha escassez de cobras em torno da casa já por bastante tempo. Dava pra ver elas caindo dos caibros do telhado e de outros lugares de vez em quando, e elas geralmente aterrissavam no prato de alguém, ou desciam pelo pescoço da gente, e na maioria das vezes se enfiavam onde ninguém queria. Bem, elas eram bonitas, listradas, e não tinha mal nem num milhão delas, mas isso não fazia diferença pra tia Sally. Ela tinha horror de cobras, não importa de que espécie, não aturava os bichos qualquer que fosse o jeito que a gente tentava dar. E toda vez que uma das cobras caía em cima dela, não fazia diferença o que ela tava fazendo, ela colocava de lado o trabalho e dava no pé. Nunca vi uma mulher assim. E dava pra ouvir ela soltar uns berros de botar abaixo Jericó. Ninguém conseguia fazer ela pegar uma das cobras com a tenaz. E se ela se virava e encontrava uma na cama, saía forcejando e dava um grito que ocê pensava que a casa tava pegando fogo. Ela perturbava tanto o velho que ele dizia que quase desejava que as cobras nunca tivessem sido criadas. Ora, depois que a última cobra já tinha sido varrida da casa há mais de uma semana, a tia Sally ainda não tava tranquila, ela nunca chegava a ficar tranquila com as cobras. Quando tava sentada pensando em alguma coisa, e a gente roçava a nuca dela com uma pena, ela logo dava um salto mortal. Era muito curioso. Mas Tom disse que todas as mulheres eram assim. Disse que elas eram feitas desse jeito, por uma ou outra razão.

A gente levava uma surra toda vez que uma de nossas cobras aparecia no caminho dela, e ela disse que essas pancadas não eram nada perto do que ia fazer se a gente enchesse o lugar de novo com elas. Eu não me importava com as pancadas, porque elas eram muito fracas, mas eu me incomodava com o trabalho que a gente teve pra arrumar outro lote. Mas conseguimos pegar mais cobras, e todas as outras coisas, e nunca se viu uma cabana tão movimentada como a de Jim, quando todos os bichos saíam em bando pra fazer música e atacar o pobre-coitado. Jim não gostava das aranhas, e as aranhas não gostavam de Jim, e por isso elas ficavam à espreita e armavam um rebu perto dele. Jim disse que com os ratos, as cobras e a mó, quase não tinha mais espaço pra ele na cama e, quando tinha, não dava pra dormir porque era muita agitação. E tava sempre agitado, ele disse, porque *eles* nunca dormiam todos ao mesmo tempo, mas ficavam trocando de vez. Quando as cobras dormiam, os ratos saíam das tocas, e quando os ratos iam pra cama, as cobras ficavam de vigia, assim ele sempre tinha um bando embaixo dele atravancando o caminho, e o outro bando fazendo uma algazarra em cima dele, e se ele levantava pra procurar um novo lugar, as aranhas aproveitavam a chance de atacar quando ele tava passando. Disse que, se desta vez conseguisse escapar, nunca mais ia ser prisioneiro de novo, nem por um salário.

Bem, depois de três semanas, tava tudo bem arrumado. A camisa foi mandada primeiro, num pastelão, e toda vez que um rato mordia Jim, ele levantava e escrevia um pouco no seu diário enquanto a tinta ainda tava fresca. A gente fez as penas, e as inscrições e tudo mais foi escrito na mó; o pé da cama foi serrado em dois, e a gente teve que comer a serragem, o que nos deu uma dor de barriga espantosa. A gente achou que ia todo mundo morrer, mas não. Era a serragem mais indigesta que já vi, e Tom disse o mesmo. Mas como eu tava contando, todo o trabalho tava feito por fim, e a gente também tava muito cansado, principalmente Jim. O velho tinha escrito algumas vezes pra plantação abaixo de Orleans, pra eles mandar alguém buscar o negro fugido, mas não tinha recebido resposta, porque não tinha essa tal de plantação. Aí ele disse que ia anunciar Jim nos jornais de St. Louis e Nova Orleans, e quando ele mencionou St. Louis, senti um calafrio e vi que a gente não tinha tempo a perder. Então Tom disse que a gente devia fazer agora as cartas nônimas.

– O que é isso? – digo eu.

– Avisos pras pessoas que alguma coisa tá pra acontecer. Às vezes isto é feito de um jeito, às vezes de outro. Mas sempre tem alguém espiando, que avisa o dono do castelo. Quando Luís XVI ia escapar das Tulerias, uma criada deu o aviso. É um jeito muito bom, e as cartas nônimas também são. Vamos usar os dois. E é comum que a mãe do prisioneiro troque de roupas com ele... ela fica na prisão, e ele escapa vestido com as roupas dela. Vamos fazer isso também.

– Mas olha aqui, Tom, pra que a gente quer *avisar* alguém que alguma coisa tá pra acontecer? Deixa eles descobrirem sozinhos... eles é que têm que estar alertas.

– Sim, eu sei, mas não dá pra depender deles. É o jeito como se comportaram desde o início... deixando *tudo* pra ser feito por nós. São tão confiantes e palermas que não prestam atenção em nada. Se a gente não *avisar*, não vai ter ninguém pra nos atrapalhar, e aí depois de todo o nosso trabalho duro e todas as dificuldades, essa história vai sair perfeitamente chata: não vai valer nada... *não vai ter* nada de extraordinário.

– Bem, por mim, Tom, é assim que eu gosto.

– Bolas – diz ele com ar aborrecido.

Aí digo eu:

— Mas não vou reclamar. O que tá bom pra ocê tá bom pra mim. O que ocê vai fazer com a criada?

— Ocê vai ser a criada. Ocê entra escondido no meio da noite e pega o vestido daquela mulata.

— Ora, Tom, isso vai dar encrenca de manhã, porque, é claro, ela provavelmente só tem um vestido.

— Sei, mas ocê só vai precisar dele por quinze minutos, pra levar a carta nônima e enfiar o papel embaixo da porta da frente.

— Tudo bem então... vou fazer, mas eu podia levar a carta vestido com a minha roupa.

— Ocê num ia parecer uma criada, *então*, né?

— Não, mas não vai ter ninguém pra ver o que eu pareço, *de todo jeito*.

— Isto não tem nada a ver com a história. O que importa pra gente é só fazer o nosso *dever* e não se preocupar se alguém *está nos vendo* ou não. Ocê não tem nenhum princípio?

— Tudo bem, não digo nada, sou a criada. Quem é a mãe de Jim?

— Eu sou a mãe dele. Vou fisgar um vestido da tia Sally.

— Então, ocê vai ter que ficar na cabana, enquanto eu e Jim vamos embora.

— Não por muito tempo. Vou encher as roupas de Jim com palha e colocar na cama pra representar a mãe dele disfarçada, e Jim vai tirar de mim o vestido da mulata e vestir essa roupa, e vamos escapar juntos todo mundo. Quando um prisioneiro de estilo escapa, a fuga é chamada de evasão. Sempre falam assim quando um rei escapa, por exemplo. E também pro filho de um rei, não faz diferença se é filho natural ou não.

Então Tom ele escreveu a carta nônima, e eu peguei o vestido da mulata e vesti, e aí enfiei a carta embaixo da porta da frente, como Tom tinha mandado. Dizia:

Cuidado. Uma encrenca tá sendo tramada. Fiquem atentos e alertas.

AMIGO DESCONHECIDO

Na noite seguinte colamos na porta da frente a imagem de uma caveira e ossos cruzados que Tom desenhou com sangue, e na próxima noite outra imagem, de um caixão, na porta dos fundos. Nunca vi uma família tão aflita. Não iam ficar mais assustados se o lugar tivesse cheio de fantasmas à espreita pra atacar, embaixo das camas e estremecendo o ar. Se batia uma porta, a tia Sally ela pulava e dizia "ai!". Se alguma coisa caía, ela pulava e dizia "ai!". Se por acaso a gente tocava nela, quando ela não tava vendo, ela fazia a mesma coisa. Não tinha jeito de se virar que deixasse ela tranquila, porque ela dizia que tinha alguma coisa atrás dela o tempo todo – assim ela tava sempre rodopiando de repente e dizendo "ai!", e antes de girar dois terços do rodopio, rodava pro outro lado de novo e soltava o seu gritinho. E ela tinha medo de ir pra cama, mas não tinha coragem de ficar acordada a noite toda. Assim tudo tava funcionando muito bem, dizia Tom, ele falava que nunca viu uma coisa funcionar tão bem. Dizia que isso mostrava que foi tudo bem feito.

Então ele disse, agora pro grande ataque! Na manhã seguinte, com as primeiras listras do amanhecer, a gente escreveu outra carta, e era de perguntar se a gente podia fazer algo melhor, porque ouvimos no jantar que eles iam colocar um negro de vigia nas duas portas a noite inteira. Tom ele desceu pelo para-raios pra espiar, e o negro na porta dos fundos tava dormindo, e ele colou o papel na nuca dele e voltou pro quarto. Essa carta dizia:

Não me denuncia, quero ser seu amigo. Tem um bando desatinado de degoladores do Território Índio que vai roubar o seu negro fugido hoje de noite, e eles têm procurado assustar vocês pra que fiquem em casa e não incomodem eles. Eu sou membro do bando, mas tenho religião e quero sair do bando e levar de novo uma vida honesta, por isso vou revelar o plano infernal. Eles vão descer às escondidas pelo lado norte, ao longo da cerca, à meia-noite em ponto, com uma chave falsa, e vão entrar na cabana do negro pra pegar ele. Eu tenho que ficar um pouco distante e tocar uma corneta se enxergar algum perigo, mas em vez disso vou berrar "mé!" como uma ovelha assim que eles entrarem, e não vou tocar a corneta. Aí enquanto eles estão quebrando as correntes pra soltar o negro, vocês têm que entrar sem fazer barulho e trancar eles lá dentro, e podem matar eles se quiserem. Não façam nada a não ser o que estou dizendo. Se fizerem alguma coisa, eles vão suspeitar e fazer uma confusão. Não quero recompensa, mas sei que fiz a coisa certa.

AMIGO DESCONHECIDO

## Capítulo 40

*Pescando – O comitê da vigilância – Uma corrida agitada – Jim aconselha um médico*

A gente tava se sentindo muito bem depois do café da manhã, pegamos a minha canoa e fomos pro rio pescar levando um lanche. A gente se divertiu muito, deu uma olhada na balsa e viu que ela tava bem. A gente chegou tarde em casa pro jantar e encontrou a família numa tal aflição e preocupação que eles nem sabiam onde tinham a cabeça, e nos mandaram direto pra cama assim que o jantar terminou, e não quiseram nos contar qual era o problema, nem falaram sobre a nova carta, mas também não precisavam, porque a gente sabia tanto quanto todo mundo. E assim que a gente tava no meio da escada e a tia Sally virou as costas, a gente escapou pra despensa no porão, pegou um bom lanche e levou pro quarto, a gente foi pra cama e levantou lá pelas onze e meia, e Tom pôs o vestido que roubou da tia Sally e ia começar a comer o lanche, mas disse:

– Onde tá a manteiga?

– Coloquei um naco – digo eu – num pedaço de broa de milho.

– Bem, ocê deixou o naco ali, então... num tá aqui.

– A gente pode passar sem manteiga – digo eu.

– A gente também pode passar *com* ela – diz ele. – Desce sem fazer barulho até o porão e pega a manteiga. Depois desce pelo para-raios e vem conosco. Vou encher as roupas de Jim de palha pra passar pela mãe dele, e ficar pronto pra berrar "mé!" como uma ovelha e correr assim que ocê chegar.

Aí ele saiu, e eu desci pro porão. O naco de manteiga, grande como o punho de uma pessoa, tava onde eu tinha deixado, e eu peguei o pedaço de broa de milho com o naco de manteiga em cima, apaguei a vela e comecei a subir a escada em silêncio. Cheguei no andar principal sem problemas, mas ali aparece a tia Sally com uma vela, e eu tratei de pôr a broa no meu chapéu e o chapéu na cabeça, e um segundo depois ela me vê e diz:

– Você teve no porão?

– Sim, senhora.

– O que tava fazendo lá?

– Nada.

– *Nada!*

– Não, senhora.

– Então o que arrastou você lá pra baixo a esta hora da noite?

– Não sei não, senhora.

– Não *sabe*? Não responde dessa maneira, Tom. Quero saber o que você tava *fazendo* lá embaixo?

– Não tava fazendo nada, tia Sally, Deus sabe que não.

Achei que ela ia me deixar ir agora, e em geral era o que acontecia, mas acho que tinha tantas coisas estranhas acontecendo que ela ficava aflita com qualquer coisinha que não tava cem por cento. Por isso ela disse, muito decidida:

– Entra nesta sala de estar e fica aí até eu voltar. Você tava fazendo alguma coisa que não era da sua conta, e aposto que vou descobrir o que é antes de *acabar de falar* com você.

Aí ela foi embora enquanto eu abria a porta e entrava na sala de estar. Meu Deus, tinha uma multidão ali! Quinze fazendeiros, e cada um deles tinha uma espingarda. Eu me senti muito mal, escapuli pruma cadeira e me sentei. Eles tavam sentados pela sala, alguns deles falando um pouco, em voz baixa, e todos nervosos e inquietos, mas tentando parecer que não tavam, só que eu sabia que tavam, porque ficavam tirando os chapéus, depois botando na cabeça, coçando a cabeça, mudando de lugar e mexendo nos seus botões. Eu também não tava tranquilo, mas apesar de tudo não tirava o chapéu.

Eu queria que a tia Sally aparecesse e acabasse de falar comigo, e me desse umas pancadas, se tivesse vontade, e me deixasse sair pra dizer pro Tom que a gente tinha exagerado nessa história, e contar em que ninho de marimbondo furioso a gente tinha se metido, e que por isso a gente podia parar de perder tempo com tolices e fugir com Jim antes que aqueles depravados perdessem a paciência e nos atacassem.

Por fim ela veio e começou a me fazer perguntas, mas eu não *conseguia* responder direito, não sabia onde é que eu tava com a cabeça, porque aqueles homens tavam agora num nervoso tão grande que alguns tavam querendo partir *já*, pra esperar os criminosos de tocaia, e dizendo que faltavam poucos minutos pra meia-noite, e outros tavam tentando impedir a saída, falando pra esperar o sinal da ovelha. E ali tava a titia dando um duro com as perguntas, e eu tremendo todo e prestes a entrar chão adentro de tão assustado que eu tava. E o lugar tava ficando cada vez mais quente, e a manteiga começando a derreter e escorrer pelo meu pescoço atrás das orelhas. E logo, quando um deles diz, "*Eu* sou por ir e entrar na cabana *primeiro*, e *já*, e pegar eles quando chegarem", eu quase caí, e um fiapo de manteiga começou a escorrer pela minha testa, e a tia Sally ela viu e ficou branca como uma folha de papel e disse:

– Pelo amor de Deus, o que é que esta criança *tem*? Tá com a febre dos miolos tão certo como eu ter nascido, e os miolos tão saindo pra fora!

Todo mundo correu pra ver, e ela me arrancou o chapéu, e com isso vem abaixo o pão e o que restou da manteiga, e ela me agarrou, me abraçou e disse:

– Oh, que susto você me deu! E como tô feliz e agradecida que não é nada pior! Porque a sorte tá contra nós, e uma desgraça nunca vem só, e quando vi esse troço, pensei que a gente tinha perdido você, pois sabia pela cor e tudo mais que era exatamente como os seus miolos se... Querido, meu querido, por que não me contou que era por isso que foi lá embaixo, eu não ia me importar. Agora vai pra cama, e não quero ver você até amanhã de manhã!

Eu tava no andar de cima num segundo, e descendo pelo fio do para-raios no seguinte, e correndo no escuro pro alpendre. Quase não conseguia falar, de tão ansioso que tava, mas disse a Tom, o mais rápido que pude, que a gente tinha que fugir agora, que a gente não tinha nem um minuto a perder – a casa cheia de homens, ali perto, com espingardas!

Os olhos dele brilharam e ele disse:

– Não! Verdade? Não é *fantástico*? Ora, Huck, se a gente fizesse tudo de novo, aposto que podia reunir uns duzentos! Se a gente pudesse adiar até...

– Rápido! *Rápido*! – digo eu. – Onde é que tá o Jim?

– Bem perto de ocê. Se estender o braço, vai poder tocar nele. Tá vestido, e tudo tá pronto. Agora vamos escapulir e dar o sinal da ovelha.

Mas então a gente ouviu os passos dos homens chegando na porta e escutou eles começando a mexer no cadeado, e a gente ouviu um homem dizer:

– Eu *falei* que íamos chegar cedo demais. Eles não vieram... a porta tá trancada. Olha, vou trancar alguns de vocês na cabana, e vocês fiquem de tocaia no escuro e matem eles quando chegarem. E os outros se espalhem aqui por perto, e tentem escutar eles se aproximando.

Assim eles entraram, mas não podiam nos ver no escuro, e quase pisaram em cima de nós enquanto a gente tava num atropelo pra se meter embaixo da cama. Mas a gente chegou lá direitinho e saiu pelo buraco, rápidos mas sem barulho – Jim primeiro, eu depois, e Tom por último, segundo as ordens de Tom. Agora a gente tava no alpendre e escutou passos bem perto no lado de fora. Por isso a gente se arrastou pra porta, e Tom nos parou ali e colocou o olho na fenda, mas não conseguiu ver nada, porque tava muito escuro. Ele sussurrou e disse que ia esperar os passos se afastar e, quando ele cutucasse a gente, Jim devia sair primeiro e ele em último lugar. Ele grudou a orelha na fenda e escutou, escutou, escutou, e os passos raspando pra lá e pra cá, lá fora, o tempo todo. Por fim ele nos cutucou e a gente saiu de mansinho e nos abaixamos, sem respirar e sem fazer ruído, escapulindo escondidos pra cerca, em fila indiana, e chegamos lá direitinho, e eu e Jim a gente pulou a cerca, mas a calça de Tom ficou presa numa lasca de madeira da tábua de cima, e aí ele ouviu os passos se aproximando, por isso teve que puxar pra soltar a calça, e isso fez a lasca estalar, e enquanto ele caía junto de nós e começava a correr, alguém falou em voz bem alta:

– Quem tá aí? Fala ou eu atiro!

Mas a gente não respondeu, só demos sebo nas canelas e seguimos em frente. Então teve um tropel, e um *bang, bang, bang!* e as balas zumbiram bem perto de nós! A gente ouviu as vozes deles:

– Estão aqui! Se mandaram pro rio! Atrás deles, rapazes! E soltem os cachorros!

Então eles vieram, a todo vapor. A gente podia escutar eles, porque tavam de botas e gritavam, mas a gente não tava de bota e não gritava. A gente tava no caminho pro moinho e, quando eles chegaram bem perto da gente, a gente escapou pro matagal e deixou eles passar, depois seguiu atrás deles. Eles tinham mandado prender os cachorros, pra não enxotar os assaltantes, mas a essa altura alguém tinha soltado os cães, e ali chegavam eles, fazendo um alvoroço de um milhão. Mas eles eram os nossos cachorros, por isso a gente parou até eles nos alcançar e, quando viram que era só a gente, sem nada pra oferecer pra eles, só nos deram alô e seguiram adiante na direção dos gritos e do estardalhaço. Então a gente correu a todo vapor de novo e seguiu zunindo atrás deles até chegar quase no moinho, e aí a gente enveredou pelo matagal até o lugar onde tava a minha canoa, pulamos pra dentro e remamos como loucos até o meio do rio, mas sem fazer mais barulho do que o necessário. Aí a gente seguiu, num ritmo bem à vontade, pra ilha onde tava a minha balsa, e a gente conseguia escutar eles gritando e berrando uns pros outros pra cima e pra baixo da margem, até que a gente tava tão longe que os sons ficaram confusos e desapareceram. E quando a gente pisou na balsa, eu falei:

– *Agora*, velho Jim, ocê é um homem livre *de novo*, e tenho certeza que nunca mais vai ser escravo.

– E foi também uma fuga danada de boa, Huck. Um plano bonito, e foi *executado* bonito, e num tem *ninguém* que pode fazê um plano mais confuso e maravilhoso que esse.

A gente tava estourando de alegria, mas Tom era o mais feliz de todos, porque ele tava com uma bala na barriga da perna.

Quando eu e Jim ficamos sabendo disso, a gente já não tava se sentindo tão destemido como antes. Tava doendo muito e sangrando, por isso a gente deitou ele na barraca e rasgou uma das camisas do duque pra enfaixar a ferida, mas ele disse:

– Me dá os trapos, posso fazer sozinho. Não parem, agora, nada de perder tempo, com a evasão avançando tão maravilhosamente. Manobrem os remos e soltem a balsa! Rapazes, fizemos tudo muito elegante! Sem sombra de dúvida. Queria que *a gente* tivesse cuidado da fuga de Luís XVI, porque aí num ia ter nenhum "Filho de São Luís, ascenda aos céus!" escrito na biografia *dele*. Não, senhor, a gente ia ter empurrado ele pro outro lado da *fronteira*... é o que a gente ia ter feito com *ele*... e feito do jeito mais matreiro que existe. Manobrem os remos... manobrem os remos!

Mas eu e Jim a gente tava confabulando – e pensando. E, depois de pensar um minuto, eu disse:

– Fala, Jim.

Aí ele diz:

– Então, é assim que tô pensano, Huck. Se fosse *ele* que tava seno libertado, e um dos menino fosse baleado, ele ia dizê "Continue e me salve, num pense num doutô pra salvá esse aí"? Isso é fala do Nhô Tom Sawyer? Ele ia falá uma coisa dessas? *Claro* que num ia! *Bem*, então, *Jim* vai dizê uma coisa dessas? Não, sinhô... num vô dá um passo pra fora desse lugá sem um doutô, nem que espere quarenta ano.

Eu sabia que ele era branco por dentro e achava que ele ia dizer o que disse – assim tava tudo bem, e eu disse pro Tom que ia procurar um doutor. Ele armou um estardalhaço ao ouvir isso, mas eu e Jim a gente ficou firme e não arredou o pé. Aí ele decidiu se arrastar e soltar a balsa sozinho, mas a gente não deixou. Então ele nos xingou – mas não adiantou.

Então, quando me viu arrumar a canoa, ele disse:

– Bem, se ocê tá decidido a ir, vou lhe dizer como fazer quando chegar na vila. Fecha a porta e põe uma venda bem apertada e firme nos olhos do doutor, obriga ele a jurar que vai ficar calado como um túmulo e enfia um saco cheio de ouro na mão dele. Depois pega e faz ele caminhar por todas as passagens dos fundos e por toda parte no escuro, depois traz ele aqui na canoa, num trajeto cheio de voltas pelas ilhas, e revista o doutor e tira todo o giz dos bolsos dele, e não devolve o giz até ocê levar ele de volta pra vila, senão ele vai marcar esta balsa com giz pra poder encontrar ela de novo. É assim que todos fazem.

Eu disse que ia fazer assim e saí. Jim ficou de se esconder na mata, quando visse o doutor chegar, e ficar por lá até ele ir embora de novo.

## Capítulo 41

*O doutor – Tio Silas – Cumadre Hotchkiss – Tia Sally em apuros*

O doutor era um velho, um velho muito simpático e de ar bondoso, quando acordei ele. Contei pra ele que eu e meu irmão a gente tava na Ilha Spanish caçando ontem de tarde, e depois a gente acampou numa balsa que a gente encontrou, e por volta da meia-noite ele devia ter chutado a sua arma em sonho, porque ela disparou e a bala pegou na perna dele, e a gente queria que ele fosse lá pra cuidar da ferida sem dizer nada a ninguém, nem deixar ninguém saber, porque a gente queria voltar pra casa de noite e fazer uma surpresa pra família.

– Quem é a sua família? – diz ele.

— Os Phelps, mais abaixo.

— Oh – diz ele. E, depois de um minuto, diz: – Como é que você disse que ele foi baleado?

— Ele teve um sonho – digo eu –, e a arma disparou nele.

— Sonho singular – diz ele.

Aí ele acendeu a lanterna, pegou os seus alforjes, e nos fomos. Mas, quando ele viu a canoa, não gostou do seu aspecto – disse que era grande suficiente pra um, mas não parecia muito segura pra dois. Digo:

— Oh, não precisa ter medo, senhor, ela nos levou os três, sem dificuldades.

— Que três?

— Ora, eu e Sid, e... e... e *as espingardas*. É isso o que eu queria dizer.

— Oh – diz ele.

Ele colocou o pé sobre o costado e balançou a canoa, depois sacudiu a cabeça e disse que achava que ia procurar uma maior. Mas elas tavam todas trancadas e presas com correntes, por isso ele pegou a minha canoa e mandou eu esperar até ele voltar – eu podia caçar mais um pouco por ali, ou talvez melhor eu ir pra casa e preparar todos pra surpresa, se quisesse. Mas eu disse que não queria, aí eu expliquei pra ele como achar a balsa, e depois ele partiu.

Tive uma ideia, pouco depois. Disse pra mim mesmo: e se ele não conseguir arrumar aquela perna a toque de caixa, como diz o povo? E se ele levar três ou quatro dias? O que vamos fazer? Esperar até ele contar a história pra todo mundo? Não, senhor, sei o que eu *vou* fazer. Vou esperar e, quando ele voltar, se ele falar que tem que ir mais vezes, vou tratar de alcançar a balsa, nem que tenha que nadar. E vamos pegar e amarrar ele, e manter ele na balsa e sair deslizando pelo rio. E quando Tom não precisar mais dele, vamos lhe dar o pagamento, ou tudo o que a gente tem, e depois deixar ele ir pra margem.

Aí entrei no meio de uma pilha de madeira pra dormir um pouco, e quando acordei o sol já tava bem em cima da minha cabeça! Saí em disparada e fui pra casa do doutor, mas eles disseram que ele tinha saído de noite, não sabiam bem a que hora, e ainda não tinha voltado. Bem, penso eu, parece que as coisas tão muito ruins pro Tom, vou me mandar pra balsa neste instante. Assim saí correndo, dobrei a esquina e quase dei uma cabeçada no estômago do tio Silas! Ele diz:

– Ora, *Tom!* Onde é que você tava todo este tempo, seu patife?

– Não tava em lugar nenhum – digo eu –, só procurando o negro fugido... eu e Sid.

– Ora, onde é que vocês foram? – diz ele. – A sua tia tá muito aflita.

– Não precisava ficar aflita – digo eu –, porque tamos todos bem. A gente seguiu os homens e os cachorros, só que eles eram mais rápidos e a gente acabou perdendo eles, mas a gente teve a impressão de escutar eles na água, por isso pegamos uma canoa e saímos atrás deles, atravessamos o rio, mas não deu pra encontrar nem sinal dos caras. A gente continuou a procurar margem acima até a gente ficar cansado e esgotado, aí a gente amarrou a canoa e foi dormir, e só acordou mais ou menos uma hora trás, aí a gente remou pra cá pra saber das novas, e Sid tá no correio pra ver o que consegue descobrir, e eu tô indo pegar alguma coisa pra gente comer, e depois vamos pra casa.

Então a gente foi pro correio pegar "Sid", mas, como eu suspeitava, ele não tava lá. Aí o velho apanhou uma carta no correio, e a gente esperou um pouco mais, mas Sid não apareceu, então o velho disse, vamos, deixa Sid ir pra casa a pé ou numa canoa quando ele cansar de andar à toa por aí – mas a gente vai a cavalo. Não consegui convencer ele a me deixar esperar por Sid, ele disse que não fazia sentido, que eu devia ir junto pra tia Sally ver que a gente tava bem.

Quando a gente chegou em casa, a tia Sally ficou tão contente de me ver que ela ria e chorava ao mesmo tempo, e me abraçava, e me deu um daqueles seus safanões que não eram de nada, e disse que ia dar outro no Sid quando ele chegasse.

E o lugar tava abarrotado de fazendeiros e mulheres de fazendeiros, pra almoçar, e nunca ninguém escutou gritaria igual. A velha sra. Hotchkiss era a pior, a sua língua não parava nunca. Ela disse:

— Bem, comadre Phelps, revistei aquela cabana e acho que o negro tava louco. Falei pra comadre Damrell... num falei, comadre Damrell?... eu disse, ele é louco, foi o que disse... essas foram as minhas palavras sem tirar nem pôr. Vocês todos me escutem: ele é louco, eu disse, tudo indica, eu disse. Olhem praquela mó, eu disse, vão querer contar *pra mim* que uma criatura de juízo ia rabiscar todas aquelas coisas malucas numa pedra de mó? – eu disse. – Aqui tal e tal pessoa rebentou o coração dele, e aqui fulano de tal passou atormentado trinta e sete anos, e tudo mais... filho natural de algum Luís, tudo um lixo sem fim. Ele tá doido varrido, eu disse. É o que disse em primeiro lugar, é o que disse no meio, e é o que digo por fim e pra todo sempre... o negro é louco... tão louco como Nabucodonosor, eu digo.

— E olha aquela escada feita de trapos, comadre Hotchkins – diz a velha sra. Damrell. – O que, em nome de Deus, ele *podia* querer com...

— As mesmíssimas palavras que eu tava dizendo neste minuto pra comadre Utterback, e ela própria vai lhe contar. Ela disse, olha esta escada de trapos, ela disse, e eu disse, sim, olha pra isso, eu disse... o que ele *podia* querer com isso?, eu disse. Ela disse, comadre Hotchkins, ela disse...

— Mas como é que com os diabos eles *conseguiram levar* aquela pedra de mó *lá pra dentro*? E quem cavou aquele *buraco*? E quem...

— As minhas palavras, compadre Penrod! Tava dizendo... me passa aquele prato de melado, por favor?... Eu tava dizendo pra comadre Dunlap, bem neste minuto, como é que eles *conseguiram* levar aquela pedra de mó lá pra dentro, eu disse. Sem *ajuda*, presta atenção... sem *ajuda*! *Este* é o xis da questão. Não venham contar *pra mim*, eu disse, porque ele *teve* ajuda, eu disse, e além do mais teve *muita* ajuda, eu disse, tinha uma *dúzia* ajudando aquele negro, e eu juro que ia esfolar todos os negros deste lugar, mas eu *ia* descobrir quem fez isto, eu disse, e ainda mais, eu disse...

— Uma *dúzia* diz você! *Quarenta* não iam dar conta de fazer tudo que foi feito. Olha pra aquelas facas de mesa, serras e outras coisas, com que trabalho duro elas foram feitas. Olha pra aquele pé da cama serrado com elas, um trabalho de uma semana pra seis homens; olha pra aquele negro feito de palha sobre a cama, e olha pra...

— Pode *falar*, compadre Hightower! É exatamente o que eu tava dizendo pro compadre Phelps em pessoa. Ele disse, o que *você* acha disto, comadre Hotchkiss?, foi o que ele disse. Acho do quê, compadre Phelps?, eu disse. Acha daquele pé de cama serrado daquela maneira?, ele disse. O que *acho* disto?, eu disse. Aposto que não se serrou *sozinho*, eu disse... *alguém* serrou ele, eu disse, esta é a minha opinião, é pegar ou largar, pode não ser de valor, eu disse, mas mesmo assim deste jeito é a minha opinião, eu disse, e se alguém pode achar uma melhor, eu disse, ele que *ache*, eu disse, é só. Eu disse pra comadre Dunlap, eu disse...

— Ora, macacos me mordam, devia ter um cabana cheia de negros todas as noites durante quatro semanas pra dar conta de todo esse trabalho, comadre Phelps. Olha pra esta camisa... cada pedacinho coberto por uma mensagem africana secreta escrita com sangue! Devia ter uma multidão de negros trabalhando nisto quase o tempo todo. Ora, eu dava dois dólares pra alguém ler isto pra mim, e quanto aos negros que escreveram as letras, acho que eu ia pegar e dar chicotadas neles até...

— Pessoas pra *ajudar* ele, compadre Marples! Bem, acho que você ia *pensar* assim, se tivesse estado nesta casa uns tempos atrás. Ora, eles roubavam tudo em que podiam pôr as mãos... e nós távamos vigiando o tempo todo, veja bem. Roubaram aquela camisa direto do varal! E quanto a este lençol com que fizeram a escada de trapos, nem dá pra dizer quantas vezes eles não roubaram isso. E farinha, velas, castiçais, colheres e a panela antiga de aquecer a cama, e quase mil coisas que nem me lembro agora, e meu vestido novo de chita. E eu, Silas e os meus Sid e Tom em vigia constante dia *e* noite, como eu tava lhe contando, e nenhum de nós conseguiu enxergar rastro deles, nem uma visão de relance, nem um barulho deles. E aqui no último minuto, imagina, eles entram bem embaixo do nariz da gente e nos enganam, e não só enganam *a nós,* mas também os assaltantes do Território Índio, e conseguem realmente *fugir* com aquele negro, sãos e salvos, e isto com dezesseis homens e vinte e dois cachorros bem no seu encalço o tempo todo! Vou lhe contar, bate tudo o que já me contaram. Ora, *espíritos* não podiam fazer melhor, nem ser mais espertos. E acho que *deve ter sido* espíritos... porque, *você* conhece os nossos cachorros, não tem cachorros melhores, esses cachorros nem chegaram a seguir os rastros deles, nem uma vez! Explica *isso* pra mim, se puder! *Qualquer um* de vocês!

– Bem, realmente isso...

– Santo Deus, eu nunca...

– Que Deus me ajude, eu não ia ter...

– Ladrões *na casa* e também...

– Pelo amor de Deus, eu tinha medo de *morar* numa casa assim...

– Medo de *morar*! Ora, eu tava tão assustada que nem me atrevia a ir pra cama, levantar, deitar ou *sentar*, comadre Ridgeway. Ora, eles iam roubar até... ora, céus, vocês podem imaginar a agitação que eu tava quando chegou a hora da meia-noite, na noite passada. Que Deus me defenda, se eu não tava com medo que eles roubassem alguém da família! Eu tava nessa agonia, não tinha mais as faculdades de raciocinar. Parece bastante tolo *agora*, na luz do dia, mas eu disse pra mim mesma, os meus dois pobres meninos tão dormindo, lá em cima naquele quarto solitário, e juro por Deus que fiquei tão aflita que subi sem fazer barulho e tranquei os dois lá dentro! Foi o que *fiz*. E qualquer um fazia o mesmo. Porque, sabem, quando a gente fica com medo desse jeito, e tudo continua acontecendo, e ficando pior e pior o tempo todo, a cabeça se confunde, e a gente começa a fazer todo tipo de loucura, e depois você pensa com os seus botões, supondo que *eu* fosse um menino, lá bem afastado no andar de cima, e a porta não tivesse trancada, e aí você... – Ela parou, com um ar meio perplexo, e depois girou a cabeça lentamente e, quando o seu olhar pousou sobre mim, eu levantei e fui dar uma volta.

Falei pra mim mesmo, posso explicar melhor como é que a gente não tava naquele quarto de manhã, me afastando e estudando um pouco o que dizer. Foi o que fiz. Mas não tive coragem de ir muito longe, senão ela ia mandar alguém me buscar. Mais pro fim do dia, todo mundo foi pra casa, e então eu entrei e contei pra ela que o barulho e os tiros acordaram eu e "Sid", e a porta tava trancada, e a gente queria ver a algazarra, por isso descemos pelo para-raios, e nós dois ficamos um pouco machucados e sem vontade de tentar isso mais uma vez. E aí continuei e contei a ela tudo o que contei ao tio Silas antes, e ela disse que nos perdoava e que talvez tudo tivesse bastante bem, e falou sobre o que alguém podia esperar de meninos, porque todos os meninos são um bando bem estouvado, pelo que ela tinha observado. E assim, como não tinha acontecido nada de ruim, ela achava melhor agradecer que a gente tava vivo e bem e que ela ainda nos tinha, em vez de se preocupar com o que era passado e página virada. Aí ela me beijou, fez uma carícia na minha cabeça e caiu numa espécie de meditação. Pouco depois levanta com um movimento brusco e diz:

– Ora, Santo Deus do Céu, é quase noite, e Sid ainda não voltou! O que aconteceu com esse menino?

Vejo a minha chance, por isso levanto e digo:

– Vou correndo até a cidade pra pegar ele – digo eu.

– Não, não vai – ela diz. – Vai ficar bem onde você tá, chega *um* perdido de cada vez. Se ele não aparecer pro jantar, o seu tio vai na cidade.

Bem, ele não apareceu pro jantar, então depois do jantar o tio partiu.

Ele voltou lá pelas dez horas, um pouquinho aflito, não tinha encontrado o rastro de Tom. A tia Sally tava *muito* aflita, mas o tio Silas ele disse que não tinha razão pra tanta aflição – meninos eram meninos, ele disse, e você vai ver este aparecer de manhã, todo serelepe. Com isso ela teve que se dar por satisfeita. Mas ela disse que ia ficar acordada esperando pelo menino por algum tempo e deixar uma vela acesa pra ele poder ver a luz.

Depois quando subi pra dormir, ela subiu comigo com a sua vela, me acomodou na cama e me mimou com tanto carinho de mãe que me senti ruim e meio sem coragem de olhar nos olhos dela. E ela se sentou na cama e conversou comigo muito tempo, e falou que Sid era um menino maravilhoso, não parecia querer parar de falar dele, sempre me perguntando de vez em quando se eu achava que ele podia ter se perdido, machucado ou talvez se afogado, se ele não tava, neste minuto, em algum lugar, sofrendo ou morto, e ela longe sem poder ajudar, e aí as lágrimas iam pingando silenciosas, e eu lhe disse que Sid tava bem, que ele ia voltar pra casa de manhã, com certeza. E ela apertava a minha mão, ou então me beijava, e pedia pra eu dizer de novo a mesma coisa, pra eu continuar a repetir as palavras, porque elas lhe faziam bem, e ela tava numa aflição muito grande. E quando tava indo embora, ela olhou bem nos meus olhos, de um jeito firme e suave, e disse:

– A porta não vai ficar trancada, Tom. Ali tá a janela e o para-raios, mas você vai ser bonzinho, *não*? E não vai sair, né? *Por mim*.

Só Deus sabe como eu *queria* sair pra saber de Tom, e tava todo decidido a escapulir, mas depois disso não dava pra sair, nem por todo o reino dos céus.

Mas ela tava nos meus pensamentos, e Tom tava nos meus pensamentos, por isso dormi muito agitado. E duas vezes desci pelo para-raios, noite alta, dei a volta em silêncio até a frente da casa, e vi ela sentada ali com a sua vela perto da janela, os olhos voltados pra estrada cheios de lágrimas, e eu queria poder fazer alguma coisa por ela, mas não podia, apenas jurar que nunca mais ia fazer nada pra magoar ela. E na terceira vez, acordei já amanhecendo, desci sem fazer barulho, e ela inda tava lá, e a vela tava quase apagada, e a velha cabeça grisalha tava deitada numa das mãos, e ela tava dormindo.

## Capítulo 42

*Tom Sawyer ferido – A história do doutor – Fazendo um favor a Jim – Tom confessa – Tia Polly aparece – "Entrega as cartas pra eles"*

O velho subiu pra cidade de novo, antes do café da manhã, mas não conseguiu encontrar sinal de Tom. E os dois ficaram sentados ao redor da mesa, pensando, sem dizer nada, com um ar triste, o café esfriando, e eles sem comer nada. E daí a pouco o velho diz:

– Eu lhe dei a carta?
– Que carta?
– A que apanhei ontem no correio.
– Não, você não me deu nenhuma carta.
– Bem, devo ter esquecido.

Assim ele revirou os bolsos, depois foi pra algum lugar onde ele tinha deixado a carta, trouxe o troço e entregou pra ela. Diz ela:

– Ora, é de St. Petersburg... é da mana.

Achei que outra caminhada ia me fazer bem, só que não podia me mexer. Mas antes de abrir o envelope, ela deixou cair carta e correu – porque ela viu alguma coisa. E eu também vi. Era Tom Sawyer em cima dum colchão, e aquele velho doutor, e Jim enfiado no vestido de chita de tia Sally e com as mãos atadas atrás das costas, e muitas pessoas. Escondi a carta atrás da primeira coisa que tava à mão e disparei. Ela se atirou em cima de Tom, chorando, e disse:

– Oh, ele tá morto, ele tá morto, sei que ele tá morto!

E Tom ele virou a cabeça um pouquinho e murmurou alguma coisa que deixou claro que ele não tava bom de cabeça. Aí ela jogou as mãos pra cima e disse:

– Ele tá vivo, graças a Deus! E basta! – E ela roubou um beijo dele, voou pra casa pra arrumar a cama, espalhando ordens a torto e a direito pros negros e pra todo mundo, tão rápido quanto a sua língua deixava, a cada passo do caminho.

Segui os homens pra ver o que eles iam fazer com Jim, e o velho doutor e tio Silas entraram com Tom na casa. Os homens tavam muito ranhetas, e alguns deles queriam enforcar Jim, pra dar um exemplo pra todos os outros negros ali por perto, pra eles não tentarem fugir como Jim tinha feito, criando tanta encrenca e mantendo uma família inteira quase morta de medo por dias e noites. Mas os outros diziam, não faz isto, não vai resolver nada, ele não é um negro nosso, e o dono dele pode aparecer e nos obrigar a pagar por ele, com certeza. Isso esfriou todo mundo um pouco, porque aqueles que tão sempre querendo enforcar um negro que fez alguma coisa errada são sempre os mesmos que nunca querem saber de pagar por ele, depois que tiraram proveito.

Mas eles praguejavam muito contra Jim e lhe davam uns sopapos no lado da cabeça de vez em quando, mas Jim não dizia nada, e nunca deixou ninguém notar que me conhecia. E eles levaram Jim pra mesma cabana, fizeram ele vestir as suas roupas e acorrentaram ele de novo, e dessa vez não no pé da cama, mas num grande grampo cravado na tora perto do chão, e acorrentaram também as mãos e os pés. E disseram que depois disso ele não ia ganhar nada pra comer a não ser pão e água, até seu dono aparecer ou ele ser vendido num leilão depois de certo tempo porque o dono não tinha dado as caras. E taparam o nosso buraco, e disseram que alguns fazendeiros com espingardas iam ficar de vigia ao redor da cabana toda noite, e um buldogue amarrado na porta durante o dia. Quando eles já tinham terminado os trabalhos e tavam indo embora com uns impropérios gerais fazendo as vezes de até logo, aparece o velho doutor pra dar uma olhada e diz:

– Nada de vocês serem mais duros com ele do que são obrigados a ser, porque não é um negro ruim. Quando cheguei no lugar onde encontrei o menino, vi que não podia tirar a bala sem ajuda, e ele não tava em condições de eu poder sair e procurar ajuda. E ele ia ficando um pouco pior e um pouco pior, e depois de algum tempo começou a delirar, e não me deixava mais chegar perto dele, e falava que se eu marcasse a balsa com giz, ele ia me matar, e não tinha fim as tolices malucas que dizia. E vi que não podia fazer nada com ele, assim eu disse, tenho que conseguir ajuda de algum jeito. E, no mesmo minuto que abri a boca, aparece este negro de algum lugar, e diz que vai ajudar, e ele ajudou, e muito bem. É claro que achei que devia ser um negro fugido, e ali *tava* eu! E ali tive que ficar durante todo o resto do dia e toda a noite. Um dilema, vou contar pra vocês! Eu tinha uns pacientes com resfriado e febre, é claro que queria correr pra cidade e ver eles, mas não me atrevia, porque o negro podia escapar, e eu é que ia ficar com a culpa, e nenhum bote chegava perto pra eu gritar e pedir ajuda. Por isso tive que ficar até o dia clarear hoje de manhã, e nunca vi um negro servir tão bem de enfermeiro, nem ser tão fiel, e isso que ele tava arriscando a liberdade dele, e também tava totalmente exausto, dava pra ver bem claro que ele tinha trabalhado duro nos últimos tempos. Gostei do negro por isso, vou lhes contar, cavalheiros, um negro como este vale mil dólares... e merece ser bem tratado. Eu tinha tudo o que precisava, e o menino tava passando tão bem como se tivesse em casa... melhor, talvez, porque tudo tava muito quieto, mas ali *tava* eu, com os dois nas minhas mãos, e ali tive que ficar até quase o amanhecer deste dia. Foi então que alguns homens passaram num bote, e, por sorte, o negro tava sentado ao lado do colchão de palha com a cabeça apoiada nos joelhos, dormindo profundamente. Fiz sinal pra eles se aproximarem sem fazer barulho, e eles subiram em silêncio e caíram em cima do negro, agarraram e amarraram o sujeito antes de ele saber o que tava acontecendo, e não tivemos nenhum problema. Como o menino tava num sono de passarinho, abafamos o som dos remos e engatamos a balsa no bote, arrastando a embarcação a reboque de um jeito muito tranquilo e quieto, e o negro não armou nenhuma confusão, nem disse uma palavra desde o início. Ele não é um negro ruim, cavalheiros, é a minha opinião.

Alguém disse:

– Bem, ele parece muito bom, doutor, sou obrigado a dizer.

Então os outros amoleceram um pouco, e eu fiquei muito agradecido que aquele velho doutor fez esse favor pra Jim. E também gostei porque tava de acordo com o meu julgamento do velho, porque achei que ele tinha um bom coração e era um homem bondoso desde a primeira vez que vi. Então eles todos concordaram que Jim tinha se comportado muito bem e merecia que reconhecessem isso, e uma recompensa. Assim todos prometeram, com modos francos e sinceros, que não iam lhe rogar mais pragas.

Aí saíram e trancaram a cabana. Eu esperava que eles iam dizer que ele podia ficar livre de uma ou duas das correntes, porque elas eram pesadas pra burro, ou que ele podia comer carne e legumes com o seu pão e água, mas eles não pensaram nisso. E achei melhor eu não me meter, mas pensei em dar um jeito de contar a história do doutor pra tia Sally, logo depois de passar pelas ondas enormes que tavam rebentando bem na minha frente. Quero dizer, as explicações de como esqueci de falar que Sid tinha sido baleado, quando contei como ele e eu passamos aquela noite desgraçada, remando sem rumo pra caçar o negro fugido.

Mas eu tinha tempo de sobra. A tia Sally ela ficou no quarto do doente todo o dia e toda a noite, e sempre que eu via o tio Silas andando a esmo, eu dava um jeito de fugir dele.

Na manhã seguinte ouvi que Tom tava muito melhor, e eles disseram que a tia Sally tinha ido dar um cochilo. Assim entrei quieto no quarto do doente e, no caso de encontrar ele acordado, achava que a gente podia montar uma história pra família que ia ser convincente. Mas ele tava dormindo, e dormindo muito em paz, e pálido, não com a face abrasada como tava quando chegou. Então sentei e esperei ele acordar. Dali uma meia hora, a tia Sally entra bem quieta, e ali tava eu, num enrosco de novo! Ela fez sinal pra eu ficar quieto, sentou no meu lado e começou a sussurrar. Disse que a gente podia ficar alegres agora, porque os sintomas tavam ótimos, e ele tava dormindo assim em paz há muito tempo, e parecendo melhor e mais calmo o tempo todo, e dez a um que ele ia acordar bem da cabeça.

Então a gente ficou sentados ali vigiando, e dali a pouco ele se mexe um pouco, abre os olhos muito naturalmente, dá uma olhada e diz:

– Alô, ora tô em *casa*! Como? Onde tá a balsa?

– Tá tudo bem – digo eu.

– E *Jim*?

– Também – digo eu, mas sem muita força.

Mas ele não notou e disse:

– Bom! Esplêndido! Agora tamos todos sãos e salvos! Ocê contou pra titia?

Eu ia dizer sim, mas ela me cortou a palavra e disse:

– O quê, Sid?

– Ora, como toda a coisa foi feita.

– Que toda coisa?

– Ora, toda *a* coisa. Só tem uma: como libertamos o negro fugido... eu e Tom.

– Santo Deus! Libertaram o negr... Do que *é* que o menino tá falando! Meu Deus, meu Deus, tá com a cabeça ruim de novo!

– Não, não tô com a CABEÇA ruim. Sei do que tô falando. A gente libertou ele *sim*... eu e Tom. Planejamos libertar ele, e libertamos. E tudo de um modo muito elegante. – Ele tinha começado, e ela não interrompeu, só ficou sentada com o olhar fixo e deixou ele seguir adiante, e vi que não adiantava *eu* me meter. – Ora, titia, isso nos custou um trabalho e tanto... semanas de trabalho... horas e horas todas as noites, enquanto vocês tavam todos dormindo. E a gente teve que roubar velas, o lençol, a camisa, o seu vestido, colheres, pratos de latão, facas de mesa, a panela de aquecer a cama, a pedra de mó, farinha, e não tem fim pra essas coisas, e a senhora não imagina o trabalho que foi fazer as serras, as penas, as inscrições, e mais uma ou outra coisinha, e nem faz ideia de *como* foi divertido. E a gente teve que inventar os desenhos de caixões e outras coisas, cartas nônimas dos assaltantes, e subir e descer pelo para-raios, e cavar o buraco na cabana, e fazer a escada de corda e mandar ela cozida dentro de um pastelão, e mandar colheres e outros instrumentos de trabalho no bolso do seu avental...

– Misericórdia!

– ...e encher a cabana de ratos e cobras e outros bichos pra fazer companhia pro Jim. E aí a senhora prendeu Tom aqui tanto tempo com a manteiga no chapéu que por pouco não estraga todo o negócio, porque os homens chegaram antes da gente deixar a cabana e a gente teve que sair correndo, e eles nos escutaram e atiraram na gente, e eu levei a minha bala, e a gente saiu do caminho e deixamos eles passar, e quando os cachorros vieram, eles não tavam interessados em nós, mas se mandaram pro lugar de mais barulho, e pegamos a nossa canoa e partimos para a balsa, e tudo tava salvo e Jim era um homem livre, e a gente fez tudo sozinhos. *Maravilhoso* não, titia?

– Bem, nunca ouvi nada parecido em toda a minha vida! Então foram *vocês*, seus pequenos pilantras, que criaram toda esta encrenca e viraram pelo avesso a cabeça de todo mundo e quase nos mataram de susto. Tô com uma vontade danada, como nunca tive na minha vida, de acabar com o descaramento de vocês neste minuto. Só de pensar, aqui tava eu, noite após noite... *Você* trata de ficar logo bom, seu pequeno vigarista, e juro que vou tirar o couro de vocês dois!

Mas Tom, ele tava *tão* orgulhoso e contente que simplesmente não conseguia parar, e a língua dele só continuava em movimento – ela interrompendo e cuspindo fogo, e os dois falando ao mesmo tempo, como num saco de gatos, e ela disse:

– Bem, aproveita todo o prazer que pode tirar do caso *agora*, porque presta atenção, vou lhe contar uma coisa, se eu pegar você andando com ele de novo...

– Andando com *quem*? – diz Tom, abandonando o sorriso e com um ar surpreso.

– Com *quem*? Ora, com o negro fugido, é claro. De quem você acha que eu tava falando?

Tom olha pra mim muito sério e diz:

– Tom, ocê não me disse que ele tava bem? Ele não fugiu?

– *Ele*? – diz a tia Sally. – O negro fugido? É claro que não. Eles trouxeram ele de volta, são e salvo, e ele tá naquela cabana de novo, a pão e água, coberto de correntes, e vai ficar lá até ser reclamado ou vendido!

Tom se sentou na cama, com um olhar furioso, e suas narinas abrindo e fechando como guelras, e disse bem alto pra mim:

– Eles não têm o direito de prender Jim! *Corre*! E não perde nem um minuto. Solta ele! Ele não é escravo, é tão livre quanto qualquer criatura que caminha sobre esta terra!

– O que esta criança *quer dizer*?

– Quero dizer cada palavra que eu *disse*, tia Sally, e se não vai ninguém, *vou* eu. Eu conheci ele a vida toda, e Tom também. A velha srta. Watson morreu dois meses atrás e ela tava com vergonha de ter pensado em vender ele rio abaixo pro Sul, foi o que ela *disse*, e ela libertou ele em testamento.

– Então pra que diabos *você* queria libertar ele, pois se ele já era livre?

– Bem, esta *é* uma pergunta, devo dizer, e *bem* coisa de mulher! Ora, eu queria a *aventura*, e ia ter andado com sangue até o pescoço pra... Santo Deus... TIA POLLY!

Se ela não tava parada de pé bem ali, um pouco pra dentro da porta, com um ar tão doce e satisfeito como um anjo de barriga cheia, Deus me livre e guarde!

A tia Sally se jogou pra cima dela, quase tirou a cabeça da mulher com tantos abraços e chorou no seu ombro, e eu encontrei um lugar bastante bom pra mim embaixo da cama, pois a coisa tava ficando preta pra nós, assim me parecia. E dei uma espiada, e em pouco tempo a tia Polly de Tom se livrou dos abraços e ficou ali olhando pra Tom por cima dos óculos – meio querendo enfiar ele chão adentro, sabe. E aí ela disse:

– Sim, é melhor virar a cabeça pro lado... É o que eu ia fazer, se fosse você, Tom.

– Oh, meu Deus! – diz a tia Sally. – Ele *tá* assim tão mudado? Ora, este não é o Tom, é o Sid. O Tom tá... o Tom tá... Ora, onde é que tá o Tom? Tava aqui um minuto atrás.

– Você quer dizer onde é que tá o Huck *Finn...* é o que quer dizer! Acho que não criei um pilantra como o meu Tom todos esses anos, pra não saber quem é, quando *vejo* ele na minha frente. *Ia ser* um belo "prazer em conhecer você". Sai daí debaixo da cama, Huck Finn.

Foi o que fiz. Mas não muito animado.

A tia Sally era uma das pessoas com jeito mais confuso que já vi, a não ser por outra, e essa era o tio Silas, quando ele entrou e elas lhe contaram tudo. A história deixou ele meio bêbado, por assim dizer, e ele não sabia nada todo o resto do dia, e pregou um sermão no encontro de orações naquela noite que deu a ele uma reputação extraordinária, porque nem o homem mais velho do mundo era capaz de compreender o que ele falou. Assim a tia Polly de Tom, ela contou tudo sobre quem eu era e o quê, e eu tive que contar que eu tava numa enrascada tão grande que quando a sra. Phelps me tomou por Tom Sawyer – ela interrompeu e disse, "Oh, continua a me chamar de tia Sally, já tô acostumada, e não tem necessidade de mudar" – que quando a tia Sally me tomou por Tom Sawyer, eu tive que aguentar – não tinha outra maneira, eu sabia que ele não ia se importar, porque ia ser divertimento pra ele, por ser um mistério, e ele ia criar uma aventura com isso e ficar muito satisfeito. E assim aconteceu, e ele fingiu ser Sid, e fez tudo pras coisas ficarem mais suaves pra mim.

E a tia Polly ela disse que Tom tinha razão sobre a velha srta. Watson ter libertado Jim no seu testamento. E então, com toda certeza, Tom Sawyer tinha se dado todo aquele trabalho e amolação pra libertar um negro livre! E eu não conseguia compreender antes, até aquele minuto e aquela conversa, como é que *ele*, com toda a sua educação, podia ajudar alguém a libertar um negro.

Bem, a tia Polly ela falou que, quando a tia Sally lhe escreveu que Tom e Sid tinham chegado, sãos e salvos, ela disse pra si mesma:

– Essa agora! É o que eu podia ter esperado, deixando ele partir sem ninguém pra vigiar seus movimentos. Agora tenho que descer todo o caminho do rio, mil e setecentos quilômetros, pra descobrir em que encrenca a criatura se meteu *desta vez*, já que eu não conseguia nenhuma resposta de vocês sobre o que tava acontecendo.

– Ora, não recebi nada de você – diz a tia Sally.

– Muito me espanto! Ora, escrevi pra você duas vezes, perguntando o que você queria dizer com essa história de Sid estar aqui.

– Bem, nunca recebi as cartas, mana.

A tia Polly ela se vira lenta e severa, e diz:

– Você, Tom!

– Bem... *o quê?* – diz ele meio petulante.

– Não me venha com "o quê?", seu tratante... entrega as cartas.

– Que cartas?

– As *cartas*. Tô falando sério, se eu tiver que pegar você, vou...

– Elas tão na mala. Pronto. E elas tão assim como tavam quando peguei no correio. Não espiei o que tava escrito, não toquei nelas. Mas eu sabia que elas iam criar encrenca e pensei que, se vocês não tinham pressa, eu...

– Você precisa realmente de uma boa carraspana, não tem dúvida. E escrevi outra pra avisar que eu tava vindo, mas suponho que ele...

– Não, chegou ontem. Ainda não li, mas tá tudo bem, essa tá comigo.

Eu queria apostar dois dólares como ela não tava com a carta, mas achei talvez mais seguro não me meter. Então não falei nada.

## Último capítulo

*Livre da servidão – Pagando o cativo – Sinceramente seu, Huck Finn*

Na primeira vez que peguei Tom sozinho, perguntei qual era a sua ideia na hora da evasão? O que é que ele tinha planejado fazer se a fuga tivesse funcionado bem e ele conseguisse libertar um negro que já era livre? E ele disse que o que tinha planejado na sua cabeça, desde o início, se a gente conseguisse soltar Jim sem problemas, era a gente descer o rio com ele na balsa e ter muitas aventuras até chegar bem na foz, e só então contar pra ele que ele era livre, e levar ele de volta pra casa num barco a vapor em grande estilo, e lhe dar um pagamento pelo tempo perdido, e mandar um aviso na frente pra chamar os negros dos arredores, e fazer todos entrarem com Jim na cidade numa procissão à luz de tochas e ao som de uma banda de música, e então ele ia ser um herói e nós também. Mas achei que já tava bem bom do jeito que tava.

A gente soltou Jim das correntes em pouco tempo, e, quando a tia Polly, o tio Silas e a tia Sally ficaram sabendo como ele tinha ajudado o doutor a cuidar de Tom, cobriram ele de atenções e arrumaram um lugar de primeira pra ele ficar e lhe deram tudo o que ele queria comer, e bastante tempo pra se divertir sem nada pra fazer. E a gente levou ele pro quarto do doente, e tivemos uma boa conversa, e Tom deu a Jim quarenta dólares por ser um prisioneiro tão paciente pra nós, e por fazer tudo tão bem, e Jim quase morreu de tanta felicidade e explodiu de alegria e disse:

— *Taí*, Huck, num te disse? O que foi que eu te disse lá na ilha Jackson? *Falei* procê que eu tinha pelo no peito e disse do que isso é siná. E *falei* que já fui rico uma veiz e que ia sê rico *de novo*. E virô tudo reá, e aqui *tá* o dinheiro! *Taí!* Num vem com seus discurso pra cima de *mim*... sina é *sina*, vô te contá. E eu sabia tão bem que eu ia sê rico de novo como tô aqui neste minuto!

E então Tom falou e falou, e disse, vamos todos os três escapulir daqui uma dessas noites, arrumar equipamento e sair em busca de tremendas aventuras entre os índios, lá no território, durante algumas semanas. E eu digo, tudo bem, isso me agrada, mas não tenho dinheiro pra comprar o equipamento e acho que não dá pra pegar nenhum dinheiro lá de casa, porque a esta altura papai já deve ter voltado e tirado todo o dinheiro do juiz Thatcher e gastado tudo em bebida.

– Não, ele não voltou – diz Tom –, ainda tá tudo lá... seis mil e tantos dólares. E seu pai não apareceu mais. Ainda não tinha aparecido, quando saí da cidade, pelo menos.

Jim diz com um ar meio solene:

– Ele num vai voltá mais, Huck.

Eu digo:

– Por quê, Jim?

– Num importa por quê, Huck... Ele num vai voltá mais.

Mas eu continuei querendo saber, por isso ele acabou dizendo:

– Num lembra da casa que tava flutuando pelo rio, e tinha um hômi lá dentro, todo coberto, e eu entrei e tirei a capa e num dexei ocê entrá? Bem, então, ocê pode pegá o seu dinheiro quando quisé, porque era ele.

Tom tá quase bom, e tá com a bala que levou pendurada no pescoço, presa numa corrente de relógio, e ele tá sempre vendo as horas, e assim não tenho mais nada pra contar, e tô muito feliz com isso porque, se eu soubesse o trabalho que dava escrever um livro, eu nem ia ter inventado essa história, e não vou escrever mais. Mas acho que tenho que escapulir pro território na frente do resto, porque a tia Sally ela vai me adotar e me civilizar, e eu não aturo essas coisas. Já passei por isso antes.

FIM

SINCERAMENTE SEU,
HUCK FINN

Impressão e acabamento
**Imprensa da Fé**